KB040527

한국추리문학상 황금펜상 수상작품집

2022 · 제16회

한국추리문학상

황금펜상 수상작품집

2022 · 제16회

김세화

한새마

박상민

김유철

홍정기

정혁용

박소해

나비클럽

차례

그날, 무대 위에서

김세화

김세화

2019년 단편 〈붉은 벽〉으로 계간 미스터리 신인상을 수상하며 등단했다. 이후 〈어둠의 시간〉, 〈엄마와 딸〉, 〈백만 년의 고독〉, 〈두껍아 두껍아 헌 집 줄게 새 집 다오〉 등의 단편을 발표했다. 2021년 장편《기억의 저편》을 발표해 한국추리문학상 신예상을 수상했다. 30여 년 동안 방송기자로 활동했다.

열네 시간 전

나의 이름을 불러주지 않는다면
가슴속에 영원히 간직할 거야
모두에게 작별을

종이를 반으로 접는다.
휴대폰을 지갑 위에 내려놓는다.
무대를 바라본다.
객석을 바라본다.
사랑했던 작은 공간,

함께했던 순간을 생각한다.

가슴에 묻는다.

1

오지영 형사과장은 변사 사건 보고서에 사진으로 첨부된 유서를 읽고 또 읽었다. 한글파일로 작성한 석 줄의 짧은 글이었다. 자신을 최우선으로 생각하는 요즘 같은 시대에 어떤 상처를 입었기에 앞날이 창창한 이십 대 청년이 스스로 목숨을 끊었을까?

오 과장은 PC에서 눈을 떼고 의자를 이리저리 돌리며 생각했다. 보고서에는 자살 의견을 부정할 만한 내용이 없었다. 다만 유서의 내용은 특이했다. 형사1팀장과 함께 변사 사건을 보고하러 온 김 형사는 석 줄 문장이 시의 한 구절 같다며 자기 느낌을 툭 던지고 나갔다. 죽음을 법적으로 처리하는 일을 오래 하다 보면 타인의 삶과 죽음은 나의 그것과 다르다. 그래서 참혹한 모습의 시체도 객관화해서 조사할 수 있다. 하지만 그러다 보면 매너리즘에 빠져 사건을 너무 단순하게 보는 경향이 생긴다. 오 과장은 변사자가 남겼다는 유서가 시 같다는 생각에 동의하면서도 죽음을 앞두고 시를 유서로 쓰는 것이 어떻게 가능한지 궁금했다.

갑자기 열린 사무실 문 뒤에서 나타난 배우재 기자의 얼굴이 오 과장의 생각을 중단시켰다. 그는 침울해 보였다. 10년은 더 늙어 보였다. 노크도 하지 않고 불쑥 들어와 옆자리에 털썩 앉는 안하무인의 태도는 여전했지만, 반말인지 존댓말인지 모를 언어를 던지며 건방지게 구는 모습은 보이지 않았다. 핏발 선 눈으로 오 과장의 얼굴을 보기만 할 뿐 어떻게 말을 꺼내야 할지 모르는 눈치였다. 오 과장은 측은한 마음이 들었지만, 내색하지 않았다. 아마도 청탁이 아닐까 짐작했다. 청탁이라면 보도국장? 아니면 배 기자 같은 인간이 이익을 주고받기 위해 만든 사회 친구? 그것도 아니면 자신을 위해서? 담당 형사에게 말하는 것이 어려워 스리쿠션을 하러 왔을까? 오 과장은 어떻게 거절할까, 머리를 굴리면서 배 기자의 눈치를 살폈다.

"오후에 웬일로…."

"과장님, 부탁할 게 있습니다."

오 과장은 배 기자가 '님' 자를 붙이자 당황했다. 그에게서 처음 들어본 경칭이었다. 건방지기 이를 데 없는 기자가 '과장님'이라고 부르며 부탁할 정도면 간단한 문제는 아닐 것이다.

"과장님만 하실 수 있습니다. 이해심이 많으시잖아요. 항상 우리 이모 같다고 생각하고 있습니다. 어려운 건 아닙니다."

누님이라고 했어도 유쾌하지 않았을 것이다. 청탁하는 인간이 어려운 부탁이 아니니 들어달라고 하는 태도 또한 오만하다. 오 과장은 어렵지 않은 일이면 스스로 해결하라고 쏘아주고 싶었지만, 자기중심적인 놈과 감정 싸움 하기 싫었다. 뒤끝이 지저분한 것도 감안해야 했다.

"괜찮으니까 얘기해보세요."

"감사합니다, 과장님."

배 기자가 두 손을 앞으로 모으고 몸을 굽실거렸다.

"제가 지난 토요일 오후부터 일요일 아침까지 혼자서 당직 근무를 했습니다."

상급자 없이 휴일 근무 때 저지르는 사고 유형은 다양하다. 일은 하지 않고 밖에 나가서 술을 처먹다가 다른 사람과 시비가 붙어 세상 무서운 줄 모르고 폭력을 행사했거나 아니면 여자를 성추행했거나, 그런 게 아닐까? 오 과장은 배 기자가 제발 그런 종류의 실수를 저질렀으면 좋겠다고 생각했다. 그렇다면 아예 매장해야겠다고 작심하고 그의 실수담을 기대했다.

"일요일 새벽에 제보 전화가 왔어요. 그런데 받아보니 제보는 아니었어요."

"…."

"어떤 녀석이 자살하겠다고 하는 거예요."

"자살이요? 그래서 어떻게 했어요?"

"그게 그만 욱하는 마음에 고함을 질러버렸어요."

"…."

"자질구레한 사건이 얼마나 많던지 쉴 틈 없이 전화기만 붙들고 일했거든요. 큰 사건이 아니라도 취재는 해야 하니까 말입니다. 결국 뉴스로 내보낼 만한 사건은 하나도 건지지 못했어요. 편집부에서는 기사가 부족하다면서 사건 하나 챙기지 못했냐고 생난리를 쳤고요. 저도 열 받아서 저녁 메인 뉴스 끝나고 기분전환을 할 겸 맛있는 거 사 먹으려고 밖에 나갔어요. 나간 김에 술도 한잔했죠. 회사로 돌아와서 숙직실에 들어가 잠시 눈을 붙이고 있는데 새벽에 어떤 놈이 전화해서 착착 감기는 쉰 소리로 죽는다는 말만 하더라고요. 성질을 건드리면서요. 그래서 그만 폭발한 거예요."

오 과장은 속으로 혀를 차며 물었다.

"어떻게 성질을 건드렸는데요?"

"반말을 써가며 욕까지 하는 거예요. 막무가내로 상담해달라면서. 그래서 생명의 전화에 물어보라고 했어요. 자살 사이트를 찾아보던가."

오 과장은 배 기자가 특유의 건방진 태도로 상대를 무시했을 거라 생각했다. 상대가 자살하겠다고 말하면 무슨 문제가 있는지, 가족이 겪을 고통은 생각해보았는지 물어보면서 자살하지 않도록 설득하는 게 일반적인데 제보가 아니라는 이유로 짜증내며 상대를 자극했을 것이다.

"제가 뭘 도와드려야 할까요?"

"전화 내용이 다 녹음됐어요. 근데 그 사람이 진짜 자살했어요. 오늘 아침 보고받으셨죠? 스물여섯 살 백영진."

자살 직전에 기자와 상담하려던 상대가 욕을 얻어먹고 자살했을 수도 있다. 그래서 자살하겠다는 사람을 구하기는커녕 오히려 화를 돋워서 숨지게 했다고 비난받을까 봐 불안하다는 것이다. 오 과장은 배 기자의 태도가 인간성과는 거리가 멀지만, 그렇다고 처벌받을 사안이라고 생각하지는 않았다. 욕을 해서 사람을 죽였다고 말할 수도 없다. 사건성을 입증하기 어렵다. 하지만 배 기자에게 앙심을 품은 형사가 있다면 전화 통화 내용을 다른 기자에게 슬쩍 흘릴 수도 있고, 그러면 '사람 죽인 놈'이라며 매도를 당할 것이다. 조직 안에서는 누구나 적이 있기 마련이다. 그러니 전화 통화 내용이 외부로 유출되지 않도록 단속해달라는 것이다. 죽은 사람에 대해 안타까움이나 미안한 감정은 찾아볼 수 없었다.

생각 같아선 오 과장이 직접 나서서 동네방네 떠들고 싶지만, 그럴 수는 없는 일이다. 누구든 작심하고 배 기자를 곤란한 상황에 빠트리겠다면 막을 수 없지만, 아무리 생각해도 그 정도로 수준 낮은 형사는 없었다. 오 과장은 고인과 가족의 인권 보호 차원에서 철저한 보안을 지시하겠다며 그를 안심시켰다.

오 과장은 월요일 오후, 무기력한 시간에 벌어진 엉뚱한 만남에 허탈감을 느끼면서도 그 통화 내용을 들어보고 싶었다.

2

오 과장은 변사자 백영진의 휴대폰에 녹음된 통화 파일을 받아 재생시켰다.

"음, 음…, 보도국입니다."

술이 덜 깬 목소리. 배 기자였다. 전화를 건 상대의 목소리는 느리고 거칠었다. 쉰 소리도 섞여 있었다.

"컥, 컥, 여보세…. 컥, 컥."

"네, 잠시, 잠시만 기다려주세요. 메모 좀 할게요. 음, 제보 철이. 잠깐만요, 볼펜 좀, 네, 됐습니다. 말씀하세요."

상대는 배 기자가 메모 도구를 찾는 동안 말없이 기다렸다. 기침도 없었다. 그러다가 말을 시작하면 다시 기침을 했다. 오 과장은 갑자기 소름이 돋았다.

"컥, 컥, 여보세요, 컥, 컥."

"어디 아프세요? 천천히 말씀하세요."

"컥, 컥…."

상대가 기침을 계속하자 배 기자의 목소리가 커졌다.

“제보하시려고요? 목이 안 좋으신 거 같네요.”

“컥, 컥, 힘들어, 컥.”

“제보하려고 전화하신 거 맞습니까?”

“컥, 컥, 죽고 싶어.”

“네? 여보세요, 어디에 전화하신 건가요?”

“컥, 컥, 보도, 컥, 컥.”

“실례지만 누구시죠? 누굴 찾으시는데요?”

“컥, 컥, 너.”

“너? 당신, 나 알아요? 내가 누군데요?”

배 기자의 목소리가 커지면서 평소의 싸가지 없는 말투가 튀어나왔다.

“컥컥, 기, 레, 기. 컥.”

“뭐야 이거. 말조심해요. 전화번호 찍혔어요. 그쪽 말 다 녹음하고 있어요.”

“컥, 컥, 죽고 싶…, 상담 좀…. 컥컥.”

“죽고 싶은데 상담해달라고요? 여기는 방송사 제보 전 니다. 그런 거 상담하는 데가 아닙니다.”

“컥컥, 개새, 컥컥, 끼. 컥.”

“뭐? 개새끼? 당신 누구야? 누군데 전화에 대고 개새끼래? 죽고 싶으니까 상담해달라는 거야? 이 쉐끼 이거 완전 또라이 쉐끼네.”

“컥, 컥, 상담 좀….”

“이게 정말, 너 뭐야, 너 뭐야, 너 누구야, 누구야, 누구야, 이 또라이 쉐꺄!”

"컥, 컥, 죽고 싶…."

"그래서? 죽고 싶은데, 살고 싶어서 상담한다고? 생명의 전화나 걸어봐, 뭐 이런 또라이가 다 있어!"

"크, 크, 죽고 싶…."

"그래서? 자살 사이트라도 찾아달라는 거야 뭐야?"

"컥, 컥, 기레기…."

"이 쉐끼 이거…, 너 누구야, 몇 살이야, 주소 말해봐, 씨팔새꺄!"

"컥, 컥, 백, 영, 진, 컥컥, 스물여섯, 컥."

배 기자의 의도는 상대의 이름과 주소를 파악해서 나중에 가만히 놔두지 않겠다는 뜻이다. 엄포였다. 하지만 상대가 자신의 이름과 나이를 정확히 밝히자 당황한 모양이다.

"뭐, 백영진? 스물여섯?"

배 기자의 목소리에서 스스로 흥분을 진정시키고 있는 것이 느껴졌다. 상대 목소리는 변화가 없었다.

"컥, 컥, 서울 ○○구 ○○빌라 303, 문에 우유병, 초록 주머니, 컥, 컥…."

상대는 주소와 출입문의 특징을 분명하게 말하고 전화를 끊었다.

백영진의 변사 사건 보고서는 특별한 점이 없었다. 유서로 보이는 글이 있고 외부 침입 흔적은 없었다. 죽고 싶다고 방송사 보도국에 전화한 내용까지 휴대폰에 남겼다. 형사들은 자살이라는 의견을 제시했고 서울경찰청 검시관도 타살 흔적이 없다는 검시 결과서를 보내왔다. 백영진 가족은 부검하지 말아달라고 요청했다. 그래서 그렇게 넘어가려고 했다. 그런데 전화 통화 내용이 오 과장의 생각을 바꿨다. 전화를 한 목적은 자살 의도와 이름을 사건 기자에게 알리는 것이었다. 불러준 주소는 자살자의 현재 위치가 아니라 집 주소였다. 자연스러운 행동이나 일반적인 패턴은 아니다. 오 과장은 형사1팀 전원을 과학수사팀 사무실로 불렀다.

3

백영진의 시체는 일요일인 어제 오후 2시 극장 거리 건물 지하에 있는 연극 전용 소극장 무대 위에서 발견되었다. 그는 교수형 매듭 올가미에 목을 매달고 있었다. 올가미는 연극인들이 바톤이라고 부르는, 조명을 고정하는 천장 철제 구조물에 걸려 있었다. 바톤에 설치된 조명들은 축 늘어진 주검을 푸른색과 보라색 빛으로 사방에서 내리비추고 있었다. 객석을 비추는 희미한 빛의 천장 조명 한 개도 켜져 있었다.

백영진은 흰색 티셔츠와 청바지 차림에 검은색 목양말을 신었다. 뒤로 돌린 손목에는 수갑이 채워져 있었다. 목을 매단 시체 아래에는 그가 죽기 전에 잠시 딛고 서서 생명을 지탱했을, 다리 세 개 달린 동그란 나무 의자가 넘어져 있었다. 그 옆에는 고동색 가죽구두와 수갑 열쇠가 가지런히 놓여 있었다. 무대 앞 관객석에 술이 절반 정도 들어 있는 소주병 하나와 병뚜껑, 술이 조금 남은 종이컵이 있었다. 그 옆에 A4 용지 크기의 흰 종이가 반으로 접혀 있었다. 유서로 보이는 석 줄 문장을 인쇄한 종이다. 옆 좌석에는 지갑과 휴대폰이 포개져 있었다. 지갑에는 지폐와 카드, 신분증이 들어 있었다.

시체를 처음 발견한 목격자는 동료 연극인 두 사람과 세 명의 소방대원이었다. 오후 1시 반에 공연 연습을 하러 온 백영진의 동료 두 명은 소극장 정문 비밀번호를 누르고 계단을 내려가 지하 로비에 들어섰다. 공연장 안으로 들어가려 했으나 평소와 다르게 공연장 출입문이 안에서 잠겨 있었다. 그들은 당연히 안에 누군가 있을 것으로 생각하고 문을 열어달라며 두드렸지만, 아무런 기척이 없었다. 불안해진 그들은 119에 도움을 요청했다. 1시 50분에 도착한 소방대원 세 명은 두 개의 문짝 사이로 절단기를 넣어 손가락 굵기의 철봉 가로대를 자른 뒤 문을 밀고 들어갔다. 그리고 무대 위에서 바톤에 목을 맨 시체를 발견했다. 소방대원 한 명이 경찰에 신고했다. 그들 다섯 명은 모두 무대 위로 뛰어 올라갔다. 그때 공연장에 잇따라 도착한 다른 동료 연극인 두 명도 무대로 뛰어왔다. 누군가가 바톤을 내리는 스위치를 눌렀다. 시체가 내려오자 소방대원 한 명이 백영진을 바닥에 똑바로 눕힌 뒤 심폐소생술을 하려고 했다. 하지만 그의 몸은 이미 굳은 상태였다. 지구대 경찰 두 명이 도착했다. 그들은 경찰서에 변사 사건이 발생했다고 보고하고 소방대원과 연극인들을 공연장에서 내보냈다. 그리고 폴리스라인을 쳤다.

숨진 백영진은 경기도 운천에서 중학교를 졸업하고 서울에 있는 고등학교에 진학했다. 성적은 상위권이었다. 고등학교 1학년 때부터 교내 연극 동아리에서 활동했다. 대학에서는 행정학을 전공하면서 연극 활동을 계속했다. 군 복무 후 대학 3학년에 복학하면서 극단에 들어가 배우로 활동하기 시작했다. 올해 초에는 대학 졸업과 동시에 7급 행정직 공무원에 임용돼 구청에 출근하면서 연극 활동을 병행했다. 키 180센티미터에 몸무게 70킬로그램, 균형 잡힌 몸매지만, 사진으로 보는 숨진 백영진의 얼굴은 생명력 없는 무기물과 같았다. 오 과장은 서류 보고서를 덮었다. PC로 보고서를 읽었을 때와는 달리 자연스럽지 않은 점이 눈에 들어왔다.

서장 보고가 끝난 사건을 다시 검토하는 것은 팀장과 팀원들에게 유쾌한 일이 아니다. 자신보다 나이가 적은 상관에게 보고한 베테랑 형사일수록 자존심에 상처를 입는다. 말수가 적은 형사1팀장은 입을 봉했고 과학수사팀장은 구두만 내려다보았다.

오 과장은 왜 사건을 재검토해야 하는지 설명하는 것이 쉽지 않았다. 현장 감식 내용을 되짚어야 하는데 어떤 식으로 말하건 감식에 허점이 없었는지 따져 묻는 형식이 될 것이고, 결국 과학수사팀 형사들의 반발을 살 것이다. 오 과장은 자신의 실수부터 인정하고 들어가는 것이 순서라고 생각했다.

"모두 수고하셨는데, 아무래도 제가 잘못 판단한 것 같습니다. 배우재 기자와 통화한 내용을 들어보니까 자살이라고 결론 내리기에는 뭔가 석연치 않은 점이…."

"과장님, 자살 아니면 뭡니까? 백영진이 자신의 힘든 처지를 상담하려고 도움을 요청했는데, 배 기자가 무시하니까 좌절해서 자살한 거죠."

김 형사가 오 과장의 말을 끊고 항의하듯이 목소리를 높였다. 오늘 김 형사는 드물게 원피스를 입었고 굽이 있는 구두를 신고 있었다. 약속이 있는 날이다. 이런 날은 들떠 있어서 서둘러 퇴근하고 싶을 것이다.

"자살로 단정한 것이 성급한 거 같아."

"타살일 수도 있다는 뜻인가요?"

오 과장은 김 형사와 말싸움을 벌이는 모양새에서 벗어나야겠다고 생각했다. 어쩔 수 없이 현장 감식에서 출발할 수밖에 없었다.

"과학팀장님, 의심할 만한 점은 없습니까?"

과학수사팀장이 고개를 들고 벗어진 이마를 드러내며 머리칼을 뒤로 넘겼다. 불만스러운 표정이었다.

"없습니다. 형사1팀장이 보고한 내용 그대롭니다. 극장 정문은 잠겨 있었고 평소 열어놓는 지하 공연장 출입문은 안에서 빗장이 걸려 있었습니다. 공연장 안에는 백영진 말고는 아무도 없었습니다. 무대 뒤 분장실과 소도구 창고, 객석 밑 창고에 아무도 없었다는 사실을 지구대 경찰이 확인했습니다. 수갑이 채워져 있었지만, 백영진이 자기 목을 교수형 올가미에 걸고 나서 손목을 뒤로 돌려서 찬 겁니다. 그러고 나서 딛고 있던 의자를 발로 밀어버린 거고요."

"지구대 경찰은 늦게 도착했잖습니까? 아무도 없었다는 걸 어떻게 확인했죠?"

오 과장의 질문에 형사1팀장이 무거운 입을 열었다. 얼굴 주름은 더 깊어 보였고 굵은 목소리는 더 굵어진 것 같았다.

"연극 동료 네 명과 소방대원 세 명에게서 지구대 경찰이 확인했습니다. 동료들과 소방대원들이 문을 부수고 들어갔을 때 백영진과 유서만 있었던 게 확실합니다."

형사1팀장은 문을 부쉈다는 표현을 썼고 유서를 강조했다. 오 과장이 과학수사팀장에게 다시 물었다.

"지문 감식 결과는 어떻게 나왔습니까?"

"백영진의 지문이 유서와 휴대폰에서 나왔습니다. 다른 지문은 없었습니다."

"극장 정문과 지하 공연장 출입문에서도 채취했습니까?"

"네, 채취했습니다만, 누구의 지문인지 아직 대조해보지 않았습니다."

"소주병과 종이컵은 어떻게 하셨습니까?"

"일단 수거했습니다. 옷도 확보해놓고 있습니다."

오 과장은 형사1팀장의 찡그린 표정으로 시선을 돌렸다. 핵심적인 이야기는 그와 해야 하고 결국 그를 설득해야 한다. 부담스러웠다.

"형사팀장님, 수갑하고 교수형 매듭은 연극 소품이라고 보고서에 있던데, 누구 진술입니까?"

"동료들이 진술했습니다. 전에 공연할 때 사용한 거라고 했습니다. 수갑은 수십 년 전에 누군가로부터 얻은 거랍니다. 출처를 기억하는 사람이 없습니다. 교수형 올가미는 연극을 위해 제작한 거라서 그런지 고정 매듭 형태입니다. 1.5센티미터 정도 되는 비교적 두꺼운 나일론 끈으로 만들어져 있었습니다. 올가미는 조여지지 않지만, 목을 걸면 뺄 수는 없습니다."

"올가미를 바톤에 어떻게 걸었죠?"

"소도구로 썼기 때문에 올가미 매듭 위쪽 끝에 고리가 달려 있어서 사각 철봉 형태의 바톤에 걸 수 있도록 되어 있었습니다."

"소방대원들이 교수형 매듭하고 수갑은 어떻게 풀었습니까?"

"교수형 매듭은 고정 매듭이기 때문에 얼굴 위로 들어 올려 풀었습니다. 수갑 열쇠는 백영진이 벗어놓은 구두 옆에 있었습니다."

"시체를 누가, 왜 내렸죠?"

"동료들 가운데 누군가가 숨이 붙어 있을지도 몰라서 내린 것 같습니다. 소방대원도 무의식적으로 심폐소생술을 하려고 했던 거 같습니다. 여러 색의 조명이 시체를 비추고 있어 죽은 백영진의 얼굴색이 어떻게 변했는지 제대로 못 본 거 같습니다."

"현장이 많이 훼손됐을 거 같네요."

"지구대 경찰이 도착했을 때 극단 동료 네 명과 소방대원 세 명 모두 시체 주위에 몰려 있었습니다. 소방대원들은 장갑을 끼고 있었지만, 동료 연극인들은 그렇지 않아서 더 이상 아무것도 만지지 못하게 하고 공연장 밖 로비로 내보냈습니다. 그리고 공연장 내부를 샅샅이 뒤졌습니다. 연극인들과 소방대원들도 자신들 외에는 아무도 보지 못했다고 진술했습니다."

"가족들은 왜 부검을 반대했습니까?"

오 과장의 물음에 형사1팀장은 인상을 찡그렸다. 당연한 것을 물어본다는 뜻이다.

"아들을 두 번 죽이는 거라면서 반대했습니다. 가족의 일반적인 반응이죠."

"누가 그러던가요? 아버지, 어머니?"

이 질문에 형사과 막내 이 형사가 대답했다. 기동대에서 근무하다가 온 청년이다.

"어머니하고 친척분이 그랬습니다."

"이 형사가 직접 들었어?"

"네."

"자살했다면 짐작이 가는 이유가 있는지 가족에게 물어봤어?"

"부모님은 짐작하지 못했습니다. 처음엔 황당하다는 반응이었어요."

"그런데 왜 부검을 반대했지?"

"상황 설명을 듣고 유서도 보니까 이해하시는 것 같았습니다."

"상황 설명은 누가 했는데?"

"제가요."

오 과장은 이 형사가 어떤 식으로 설명했는지 짐작할 수 있을 것 같았다.

"과학팀장님, 서울경찰청 검시관 의견을 다시 한번 말씀해주시죠."

과학수사팀장은 검시관으로부터 받은 검시 결과서를 찾았다.

"목을 맨 시체의 전형적인 모습 그대롭니다. 얼굴에 피가 몰려 있었고 일혈점은 없었습니다. 하부에 침윤성 시반이 형성되었고 시체가 경직되어 있었습니다. 타살 흔적은 발견되지 않았습니다."

"있을 수도 있는데 발견되지 않았다는 말인가요?"

"맨눈으로 봐서 그렇다는 말이고 의심할 만한 사안이 있다면 부검해야 확실히 알 수 있겠죠."

"사망 추정 시간 폭을 더 줄일 수는 없었던 모양이죠?"

"네, 사망 시각은 발견 시각으로부터 열두 시간에서 열네 시간 전으로 추정된다고 했습니다. 일요일인 어제 새벽 0시쯤부터 2시쯤 사이가 되겠죠. 그런데 배우재 기자가 백영진으로부터 전화를 받은 시각이 새벽 2시였습니다. 그러니까 통화 직후에, 새벽 2시가 조금 넘어서 자살했다고 봐야 할 것 같습니다."

오 과장은 과학수사팀장의 말에 거부감을 느꼈다. 단정 짓는 것이 못마땅했다. 그렇다고 하나씩 의문을 제기하는 것은 감정이 앞선 반대 논리에 부딪힐 것이다. 그녀는 일방적으로 자신의 생각을 밀고 나가는 수밖에 없겠다고 생각했다. 계급을 앞세워 밀어붙이는 것은 경찰 조직에서 저항을 줄이기 위한 가장 효과적인 행위다. 당장 단서를 확보하지 못하면 자살이 아닐 경우 사건 해결이 어려워진다.

"우선 국과수에 부검 의뢰하세요."

오 과장의 지시에 형사 몇 명의 눈이 커졌다. 형사1팀장이 그들을 대변해 말했다.

"가족을 어떻게 설득합니까?"

"사인을 확실히 밝히기 위해서 절차상 부검할 수밖에 없다고 해야 하지 않을까요? 늘 하시던 대로 말씀하시면 안 되겠습니까?"

"그렇게 말하면 구체적인 결과를 보여야 합니다."

형사1팀장의 말도 거슬렸다. 오 과장은 잠시 주춤했다.

"가족에게 부검하겠다는 얘기는 제가 직접 하겠습니다."

형사1팀장은 고개를 끄덕였다.

오 과장은 형사들의 우거지상을 보자 은근히 부아가 치밀었다. 형사1팀장과 과학수사팀장을 번갈아 보면서 빠르게 지시를 내렸다.

"백영진 옷과 양말, 구두, 소주병과 병뚜껑, 종이컵, 올가미, 수갑과 열쇠, 모두 국과수에 보내세요. 미세 증거가 나올 수 있습니다. 그리고 지금 현장에 가셔서 추가로 증거를 수집하세요. 백영진 집에서도 단서를 찾아보세요. PC도 꼼꼼하게 살펴보시고요. 유서처럼 보이는 석 줄짜리 글을 집에 있는 PC에서 작성했는지 확인하는 게 좋겠습니다. 휴대폰도 분석하고, 보험 가입 여부도 알아보세요. 극장 주변과 백영진의 빌라 주변에 CCTV가 있는지 찾아보세요. 가족, 학교 친구, 연극 동료, 구청 동료의 진술도 들어보세요. 유서에서 말한 '너'가 누구인지 알아야 합니다. 타살을 전제로 수사하는 겁니다."

형사1팀장이 고개를 끄덕이고 형사들에게 형사과로 가자고 눈짓했다. 과학수사팀장은 팀원들에게 자리에서 기다리라고 말했다.

김 형사가 자리에서 일어서며 투덜거렸다.

"그러면 그렇지, 내 주제에…."

"김 형사는 퇴근해. 약속 있는 거 알고 있어."

오 과장이 김 형사의 뒤통수에 대고 낮은 톤으로 쏘아붙이자 김 형사는 뒤도 돌아보지 않고 나가려고 했다. 오 과장은 갑자기 심통이 생겼다.

"김 형사, 잠깐만!"

도망치듯 나가던 김 형사가 걸음을 멈추고 불안한 표정으로 돌아섰다.

"김 형사는 백영진의 최근 진료 기록을 조사해봐."

김 형사는 뭔가 항의하려고 하다가 아랫입술을 질끈 물었다. 오 과장은 김 형사의 일그러진 표정을 무시하고 과학수사팀 사무실에서 나왔다.

4

백영진의 집은 5층짜리 빌라 3층에 있었다. 출입문 손잡이에는 배우재 기자와의 통화 내용처럼 우유를 넣을 수 있는 초록색 주머니가 달려 있었다. 출입문을 열고 들어서면 거실이었다. 거실 왼쪽 벽에 붙여놓은 식탁에는 백영진의 부모로 보이는 두 사람이 마주 보고 앉아 있었고 그들 옆에는 긴 머리의 여성이 있었다. 세 사람 모두 문을 열고 들어선 오 과장 쪽으로 시선을 돌렸다.

거실 오른쪽은 침실이었다. 침실 왼쪽 벽에 붙어 있는 침대에는 파스텔 색조의 연두색 이불이 덮여 있었고, 침대 맞은편에는 벽장과 노트북 테이블이 있었다. 침실은 신혼부부의 방처럼 꾸며져 있었다. 과학수사팀 형사가 노트북을 들여다보고 있었고, 또 한 명은 벽장 속에서 백영진의 옷을 하나씩 꺼내 살펴보고 있었다. 형사들의 속마음은 알 수 없지만, 오 과장 눈에는 그들이 건성으로 일하는 것 같았다. 스스로 목숨을 끊은 것으로 보이는 사람의 집에서 그를 죽인 가해자의 흔적을 찾아내라는 지시를 마지못해 이행하고 있는 것이다. 하지만 오 과장은 이내 그런 생각을 지웠다. 유치한 상상이라고 생각했기 때문이다.

오 과장은 식탁에 앉아 있는 백영진의 부모에게 다가갔다. 그들 옆에 앉아 있던 여성이 오 과장에게 자리를 양보하고 자신은 백영진 어머니 옆에 섰다. 친척이 있었다는 이 형사의 말이 생각났다. 오 과장은 자리에 앉아 조심스럽게 말을 꺼냈다.

"저는 형사과장입니다. 어떻게 위로의 말씀을 드려야 할지 모르겠습니다."

백영진의 부모는 말이 없었다. 아들이 자살했다는 말을 들은 부모의 마음이 어떨지는 짐작하기 어렵다. 자살한 이유를 모른다면 더욱더 그렇다. 그들은 경기도 운천에서 밭농사를 짓는 농부라고 했다. 오십 대 후반의 나이에 햇볕에 그을린 피부, 투박하면서도 순박한 인상이다. 두 사람 다 눈이 퉁퉁 부어 있었다.

"아드님의 사망 이유에 대해서 조사를 좀 더 해야겠습니다."

오 과장 말에 무감각하게 보였던 그들의 눈이 초점을 찾은 것처럼 보였다. 백영진의 어머니가 입을 열었다.

"조사라면…?"

"사인 확인 작업을 하겠다는 말입니다."

그때 어머니 옆에 서 있던 여성이 끼어들었다.

"형사님들이 자살이라고 했습니다."

발음이 정확하다는 느낌이 들었다. 오 과장은 그녀를 올려다보았다. 얼굴은 사십 대 중후반으로 길고 마른 몸매에 광대뼈가 두드러졌다.

"자살로 보이지만 백 퍼센트 확신하기 위해서 조사해야 한다는 뜻입니다."

오 과장의 말에 백영진의 어머니가 물었다. 머뭇거리던 태도는 사라졌다.

"그럼 누가 우리 애를 죽였을 수도 있다는 말인가요? 그래서 형사님들이 저 방에서 조사하는 건가요?"

"지금은 확실하게 말씀드릴 수 없습니다."

"만일 누가 우리 애를 죽였다면 그놈을 잡아야 하지 않겠어요?"

"네, 타살 흔적이 확인된다면 당연히 수사해야죠."

"그럼 잡아주세요. 꼭 잡아주세요."

백영진의 어머니는 타살일 가능성에 매달리는 것 같았다. 납득하기 어려운 아들의 자살을 받아들일 수 없는, 답답하고 황당한 상황에서 새로운 출구를 찾은 셈이다. 어머니의 마음속에 분노의 감정이 이식되고 있었다. 부모를 설득하는 것은 어렵지 않을 것 같았다.

"그래서 부검 요청에 동의해주셨으면 합니다."

"부검이요?"

"네, 절차상 꼭 필요합니다. 부검해야 사인을 정확히 규명할 수 있습니다."

잠시 침묵이 흘렀다. 어머니 옆의 여성이 침묵을 깼다.

"부검은 영진이를 두 번 죽이는 겁니다."

"받아들이기 어려우시겠지만, 아드님은 이미 숨졌습니다. 부검은 과학적인 절차예요. 아드님은 자기 몸을 통해서 진실을 말할 겁니다."

어머니의 마음이 움직이는 것 같았다.

"네, 하세요."

아버지도 어머니의 결정에 고개를 끄덕였다.

"감사합니다. 아드님은 고등학생 때부터 이 집에서 살았습니까?"

"대학 다닐 때부터 이 집에서 자취했어요. 고등학교 때는 다른 주택에서 방을 얻어 살았어요. 그때는 제가 함께 있었어요. 운천을 오가면서 애들 돌봤어요. 그랬는데…."

어머니는 고개를 숙였다. 어깨가 들썩거렸다. 아버지의 눈에서도 눈물이 흘렀다. 오 과장은 잠시 기다렸다.

"정말 안됐습니다. 아드님에게 평소와 다른 점은 없었습니까?"

"얼굴 본 지 한 달도 넘었어요. 마지막으로 볼 때는 명랑했었는데 그동안에 무슨 일이 있었는지 모르겠어요. 애가 말이 없어서 힘든 일이 있어도 내색하지 않는 편이에요."

"누구와 친하게 지냈습니까?"

"중학교 친구들은 운천에 있어요. 고등학교 친구들은 모르겠어요. 아침 일찍 학교 가서 늦게 들어왔기 때문에 대화할 시간이 없었어요. 휴일에는 제가 운천에 갔다 왔고요."

어머니는 말하면서 옆에 서 있는 여성을 손으로 가리켰다.

"우리 애는 여기 계신 선생님을 많이 따랐어요. 선생님이 많이 돌봐주셨어요."

오 과장은 그녀를 올려다보았다.

"선생님이셨군요. 그럼 고등학교 때 담임선생님?"

"국어를 가르쳤습니다."

"그러시군요. 그런데 어떻게…."

그녀 대신 백영진의 어머니가 보충 설명하듯이 말했다.

"아들이 고등학교 때 여기 유은성 선생님께 도움을 많이 받았어요. 지금까지도 그랬어요."

오 과장은 유은성 선생이 백영진에게 무엇을 도와주었는지 궁금했다. 그런 의문을 오 과장의 표정에서 읽었는지 유은성 선생이 설명했다.

"제가 연극을 지도하다 보니 동아리 애들하고 친합니다. 고민도 많이 들어줬습니다. 영진이는 대학에 들어가서도 연극을 해서 제가 계속 지도했습니다."

"그러셨군요. 혹시 영진 씨가 있는 극단과도 관계가 있으신가요?"

"제가 극단으로 들어오라고 했습니다. 저도 단원입니다. 연기도 하고 연출도 합니다. 희곡도 쓰고요."

오 과장은 유은성 선생이 왜 이 자리에 부모와 함께 있는지 이해할 수 있었다.

"극단에서 영진 씨를 자주 보셨겠군요. 최근 이상한 점은 없었습니까?"

"평소 말이 없어서 무슨 고민이 있었는지 저도 몰랐어요."

"친구 관계는 어땠습니까?"

"내성적이지만 연극 동료들과는 잘 어울렸습니다."

"혹시 여자 친구가 있었습니까?"

"네."

오 과장은 유서의 문구가 떠올랐다. 유은성 선생은 여자 친구의 이름을 말했다.

"신수연이라고 해요. 수연 씨는 공연기획사 직원입니다."

"연락처 알고 계십니까?"

"저는 모르고요, 극단 단원들이 알아요."

"선생님, 학교에서 근무하신 지 얼마나 되시나요?"

오 과장이 유은성 선생의 나이를 가늠해보기 위해서 물었다.

"24년 됐습니다."

"영진 씨를 가장 최근에 본 게 언젭니까?"

"연극 연습을 하는 날마다 봐요. 영진이는 요즘엔 월, 수, 금요일에 나왔어요."

"영진 씨가 출연하는 연극인가요?"

"네."

"최근 컨디션은 괜찮았습니까?"

"네."

오 과장은 자리에서 일어섰다. 정면으로 보이는 벽에 두꺼운 액자가 가로로 걸려 있는 것이 눈에 들어왔다. 극단의 단체 사진 같았다. 백영진의 얼굴은 변사 사건 보고서에 붙은 사진과는 매우 달랐다. 웃음기를 머금은 모습은 영화에서나 볼 수 있는 멋진 미남 배우 같았다. 키도 가장 컸다. 백영진의 생전은 두꺼운 액자만큼이나 깊은 사연이 있었을지 모른다는 생각이 들었다.

5

극장 정문은 안으로 열려 있었다. 오지영 형사과장은 경찰 통제선을 돌아서 희미한 조명에 의지해 계단을 조심스럽게 내려갔다. 로비에 내려서자 매표소처럼 보이는 데스크와 음료수 시설, 긴 의자와 일인용 의자들이 가지런하게 놓여 있었다. 벽은 연극 포스터들로 도배되어 있었다. 포스터만 보면 심각한 내용의 연극을 공연하는 극장처럼 보였다. 오 과장은 연극 전용 소극장이 풍기는 특유의 색깔이 있다고 생각해왔다. 까칠한 지성, 작은 공간에서의 환희, 막연한 희망, 그들만의 리그가 그것이다. 로비에서 이 형사가 세 사람과 이야기를 나누고 있었다. 남자 두 명은 같은 모양의 검은색 티를 입고 있었고, 여자 한 명은 짧은 머리에 푸른색 블라우스를 입고 있었다. 백영진의 동료들로 보였다. 공연장 안으로 들어가는 출입문은 닫혀 있었다. 그 앞에도 통제선이 설치되어 있었다. 출입문 손잡이는 지름 20센티미터 정도 되는 플라스틱 투명 원반 모양으로 양쪽에 하나씩 두 개가 있었다. 오 과장은 지문을 묻히지 않기 위해 출입문을 팔꿈치로 밀고 들어갔다. 안으로 들어서자 문은 등 뒤에서 자동으로 닫혔다.

출입문에서 앞으로 가면 무대이고 오른쪽은 관객석이다. 객석 앞줄은 무대와 같은 높이였고, 뒤쪽으로 갈수록 높아졌다. 관객석 밑에는 창고 같은 공간이 있었다. 문은 안쪽으로 열려 있었다. 김 형사가 그 창고 안에서 밖으로 나오다가 오 과장과 눈을 마주쳤다. 깜짝 놀란 표정이었다. 오 과장도 놀랐다.

"김 형사가 웬일이야? 약속 있는 거 아니었어?"

"아 예. 일찍 끝나서 왔어요."

"그 안에는 뭐가 있어?"

"잡동사니들이 많네요."

김 형사가 옆으로 비켜섰다. 오 과장은 안으로 들어갔다.

공간은 생각보다 넓었고 무대에서 멀어질수록 천장이 높았다. 전등이 켜져 있었지만, 어둠침침했다. 질서 없이 불규칙하게 쌓인 물품들이 모습을 뚜렷하게 드러내 보이지 않은 채 기괴한 모양의 그림자를 그리고 있었다. 만일 아이들이 이곳에 들어온다면 공포영화의 한 장면처럼 느낄 거라고 오 과장은 생각했다. 물건들로 발 디딜 틈이 없었다. 행거에 걸려 있는 무대 의상들, 늘어진 커튼, 테이블과 그 위에 거꾸로 얹혀 있는 또 다른 테이블, 배우들이 뒤

집어썼을 곰과 늑대, 돼지 인형도 벽에 기댄 채 서 있거나 앉아 있었다. 단두대도 있었다. 창과 칼, 도끼 같은 소도구들이 나무틀에 꽂혀 일렬로 세워져 있었다.

"여기가 소도구 창고야?"

"분장실과 소도구 창고는 무대 뒤에 있어요. 여기는 보조 창고로 썼대요. 전에 사용한 것들을 이곳에 넣어뒀다고 하더라고요."

"조사해봤어?"

오 과장의 물음에 김 형사는 난감한 표정을 지었다.

"이렇게 엉망인데 어떻게…. 과학수사팀이 해야…."

"무슨 소리야? 우선 김 형사가 잘 살펴봐. 뭐든 나오면 과학수사팀 부르고."

희미한 조명 아래에서도 김 형사의 얼굴이 달아오르는 것이 보였다.

"백영진 의료 기록은 알아봤어?"

김 형사가 어이없다는 표정으로 말했다.

"볼일 보고 방금 여기로 왔는데…, 그건 내일 오전에 출근해서…."

오 과장은 실망했다는 인상을 던지며 김 형사를 안에 두고 나왔다. 과학수사팀 형사 몇 명이 소도구까지 감식하는 것은 불가능하다고 생각했다. 수사 형사가 직관적으로 핵심 단서를 찾아야 한다.

오 과장은 무대 위에 섰다. 가운데에는 나무 의자가 넘어진 채 그대로 있었다. 백영진의 주검을 비추던 푸른색과 보라색 조명들은 모두 꺼져 있었고 객석을 비추는 천장 조명만 켜져 있었다. 그녀는 객석을 올려다보았다. 150석이라고 했다. 객석 뒤쪽 왼편 구석에는 공연 때 조명과 음향을 조절하는 기술자의 공간인 작은 칸이 있었고, 그 안에는 노트북 세 개와 복잡하게 연결된 전선이 무질서하게 엉켜 있었다. 오 과장은 고개를 젖혀 무대 천장을 올려다보았다. 적어도 100개 이상의 크고 작은 조명등이 천장을 가로지른 다섯 개의 바톤에 달려 있었다. 이렇게 많을 줄 몰랐다. 그 조명등이 갑자기 내려오기 시작했다. 무대 옆에서 과학수사팀장이 기둥에 붙어 있는 스위치를 엄지로 눌러 바톤을 내리고 있었다. 형사1팀장도 그 옆에 서서 바톤을 올려다보고 있었다. 내려오던 바톤이 중간에 한 번 멈췄다. 과학수사팀장이 스위치를 한 번 더 누르자 가슴 높이까지 내려왔다. 그는 스위치를 다시 눌렀다. 이번에는 바톤이 위로 올라갔다. 올라갈 때도 중간에서 한 번 멈췄다. 오 과장은 그가 손가락을 뗀 스위치를 유심히 쳐다보았다. 그 시선을 느꼈는지 과학수사팀장이 입을 열었다.

"요즘 소극장은 이렇게 바톤을 내려서 조명을 달거나 조정하는 곳이 거의 없답니다. 대부분 사다리를 놓고 올라서서 조정한다고 하더라고요. 바톤은 올리고 내릴 때 이렇게 중간에서 한 번 멈추도록 설계되어 있습니다. 백영진은 지금 이 높이, 바톤을 중간 높이에서 멈추게 하고, 가운데에 목을 맸습니다."

오 과장은 반응하지 않은 채 계속 스위치를 보고 있었다. 과학수사팀장도 오 과장의 시선을 무시하고 말을 계속했다.

"그러니까 백영진은 처음엔 바톤을 가슴 높이까지 내려 교수형 올가미를 건 뒤 다시 중간 높이까지 올려 멈췄습니다. 그리고 의자에 올라서서 목을 올가미에 끼워놓고 두 팔을 등 뒤로 돌려 수

갑으로 채운 다음에 의자를 발로 찬 겁니다. 어떤 영화인지 기억나지 않지만, 이런 식으로 자살한 장면을 본 적이 있습니다."

과학수사팀장은 현장을 지켜본 것처럼 숨도 쉬지 않고 말했다. 오 과장은 그의 말을 무시하며 로비로 나가는 출입문 쪽으로 시선을 옮겼다. 다음에는 김 형사가 들어가 있는 객석 밑 창고 쪽을 봤다. 그리고 넘어져 있는 나무 의자를 바라보면서 과학수사팀장과 형사1팀장에게 말했다.

"방금 만진 스위치, 지문 채취했습니까?"

두 팀장은 의외의 질문을 받아서인지 말문이 막힌 것 같았다.

"저기 출입문 손잡이에서는 지문을 채취했다고 하셨죠? 그러면 객석 밑 창고 출입문 손잡이, 방금 누르셨던 바톤 스위치, 객석을 비추는 조명 스위치, 무대 조명을 조정하는, 저기 위에 보이는 칸막이 안 노트북까지 싹 다 지문 조사하세요. 교수형 올가미를 걸었던 바톤하고 여기 쓰러져 있는 나무 의자도 지문 감식이 필요할 거 같습니다. 여기 이 의자는 어디에 있던 거죠?"

"공연하지 않을 때는 항상 무대 옆에 둔답니다."

"무대 뒤에는 누가 있습니까?"

"고 형사가 있습니다."

오 과장은 등 뒤로 두 팀장의 따가운 시선을 의식하면서 무대 뒤쪽으로 갔다. 분장실이 있었다. 거울과 테이블, 그 위에 분장 도구들이 어지럽게 흩어져 있었고 수십 권의 책과 인쇄물들이 테이블 위에 책꽂이 없이 세워져 있었다. 유명 작가의 희곡들과 극단에서 보는 연극 대본이었다. 오 과장은 그 책들의 제목을 하나씩 읽었다. 유은성 선생이 쓴 대본도 보였다. 거울 반대쪽에는 긴 소파 두 개가 벽면에 붙어 있었다. 분장실에서 안쪽으로 더 들어가면 의상실 겸 소도구 창고였다. 두 개의 공간을 분리하는 커튼이 양쪽으로 열려 있어서 안쪽에서 의상을 하나씩 들어 살펴보는 고 형사의 모습이 보였다. 객석 아래 창고와는 달리 깨끗하게 정리되어 있어서 내부가 훤했다. 고 형사가 오 과장을 보자 기다렸다는 듯이 말했다.

"과장님, 무엇을 중점적으로 봐야 할지 모르겠습니다. 막연합니다."

"우리가 다 알고 있다면 감식하거나 조사할 필요가 없잖아요. 고 형사 감을 믿고 무엇이든 눈에 띄는 게 없는지 집중해서 보세요."

오 과장은 공연장을 구석구석 살펴본 뒤 로비로 나와 연극인들로부터 진술을 듣고 있는 이 형사에게 갔다. 이 형사가 오 과장에게 자기 자리를 양보했다. 맞은편에 거구의 남자가 앉아 있었다. 극단 대표이자 극장 소유주로 이름이 이찬이라고 했다. 함께 있는 여성은 유나영으로 지금 준비하고 있는 작품을 연출하고 있다고 했다. 김선호라는 배우도 있었다. 그들은 왜 형사들이 몰려와서 조사하고 있는지 의아해하는 눈치였다.

유나영은 삼십 대 후반으로 당차다는 인상을 주었다. 자신보다 나이 많은 배우들이 출연하는 연극에서 연출을 맡고 있다는 사실이 그녀를 똑똑한 젊은이로 보이게 했다. 오 과장은 유나영에게 물었다.

"백영진 씨가 지금 준비하고 있는 연극에 출연했다고 하던데, 선생님들도 함께 출연하십니까?"

“여기 계시는 이찬 대표님, 김선호 배우님, 영진이와 다른 여배우 한 분, 모두 네 분이 출연합니다.”

“그렇군요. 백영진 씨를 마지막으로 본 게 언제였습니까? 생전에 말이죠.”

“영진이는 월, 수, 금요일에 나와서 연습했습니다. 그러니까 금요일 저녁 연습 때 모두가 영진이를 마지막으로 봤습니다.”

“토요일과 일요일에도 연습하십니까?”

“토요일엔 쉽니다. 공연을 앞두고 있을 때는 일요일 오후에도 연습합니다. 어제도 연습하러 나왔다가….”

“백영진 씨는 왜 월, 수, 금요일에만 연습했습니까?”

“영진이는 비중이 작아서 매일 나올 필요가 없었습니다. 여기 계신 이찬 대표님과 김선호 배우님이 갈등 관계인 주연이고, 영진이는 김선호 선생님 아들 역할을 맡았습니다. 다른 여성 배우가 아내이자 영진이 엄마 역할을 했습니다. 상대적으로 분량이 많지 않아서 영진이와 다른 배우님은 월, 수, 금만 나와서 연습했습니다.”

“백영진 씨는 토요일 밤이나 일요일 새벽에 극장에 왔습니다. 혹시 짚이는 게 없습니까?”

“모르겠습니다, 왜 그 시간에 여기에 왔는지.”

“최근 백영진 씨는 어땠습니까? 평소와 다른 점은 없었나요?”

“전혀 없었습니다. 제가 보기에는.”

“건강에도 이상이 없었습니까?”

“네, 전혀….”

“다른 분들도 그렇게 생각하십니까?”

이찬 대표와 김선호 배우도 오 과장의 질문에 고개를 끄덕였다. 유나영 연출가가 조심스럽게 말했다.

"혹시, 영진이 죽음에 의문이 있습니까?"

"숨진 원인을 명확하게 규명하기 위해서 조사하는 겁니다."

세 사람은 서로를 쳐다보았다. 그들 머릿속에는 비통함과 불안, 의혹이 혼재되어 있을 것이다.

"혹시 백영진 씨의 죽음과 관련해서 무엇이든 생각나는 게 없습니까? 그의 말, 옷차림, 주변 상황, 기분, 평소와는 다른 행동, 뭐든 좋습니다."

"이 형사님께도 말씀드렸지만, 잘 모르겠습니다. 자살한 이유 같은 걸 물으시는 겁니까? 아니면 타살로 볼 만한 요인이 있는지를 보시는 겁니까?"

"자살일 경우 왜 자살했는지 그 동기를 파악하는 것이 중요합니다."

오 과장은 모호하게 대답했다. 그러면서 세 사람의 표정을 주의 깊게 살폈다. 백영진과 사적으로 가장 많이 접촉하는 사람들이다. 만일 단서가 있다면 이들이 가장 잘 알 것이다. 아니면 이들과 관련이 있거나.

"신수연 씨라고, 공연기획사 직원 있죠?"

"수연 씨요? 수연 씨가 관계된 겁니까?"

"그래서 묻는 건 아닙니다. 기획사 직원이라면 어떤 일을 하나요?"

"많은 일을 같이하고 있습니다. 작품 제작, 홍보, 티켓 판매, 펀딩, 때에 따라선 현장 매표까지 도와줍니다."

"백영진 씨와 친했다고 하던데…?"

유나영은 고개를 갸우뚱했다. 이찬 대표가 그녀 대신 대답했다. 거구답게 얼굴이 컸고 목소리는 베이스였다. 강한 성격의 인물을 연기하면 어울릴 인상이었다.

"두 사람은 사귀는 사이였습니다."

다른 두 명은 의외라는 듯 이찬 대표를 놀란 눈으로 쳐다보았다.

"결혼까지 약속한 사이였죠. 다른 사람은 모릅니다. 두 사람은 최근 연습이 끝난 뒤에 이곳에서 만났습니다. 수연 씨가 근처에 있다가 우리가 연습 끝나고 나가면 극장으로 들어왔습니다. 연습이 없는 날에도 만났을 겁니다."

"대표님은 어떻게 결혼을 약속했다는 것까지 아시죠?"

"제가 극장 문을 닫고 마지막으로 퇴근하는데, 언제부턴가 영진이가 저보고 먼저 가라고 했어요. 하루는 영진이를 혼자 남겨두고 나가는데 극장 정문 앞에서 기다리고 있는 수연 씨를 만났습니다. 나중에 영진이에게 물어보니 둘이 사귄다고 말하더군요. 얼마 전에는 결혼하기로 했다고 했어요."

"지난 금요일에도 백영진과 신수연 씨가 만났습니까, 이 극장에서?"

"네, 제가 퇴근할 때 보니까 수연 씨가 밖에서 기다리고 있었습니다."

"그랬군요. 그런데 왜 밖에서 기다렸죠? 안에서 기다리면 안 되나요?"

"아, 그건, 정문 비밀번호는 원칙적으로 단원들만 공유하기 때문에…. 그리고 두 사람이 자신들의 관계를 밝히고 싶지 않았던 것 같고요."

"그렇군요. 대표님은 퇴근 후 집으로 가셨습니까?"

이찬 대표는 오 과장의 질문이 알리바이를 대라는 것임을 알아차렸는지 살짝 웃으며 대답했다.

"네, 늦어서 바로 갔습니다. 그리고 토요일에는 친구들과 산에 갔습니다. 저녁엔 그 친구들과 술 한잔했어요."

"몇 시까지 드셨습니까?"

"늦게까지 마셨어요. 모임 후에는 바로 집으로 갔고요."

"어디서 마셨습니까? 절차상 물어보는 거니까 기분 나빠하지 마세요."

"괜찮습니다. 요 앞 주점에서 마셨습니다. 친구들이 모두 이쪽 사람들이라서."

"요 앞이라면 어딥니까?"

"극장에서 나가서 우측으로 50미터 정도 가면 오른쪽에 있는 맥줏집이요. 친구들에게 물어보시면 확인할 수 있을 겁니다."

이찬 대표는 담담하게 말했지만, 분위기는 순식간에 얼어붙었다. 오 과장은 별거 아니라는 인상을 주려고 가볍게 고개를 끄덕였다.

"주변 분들에게 절차상 물어보는 겁니다. 나중에 우리 형사들이 선생님들에게 연락해서 다시 물어볼 겁니다. 죄송하지만 협조해 주시면 감사하겠습니다. 조사가 어떻게 진행되느냐에 따라서 뭔가를 요구할 수도 있습니다. 머리카락을 몇 개 달라고 할 수도 있을 겁니다."

세 사람 다 표정 변화는 없었다.

"이찬 대표님, 백영진 씨가 숨졌다는 사실, 신수연 씨도 압니까?"

"어제저녁 전화로 말해줬습니다."

"신수연 씨 반응이 어땠습니까?"

"반응이요? 당연히 많이 놀랐죠. 말을 못했어요."

"혹시 그들 사이에 갈등이나 싸움은 없었습니까?"

"남녀 관계를 알 수가 있겠습니까? 영진이는 말이 없는 스타일이라 뭘 생각하는지 모르고, 수연 씨 표정이 좋지는 않은 것 같았어요. 수연 씨가 평소에 매우 명랑한 스타일이거든요. 최근엔 그렇지 않아서 무슨 일이 있다고 생각했어요. 물론 저의 생각이지만."

오 과장은 이찬 대표한테서 신수연의 전화번호를 받은 뒤 유나영에게 물었다.

"다른 여배우 한 분은 언제 오십니까?"

"당분간 연습이 중단돼서 언제 오실지 모르겠어요. 사실 그분이 가장 큰 충격을 받으셨습니다."

"그럴만한 이유가 있나요?"

"영진이를 돌봐주신 분입니다."

"돌봐주신 분이라고요?"

"유은성 선생님이라고, 영진이가 고등학교 입학했을 때부터 연극을 지도하신 분입니다. 연극 외에도 여러 면에서 도와주신 분이죠."

오 과장은 조금 전에 백영진의 집에서 본 유은성 선생의 얼굴을 떠올렸다. '도왔다'는 말에 궁금증이 생겼다.

“무엇을 도왔습니까?”

“영진이가 대학에 들어간 이후에도, 공무원이 된 지금도 연극을 포기하지 않도록 응원해주시고, 연기 지도도 하시고, 뭐 이런저런 도움을 계속 주셨습니다. 뭐라고 할까, 이모처럼 돌봐주었다고나 할까요?”

“어떻게…?”

“반찬을 만들어서 영진이 냉장고에 넣어주시고, 빨래와 청소까지…. 영진이를 매우 아끼셨습니다.”

“혹시 백영진 씨 집에 가보셨습니까? 내부 사정을 잘 아시네요.”

“영진이 집에는 가본 적이 없습니다. 이 근처에 사는 건 알지만, 우리 중 누구도 영진이 집이 어디인지 몰라요. 지난 몇 년 동안 유 선생님과 영진이의 대화에서 자연스럽게 알게 된 겁니다.”

“그런가요? 유은성 선생님은 가족이 있습니까?”

“혼자 사세요.”

“백영진 씨 숨진 모습을 처음 발견하신 분이 유나영 연출가님하고 김선호 배우님이시죠?”

오 과장의 질문에 유나영의 표정이 더 어두워졌다.

“네. 지금도 믿어지지 않아요.”

“다른 동료 두 분도 극장으로 오셨다는데 누굽니까?”

이번에는 이찬 대표가 대답했다.

“제가 2시 조금 지나 도착했어요. 무대 위에 매달려 있는 영진이를 저도 봤습니다. 나영 씨와 선호 씨, 소방대원들이 무대 위에 있었습니다.”

“대표님 말고 한 분은 누굽니까?”

"제 뒤를 따라서 유 선생님이 나타나셨어요. 비명을 지르셨어요. 돌아보니까 무대 쪽으로 뛰어 올라오시더라고요. 울고불고 거의 실성한 상태였죠."

"바톤은 누가 내렸습니까?"

오 과장의 질문에 세 사람은 서로 얼굴을 쳐다보았다.

"선생님들 가운데 바톤을 내린 분이 없습니까?"

"없는 거 같습니다. 아마도 유 선생님이 영진이를 살려보려고 바톤을 내린 거 같네요."

"유은성 선생님도 월, 수, 금에 나온다고 하시지 않았습니까? 일요일에 왜 나오셨죠?"

"유은성 선생님은 일요일에도 가끔 나오세요. 연출 지도를 해주셨죠."

오 과장은 자리에서 일어섰다. 밖으로 나가려고 계단 쪽으로 발걸음을 옮기다 머릿속에 떠오르는 게 있었다. 뒤를 돌아보며 물었다.

"유나영 선생님, 혹시 인형극도 연출하셨습니까?"

"전에 아동극을 몇 차례 공연한 적이 있습니다."

"객석 밑 창고에서 늑대하고 돼지 인형을 봤습니다. 매우 작던데, 누가 썼습니까?"

"늑대는 여배우가 사용한 거고, 돼지 인형은 아역 배우가 쓴 겁니다."

"곰 인형은요, 매우 크던데?"

"곰 인형은 이찬 대표님이 쓰고 연기하셨어요."

"곰 역할은 대표님만 하셨습니까?"

"네. 곰 인형을 대표님 몸에 맞춰서 제작한 겁니다. 성인 두 사람이 들어가는 크기라서 다른 배우들은 쓸 일이 없습니다."

오 과장은 이찬 대표를 보았다. 유나영 뒤에 곰처럼 서서 무표정하게 오 과장을 바라보고 있었다. 오 과장은 고개를 끄덕이고 돌아서려다가 무언가 생각났는지 또다시 질문했다.

"남자 배우 두 분이 같은 옷을 입고 있던데 극단 단체복인가요?"

김선호가 자기 옷을 내려다보며 대답했다.

"네, 연습할 때 습관적으로 입게 됩니다."

"그럼 어제도 그 옷을 입으셨나요?"

"네, 그런 것 같네요."

"유나영 선생님도 그 옷을 입으셨습니까?"

"아뇨, 저는 어제 다른 옷을 입었습니다."

"혹시 유은성 선생님이 어제 어떤 옷을 입었는지 기억하십니까?"

남자 두 명은 기억나지 않는지 서로 얼굴을 쳐다봤지만, 유나영 연출가가 대답했다.

"흰색 티셔츠를 입었어요. 남자는 검은색, 여자는 흰색 티셔츠를 단체로 맞춘 적이 있는데 바로 그 옷이에요."

"그렇군요. 백영진 씨가 입고 있던 옷도 그 티셔츠였나요?"

"아니요, 흰색이지만 다른 셔츠였습니다."

"그렇군요. 그리고 객석 밑 창고 문은 항상 열어둡니까?"

"열려 있었나요? 항상 닫아두는데… 열려 있는지 몰랐습니다."

오 과장은 고개를 끄덕이며 돌아섰다. 하지만 몇 걸음 가다 말고 다시 몸을 돌려 물었다.

"조명 조절은 단원이면 누구나 다 할 수 있습니까?"

"공연할 때는 조명 담당이 초 단위로 세팅해서 직접 컨트롤합니다. 하지만 켜고 끄는 건 누구나 할 수 있습니다."

"교수형 올가미하고 수갑은 어디에 보관하고 있었습니까?"

이번에는 이찬 대표가 대답했다.

"교수형 올가미는 객석 밑 창고에 뒀던 겁니다. 단두대 모서리에 걸어뒀었죠. 수갑은 실물이라서 분장실 서랍 안에 넣어두고 있었습니다."

"열쇠도 함께 보관했습니까?"

"네, 작은 상자에 함께 넣어뒀었죠."

"서랍은 잠그지 않습니까?"

"자물쇠 같은 건 없습니다."

오 과장은 고개를 끄덕이며 밖으로 통하는 계단을 오르기 시작했다. 그러면서 신수연에게 전화했다. 밖으로 나오자 적막한 지하 극장과는 달리 젊은이들의 물결이 가득했다. 그 물결 건너편에 휴대폰을 귀에 대고 있는 신수연을 발견했다.

6

"금요일 밤에도 영진 씨를 만나서 밤늦게까지 함께 있다가 헤어졌어요. 어제 이찬 대표님 전화 받고 너무 놀랐어요. 어떻게 해야 할지 모르겠어요. 오늘 아침 회사에 출근해서도 아무것도 할 수가 없었어요."

오지영 형사과장은 신수연이 본인 처지에서만 말을 쏟아낸다고 생각했다. 백영진이 왜 죽었는지 아는 것일까?

"저 이제 어떡해요?"

그녀는 오 과장을 올려다보았다. 오 과장은 그렇게 큰 눈을 본 적이 없었다. 하지만 그렇게 큰 눈도 가득 고인 눈물을 다 담지 못했다. 눈물이 작은 뺨을 타고 흘러내렸다. 동그란 형태의 작은 얼굴, 아담한 자태가 그녀를 귀여운 존재로 만들었다. 누구든 그녀의 얼굴을 처음 보면 소유하고 싶은 욕망이 생길 것 같았다. 오 과장은 신수연의 팔목을 잡고 소극장 입구 옆 카페로 들어갔다. 소매 속으로 느껴지는 팔목은 가늘고 여렸다.

카페 안은 젊은이들로 붐볐다. 구석 자리에 그녀를 앉혔다. 오 과장의 머릿속이 복잡해졌다. 신수연에게서 얻을 것이 많을 것 같았지만, 어떻게 다가가서 단서를 찾아야 할지 뾰족한 방법이 생각나지 않았다. 그녀는 금요일 밤에 백영진과 만났다. 어떤 상태로 헤어졌는지, 그가 숨진 것으로 추정되는 일요일 새벽에는 어디에 있었는지, 이것이 핵심이다.

"영진 씨가 자살할 거라곤 상상도 못했어요."

"뭔가 짚이는 게 없나요?"

"고민이 있었어요."

"어떤?"

신수연이 주저하지 않고 말했다.

"여자 문제였어요."

"여자요? 다른 여자가 있었나요?"

신수연이 한숨을 크게 쉬었다. 본인은 슬프겠지만, 한숨 쉬는 그녀의 모습이 아기 같았다. 이렇게 귀여운 아가씨를 두고 백영진은 목숨을 끊었다. 그것이 가능할까?

“누구죠? 백영진 씨 죽음과 그 여자가 무슨 관계가 있나요?”

“그 여자는…, 그 여자는 영진 씨 선생님이에요. 유은성 선생님이요.”

오 과장은 순간 말문이 막혔다. 신수연의 얼굴 위로 유은성 선생의 얼굴이 겹쳐졌다. 세 사람의 관계를 상상하기가 어려웠다. 신수연이 먼저 침묵을 깼다.

“영진 씨는 유은성 선생님 때문에 고민했어요.”

오 과장은 신수연을 객관적으로 관찰해야 한다는 사실을 상기했다. 하지만 그녀의 이야기에 냉정하기가 어려웠다.

“혹시 백영진 씨가 말했나요, 유은성 선생님에 대해서?”

“네, 선생님을 좋아한다고 했어요.”

“다른 동료들도 백영진 씨와 유은성 선생님이 친밀한 관계라는 사실을 알고 있는 것 같던데요.”

“아니에요. 아무도 몰라요. 저에게만 얘기했어요. 사람들이 아는 엄마 아들 같은 관계가 아니에요.”

신수연이 거침없이 말을 이어 나갈수록 오 과장의 머릿속은 더 복잡해졌다.

“영진 씨는 저와 결혼하기 전에 유은성 선생님과 관계를 정리하려고 했어요. 하지만 그게 어려웠던 것 같아요. 그래서 괴로워했어요. 그래서 자살한 거라고요.”

신수연은 백영진의 자살을 기정사실로 단정 지었다.

“수연 씨는 선생님을 좋아한다는 백영진 씨 말을 듣고 뭐라고 했나요?"

"우리가 결혼할 거라는 사실을 선생님에게 알리고 극단에서 나오라고 했어요."

오 과장은 그녀의 저돌적인 태도와 말이 내성적인 백영진에게 어떻게 작용했을지 짐작해보았다.

"백영진 씨는 뭐라고 하던가요?"

"그러겠다고 말하면서도 쉽지는 않을 거라고 했어요. 저는 화가 났어요."

"내성적인 영진 씨가 수연 씨 요구를 듣고 고민을 많이 했을 것 같네요."

오 과장의 말에 신수연의 눈이 더 커졌다. 의외라는 반응이었다.

"저의 요구 때문에요? 내성적이라고요?"

"…?"

"영진 씨는 말도 많고 장난기도 많았어요."

오 과장은 혼란 속에서 객관적인 뭔가가 필요했다. 한 가지 떠오르는 것이 있었다.

"혹시 영진 씨하고 함께 찍은 사진 있으면 보여줄 수 있어요?"

신수연은 바로 휴대폰에서 사진을 찾았다.

"영진 씨와 함께 찍은 사진만 모아놓았어요. 뒤로 넘기면서 보세요."

오 과장은 사진을 한 장씩 넘기면서 그녀에게 물었다.

"두 사람, 언제 처음 만났나요?"

"지난해 말이에요. 올 한 해 공연 스케줄과 홍보 계획을 논의하러 극장에 왔을 때 처음 봤어요."

사진 속 두 사람은 무척 행복해 보였다. 거의 모든 사진에서 그녀의 작은 몸은 백영진의 품에 안겨 있었다.

"둘이 만나면 영진 씨는 어떤 말을 했나요?"

"끊임없이 얘기했어요. 아는 것도 많았고 이것저것 가르쳐줬어요."

"장난도 많이 쳤다면 어떤 장난을 쳤나요?"

신수연이 살짝 미소 지었다.

"유치하면서 귀여운 장난이었어요."

"유치한 장난?"

오 과장은 사진을 넘기다가 멈췄다. 극장 계단을 오르는 그녀의 뒷모습을 찍은 사진 때문이었다. 미니스커트 안으로 그녀의 속옷이 보였다.

"그 사진은 영진 씨가 저를 처음 본 날 찍어서 저한테 준 거예요."

"처음 만난 날? 이 사진을 받고 가만히 있었어요?"

오 과장의 말뜻을 그녀는 이해하지 못하는 것 같았다.

"영진 씨는 처음 본 날부터 저를 놀리고 짓궂게 장난쳤어요."

"다른 사람들이 있을 때도 말인가요?"

"아뇨, 단둘이 있을 때요. 다른 사람이 있을 때는 말이 없었어요."

부모와 유은성 선생, 극단 동료들은 그를 내성적이고 말이 없는 사람이라고 했다. 오 과장은 사진을 계속 넘겼다. 백영진이 신수연의 목 없는 스웨터를 앞으로 당겨 그 안을 찍은 사진도 있었다.

"유은성 선생님은 우리 사이를 질투했어요. 우리가 만나는 걸 견디지 못하고 영진 씨를 들들 볶았어요."

"영진 씨 집에 가봤죠?"

"아뇨. 저를 집으로 데려간 적은 없어요. 이 근처에 산다는 것만 알 뿐 어디 사는지 알려주지 않았어요. 그 여자가 영진 씨와 살다시피 했기 때문이라고요."

신수연이 갑자기 소리쳤다. 순간, 카페가 조용해졌다. 다른 사람들의 시선이 느껴졌다. 오 과장이 조용히 말했다.

"수연 씨, 흥분하지 마세요. 한 가지만 더 물어볼게요. 절차상 묻는 말이 있어요. 불쾌하더라도 다 하는 거니까 기분 나빠하지 마세요. 지난 토요일 밤부터 일요일 새벽까지 어디 있었어요?"

"저요? 어디에 있었냐고요? 왜요? 혹시…, 영진 씨, 자살하지 않았어요?"

"형사들은 자살로 보고 있어요. 사건의 성격을 정리하기 위해서, 그러니까 자살을 확인하기 위해서 약간의 보충 조사 중이에요."

"계속 집에 있었어요. 그러다가 오늘 아침 회사에 출근했던 거예요."

"그러시군요. 부모님과 함께 사시나요?"

"아뇨. 혼자 지내요."

"실례지만 집은 어디죠?"

"여기서 멀지 않아요. 여기 극장, 집, 회사, 모두 걸어서 10분 거리예요."

"나중에 우리 형사가 또 연락할 수도 있을 거예요. 뭘 물어보면 그냥 있는 그대로 얘기하시면 됩니다."

"네."

"그리고 지난 금요일 밤 영진 씨와 만났을 때 극장 어디에 있었어요?"

"보통은 분장실에서…."

오 과장은 일어섰다. 카페 입구로 가면서 차를 주문하지 않은 사실을 깨달았다. 카페 직원은 신경도 쓰지 않는 눈치였다. 신수연은 앞만 보고 걸었다. 앞서서 걷는 그녀의 상체는 윤기 흐르는 고운 갈색 머리카락 물결로 가려졌다. 밖으로 나오자 그녀는 오 과장에게 고개를 한 번 숙이고 경찰 통제선을 돌아서 극장 계단을 천천히 내려갔다. 신수연은 누가 봐도 매우 신중하고 조심스럽게 손바닥을 벽에 대면서 두 걸음에 하나씩 내려갔다. 순간, 오 과장은 신수연의 몸매를 다시 보았다. 그녀의 등에 대고 오 과장이 말했다.

"수연 씨, 실례지만, 혹시…."

신수연이 빠르게 돌아서서 오 과장을 올려다보았다. 그녀는 오 과장이 무엇을 궁금해하는지 바로 알아차린 것 같았다. 희미한 조명 아래에서도 새의 그것처럼 아름답게 반짝이는 큰 눈동자를 치켜뜬 채, 오 과장에게 상기된 목소리로 소리쳤다. 좁은 통로가 울렸다.

"저는 영진 씨에게 머릿속에서 유은성 선생님을 완전히 지우라고 했어요. 제 아기는 절대 지우지 않겠다고 했어요."

7

오지영 형사과장은 밤새 뜬눈으로 보냈다. 머릿속으로 들이닥치는 생각들로 뇌가 터질 것 같았다. 다음 날 경찰서에 출근하자마자 형사1팀장, 과학수사팀장을 불러 조사해야 할 사안들을 논의했다. 두 팀장은 신수연의 진술이 백영진의 자살을 뒷받침한다고 주장했지만, 오 과장은 과학수사 범위를 더 좁힐 수 있게 됐다고 강조했다. 형사들이 백영진의 주변 인물들을 한 명씩 맡아서 진술을 들어보고 알리바이도 세밀하게 조사하라고 지시했다. 그런 뒤 오 과장은 다시 극장으로 향했다.

평일 오전이라고 해서 특별한 것을 상상하지는 않았지만, 오 과장의 눈에 비친 지하 소극장은 생명력이라고는 전혀 찾아볼 수 없는 진공 상태 같았다. 빈집에서 혼자 놀던 아이가 갑작스러운 어른의 등장에 당황한 것처럼 젊은 남자 순경 한 명이 로비로 들어선 오 과장에게 경례했다. 오 과장도 그에게 경례하며 무대를 지나 곧바로 분장실로 들어갔다.

거울 아래 테이블에는 용도를 알 수 없는 분장 도구들이 어지럽게 흩어져 있었다. 오 과장은 그 앞에 앉아 거울을 보았다. 배우들이 변신하는 자리라고 생각하자 거울에 비친 자신의 시선이 낯설게 느껴졌다. 테이블 위에 가지런하게 세워둔 책 가운데서 찾던 것을 발견했다. 유은성 선생이 쓴 '이름'이라는 제목의 연극 대본이었다. 오 과장은 한 장씩 천천히 넘기면서 대본을 읽어나갔다.

'이름'이라는 제목이 무엇을 뜻하는지 처음에는 이해할 수가 없었다. 희곡은 연극으로 감상해야 한다고 하지만, 과연 무대에서 봐도 재미있을까, 의문이 들었다. 오 과장은 인내심을 갖고 꼼꼼하게 읽었다. 그러다가 중간 부분에 가서 대본 속으로 빠져들었다.

지하 동굴에 갇힌 네 사람이 있었다. 세 남자는 서로 이름을 불렀지만, 한 여자에게는 이름을 부르지 않았다. 대장이라고 불렀다. 대장은 남자들보다 체격이 컸고 힘도 세서 싸움을 제일 잘했다.

어느 날 그 동굴에 미소년이 들어왔다. 철이 없었다. 그 소년은 대장의 이름을 불렀다. 대장은 깜짝 놀라 그 소년을 노려보았다. 세 남자는 그 소년이 대장에게 맞아 죽을지 몰라 불안했다. 하지만 그 소년은 자신이 처한 위험을 깨닫지 못한 채 갑자기 대장에게 다가가 가슴을 주무르고 입지 않은 치마를 위로 들어 올리는 시늉을 하며 대장을 놀려댔다. 세 남자는 공포에 사로잡혔다. 어린 소년이 맞아 죽는 모습을 생각하는 것만으로도 견딜 수 없었다. 소년이 죽고 나서도 화를 다 풀지 못한 대장이 자신들도 죽일까 봐 두려웠다. 그런데 예상치 못한 일이 벌어졌다. 무시무시하고 기세등등한 대장이 갑자기 두 손으로 얼굴을 가리고 부끄러워하며 그 자리에 쪼그려 앉았기 때문이다. 소년은 대장의 이름을 계속 부르며 그녀의 머리를 들어 올려 빨개진 얼굴에 자기 얼굴을 대보기도 하고 두 팔로 가린 대장의 가슴 안으로 손을 넣고 주무르기도 했다. 치마를 들어 올리는 시늉을 계속하면서 대장의 엉덩이를 쓰다듬고 성기도 만지면서 놀려댔다. 대장은 소년에게 그러지 말라며 어르고 꼬집었다. 세 남자는 대장의 행동을 어이없어하며 대장에 대한 두려움을 서서히 거두었다.

그러던 어느 날 대장은 소년이 잠든 사이에 세 남자를 비명도 지르지 못하게 목 졸라 죽였다. 다른 남자가 새로 들어왔을 때도 마찬가지였다. 동굴에는 아무것도 모른 채 대장의 가슴을 주무르고 치마를 들어 올리며 놀려대는 소년과 손으로 얼굴을 가리며 부끄러워하는 대장만 남았다.

오 과장은 대본을 덮었다. 의자를 이리저리 돌리며 생각하다가 테이블 서랍을 열었다. 세 번째 서랍 안에 수갑을 보관했던 것으로 보이는 종이 상자가 있었다. 뚜껑을 열어보았다. 안에는 테이프, 드라이버, 손톱깎이 같은 잡동사니가 들어 있었다.

무대로 나왔다. 객석 위 천장 조명 하나가 공연장 전체를 힘겹게 비추고 있었다. 극장이나 영화관 조명은 왜 이렇게 어둠침침한 걸까? 너무 밝으면 상상력을 없애는 걸까? 배우는 연기할 때 관객 표정을 볼 수 있을까? 반짝이는 관객의 눈동자를 보고 당황해 대사를 까먹지는 않을까? 천연덕스럽게 연출되는 허구에 관객들은 왜 공감할까? 오 과장은 백영진의 목매단 시체를 관객이 객석에서 바라보는 상상을 했다. 무대 위에서 연출된 백영진의 죽음은 어떤 의미가 있을 것이다.

오 과장은 무대 위에 쓰러져 있는 나무 의자를 지문이 묻지 않게 두 손목을 이용해 들어 세웠다. 그리고 바톤을 내리는 스위치를 팔꿈치로 눌렀다. 바톤은 중간 지점에서 멈췄다. 백영진이 매달렸을 때의 높이였다. 오 과장은 객석 앞줄에 앉아서 목을 매 늘어진 시체를 머릿속에서 그려보았다. 그때였다. 갑자기 소름이 돋았다. 자신도 모르게 비명이 나왔다. 비명에 로비에 있던 순경이 뛰어 들어왔다. 그녀는 자리에서 일어나 젊은 순경에게 말했다.

"나와 함께 할 일이 있어요."

오 과장과 순경은 공연장 구석구석을 돌며 밖으로 통하는 다른 문이나 통로가 있는지 꼼꼼하게 살펴보았다. 하지만 그런 통로는 발견하지 못했다. 객석 밑 소도구 창고로 다시 들어갔다. 거기서도 밖으로 통하는 문은 없었다. 극장에서 정리가 안 된 유일한 공간이다. 오 과장은 그곳에 버려진 소도구들을 하나씩 들어보거나 만지면서 살펴보았다. 곰과 늑대, 돼지 인형도 내부를 자세히 살펴보았다. 생각과는 달리 땀 냄새 같은 것은 없었다. 오 과장은 소도구 창고에서 나와 무대를 응시했다. 공연장 전체가 하나의 유기체처럼 느껴졌다. 무대는 할 말이 많은 것 같았다.

오 과장은 공연장 밖으로 나오면서 김 형사에게 전화해 몇 가지를 지시했다. 근심 어린 표정의 순경이 고생이 많다는 오 과장의 말을 듣자 웃으며 경례했다. 젊은 순경의 얼굴에서 대본 속 미소년이 생각났다. 몸이 오싹해졌다. 오 과장은 계단을 올라가면서 '이름'이라는 제목의 연극 내용을 생각했다. 신수연과의 대화도 생각했다. 오 과장은 반짝거리던 그녀의 큰 눈을 떠올리며 유은성 선생에게 전화했다.

8

유은성 선생은 오지영 형사과장을 상담실로 안내했다. 쉬는 시간 복도에 쏟아져 나와 우당탕 난리를 치는 남학생들과 충돌할까봐 불안했지만, 오 과장은 그런 녀석들과 부딪쳐보고도 싶었다. 말만큼 컸지만, 정신은 아직 어린 풋내기 소년을 한번 안아보고 싶다는 충동도 느꼈다. 활기차고 건강한 역동성, 그리고 귀여움이 녀석들에게 있다. 하지만 학생들은 유은성 선생을 보자 깜짝 놀라거나 공손히 인사를 하며 복도 양옆으로 갈라져 길을 내줬다. 학생들은 그녀를 무서워했다. 상담실 안으로 들어가자 밖은 다시 소란스러워졌다.

"영진 씨가 죽기 전에 선생님 때문에 고민이 많았던 것 같습니다."

오 과장은 의문문을 만들지 않았다. 유은성 선생이 어떤 말과 행동을 하는지, 어떤 표정을 짓는지 보고 싶었다. 하지만 그녀는 아무 말도 하지 않았다.

"신수연 씨는 백영진 씨에게 선생님을 마음속에서 지우라고 했답니다."

오 과장은 또 한마디 던지고 기다렸다. 유은성 선생은 입을 닫고 무표정한 얼굴로 오 과장의 가슴 높이에 시선을 고정했다. 오 과장은 그녀가 말할 때까지 기다렸다. 유은성 선생은 오 과장의 의도를 알아차린 듯 눈을 맞추며 입을 열었다.

"영진이와 저는 형사과장님과 수연 씨가 생각하는 그런 관계가 아닙니다."

유은성 선생의 발음은 정확했고 톤은 일정했다.

"그렇다면 신수연 씨는 왜 영진 씨에게 선생님을 잊으라고 했을까요?"

"수연 씨에게 물어보세요."

"…."

"저는 영진이를 아꼈습니다. 영진이도 저를 끔찍하게 생각했고요. 그 점이 수연 씨에게 오해를 샀던 것 같습니다. 저는 수연 씨와는 다른 방식으로 영진이를 사랑했습니다. 하지만 그 어린 아가씨는 다른 방식이 없다고 생각한 것 같네요."

"백영진 씨가 신수연 씨에게 선생님과의 관계를 충분히 이해시킬 수 있지 않았을까요?"

"수연 씨가 영진이에게 그런 요구를 했다면 영진이는 상대의 오해에 괴로워했을 겁니다. 예민하고 내성적인 아이였기 때문에 혼자만 괴로워하다가 수연 씨의 거친 요구에 그런 일을 저질렀을지도 몰라요."

"신수연 씨가 백영진 씨에게 선생님을 잊으라고 요구한 사실을 알았습니까?"

"몰랐습니다."

"백영진 씨가 고등학교에 처음 입학했을 때 연극을 권하신 계기가 있었나요?"

"동아리 모집할 때 연극부에 들겠다고 저에게 찾아왔습니다. 그래서 시켜보았는데 소질이 있었습니다. 책도 많이 읽었고 글도 잘 썼습니다. 크게 될지 모른다고 생각했어요. 그래서 계속 지도하게 되었고 대학에 가서는 어머니가 운천으로 내려가셔서 제가 많이 돌보아줬습니다."

"왜요?"

"왜냐고요? 저를 많이 따랐으니까요. 저는 영진이를 유명한 배우로 키우고 싶었습니다."

"연극에 애정이 많으시군요."

"연극은 저의 전부입니다. 무대는 늘 제 마음속에 자리 잡고 있습니다. 연극 말고 제가 할 수 있는 건 없습니다. 무대 위에는 제가 30년 가까이 쏟은 것들이 다 새겨져 있습니다. 저의 그 무대에서 영진이가 성공하는 모습을 보고 싶었습니다."

유은성 선생은 자신이 흥분하고 있다고 느꼈는지 말을 중단하고 오 과장의 눈을 조용히 응시했다.

"이건 형식적으로 하는 질문이니까 신경 쓰지 마세요. 영진 씨가 숨진 시각에 어디 계셨습니까?"

"숨진 시각이 언제였습니까?"

"일요일 새벽 2시쯤으로 추정합니다."

"저는 토요일 자정쯤에 들어가서, 계속 집에 있었습니다."

"집이 어딘가요?"

"극장 근처에 있습니다."

유은성 선생은 허리를 똑바로 세우고 앉아 있는 모습이 인상적이었다. 말을 할 때는 입만 움직였고 눈은 상대를 응시했다.

"신수연 씨가 임신한 사실을 아셨습니까?"

유은성 선생은 놀라는 눈치였다.

"백영진 씨 부모님도 모르십니까?"

"모르세요."

그녀가 자신 있게 대답했다. 부모보다 자신이 더 가깝다고 주장하는 것 같았다. 오 과장은 그녀에게 연극 동아리 공간을 구경하고 싶다고 했다. 유은성 선생은 동아리 위치를 알려주고는 수업에 들어가야 한다며 교무실 쪽으로 향했다. 허리를 쭉 뻗은 당당한 그녀의 모습을 보고 남학생들이 양쪽으로 갈라지며 공손하게 인사했다.

연극 동아리 교실은 오 과장이 상상하던 것과는 달랐다. 영화에서처럼 교실 건물 뒤쪽의 독립된 공간에 있을 거라고 막연히 생각했지만, 4층의 빈 교실을 활용하고 있었다. 출입문에는 '특활반'이라는 명패가 있었다. 문을 열고 들어서자 앉아서 휴대폰을 귀에 대고 있던 사십 대 여성이 전화를 끊고 일어섰다. 오 과장은 유은성 선생과 아는 사람이라고 하고 연극 동아리를 구경하고 싶어 들렀다고 말했다. 그녀는 자신도 국어 교사라고 했다. 쾌활한 성격에 사람 좋아 보이는 인상이었다.

"연극 동아리는 지금 활동하는 게 거의 없어요."

"거의 없다고요? 그럼 이 교실은 그냥 비워두는 모양이죠?"

"아뇨. 이 교실은 연극 동아리를 위한 공간이 맞는데 연극뿐만 아니라 다른 동아리 활동을 위해서도 사용해요. 공동으로 쓰는 교실이에요."

"그렇군요. 연극 동아리 활동은 왜 뜸하게 됐습니까?"

"연극을 하겠다는 학생이 거의 없으니까요."

"의외네요. 학생들이 활발하게 활동할 줄 알았는데."

"대학 입시 때문에 연극을 한다는 건 어렵죠. 전에 여러 명이 연극 동아리에 가입한 적이 있었어요. 희곡을 읽고 토론하고 연극 관람도 자주 했어요. 방금 만나신 유은성 선생님이 지도하셨죠. 하지만 영화나 TV 드라마라면 몰라도 학생들이 연극에 관심을 갖겠어요?"

"그렇군요. 혹시 백영진 학생이라고 기억하십니까?"

"영진이요? 기억하죠. 우리 학교 역사상 최고 미남이었어요. 영진이가 있는 3년 동안 연극 동아리 활동이 가장 활발했어요. 걔는 틀림없이 배우나 모델이 될 거라고 했죠."

"백영진은 어떤 학생이었습니까? 외모 말고 다른 거는…."

"잘생긴 애가 공부도 잘하고, 말 잘 듣고, 성격은 매우 내성적이었어요. 선생님들한테, 특히 여선생님들한테 인기가 많았어요, 호호호…. 그런데 영진이는 가끔, 아주 가끔 아무도 예상하지 못한 일을 해서 선생님들을 놀라게 했어요."

"예상하지 못한 일요?"

"네. 하루는 영진이가 유은성 선생님과 함께 화단 옆 연못에 빠진 거예요. 아휴, 내가 쓸데없는 얘기를 하네요."

"아뇨, 괜찮습니다. 재밌을 것 같네요. 말씀해주세요."

"유 선생님께는 못 들으신 걸로 해주세요, 호호호…. 그러니까 영진이가 유 선생님을 안고서 연못에 뛰어들었다는 말도 있고, 발을 헛디뎌 연못에 빠지려는 선생님을 구하려고 했다는 말도 있어요. 유 선생님이 아무 말도 하지 않으셔서 그냥 넘어갔어요."

"예상치 못한 일이라고 말씀하신 이유는…?"

"그 사건이 화제가 됐는데 당시 아이들 말이 누가 고양이 목에 방울을 달 것인가, 내기를 했다고 해요. 유 선생님은 정말 무서운 선생님으로 통하거든요. 우리끼리는 좋은 분이지만, 학생들은 유 선생님만 보면 벌벌 떨어요. 그런 선생님을 물에 빠트리자고 음모를 꾸미고 영진이가 실행한 거죠. 유 선생님이 혼낼 줄 알았어요. 정학시키라고 학교에 요구하실 줄 알았는데 그냥 넘어간 거예요. 우리 학교에서 가장 무서운 선생님을 가장 얌전하고 예쁜 녀석이 연못 속으로 콱, 호호호…."

"혹시 선생님도 그 장면을 보셨습니까?"

"제가 제일 먼저 뛰어나갔죠. 학생들이 난리를 쳐서요. 가보니까 정말 웃기더라고요. 물에 폭 담갔다가 나온 것처럼 온몸이 물에 젖었더라고요. 머리까지 완전히 말이죠. 선생님은 부끄러운지 화장실 쪽으로 달려가고 있었고요, 속이 다 비쳤거든요. 호호호. 영진이는 애들 앞에서 의기양양하게 씩 웃고 있더라고요."

오 과장은 웃으며 일어섰다. 궁금했다. 그 사건이 있었던 연못으로 내려갔다. 그녀는 연못으로 표현했지만, 지금은 가동하지 않는 지름 10미터 정도의 원형 분수대였다. 땅을 파서 시멘트로 만든 것으로 물을 가득 채워도 무릎 정도의 깊이에 불과했다. 쓰러트리지 않는다면 풍덩 빠질 수 없다. 오 과장은 복잡한 관념들의 상호 관련성을 연결하면서 경찰서로 돌아왔다.

사무실에 들어서자 형사1팀장과 과학수사팀장, 김 형사가 대기하고 있었다. 책상 위에는 컬러 사진 인쇄물 두 장이 놓여 있었다. 백영진의 거실 식탁 옆에 걸려 있는 액자 뒷면에서 꺼냈다고 했다. 한 장은 앉아서 다리를 모아 길게 뻗은 모습을 허리 윗부분에서 촬영한 것이고, 또 한 장은 가슴을 위에서 찍은 것이다. 두 사진의 피사체는 모두 남성용 흰색 드레스셔츠를 풀어헤친 채 속옷을 입지 않고 촬영한 여성의 신체였다. 여성이 앉아 있는 곳은 파스텔 색조의 연두색 이불 위였다. 오 과장은 사진의 주인공이 누구인지, 촬영 장소가 어딘지, 한눈에 알아봤다.

오 과장은 정밀 감식 결과를 기다리는 동안 주변 인물들의 알리바이를 세밀하게 조사해야 한다고 다시 한번 강조했다. 극장 주변과 관계자들의 거주지 주변 CCTV를 찾아내 꼼꼼하게 확인하라고 했다. 압수수색 영장도 준비하라고 지시했다. 김 형사는 과학수사팀 형사와 함께 방금 공연장에서 수거한 곰 인형을 국과수에 보내겠다고 보고했다. 백영진의 의료 기록은 조사 중이라고 했다.

팀장들과 김 형사가 사무실에서 나가자 경찰서 전체가 정적에 싸인 것 같았다. 오 과장은 그날 무대 위에서 연출된 장면을 그려볼 수 있을 것 같았다. 문제는 범인이 어떤 방법으로 백영진을 움직이지 못하게 하고 목을 매달았는가 하는 점이다. 범인은 현장에 단서를 남기지 않으려고 머리를 많이 썼다. 며칠 뒤면 범인이 성공했는지 알 수 있을 것이다.

9

오지영 형사과장은 금요일 아침 6시에 출근했다. 형사1팀과 과학수사팀이 작성한 보고서를 읽기 위해서였다. 과학수사팀이 조사한 지문 감식 보고서와 형사1팀이 작성한 CCTV 화면 분석, 주변 인물 진술 보고서였다. 전날 밤 도착한 국과수의 부검 감정서 복사본은 책상 위에 놓여 있었다. 국과수 보고서가 예상보다 일찍 도착해 의외였지만, 그럴만한 이유가 있었다. 보고서가 얇았다. 가장 중요하다고 생각하는 국과수 서류는 마지막에 읽어보기로 했다. 오 과장은 PC 전원을 켰다.

지문 감식 보고서는 간결하면서도 핵심이 잘 정리되어 있었다. 극장 정문 손잡이에는 유나영 연출가와 김선호 배우, 이찬 대표의 지문이 묻어 있었다. 공연장 출입문 손잡이에도 이들 세 사람의 지문이 있었고, 유나영, 김선호의 지문은 가죽으로 된 출입문 표면에도 여러 개 검출되었다. 잠긴 문을 열기 위해서 손바닥으로 미는 과정에서 묻은 것으로 보였다. 소방대원과 지구대 경찰, 형사들은 장갑을 끼거나 팔꿈치를 사용했기 때문에 지문이 없었다. 객석 밑 창고 출입문 손잡이에서는 지문이 검출되지 않았다. 바톤을 내리는 스위치에는 과학수사팀장의 지문이 누군가의 지문 위에 묻어 있었다. 바톤, 둥그런 나무 의자, 객석 위 조명 스위치, 무대 조명을 컨트롤하는 노트북에서는 지문이 전혀 채취되지 않았다. 하지만 손이 갈 만한 다른 물품에서는 수십 개의 지문이 채취됐다. 이들 지문 가운데는 지금 준비하는 연극 출연자 외에 극단의 다른 단원들 것도 많았다. 오 과장의 뇌에 목표를 가리키는 지도가 발견된 것처럼 비상등이 켜졌다.

정문 손잡이, 공연장 출입문 손잡이, 객석 밑 창고 출입문 손잡이, 바톤을 내리는 스위치, 바톤, 나무 의자, 객석 조명 스위치, 무대 조명 컨트롤 노트북에도 다른 단원들의 지문이 무더기로 나와야 한다. 하지만 그것들에서는 마치 지워진 칠판 위에 새로 쓴 글씨만 남은 것처럼 백영진의 시체가 발견된 이후 방문자들의 지문만 묻어 있거나 그들의 지문조차도 없거나 했다. 그전에 묻은 단원들의 지문은 지워진 것이다. 지문이 지워진 곳을 연결한 선이 범인의 동선이다.

백영진의 집에서는 그의 지문과 유은성 선생의 지문이 거의 모든 가구와 용품에서 발견됐다. 그의 PC에는 유서로 보였던 석 줄짜리 문서 파일이 저장되어 있지 않았다. 휴대폰에서는 대체로 유은성 선생, 신수연, 연극 동료들, 구청 직원들과의 통화나 문자 말고는 특이한 점이 발견되지 않았다.

오 과장은 CCTV 화면 조사 보고서와 관계자 진술 보고서를 펼쳤다. 연극인 동료 네 사람과 신수연의 알리바이를 확인한 것이다. 백영진의 구청 동료와 학교 친구의 진술도 첨부되어 있었다.

유나영과 김선호는 토요일 저녁 일찍 귀가했다. 그리고 일요일 연극 연습을 위해서 극장에 나올 때까지 집에만 있었다. 두 사람은 인근 아파트에서 가족과 함께 살고 있었기 때문에 아파트 곳곳에 설치된 CCTV가 그들의 행적을 증명했다.

신수연은 토요일 새벽 2시 10분에 귀가한 뒤 월요일 아침 출근할 때까지 밖으로 나오지 않았다. 하지만 그녀의 집은 주택가 골목 안에 있는 빌라이기 때문에 집에서 30미터 정도 떨어진 방범용 CCTV 한 대만이 작동하고 있었다. 그녀가 다른 길을 이용했다면 집에 없었을 수도 있으므로 알리바이가 입증된 것은 아니었다.

유은성 선생은 진술과 일치하게 토요일 밤 12시 10분에 귀가했다. 일요일인 다음 날 오후 밖으로 나와서 곧장 극장에 도착했다. 이찬 대표는 토요일 밤 11시 58분에 귀가했다. 등산 후 술을 마시고 밤늦게 귀가했다는 진술과 일치했다. 그 역시 일요일 오후 극장에 나올 때까지 집에 있었다. 유은성과 이찬 모두 극장 근처 주택가 빌라에 거주하고 있어서 신수연과 마찬가지로 CCTV를 피해 얼마든지 밖으로 나올 수 있다. 이찬 대표는 독신이기 때문에 알리바이를 입증해줄 가족이 없었다.

극장 정문 앞 도로에는 CCTV가 없고, 양쪽으로 50미터 이상 떨어진 거리에 CCTV가 있다. 근처 일부 상점의 내부 CCTV 카메라들은 모두가 안쪽으로 향해 있어 거리를 비추지 않았다. 중간에 작은 골목이 여러 개 있어서 범인은 얼마든지 CCTV를 피해 극장으로 들어갔다가 나올 수 있다.

구청 동료와 고등학교, 대학교 친구들의 진술은 일맥상통하는 점이 있었다. 백영진은 외모가 출중해서 여학생들에게 인기가 많았다. 성격은 내성적이고 말이 없는 편이라서 그런지 쫓아다니는 여성들이 애를 많이 태웠다고 했다. 지금 일하는 구청에서는 여성 동료들이 기혼이든 미혼이든 경쟁적으로 그에게 접근하고 있다는 진술도 나왔다. 경찰에 진술한 주변 인물 모두 그의 죽음에 큰 충격을 받았다.

고등학교와 대학교를 함께 다닌 친구 한 명은 색다른 진술을 했다. 그는 백영진과 함께 학교로부터 멀리 떨어진 카페에서 한 학기 동안 임시직으로 일했는데, 백영진은 거기서 여성을 여러 차례 바꿔가며 데이트를 즐겼다고 진술했다. 같은 대학 여학생은 한 명도 없었고 전혀 다른 세상의 여성들하고만 몇 주씩 사귀었다고 했다. 예를 들면 적어도 예닐곱 살 많은 세련된 커리어우먼이나 외국 여성들이었다. 외국 여성은 인종과 피부색이 다양했다. 이 같은 내용을 진술한 대학 친구는 졸업 후에는 백영진을 만난 적이 없다고 했다.

김 형사가 별도로 작성한 보고서도 읽었다. 백영진은 최근 여섯 달 동안 병원에 간 적이 없다는 내용이었다. 개인적으로 가입한 보험도 없었다. 가족이나 다른 사람이 들어준 보험 또한 없었다. 통장 잔고는 바닥이었다. 오 과장은 보고 시스템을 닫고 PC 화면에서 떨어졌다.

그녀는 기도하는 마음으로 국과수 보고서를 들었다. 법의학과 화학 용어로 가득한 내용을 천천히 읽어 내려갔다.

백영진의 사망 원인은 경부압박으로 인한 질식사로 울혈이 있었고 일혈점은 보이지 않았다. 수갑을 풀기 위해 손목을 당기면서 생긴 찰과상 외에 다른 외상은 발견되지 않았다. 혈액에서 알코올 성분과 함께 미량의 수면제 성분이 검출됐다. 사망 시각은 검시관 보고와 마찬가지로 일요일 새벽 0시에서 2시 사이로 추정됐다. 새벽 지하 극장의 온도 때문인지 아니면 다른 이유 때문인지 몰라도 사망 시각의 범위를 좀 더 좁힐 수 없는 이유는 보고서에 없었다. 소주병과 병뚜껑, 종이컵, 수갑, 백영진의 옷과 구두, 지갑에서는 특이사항이 발견되지 않았다. 곰 인형 안에서는 이찬 대표의 머리카락이 나왔다. 또 곰 인형의 섬유 성분과는 다른 미세한 섬유 조각도 여러 개 검출됐다. 곰 인형의 섬유 성분 분석 결과도 보고서에 적혀 있었다. 오 과장이 요구한 것이다.

오 과장은 보고서를 책상 위에 던졌다. 의자에 등을 기대 이리저리 돌리면서 눈을 감고 그날 무대 위에서 연출된 비극을 재구성해 보았다. 연극 무대는 그들만의 대화를 나누는 비밀 공간이었다.

10

형사들은 그날 오후까지 몇 사람의 의료 기록을 조사했지만, 수면제의 출처를 밝히지 못했다. 누군가를 살해할 목적이라면 병원에서 자신의 신분을 노출하며 처방전을 받아 구매하지는 않았을 것이다. 인근 약국을 상대로 탐문수사를 하는 것은 시간이 오래 걸릴 것이다.

오 과장은 증거 보충은 뒤로 미루고 김 형사, 이 형사와 함께 극장으로 향했다. 극단 단원들이 이번 공연 계획을 수정하기 위한 회의를 한다고 했기 때문이다. 유은성 선생과 신수연도 극장에 와 있다고 했다. 형사1팀장은 다른 팀원들하고 열쇠 기술자와 함께 빌라를 압수수색하기 위해서 출발했다.

극장 로비에는 네 명의 연극인과 신수연이 둥글게 앉아 있었다. 신수연과 유은성 선생은 시선의 각도가 서로 어긋나게 자리 잡고 있었다. 이 형사는 지구대 순경과 함께 계단 입구에 섰고 오 과장은 김 형사와 함께 그들에게 다가갔다. 김 형사가 그들에게 말했다.

"잠시 무대로 가시죠."

김 형사가 장갑 낀 손으로 그들이 공연장 안으로 들어갈 수 있도록 출입문을 밀어 연 뒤 다시 닫히지 않도록 잡았다. 그들은 이상 기류를 느껴서인지 순한 양들 같았다. 사람들이 무대 주변에 모이자 김 형사는 바톤을 내리는 스위치를 한 번 눌렀다. 바톤이 내려오다 중간 단계에서 멈췄다. 오 과장은 나무 의자를 무대 중앙에 옮겨놓았다. 모두 긴장한 채 오 과장의 행동을 주시했다.

"바톤은 1단계에서는 3미터 높이에서 멈춥니다. 백영진 씨가 딛고 섰을 것으로 보이는 이 나무 의자의 높이는 50센티미터입니다. 영진 씨의 키는 180센티미터입니다. 그리고 목을 맨 올가미 줄의 전체 길이는 늘어지는 것을 고려해도 70센티미터를 넘지 않습니다. 그러니까 올가미 길이와 영진 씨의 키, 나무 의자 높이를 더하면 최대 3미터입니다."

그들은 오 과장의 말이 무슨 뜻인지 이해하지 못하는 것 같았다. 잠시 시간이 흘렀다. 가장 먼저 외마디 비명을 지른 것은 유나영 연출가였다.

"영진이는 자살한 게 아니었어요!"

오 과장은 그들의 표정을 한 명씩 관찰했다. 신수연은 놀란 눈으로 몸을 부들부들 떨었다. 유은성 선생의 얼굴은 석고상처럼 굳어졌다. 이찬 대표는 큰 입을 다물지 못했다. 김선호 배우는 아직도 상황을 이해하지 못한 것 같았다.

"백영진 씨의 얼굴 길이를 머리에서 턱 밑까지 20센티미터라고 가정해도 올가미 길이와 백영진 씨의 키, 나무 의자 높이를 모두 더하면 2미터 80센티미터에 그칩니다. 영진 씨가 올가미에 목을 넣은 뒤에 팔을 뒤로 돌려 수갑을 차려면 최소한 20센티미터는 더 높은 나무 의자에 올라섰어야 합니다. 아니면 교수형 올가미가 그만큼 더 길거나."

오 과장은 신수연과 유은성 선생이 더 큰 충격을 받았을 거라고 생각했다. 신수연은 이글거리는 눈으로 유은성 선생을 노려봤다. 유은성 선생은 오 과장의 얼굴만 바라보았다.

"백영진 씨의 혈액에서 수면제 성분이 검출됐습니다. 그러니까 범인은 그를 이곳으로 유인해 술과 수면제를 먹여 잠들게 한 뒤 올가미를 목에 씌웠습니다. 백영진 씨가 무의식적으로 올가미를 풀까 봐 손을 뒤로 돌려 수갑까지 채웠습니다. 그리고 바톤을 가슴 높이까지 내려 올가미 고리를 바톤에 건 뒤 다시 중간 높이까지 올렸습니다. 그리고 무대 옆에 있던 나무 의자를 가져와 그 밑에 쓰러트려 놓았습니다. 자살로 위장하기 위해서 석 줄짜리 유서도 만들어 와서 반으로 접은 뒤 저 객석 의자에 올려놓았습니다."

신수연의 눈에서 눈물이 펑펑 쏟아지기 시작했다. 연출가와 배우들은 입을 다물지 못했다. 김 형사가 유은성 선생을 제외한 모두에게 로비로 나가달라고 요청했다. 그러자 모든 사람의 시선이 유은성에게 쏠렸다. 그녀의 얼굴은 잿빛이 되었다. 아무런 항변도 하지 못한 채 나무 의자만 내려다보았다. 오 과장은 그녀가 진실에 압도당했다고 판단했다. 김 형사는 다른 사람들을 밖으로 안내한 뒤 객석 쪽으로 돌아왔다. 굳어버린 잿빛 석고상이 입을 벌렸다.

"저를 의심하시나요?"

"의심의 단계는 넘었습니다."

"저는 집에 있었습니다."

"선생님은 밤 12시경에 백영진을 살해하고 집에 갔습니다. 동네 CCTV에 자신을 노출하기 위해서였죠. 그런 뒤 새벽 2시 이전에 CCTV가 없는 길을 이용해 이곳으로 돌아왔습니다. 두 시간 차이의 알리바이를 만들고 자살로 위장하기 위해서 새벽 2시에 백영진의 휴대폰으로 방송사에 전화해 자살하겠다고 한 겁니다. 녹음도 했죠."

유은성 선생의 머릿속은 자기방어를 위해서 격렬하게 움직이는 것 같았다. 하지만 처음 살인한 사람들의 공통점은 전체 윤곽을 볼 수 없다는 것이다.

"방송사에 전화요? 안 했습니다. 자살하겠다는 전화를 했다면 영진이가 했겠죠."

"백영진 씨가 한 전화라면 목소리를 숨길 이유가 없죠. 영진 씨는 최근 몇 달 동안 감기 한 번 걸린 적이 없었습니다. 전화 목소리는 선생님이 연기한 겁니다."

"연기라고요?"

"배우가 연기하듯이 목소리를 변조하고 기침도 계속했어요. 그런데 기자가 말할 때는 기침을 멈추고 듣고만 있었죠. 상대가 말할 때도 기침을 계속하는 게 더 자연스럽다는 점을 잠깐 잊었던 것 같습니다. 사실 그것 때문에 수사하게 됐지만요."

"그 전화를 제가 했다는 겁니까?"

"영진 씨 집 주소와 현관문 앞에 우유 넣는 초록색 주머니가 있다는 사실을 아는 사람은 백영진과 선생님밖에 없습니다. 선생님은 백영진으로 연기해서 그때까지 살아 있었다고 믿게 만들었습니다. 또 이 극장이 아닌 백영진의 집 주소를 알려줌으로써 경찰이 이곳으로 바로 들이닥치는 것도 방지했습니다. 혹, 전화를 받은 기자가 자살 현장으로 경찰을 보낼 수도 있으니까요. 시체를 경찰보다 동료들이 먼저 발견해야 했습니다."

"무슨 말씀인지…. 저는 집에 있다가 일요일 오후에 극장으로 나왔어요. 그때 영진이가 숨져 있는 걸 봤고요."

"집에서 나올 때 모습은 집 앞 CCTV에 찍히지 않았습니다. 선생님은 이 공연장 안에 계속 있었어요. 이곳에 숨어 있다가 영진 씨 시체가 발견되고 동료들이 무대에 모여 있을 때, 그러니까 모든 사람이 정신없을 때 비명을 지르며 무대로 달려가 그들과 섞인 겁니다."

"증거가 있습니까?"

"네, 지문이요."

"지문이요? 지문이 있다는 말씀이세요?"

"아뇨, 지문이 없습니다."

"지문이 없는데 어떻게…?"

"영진 씨 지문과 선생님 지문만 없습니다. 선생님이 다 지웠기 때문에."

"그게 무슨…."

"선생님은 정문과 공연장 출입문, 객석 밑 창고 출입문, 바톤 스위치, 바톤, 나무 의자, 저기 보이는 칸막이 안에 있는 조명 컨트롤 노트북에 묻은 것까지, 자신이 만진 모든 것에서 지문을 지웠습니다. 그 과정에서 영진 씨 지문까지도 다 지워졌죠. 영진 씨 휴대폰과 직접 만든 유서에만 그의 지문을 묻혔습니다. 영진 씨가 자살했다면 바톤, 나무 의자, 수갑, 나일론 끈으로 만든 올가미에도 그의 지문이 남아 있어야 합니다. 극장 정문과 공연장 출입문 손잡이에도 그의 지문이 묻어 있어야 하죠. 그런데 선생님이 그를 죽인 뒤 지문을 지웠기 때문에 일요일 오후 이곳에 연습하러 온 세 명의 동료들 지문만 새로 묻은 겁니다. 정문과 공연장 출입문에 말이죠. 선생님 지문은 새로 묻지 않았고요."

"…."

"선생님도 일요일에 집에서 이 극장으로 오셨다면 정문과 공연장 출입문에 지문이 묻어 있어야 합니다. 그런데 선생님 지문은 없었어요. 지문을 묻히지 않고 이 공연장으로 들어올 방법은 없습니다. 그러니까 선생님은 동료들이 숨진 백영진을 발견할 때까지 이 안에 숨어 있다가 나타난 겁니다."

"제가 숨어 있었다면 어디에 숨어 있었다는 건가요?"

"곰 인형 안에 들어가 있지 않았습니까?"

"네? 저는 곰 인형을 한 번도 쓴 적이 없습니다. 그건 이찬 대표님만 썼어요."

"그런가요? 자백하시니 고맙습니다. 선생님은 곰 인형 안에 숨어 있었습니다. 선생님은 그날 흰색 티셔츠를 입고 있었고 곰 인형 안에서 흰색 티셔츠 섬유가 몇 개 나왔습니다. 반대로 곰 인형 내부 섬유도 선생님 티셔츠에 묻어 있을 겁니다. 대조해보면 분명해지겠죠. 지금 형사들이 선생님 빌라를 압수수색하러 갔습니다."

"…."

"선생님이 쓴 가짜 유서도 집에 있는 선생님 PC에 저장되어 있을 수 있겠죠. 삭제했어도 복구할 수 있습니다."

김 형사가 유은성 선생에게 압수수색 영장을 제시하며 말했다.

"빌라에 함께 가서 문을 열어주셔야겠습니다. 비밀번호를 말씀해주셔도 됩니다. 아니면 우리가 직접 문을 열 수밖에 없습니다. 우리 형사들이 열쇠 전문가와 함께 연락을 기다리고 있습니다."

유은성은 할 말을 잃었다. 오 과장은 그녀를 객석 앞자리에 앉혔다. 백영진의 지갑과 휴대폰이 놓여 있던 좌석이다. 오 과장은 무대 위 나무 의자에 앉았다. 한동안 침묵이 흘렀다. 그때 김 형사의 휴대폰이 울렸다. 형사1팀장과 통화하는 것 같았다. 통화를 끝낸 김 형사가 말했다.

"과장님, 팀장님 전 니다. 압수수색 영장을 제시했는지 확인하는 전화였습니다."

오 과장은 고개를 끄덕였다. 그 모습을 본 유은성 선생은 고개를 숙였다.

"영진 씨를 수연 씨에게 뺏기기 싫었습니까?"

유은성 선생이 천천히 고개를 들었다.

"뺏겨요? 영진이는 내 것이었던 적이 없어요."

"…."

"영진이는 수도 없이 여자를 바꿨어요. 영진이는 저를 밥해주고 빨래해주고 용돈 주고 섹스도 제공하는 하녀로 여겼어요."

김 형사의 표정이 바뀌었다.

"영진이는 저를 지배했어요. 제 영혼까지 지배했어요. 끊임없이 요구하고 지시하고 빼앗았어요."

"신수연 씨한테는 선생님을 좋아한다고 했다는데."

"장난감처럼 자기 마음대로 가지고 놀았으니까요. 처음엔 호기심으로 저를 건드리고, 다음엔 소유하고 지배했어요. 영진이가 수연이도 갖고 놀다가 버릴 줄 알았어요. 결혼하려고 할 줄은 꿈에도 생각하지 못했어요."

"그래서 죽인 겁니까, 배신감 때문에?"

"제가 임신했을 땐 아이를 지우라고 했어요. 협박하고 위협하고 때리기까지 했어요. 그런데 수연이가 임신하니까 걔와 결혼하겠다고 하는 거예요. 저는 영진이를 절대로 보낼 수가 없었어요. 어르고 타이르고 애원했어요. 그래도 영진이 마음을 바꿀 수가 없었어요. 극단에서 나갈 거라고 협박했어요. 저더러 자기 집에 더 이상 오지 말라고까지 했어요. 내가 다 했는데, 영진이를 위해서 모든 걸 바쳤는데…. 방법이 없었어요. 그래서 저는 영진이를 가슴속에 묻기로 했어요. 그게 무대 위에 영원히 남겨둘 수 있는 유일한 방법이었어요. 영진이는 지금도 저와 함께 무대에 있어요."

오 과장은 뒤통수를 얻어맞은 느낌이었다. 김 형사가 그녀에게 조심스럽게 말했다.

"그랬다면 백영진과 헤어지고 새 출발 할 수 있는 기회라고 생각하지는 않았나요?"

유은성 선생이 고개를 숙이며 두 손으로 얼굴을 가렸다. 강인하게 보였던 그녀의 어깨가 미세하지만 격렬하게 떨렸다.

"저는 영진이 없으면 하루도 살 수가 없어요."

두 형사는 그녀의 어깨가 흔들리지 않을 때까지 말없이 기다렸다. 그녀가 두 손으로 눈물을 닦으며 얼굴을 들었다. 김 형사가 일어서서 그녀에게 다가갔다. 그녀를 일으켜 세우며 미란다 원칙을 고지하고 수갑을 채웠다. 오 과장도 나무 의자에서 일어섰다. 그동안 혼란스러웠던 머릿속이 명료해진 느낌이었다. 머릿속에 하나의 연극 대본이 떠올랐다.

"분장실에 선생님이 쓴 대본이 있던데, '이름'이라는 제목의 대본 말이죠. 꼭 선생님 얘기 같군요. 그 대본으로 공연은 했습니까?"

유은성 선생은 앞만 보고 걸으면서 한숨을 쉬었다.

"그 대본은 제가 쓴 게 아니에요. 영진이가 썼어요. 공연은 하지 않았습니다."

의외의 범인이 밝혀지듯이 의외의 관계가 밝혀지는 내용을 구성해보고 싶었습니다. 우리 주위에는 숨겨진 '지배와 피지배' 관계가 의외로 많습니다.

소극장을 무대로 추리소설을 쓰고 싶었습니다. 일상과 연극을 오가고 현실과 허구를 넘나드는 모호한 의식 세계를 그리고 싶었습니다. 공연장이 코로나 위협에서 벗어나 문을 열기 시작할 때 소극장을 찾았습니다. 새로 시작한 희극에 가족처럼 모인 관객이 울고 웃을 때 조명과 무대 장치를 바라보며 머리를 이리저리 굴리던 것이 생각납니다.

필연적 인과관계로만 연결된 이야기를 구성하고 싶었지만, 인쇄된 것을 보니 저의 이야기 속에도 우연의 연속이 적지 않았습니다. 독자들이 과연 다음 장을 궁금해할까, 두려운 생각이 들었습니다. 사실, 현실은 필연보다는 우연이 지배적이지 않은가, 스스로 위로해보았지만 반칙을 범한 것 같아 부끄럽습니다.

어떤 비극을 따라가다 보면 여성이 최종 피해자인 경우가 많습니다. 오랜 세월 동안 지속된 구조적인 원인 때문이라고 생각합니다. 피해자 가운데는 가해자 같은 피해자가 있고 가해자로 변한 피해자도 있습니다. 그런 피해자에게 섬세한 접근을 시도할 수 있을 것 같아 여성 수사관을 등장시켰습니다. 〈그날, 무대 위에서〉는 오지영 형사과장이 해결한 네 번째 살인사건입니다. 각각은 독립된 단편이지만, 우리 현실이 반영된 공통점이 있습니다.

이 작품집에 저의 글이 실린 것도 영광인데 너무 과분한 의무가 주어진 것 같습니다. 글을 쓸 때는 힘들지만, 살아서 꿈틀거리고 있음을 확인할 수 있어서 좋습니다. 감성이 풍부한 수많은 독자들이 논리적인 유희의 장에 몰려드는 날을 꿈꾸고 있습니다.

마더 머더 쇼크

Mother Murder Shock

한새마

한새마

계명대 문예창작학과에서 시를 전공했다. 아이 넷을 키우며 늦깎이로 등단한 다둥이 엄마다. 2019년 계간 미스터리 여름호 〈엄마, 시체를 부탁해〉로 신인상을 수상하고, 2019년 〈죽은 엄마〉로 엘릭시르 미스터리 대상 단편 부문 대상을 수상했다. 《괴이한 미스터리_저주편》에 〈낮달〉 수록. 《여름의 시간》에 표제작 〈여름의 시간〉 수록. 《2035 SF 미스터리》에 〈위협으로부터 보호 되었습니다〉를 수록했다. 2021년 한국추리문학상 황금펜상 최종심에 오른 〈어떤 자살〉로 《2021 황금펜상 수상작품집》에 수록했고 그외 다수의 작품을 집필했다.

마더 Mother

나는 살인자다.

자동차 전면 유리창에 빨간 립스틱으로 휘갈겨 써놓은 글자가 제일 먼저 눈에 들어왔다.

나는 살인자다.

다음 문장을 읽고서 숨이 턱, 막혔다.

5개월 된 아들을 죽였다.

그래서 지금 자살하는 중이다.

무의식적으로 오른손을 치켜들었다. 손에는 '맥 루비우' 립스틱이 쥐어져 있었다. 아기 낳기 전까지 자주 바르고 다녔던 화장품 브랜드다. 나는 깜짝 놀라 립스틱을 떨어뜨렸다.

실내등이 켜져 있었다. 반면에 차 창밖은 어둠의 농담濃淡뿐이었다.

흙내와 물비린내가 코끝에서 감돌았다. 차체가 살짝 앞쪽으로 기울어지는 느낌이 들었다. 얼음장처럼 차가운 물이 발가락 사이로 스며들었다. 깜짝 놀라 무릎을 접어 가슴 가까이 끌어당겼다. 두 발은 맨발이었고 파자마 차림이었다.

가속 페달 밑으로 더러운 흙탕물이 찰박거리고 있었다. 차 안으로 물이 새어들어 왔다. 다급히 전조등을 켰다. 전조등 불빛이 저수지 수면을 비췄다.

차가 가라앉고 있었다.

안전띠를 풀려고 보니, 버클 버튼에 무언가가 꽂혀 있었다. 송곳이었다. 버튼을 암만 눌러도 벨트가 풀리지 않는 원인이었다.

차를 물에 빠뜨리고 안전띠 버클까지 고장 낸 사람이 바로 나일까? 왜? 완벽하게 자살하려고?

조수석 시트에 빈 약봉지들이 널브러져 있었다. 커다란 종이 약봉투에는 '행복한 정신의학과'라고 적혀 있었다. 빈 생수병도 보였다. 한꺼번에 너무 많은 약을 먹은 탓에 기억을 잃은 것일지도 몰랐다.

갑자기 양쪽 젖꼭지에 전류가 흐르는 듯 찌르르한 통증이 느껴졌다. 입고 있던 티셔츠의 가슴팍이 축축하게 젖어들었다. 딱딱하게 굳은 가슴에서 모유가 나오고 있었다.

나는 몸을 획 돌려 뒷좌석을 살폈다. 남색 카시트가 비어 있었다. 팔을 뻗어 카시트를 만졌다. 카시트 안전띠에 헝겊으로 만든 치발기가 걸려 대롱거렸다. 내가 직접 거즈 천으로 손바느질해서 만든 토끼 인형이다. 길고 새하얀 귀를 늘어뜨리고 있었다. 토끼 귀를 붙잡고 질겅대는 노아의 얼굴이 떠올랐다.

노아에 대한 마지막 기억이 눈앞에 스쳤다.

노아는 침대 위에 엎드린 채로 꼼짝하지 않았다. 듬성듬성한 머리칼이 땀에 젖어 뒤통수에 착 달라붙어 있었다. 엄마가 숨을 쉴 수 없게 뒤에서 목과 얼굴을 누르는데도 노아는 착해서 울지 않았다. 두 주먹으로 마지막 울음을 꽉 오므려 쥐고 있을 뿐이었다.

작디작은 어깨를 붙잡아 바로 눕혔다. 코와 입은 한쪽으로 눌렸고 흑갈색의 피가 말라붙어 있었다. 뱃속에서부터 울음이 치솟았다. 차갑고 딱딱해진 몸을 끌어안고 앞뒤로 흔들면서 나는 울부짖었다. 너무 화가 나서 노아를 도로 내려놓았다. 그러고는 두 손으로 내 뺨을 후려쳤다. 그걸로도 부족해 침대 프레임에 이마를 찧었다. 한 번, 두 번, 세 번 찧었다.

이제 막 떠오른 기억이 부정할 수 없을 만큼 실감 나서 나는 절망했다. 룸미러로 살펴보니 이마 한가운데에 주먹만 한 혹이 시퍼렇게 돋아 있었다. 두피 쪽에는 길게 찢어진 상처도 있었다.

내가, 내 새끼를, 노아를, 그렇게 만들었구나.

그러면 당연히, 죽어야지.

흐트러진 머리칼을 정돈하고 손으로 눈가를 쓸어내렸다. 두 발은 샘솟는 물에 담그고 두 손은 무릎 위에 가지런히 모아 바른 자세로 앉았다.

그런데 눈물을 훔친 손바닥이 쓰리고 아렸다. 나는 왼손을 펼쳐서 바라보았다.

믿지 마.

나오지도 않는 볼펜으로 긁어 써놓은 글자였다. 살갗이 벗겨지고 피가 맺혀 있었다. 무엇을 믿지 말라는 걸까. 앞 유리창에 립스틱으로 적어놓은 글을 믿지 말라는 걸까. 내 기억을 믿지 말라는 걸까. 누구를 믿지 말라는 걸까.

흙물이 무릎 오금까지 차올랐다. 그러자 실내등과 전조등이 모두 꺼졌다. 차에서 전기가 나간 것이었다. 나는 비명을 질렀다. 어둠 속에서 느껴지는 공포는 또 다른 것이었다. 하지만 그와 동시에 이 짓을 꾸미려면 적어도 내가 노아를 낳고 나서 산후우울증에 걸렸다는 걸 알고 있는 사람이어야 한다는 사실을 깨달았다. 정신을 바짝 차렸다. 더 고민해볼 시간을 벌려면 안전띠부터 벗어나야 했다. 안전띠를 천천히 잡아당겨 느슨하게 만들었다. 다리를 먼저 빼내면서 머릿속으로 명단을 휙휙 넘겨 보았다.

5년 전에 캐나다 이민 간 부모님.

10년 넘게 알고 지낸 필라테스 스승인 가희 언니.

사랑하는 남편이자 노아의 아빠 은오.
손자 사랑이 끔찍한 시어머니 정인.

이 중에서 미심쩍은 사람은 한 명도 없었다.

가희 언니가 운영하던 필라테스 요가 차이 센터를 인수하면서 나는 10년 넘게 다녔던 교회를 센터와 가까운 곳으로 옮기게 되었다. 새로 옮긴 교회에서 나란히 앉게 된 걸 계기로 가까워진 사람이 정인이었다. 정인은 부모님을 따라가지 않고 한국에 혼자 남은 나를 친딸처럼 살뜰하게 챙겨주었다. 나중에는 스타트업 사업체를 운영한다는 아들 은오를 소개해주기도 했다.

예의상 나간 자리였는데 나는 은오에게 한눈에 빠져버렸다. 귀엽고 선한 얼굴에 반듯한 옷차림의 그가 마음에 쏙 들었다. 필라테스 강사라고 나를 소개하면 남자들 열에 아홉은 내 몸매를 쓱 훑어보곤 했다. 하지만 은오는 어린아이를 바라보듯 사랑스러운 눈빛으로 내 두 눈에서 시선을 떼지 않았다.

"왜 자꾸 쳐다봐요?"

내가 웃으며 물었다. 그러자 은오는 슬며시 미소 지으며 대답했다.

"미간이 너무 예뻐서요. 제가 아는 사람 중에 미간이 제일 예쁜 사람이에요."

"그쪽도 잘생겼는데요, 미간이."

"그럼요. 500만 원 들었을걸요."

"네? 정말요?"

나는 눈을 동그랗게 떴다.

"네, 여기 누르면 99.5MHz 라디오 교통방송도 나와요."
"구버전이네요. 업그레이드 좀 해야겠어요."
"지금 혜서 씨 눈이 가운데로 다 모여 있는 거 알아요?"
순간 그의 얼굴을 너무 가까이에서 보고 있다는 걸 깨닫고 황급히 뒤로 물러섰다. 그와 함께 있으면 유쾌함이 내 안에서 팝콘처럼 튀어 올랐다.

우리 결혼에 한 가지 걸리는 게 있었다면 은오가 중학생일 때 이혼하고 딴살림을 차렸다는 시아버지였다. 은오는 전혀 신경 쓰지 않아도 된다고 했다. 시아버지하고는 인연 끊은 지 10여 년이 지났으니 시어머니 둘 모실 일은 없다면서.
하지만 내 마음에 걸렸던 점은 다른 것이었다. 나중에 태어날 우리 아이에게 인자한 할아버지가 있었으면 했다.
결혼 전 정인의 집엘 방문한 적이 있었다. 작은 평수지만 고급스러운 빌라였다. 은오와 찍은 사진들이 거실장 안에 놓여 있었다. 이상하게 은오의 어린 시절 사진은 한 장도 없었다.
갓난쟁이를 안고 있는 정인과 병실 침대 옆에 서서 방금 막 태어난 동생을 쳐다보고 있는 은오, 두 사람을 찍은 사진이 눈에 띄었다. 어린 은오는 교복 차림이었다.
"은오 씨 동생이에요?"
내 물음에 정인은 씁쓸하게 웃으며 대답했다.
"걔는 죽었단다. 태어난 지 며칠 안 돼서 죽었어. 은오가 중학교 2학년 때였지. 사망 신고도 못했어."
노아가 태어난 걸 안다면 시아버지가 얼마나 좋아하실까 하는 마음에 은오 몰래 그의 휴대폰에서 시아버지의 연락처를 알아내 내 폰에 저장해놓았다. 노아를 낳고 산후우울증에 걸리지만 않았어도 시아버지한테 연락했을 것이다.

시아버지는 노아의 출생조차 모르고 있을 터였다. 그렇다면 나와 노아를 알고 있으면서 이 일을 꾸밀 수 있는 사람은 한 명밖에 남지 않는다.

베이비시터, 이나.

차체가 앞으로 기울어지면서 안전띠가 조여와 상체를 빼내기 쉽지 않았다. 우울증약 복용 후 체중이 10킬로그램이나 빠져 그나마 쉽게 안전띠에서 벗어날 수 있었다. 나는 뒷좌석 쪽으로 자리를 옮겼다.

운전석 쪽 창문의 절반이 물속에 가라앉았다. 이제는 차 내부 틈마다 물이 새어들어 왔다. 시간이 얼마 남지 않았다.

이제 결정해야 했다. 내가 노아를 죽였는지, 안 죽였는지.

"난 은오만 장가가고 나면 유유자적 여행이나 다니면서 남은 인생 즐기며 살래. 애 봐달라고 연락하지나 마."

시어머니 정인이 결혼 전부터 입에 달고 다녔던 말이다. 그래서 그런지 결혼 6개월 만에 며느리가 임신하자 정인은 노발대발이었다.

"너넨 피임도 안 하니? 필라테스 센터는 어쩌려고? 인수한 지 1년도 안 돼서 다른 사람한테 넘길 거야? 넌 애가 생각이 있는 거니, 없는 거니?"

그런데 은오가 뭐라고 설득했는지 며칠 만에 정인의 태도가 싹 바뀌었다. 산모에겐 이런 음식이 좋다, 이런 음악이 좋다, 하며 이것저것 알려주곤 했다.

여덟 시간 진통 끝에 노아를 제왕절개로 낳았다. 자연분만을 고집했지만, 산도가 너무 좁아 결국엔 수술을 선택할 수밖에 없었다. 누누이 자연분만의 중요성을 강요했던 정인은 실망한 기색을 숨기지 못했다. 그 대신 모유 수유만큼은 12개월 동안 해야 한다며 신신당부했다.

코로나 19 때문에 조리원에 들어가지 않고 집에서 산후조리를 하기로 했다. 친정 부모님은 세계적인 팬데믹 상황의 추이를 지켜보다가 입국할 예정이었다. 그래서 정인과 산후조리사가 함께 나의 산후조리를 도와주기로 했다.

"나중에 자기 복직할 때 노아 봐달라고 말씀드리기도 편할 것 같긴 해. 그래도 자기가 조금이라도 불편하면 언제든지 나한테 말해. 나한테 VIP는 엄마도 아기도 아니고 바로 당신인 거 알지?"

은오의 말에 안심했다. 불편할 것이 빤했지만 중간에서 중재를 잘해줄 믿음직한 남편이 있어서 그 제안을 흔쾌히 받아들였다.

그런데 내가 퇴원한 지 이틀 만에 정인은 산후조리사를 내보냈다. 속싸개로 노아를 싸매면서 너무 거칠게 다룬다는 이유에서였다. 꿰매놓은 아랫배가 너무 아파서 산후조리사를 파견한 업체에 항의 전화를 하고 싶지 않았다. 싸울 기운도 없었다. 시어머니인 정인하고 말하고 싶지도 않았다.

"유선염에 걸리지 않으려면 유두를 미지근한 물에 씻어야 해."

"젖이 잘 나오게 하려면 모유 수유하기 10분 전에 따듯한 수건으로 마사지를 해야 한다."

"그렇게 허리를 굽히고 젖을 주면 가슴이 처진다."

"유두가 찢어졌다고 스테로이드 연고를 바르면 어떡하니? 애가 먹으면 어쩌려고?"

모유 수유가 끝나면 시어머니는 나에게서 노아를 떼어갔다.

"너 눈 좀 붙이라고."

그러면서 내가 눈을 조금이라도 붙일라치면 정인은 내 이름을 불러댔다. 방 밖으로 나올 때까지 계속.

"노아 목욕 시킬 거니까 물 좀 받아라."

"목욕 다 시켰으니까 욕실 정리해라."

"여기, 노아 기저귀 갈았다. 똥 기저귀 치워라."

"노아 바지에 좀 묻었는데 삶기 전에 애벌빨래해라."

정인이 미역국을 너무 많이 끓여놓아서 먹어도 먹어도 끝이 없었다. 나중에는 미역국에 물려서 속이 울렁거릴 지경이었다. 배달 앱에서 먹고 싶은 걸 주문해서 먹었다가 한 며칠 정인의 잔소리를 들어야 했다.

"갓난쟁이 집엔 달걀도 굽으면 안 된다."

"엄마가 뭘 먹는지에 따라 모유 질이 달라지는데 넌 왜 매운 걸 먹으려고 하니?"

"네가 그런 걸 먹으니 애 얼굴에 아토피가 생겼잖니."

보름 만에 나는 두 손 두 발 다 들고 말았다. 거실에서 누가 날 부르기만 해도 숨을 제대로 쉴 수 없었다. 그래서 이제는 그만 집으로 돌아가시라고 정인에게 말했다. 지금까지 한 번도 나에게 언성을 높인 적이 없던 은오가 이 일로 화를 냈다.

"왜 그러는 거야? 엄마가 중학교 선생님으로 오래 계셔서 말투가 기분 나쁘게 들렸을 수도 있어. 그래도 다 우리 노아를 위해서 하신 소리잖아? 엄마 말 중에 하나라도 틀린 거 있어?"

시어머니의 말이 틀렸다는 이야기가 아니었다. 내 마음을 제대로 설명할 길이 없어서 답답했다.

"그냥 내가 알아서 할 테니까 제발 나하고 노아 둘만 있게 해줘."

"자기 혼자 힘들어. 몇 달만 꾹 참고 엄마한테 그냥 도와달라고 하자."

"아니, 안 힘들어. 나 혼자 충분해."

하지만 그건 나의 오만이었다.

노아는 밤중에 깨면 서너 시간씩 자지러지게 울기 일쑤였다. 처음엔 은오도 나와 함께 노아를 재우기 위해 애썼다. 하지만 아침 일찍 출근하는 사람이다 보니 잠을 이기지 못했다.

나는 한밤중에 깨어 자지러지는 노아를 차에 태워 몇 시간 동안 드라이브를 했다. 차로 시 외곽을 돌고 돌다 시골의 시멘트 도로로 빠졌다. 그러다가 가뭄에 대비해 조성해놓은 작은 저수지를 발견하고 잠시 차를 세웠다.

저수지에 드리운 달그림자를 바라보며 소리 죽여 울었다.

그때 내 울음소리 사이로 낯선 자의 속삭임이 섞였다.

'애를 죽여.'

처음엔 잘못 들었다고 생각했다. 내비게이션이나 라디오에서 흘러나온 소리인 줄 알았다. 그러다 문득 오싹해져 나는 몸을 뒤로 돌려 노아를 확인했다.

'애를 죽여.'

토끼 귀를 빨면서 잠들어 있던 노아가 깨서 칭얼거렸다. 환청은 노아의 울음소리에 파묻혔다.

얼른 차에서 내렸다. 뒷문을 열고 카시트에서 노아를 꺼내 안았다. 노아는 마치 불에 덴 듯 자지러지게 울어댔다. 인적이 드문 곳이라 울음소리는 쩌렁쩌렁하게 울렸다. 커다란 날벌레들이 노아를 향해 날아와 부닥쳤다. 나는 불빛을 등지고 반대 방향으로 걸었다. 우리 그림자가 어둠 속으로 완전히 파묻힐 때까지 걷고 또 걸었다. 한 손으론 노아의 목덜미를, 다른 손으론 엉덩이를 받쳐 들고 계속 흔들어주었지만, 울음은 그치지 않았다.

울음소리에 젓가락으로 귓구멍을 쑤시는 것처럼 귓속이 아팠다. 아, 정말 듣기 싫다. 귀가 아프다. 귀가 너무 아프다. 제발 단 몇 초라도 조용히 있고 싶다.

그렇게 생각한 순간, 내 두 손이 노아를 꽉 움켜쥐고서 돌밭 위에 힘껏 내동댕이치고 말았다. 끼악, 뻥망치 소리 같은 비명이 울린 후 사방이 고요해졌다. 해방감에 가슴이 벅차올랐다. 이렇게 쉬운 일이었다니, 미소를 지었다.

잠시 울음을 멈췄던 노아가 다시 자지러지기 시작했다. 돌밭 위에서가 아니라 내 품에서였다. 정신을 퍼뜩 차린 나는 안도하며 노아를 끌어안고 울었다. 혼자서 애를 잘 돌볼 수 있다고 자신했는데, 내 오만함 때문에 애가 죽을 뻔했다.

나는 정신과 상담을 받기 시작했고 회복하는 동안 노아를 돌봐

줄 베이비시터를 고용하기로 했다. 필라테스 수강생이었던 이나는 유아교육학과를 졸업하고 강남의 내로라하는 놀이 유치원에서 정교사로 일하다가 박사 과정 준비로 휴직 상태였다. 출산 전에 내가 특별히 부탁해서 노아 베이비시터로 '모셔온' 것이었다.

갑자기 차 안에 휴대폰 벨 소리가 울려 퍼져 화들짝 놀랐다. 휴대폰이 차 안에 있을 거라곤 생각지도 못했다. 어둠 속에서 차 안 여기저기를 더듬었다. 차가 앞쪽으로 기울어진 상태라 콘솔 박스와 글러브 박스까지 물에 잠겨 있었다.

휴대폰 불빛은 노아의 카시트 안에서 뿜어져 나왔다. 액정 화면에 '이유진 원장'이라는 이름이 떠 있었다. 행복한 정신의학과 원장이었다. 통화 버튼을 누르자마자 수화기 너머에서 이 원장이 소리쳤다.

"김혜서 씨, 당신 잘못이 아니에요." 잠깐의 침묵도 못 견디고 이 원장은 다급하게 말을 이었다. "30분 전쯤에 문자 받았는데 제가 이제 일어나서 늦게 봤어요."

폰 액정 화면에서 현재 시각을 확인했다. 11월 3일 05:10.

"무슨 문자인데요?"

이 원장은 문자 내용에 대해선 일부러 대답을 피하는 것 같았다.

"119에 신고했어요. 휴대폰 위치 추적해서 그쪽으로 찾아갈 거예요."

"이미 늦었어요."

"뭐가 이미 늦었어요? 지금 이렇게 전화를 받고 있잖아요. 그건 혜서 씨 잘못이 아니에요."

"그럼 누구 잘못인데요?"

"에스트로겐 수치가 출산 후에 급격히 떨어지면서 생긴 정신과적 응급 상황이에요. 다른 나라에선 산모들 정신건강도 관리해주지만 우리나라에선 그저 개인의 문제로 치부하죠. 의료 시스템의 부재가 문제인 거예요. 그러니 자책하지 말고 얼른 마음을 바꿔요."

물이 배꼽까지 차올랐다. 온갖 영수증과 약 봉투와 쓰레기들이 물에 둥둥 떠다니는 게 휴대폰 불빛에 보였다.

"전 왜 약 먹는데 안 나았죠?"

"단약하지 말고 꾸준히 챙겨 먹었다면 좋아졌을 거예요."

"약 빠트린 적 없어요. 열 몇 개나 되는 걸 꾸역꾸역…."

"몇 개요? 열 몇 개요? 전 그렇게 많이 처방하지 않아요. 아침, 점심, 저녁은 네 알, 잠자기 전에는 수면제까지 해서 다섯 알 정도인데…."

혜서는 전화를 끊었다. 액정 화면에 불이 꺼지자 무시무시한 어둠이 밀려왔다. 놀라 휴대폰 버튼을 눌렀다. 구정물에 반쯤 잠긴 노아의 카시트가 보였다. 우울증 약을 꼬박꼬박 챙겨주던 이나가 떠올랐다.

"넌 그렇게 침대에 푹 퍼져 있으면서 저런 베이비시터를 네 남편 옆에 두기 안 불안하니? 당장 내보내라."

정인은 이나를 내보내라고 성화였다. 그즈음 나는 우울해서 침대 밖으로 한 발짝도 내디딜 수 없었다. 어떤 커다랗고 투명한 누름돌 같은 게 내 온몸을 짓누르고 있었다. 머리 하나 들어 올릴 힘조차 없어 눈물을 닦지도 않고 계속 울었다.

어떤 날엔 옷 솔기들이 전부 면도날처럼 느껴져, 입고 있던 파자마를 찢어발기고 홀딱 벗은 채로 침실 안을 뱅글뱅글 돌기도 했다.

'애를 죽여, 죽여, 죽여, 죽여.'

속삭임이 사방에서 들려왔다.

'싫어요. 싫어요. 그럴 수 없어요.'

'그럼 네가 죽어, 죽어, 죽어, 죽어.'

나는 귀를 막고 소릴 질렀다. 내 목소리로 속삭임을 덮어버리고 싶어서였다. 비명을 듣고 달려온 은오는 나를 꼭 안아주면서 아직 약을 먹은 지 얼마 되지 않아서 그런 거라며 같이 힘내자고 했다.

"자기, 나 버릴 거지?"

"아니, 절대로 버리지 않아. 곧 나아질 거야. 곁에서 지켜줄게."

상냥한 은오는 베이비시터가 늦게 퇴근하는 날이면 차로 태워다 주곤 했다.

현관 앞에서 두 사람이 마주 보고 서서 이야기를 나누고 있었다. 이나가 골반 위에 척 걸쳐 안고 있던 노아를 은오에게 건네주었다. 은오는 노아를 안고 이나에게 입을 맞췄다. 이나는 은오의 손을 잡고 아기 방으로 앞장서서 걸어갔다. 은오는 이나의 손에 이끌려 방으로 들어갔다.

셋이 한 세트 같다.

스푼, 포크, 나이프, 한 세트.

"언니, 약 먹을 시간이에요."

"언제부터… 네가 내 약을… 너무…."

입술이 잘 떨어지지 않아 말들이 입안에서 맴돌았다. 눈썹산을 몇 번이고 치켜뜨는데도 눈앞이 빙글빙글 돌았다. 손바닥 위에 놓인 알약들이 다섯 개였다가 열다섯 개였다가 스물다섯 개였다가 다음 순간 사라졌다. 먹은 기억이 없는데 눈을 감았다 떴더니 이불 속에 들어가 있을 때도 있었다.

머릿속이 수십 수백 개의 거울 조각으로 만들어진 거울 방이었다. 어떤 게 진짜인지, 어떤 게 가짜인지 알 수가 없었다. 노아를 죽이는 끔찍한 환영도 계속되었다. 물을 가득 채운 욕조에 빠뜨리고 아파트 베란다 밖으로 던지고 목을 조르고 칼로 찌르고 베고….

담배 냄새에 눈을 떴다. 누군가 내 침대 옆에 서서 담배를 피우고 있었다.

"누, 누구세요?"

목구멍이 찢어지게 아팠다. 나는 마른침을 자꾸 삼켰다. 새까만 정장 차림의 중절모가 침대 옆에 서서 나를 내려다보고 있었다.

"여기서 담배 피우면 안 돼요."

입술이 붙어 잘 떨어지지 않았다.

"불나요."

남자는 담배를 입에 문 채로 말했다.

'아들을 죽여. 잘못 태어났어. 죽었다가 다시 태어나야 해. 안 그러면 네 아들도 너처럼 정신병에 걸릴 거야. 천문이 닫히면 영혼이 빠져나올 수 없게 돼. 그전에 죽여야 해. 네 아들도 끝없이 고통받길 원하나?'

이상하게도 남자의 말이 전부 이해됐다. 그리고 남자의 말을 따라야 할 것만 같았다.

나는 침대에서 벌떡 일어났다. 벽시계를 보니 오후 3시를 가리키고 있었다.

이상했다. 실내에 담배 연기가 가득했다. 남자가 숨어 있을 만한 곳을 뒤지고 다녔다. 안방 욕실 세면대에 누군가 담배꽁초를 비벼 꺼놓았다. 필터에 장밋빛 립스틱 자국이 남아 있었다. 은오가 퇴근하고 집에 오면 보여주려고 담배꽁초를 휴지에 싸서 화장대 서랍 안에 집어넣었다.

은오의 입맞춤에 잠에서 깼다.

"화장대, 서랍에, 응? 응?"

은오는 내가 시키는 대로 화장대 서랍을 열어보았다.

"뭐가 있다고 그래? 아무것도 없는데?"

"담배."

"자기, 담배 피워?"

"아니, 어떤 남자가, 중절모 쓴 남자가 와서, 내 옆에서 담배를 피워서, 그래서 찾아보니까, 화장실에, 자기야, 내 말 믿지? 내 말 믿지?"

나는 갑자기 라마즈분만법으로 호흡을 끊어서 말하기 시작했다. 입을 오므렸다가 뱉어내고 다시 입을 오므렸다가 뱉어내야 모래알처럼 빠져나가는 생각을 잠시라도 붙잡을 수 있었다.

"당연하지. 당신 말 믿어."

"약이, 너무 많아, 이나가 약을, 언제부터, 너무 많아."

"약을 더 주고 싶어도 처방받은 약밖에 없어서 더 줄 수가 없어."

은오는 나를 꽉 끌어안았다.

"이나 내보낼까? 신경 많이 쓰이면 당장 내보낼게."

내가 은오에게 이나를 쫓아내라고 말을 했는지, 안 했는지 기억나지 않았다.

가슴께까지 차오른 물이 너무 차가워 심장이 멎을 것 같았다. 호흡이 가팔라졌다.

나에게 이런 짓을 한 게 이나일까? 왜? 나를 죽이고 내 자리를 차지하기 위해서? 이나보다 내가 한 짓인 게 더 말이 되지 않나? 그럼 손바닥에 새긴 글자는 뭐지? 과연 몇 초 안에 답을 구할 수나 있을까? 아니, 애초부터 질문 자체가 없었던 것은 아닐까?

마지막으로 통화하고 싶은 사람이 있었다. 당연하게도 내 남자, 은오에게 전화를 걸었다. 통화 연결 음이 길게 이어졌다. 그동안 물이 턱 밑까지 차올랐다. 나는 왼손으로 차 문 위에 손잡이를 붙잡고 엉덩이를 들어 올렸다. 아침에 눈을 떴을 때 아내와 아들 둘 다 잃었다는 걸 알게 된 은오는 얼마나 비통할까.

다음은 캐나다에 계신 부모님을 떠올렸다. 무슨 염치로 그분들에게 작별 인사를 할 수 있을까. 그래서 시어머니 정인에게 전화를 걸었다. 역시나 받지 않았다. 새벽 기도를 나가면 꼭 휴대폰을 진동으로 해놓는 분이니까.

푸우, 푸우, 내쉬는 숨결에 물방울이 튀었다.

노아야, 미안해.
엄마가 살인자라서.

머더 Murder

"다리에 힘 빼세요."
의사가 스틱형 초음파 기구를 조심스레 움직이며 말했다.
아랫도리 위로 잔바람이 기어 다녔다. 찬 기운에 놀라 치모들이 오스스 일어났다.
나는 짐짓 벽에 걸린 모니터를 응시했다. 검은 화면에 나타난 자궁은 잿빛이었다. 산부인과 대기실에서 봤던 분홍색의 그것과 달랐다. 두 눈으로 잿더미 속에 있을 수정란을 집요하게 찾았다.
두어 달 동안 생리가 없었다. 속이 메스꺼워 헛구역질도 잦았다. 늘 피곤했고 깜빡깜빡 졸기 일쑤였다. 하지만 나는 중절 수술을 할까 말까 고민하지도 않았다. 박 사장의 아기니까. 강남의 수십 평대 브랜드 아파트까지 자신을 들어 안착시켜줄 이카로스의 날개니까. 비록 박 사장은 유부남이지만 마누라하고 몇 년째 별거 중이고 슬하에 자식도 없었다.
"임신은 아니고요."
의사의 말에 나는 놀라 어깨를 살짝 들어 올렸다.
"네? 그럼?"

의사가 짐짓 목소리를 깔았다.

"움직이면 안 됩니다."

"상상임신이라고요?"

나는 아랑곳하지 않고 되물었다.

"네, 그런 것 같네요."

의사가 질 내에서 초음파 기구를 빼낸 후 라텍스 장갑을 벗었다. 나는 간호사의 도움으로 진료용 고무줄 치마를 내리고 바닥에 놓인 슬리퍼를 신었다.

옷을 갈아입고서 의사 맞은편에 앉는데, 컴퓨터 모니터 화면을 찬찬히 살펴보던 의사가 사뭇 심각한 표정으로 말했다.

"음, 이게 자궁 점막하근종인데, 양성인지 악성인지 검사도 해야 하고, 이것만 봐도 사이즈가 꽤 크네요. 몇 개 더 있어요. 일단 MRI 찍어봐야 알겠죠?"

"혹시 수술해야 해요?"

"검사해보면 알겠지만, 아직 비혼이고 하니 최대한 수술 부위도 작게…."

병원비 수납 직원이 호명할 때까지 나는 대기실에 앉아 기다리고 있었다. 대기실 곳곳에 만삭의 임산부들이 앉아 있었다. 남편과 동행한 이도 있었다.

이제 스물여섯인데 자궁에 문제가 생기다니, 비참했다. 시쳇말로 '취집'이 목표인데 난임이면서 가능할까, 아니면 난임이라서 더 유리할까.

가방 안에서 휴대폰 진동이 울려댔다. 꺼내 보니, 액정 화면에 박 사장의 느끼한 얼굴이 부르르 떨고 있었다. 돈 많은 남자는 왜

다들 유부남인지 모르겠다. SNS 다이렉트 메시지가 왔다.

—자기야, 어디야? 산부인과야?

임신했다고 말했더니 박 사장이 애가 닳은 모양이었다. 답장하려고 손가락을 움직이는데 그새 박 사장의 다이렉트 메시지가 또 들어왔다.

—자기야, 설마 낳으려는 건 아니지?

무슨 뜻으로 하는 소리지? 속에서 끓어오르는 걸 참았다. 어쨌든 임신하지 않은 게 사실이니까.

—자기야, 나 사실 말 못한 거 있다. 나 다둥이 아빠야. 애가 넷이야. 애라면 아주 지긋지긋해.

이 미친 유부남 새끼 때문에 일하던 유치원에 사직서까지 냈는데, 짜증이 솟구쳤다. 한 달 원비만 200만 원인 놀이 유치원에서 돈 많은 싱글파파나 꼬셔볼까 해서 아득바득 다녔던 일터다.

—야! 낳기만 해봐! 너 때문에 이혼당하면 너한테 상간녀 소송할 거다!

개새끼.

"주이나 님."

나도 모르게 휴대폰을 들고 자리에서 벌떡 일어났다. 가방이 무릎 아래로 떨어지면서 속에 있던 물건들이 와르르 쏟아졌다. 약국 종이봉투에 둘둘 싸인 임신 테스트기도 튀어 나왔다. 선명하게 두 줄로 그어진.

"어? 이나 아니니? 괜찮아?"

깜짝 놀라 쳐다보니, 지난달까지 몸매 관리 때문에 열심히 다녔던 필라테스 요가 차이 센터 원장인 김혜서 쌤이 서 있었다.

"혜서 쌤? 여긴 어쩐 일로 왔어요?"

"으응, 임신 10주 차라서 1차 기형아 검사하러 왔어. 남편하고 같이."

혜서 쌤이 환하게 웃었다. 미소 끝에 결혼도 안 한 처녀는 여기 왜 왔을까, 하는 호기심이 걸렸다.

"아, 전 생리불순 때문에요."

그때, 혜서 쌤 남편이 바닥에 널브러져 있던 테스트기를 주워 나에게 건네주었다. 나는 귓바퀴까지 빨개지는 게 느껴졌다.

혜서 쌤 남편은 쌤보다 대여섯 살 정도 어려 보였다. 훤칠하게 큰 키에 명품 정장을 차려입은 모습이 아찔하게 매력 있었다. 몇몇 여자들이 쌤 남편을 흘깃거리며 소곤댔다. 혜서 쌤은 몸매만 날씬하지 얼굴은 평범하기 그지없었다. 두 사람이 어울리지 않는다는 걸 당사자들만 모르는 것 같았다.

"김혜서 님, 3번 원장실로 들어가세요."

간호사의 부름에 혜서 쌤이 나에게 손을 흔들었다.

"그럼 센터에서 봐."

쌤 남편도 웃으며 가볍게 고개를 끄덕였다. 두 사람은 팔짱을 끼고 진료실 안으로 들어갔다.

나 따위는 관심도 없겠지. 지난달부터 센터에 나가지도 않고 있는데.

병원 주차장에서 혜서 쌤과 또 마주쳤다. 아니, 정확하게 얘기하자면 고급 외제 차에 올라타는 혜서 쌤을 지켜본 것뿐이지만.

나는 그만두었던 필라테스 요가 차이 센터에 다시 나가기 시작했다. 수강료가 일반 강의보다 훨씬 비싼 혜서 쌤 수업을 신청했다. 뱃속 아기가 좀 더 크면 수업을 진행할 수 없을 거라는 말에도 바득바득 우겨서 쌤과 일대일 수업을 진행했다.

수업 시간 내내 쌤에게 어필했다. 독서 지도 자격증, 스토리텔링 수학 지도 자격증, 심리 미술 그리기 자격증 등등 돈만 주면 딸 수 있는 거지만 수많은 협회 자격증을 소지하고 있다는 점과 유아교육학과 학사인 점과 강남의 내로라하는 놀이 유치원에서 교사로 일했던 점까지 줄줄이 읊어댔다. 대학원 입학을 준비 중인데 공부할 시간이 부족해서 부득이 놀이 유치원을 그만두게 됐다는 이야기도 했다.

"솔직히 수강비 20만 원에 40시간 수강만 하면 다 따는 베이비시터 말고 저 같은 전문가를 고용하셔야죠, 안 그래요? 나중에 쌤 아기 낳으면 꼭 저 불러주세요. 네?"

쌤 남편의 이름은 유은오였다.

"유은오 사장님 오셨습니까?"

저크시즈 팰리스 로비에서 안전요원과 실랑이하고 있던 나를 유은오 사장이 구해주었다.

"혜서 쌤이 절 불렀어요. 베이비시터로요. 오늘 집으로 오라고 해서 온 건데 아무리 벨을 눌러도 받질 않네요."

안전요원은 무턱대고 찾아오는 방문자를 많이 상대해봤다는 식으로 대번에 나를 내쳤다.

"사모님이 만나기 싫은가 보죠. 그냥 가세요."

"그럴 리가 없어요. 분명히 어제 통화했다고요."

"나중에 다시 오든가 해요."

때마침 유은오 사장이 로비로 들어오다가 실랑이를 벌이고 있던 나를 발견했다.

"아, 여기 이나 양은 우리 노아 봐주실 선생님입니다. 집사람이 또 낮잠을 자고 있나 보네요."

혜서 쌤 집은 어느 방향에서 사진을 찍어도 럭셔리 펜트하우스 샷이 될 만큼 고급스러운 인테리어로 꾸며져 있었다. 유은오 사장은 어디에 앉으라는 권유도 없이 나를 거실 한복판에 세워놓고 침실로 들어갔다. 나는 이때다 싶어서 셀카를 마구 찍어댔다. 그때 가사도우미 아줌마가 다이닝룸에서 나오다가 나를 보고선 혀를 끌끌 찼다.

"너 뭐 하는 앤데 남의 집 사진을 찍고 있니?"

가사도우미의 거만한 태도에 심사가 뒤틀렸다. 뭐라고 한 마디 쏘아붙이려다가 첫날부터 그래선 안 되겠지 싶어 참았다.

"노아 베이비시터인데요."

"그 훤히 드러나 보이는 젖가슴으로 누굴 꼬시려고 왔니?"

"네?"

"헐렁한 니트 배꼽티에 스키니 청바지가 애 보는 복장이니?"

가사도우미 주제에 왜 시비냐고 따지려는데, 침실에서 유은오 사장이 혜서 쌤을 부축해 거실로 나왔다.

혜서 쌤은 아기 엄마치곤 너무 말라 있었다. 머리는 감지 않아 기름졌고 입가엔 침이 허옇게 말라붙어 있었다. 텅 빈 두 눈이 나를 알아보고는 반짝하고 빛났다. 유은오 사장은 혜서 쌤을 세상에서 가장 아름답지만 쉽게 부서지는 보물이라도 되는 듯 애지중지

다뤘다.

“졸려요?”

혜서 쌤이 고개를 끄덕이자 유은오 사장은 힘센 두 팔로 그녀를 번쩍 안아 올렸다.

“어머니, 노아 방으로 선생님 안내해주실래요?”

가사도우미인 줄 알았던 중년 여성이 유은오 사장의 어머니였다니, 좀 전에 참지 못하고 땍땍거렸다면 큰일 날 뻔했다며 나는 가슴을 쓸어내렸다. 병든 아내를 안아 침실로 옮기는 유은오 사장의 잘 빠진 뒷모습을 보며 내년엔 그의 품에 꼭 내가 안겨 있으리라 다짐했다. 그런 내 기대를 유 사장 어머니가 순식간에 깨버렸다.

“그만 껄떡대고 따라와.”

유 사장 어머니에게 눈을 흘기다가 부잣집 아기 방은 얼마나 예쁘게 꾸며져 있을까, 상상하며 뒤를 따랐다.

방문이 열리자 아무것도 없이 방 한가운데에 덩그러니 아기 침대만 놓여 있는 걸 보고 당황했다. 요즘엔 아기 방도 미니멀하게 꾸미는 게 유행인가, 의아스러웠다.

“가서 안아줘야지?”

나는 방으로 들어가 조심조심 아기 침대 위에 둘러쳐져 있는 캐노피를 걷었다. 그런데 그 안에 누워 있어야 할 노아가 보이질 않았다. 파란색 속싸개에 싸여 있는 건 아기가 아니라 아기 인형이었다. 얼굴과 손발만 딱딱한 강화 실리콘으로 만들어졌고 몸통은 솜을 채워 넣은 헝겊으로 된 인형이었다.

“노, 노아는요?”

나도 모르게 말을 더듬었다.

유 사장 어머니는 어깨를 한껏 끌어올렸다가 한숨과 함께 떨어뜨렸다.

"우리 며느리가 죽였어."

"네?"

"우리 며느리가 젖 주다가 아기를 깔아뭉개서 죽였다고."

어떻게 저런 무참한 이야기를 아무렇지도 않게 할 수 있지? 혜서 쌤의 시어머니이자 노아의 친할머니면서. 그녀의 냉랭한 태도가 무섭게 느껴졌다.

노아가 백일도 지나지 않았을 때 벌어진 비극이라고 했다. 혜서 쌤이 모로 누워 노아에게 모유 수유를 하다가 깜빡 졸았는데 그만, 노아가 엄마 젖에 깔려 질식해 죽었다는 것이었다. 그 충격으로 혜서 쌤은 실성했고 지금까지 아들의 죽음을 받아들이지 못한다고 했다.

할 말을 찾지 못해 입만 벌리고 있었다. 유 사장 어머니는 아기 침대에서 인형을 들어 올려 품에 안았다. 그러고는 살아 있는 아기를 다루듯이 좌우로 살짝 흔들었다.

"미친년 장단에 안 맞춰주면 우리 아들이 죽겠다 해서 내가 이러고 있네. 그러니 너도 내일부터 배꼽 보이는 옷 말고 제대로 된 옷 갖춰 입고 와서 우리 노아 잘 보살펴줘야 한다. 알겠지?"

웃어야 할지 울어야 할지 알 수가 없었다. 혜서 쌤한테 닥친 불행이 너무나 커서 동정심이 들 정도였다. 한편으론 젊고 돈 많은 유 사장을 대놓고 꼬실 수 있어서 기쁘기도 했다.

오전에 출근해서 아기 인형에게 두세 시간마다 젖병을 물리고 안아서 트림을 시켰다. 틈틈이 기저귀도 갈아주고 옷에 뭐가 묻으면 바로바로 갈아입혔다. 오전엔 동화책을 읽어주고 오후엔 따듯한 물에 목욕을 시켰다. 유 사장 어머니도 수시로 집을 방문했고, 혜서 쌤도 툭하면 온 집 안을 돌아다녔기 때문에 인형을 함부로 대할 수 없었다. 중간 중간 혜서 쌤 약도 챙겨 먹여야 해서 정말 눈코 뜰 새 없이 바빴다.

인형을 안아서 재울 즈음이면 유 사장이 일을 마치고 집으로 돌아왔다. 가끔 퇴근 시간이 너무 늦어지면 나를 집까지 태워다 주기도 했다. 유명한 가게의 디저트를 사다 주거나 과일 바구니를 안겨줄 때도 있었다.

"수고하셨습니다. 이제 노아 저 주시고 퇴근하세요."

나는 인형을 유 사장에게 건넸다. 인형을 껴안으며 한쪽 볼을 갖다 대는 유 사장의 얼굴이 오늘따라 더 지쳐 보였다. 부유하고 상냥한 그에게도 사랑과 보살핌이 필요한 것이었다. 나도 모르게 그의 입술에 내 입술을 가져다 댔다. 내 키스가 그를 조금이라도 위로해줄 수 있다면….

유 사장이 나를 확 밀쳤다. 그 바람에 나는 뒤로 엉덩방아를 찧었다. 그가 나를 노려보고 있었다. 잔뜩 일그러진 얼굴이었다. 인형으로 자기 입술을 닦으며 낮게 으르렁거렸다.

"한 번만 더 이런 짓 했다간 쫓겨날 줄 알아."

유 사장은 혼자 노아 방으로 들어가 버렸다.

다음 날 실성한 혜서 쌤이나 밉상인 유 사장 어머니에게 그만두겠다고 말할 작정이었다. 유 사장은 아내를 너무 사랑하고 있었고, 그런 그를 내 것으로 만들 수 없다면 이런 미친 짓을 하고 있을 필요가 없었다.

그만두겠다고 혜서 쌤에게 말하려고 침실로 들어갔다. 팔자 좋은 이 여자는 침대에 누워 헛소리를 지껄이고 있었다. 내가 약을 꼬박꼬박 챙겨 먹이는데도 좋아질 기미가 보이지 않았다. 원래 정신병이란 게 쉽게 낫는 병은 아닌가 보았다.

그때 갑자기 인터폰 벨 소리가 울려 퍼졌다. 혹시나 잠든 혜서 쌤이 깰까 봐 나는 얼른 인터폰 쪽으로 뛰어갔다.

비디오 화면 속에는 넙데데하고 느끼한 얼굴의 남자가 서 있었다.

"주이나, 주이나, 너 거기 있는 거 다 알아!"

얼른 인터폰 통화 버튼을 눌렀다.

"박 사장님? 여긴 어떻게 알고 왔어요?"

"얼마 전에 로비에서 너 올라가는 거 보고 놀라서 몇 층 사는지 확인했지."

"아, 근데 무슨 일인데요?"

"무슨 일은! 네가 내 애 갖고 사라졌잖아!"

"그게 무슨 소리예요?"

나는 속으로 아차, 싶었다. 임신한 게 아니라고 박 사장에게 말해주지 않았던 것이다.

"나중에 무슨 덤터기를 씌우려고?"

"미쳤어요? 그냥 꺼져요!"

"나보고 꺼지라고? 뻔뻔하게 우리 아파트 꼭대기 층을 렌트해 놓고 나보고 꺼지라고? 야, 당장 문 열어!"

계속 문 앞에서 소란을 피우게 놔둘 순 없어서 나는 소파 위에 인형을 내려놓고 직접 현관까지 나가서 문을 열었다.

"왜 그래요? 남의 집 앞에서!"

박 사장이 집 안으로 들어오자마자 내 몸 이곳저곳을 더듬으며 뭔가를 찾았다.

"어? 배는? 배가 쏙 들어갔네?"

나는 팔짱을 끼고 서서 박 사장을 한심하게 쳐다보다가 갑자기 놀려주고 싶은 생각이 들었다.

"조산했어요."

"뭐?"

"조산했다고요."

박 사장은 손가락을 꼽아가며 열심히 뭔가를 계산했다. 그러는 모습이 내 부아를 치밀어 오르게 했다.

"아들이에요. 지금 자고 있어요. 그러니 그만 돌아가 줄래요? 그리고 일부러 박 사장님 아파트 위층으로 이사 온 거 아니거든요. 여기 우리 엄마 아빠 집이거든요. 곧 돌아오실 거니까 빨리 나가요."

"여기가 너네 부모님 집이라고? 그럴 리가 없는데. 이 집 주인 내가 아는데 여기 월세 주고 지금은 미국에서 지내는데?"

박 사장이 고개를 갸웃거렸다.

"왜요? 우리 엄마 아빠는 이런 집 월세도 못 살 거 같아요?"

박 사장이 나를 밀치며 집 안으로 밀고 들어왔다.

"아, 빨리 나가요!"

나는 박 사장을 두 손으로 밀어냈지만, 막무가내로 들어오는 힘을 당해낼 수 없었다.

"내 아들 얼굴이나 좀 보자."

박 사장이 온 집 안을 헤집고 다녔다. 그러다가 거실 소파에 있는 아기 인형을 발견할까 봐 조마조마했다. 배냇저고리를 입고 속싸개에 싸여 있는 인형은 멀리서 보면 영락없는 신생아였다. 하지만 가까이서 보면 인형인 게 들통 날 수밖에 없었다.

"나가요. 아, 나가라고!"

소파에 누워 있는 인형을 발견한 박 사장이 부리나케 달려가 그걸 안아 올렸다.

"우쭈쭈, 내 새끼. 보자, 보자, 얼마나 잘생겼나…."

속싸개가 벗겨지고 머리칼 하나 없는 인형의 얼굴이 드러났다. 그러자 너무 놀란 박 사장은 인형을 바닥에 떨어뜨렸다.

"야, 소름 끼치게 이게 뭐야? 너 미쳤어?"

나는 바닥에 떨어져 있던 인형의 팔을 잡고 들어 올려서는 손으로 탁탁 먼지를 털어냈다.

"그냥 꺼져요. 확 신고하기 전에…."

말을 다 이을 수가 없었다. 갑자기 뭔가가 와락 달려들었다. 나는 그 바람에 소파 위로 벌러덩 나자빠졌다. 눈을 떠보니까 혜서 쌤이 억센 손아귀로 내 목을 조르고 있었다. 기름진 머리칼들 사이로 희번덕거리는 두 눈이 벌겋게 충혈되어 있었다. 비쩍 마른 병자라고는 믿어지지 않을 만큼 아귀힘이 셌다. 나는 혜서 쌤 손을 손톱으로 쥐어뜯고 주먹으로 두들겨댔다. 머리에 피가 쏠리고 목이 부러질 것 같았다.

그때 박 사장이 인형 다리를 붙잡고 힘껏 휘둘렀다. 강화 실리콘으로 만들어진, 묵직한 인형의 머리통이 혜서 쌤의 앞이마를 정통으로 강타했다. 퍽, 소리와 함께 혜서 쌤이 소파 밑으로 떨어졌다. 흥분한 박 사장이 소릴 꽥꽥 지르며 혜서 쌤에게 서너 번 더 린치를 가했다.

나는 목을 감싸 쥐고 일어나 한참 동안 콜록거렸다.

"이, 이 미친년은 누구야?"

박 사장이 씩씩거렸다.

"누구긴 누구야? 네가 죽인 년이지."

쇼크 Shock

오늘은 피부과에서 스컬페라 시술을 받았다. 살짝 깊어진 팔자주름과 처진 눈꼬리에 콜라겐 성분을 주입하는 시술이었다. 필러와 다르게 피부 내부에 이물질을 삽입하는 게 아니라서 안전한 편이었다. 내친김에 얼굴 전체에 음파 충격파를 주어 부기까지 뺐다.

피부과에서 시술을 마친 다음엔 홍삼 에센스 오일로 전신 마사지를 하는 에스테틱에 갔다. 홍삼까지 마시고 홍삼 오일로 마사지를 받으니 온몸의 피로와 독소가 빠져나가 몸속까지 건강해진 느낌이 들었다.

관리는 한 살이라도 어릴 때 해줘야 하는 거다.

에스테틱을 나온 뒤엔 개인병원 정신의학과에 진료를 받으러 갔다.

"사랑받고 싶어요."

은오는 나를 사랑한다. 나도 은오를 사랑한다. 그러므로 그와 함께 수십 년을 누리며 살아야 할 사람은 나다. 그의 아내가 아니라.

나는 손수건으로 눈가를 찍어가며 울었다. 그러면 남자 의사들 열에 아홉은 다 넘어오게 되어 있었다. 그들은 자궁을 갖고 있지 않기 때문에 폐경의 상실감을 모른다. 모르니까 공감하지 못할 때도 많지만, 모르니까 쉽게 동조할 때도 있는 법이다.

"에스트로겐과 프로게스테론의 감소로 불면증과 우울감을 겪는 여성분들이 많습니다."

의사의 말에 나는 한술 더 떴다.

"밤에 잠을 못 자요. 며칠째인지 몰라요. 너무 우울해서 손가락 하나 까딱할 힘이 없어요."

"수면제도 처방해드리겠습니다."

약국에 들러 처방받은 약을 사서 은오와의 약속 장소로 나갔다. 메뉴는 늘 은오가 정했다. 오늘은 간장게장 집이었다.

은오가 특히 좋아해서 예전에는 직접 담가주기도 했었다. 살아 있는 게를 냉동실에 10분가량 넣어 잠시 기절시킨다. 생강, 마늘, 감초, 마른 홍고추 등을 넣어 끓였다가 식힌 간장 물을 냉동실에서 꺼낸 게에 붓는다. 하루 정도 재웠다가 게만 건져내고, 다시 간장 물을 끓였다가 식힌다. 식힌 간장 물을 게 위에 부어 또 하루를 재운다. 이런 과정을 세 번 반복하면 간장게장 완성이다.

하지만 언제부턴가 나는 간장게장을 먹지 않는다. 얕은 동면에서 깼을 때 자신의 온몸으로 침습하는 죽음을 떠올리면 몸서리가 쳐진다. 마치 산후우울증 같다.

간장게장을 먹지 않는 내 식성을 잘 알기에 은오는 일부러 이곳으로 약속을 잡았다. 그런 악취미를 가진 남자다. 물론 그의 식탐이 유별난 면도 없지 않다. 비린 것을 잘 먹고 날것을 특히 좋아한다. 호전적이고 지배적인 성격 때문일 것이다.

간장게장 정식이 나왔다. 나는 앞접시에 실한 암게의 속살과 알을 발라 담아주었다. 은오는 반달눈을 만들며 웃었다. 그의 미소에 나는 오싹해졌다. 곰돌이 인형 속에서 째깍거리는 시한폭탄 소리를 들을 수 있는 사람은 그의 주변에서 아마 나밖에 없을 것이다.

얼마 전에 은오에게 두들겨 맞았던 게 떠올랐다.

남해 어딘가의 호텔이었고 우리는 와인을 마셨다.

"왜 빨리 안 헤어지는 건데?"

은오가 이번 여자하고 빨리 헤어지지 않아서 나는 조금 심통 난 상태였다.

"내 맘이지."

그는 씽긋 웃었다. 눈꼬리가 처지면서 예쁜 반달눈이 되었다.

"빨리 헤어져."

"곧 헤어질 거야."

"그럴 거면서 애는 왜 낳은 거야?"

"술김에 실수한 거 가지고 계속 사람 이렇게 들들 볶을 거야?"

"어쩔 수 없는 결혼이라며? 근데 즐기고 있잖아?"

은오가 와인 잔을 벽에 집어 던졌다. 사방으로 붉은 얼룩이 튀었다.

"바가지 그만 긁어. 아주 지겨워 죽겠어."

은오는 와인 병을 방바닥에 패대기치고도 부족해 식탁 주변을 서성거렸다.

"누군들 이렇게 살고 싶어서 사는 줄 알아? 엉?"

그가 건잡을 수 없이 끓어오르는 걸 나는 가만히 쳐다보고 있었다. 무서워하지 않는 것이 그를 향한 나의 조롱이자 멸시였다. 발목에 쇠사슬을 묶어 키운 코끼리가 집채만큼 커졌다고 무서워하면 코끼리한테 밟혀 죽는 법이니까. 그래서 뺨을 얻어맞아도 입을 앙다물고 앉아 있었다.

약이 오를 대로 오른 은오는 내 머리끄덩이를 잡고 침실로 질질 끌고 갔다. 흰 나이트가운이 방바닥을 쓸었다. 발버둥을 치다 깨진 유리 조각에 베여 맨발이 피로 물들었다.

방문이 닫히자마자 그의 발길질이 시작됐다. 배가 먼저였고 다음이 가슴이었다. 복통이 너무 극심해 두 손으로 배를 움켜쥐느라 그의 발이 얼굴로 날아오는 걸 못 봤다. 나는 무지막지한 발길질을 정통으로 얼굴에 얻어맞고서 정신을 잃었다.

눈을 떴을 때 은오가 나를 근심 어린 표정으로 내려다보고 있었다. 적어도 그렇다고 생각했다. 짧은 안도의 순간, 그의 주먹이 허공을 가로질렀다.

"에이씨, 얼굴은 그만."

은오는 주먹을 거둬들였다. 대신에 내 얼굴에 침을 뱉었다. 다음날이 되어도 그는 나를 아프게 한 것에 대해 미안해하지 않았다.

우리 관계는 한 바구니 속에 들어 있는 썩은 사과다. 서로 맞대고 있는 부분부터 곪아 썩는.

"이번 약이 마지막이면 좋겠어."

"아마 그렇게 될 거야."

은오는 한 번 더 예쁜 눈매를 만들며 웃었다. 나는 등줄기에 선득한 기운이 훑고 내려가는 걸 느꼈다.

거실에 혜서가 머리에 피를 흘리고 쓰러져 있었다.

"이게 뭐야? 죽은 거야? 전에 분명히 손에 피 묻히는 건 싫다고 말했잖아."

내 말에 은오가 언성을 높였다.

"내가 죽이기라도 했다는 거야?"

나는 두 손으로 입을 가리며 벌벌 떨었다.

"가서 죽었나 살았나, 어떻게 좀 확인해봐."

은오가 혜서에게 다가가 목 경동맥을 짚었다.

"죽었어."

"확실해?"

은오는 머리칼을 헝클어트리며 짜증을 부렸다.

"아, 몰라, 몰라, 몰라."

그때 혜서의 입에서 얕은 신음소리가 새어 나왔다. 나는 얼른 휴대폰을 찾으려고 가방을 뒤졌다.

"뭐 하려고?"

"119 불러야지."

은오가 떨고 있는 내 손을 붙잡았다.

"미쳤어? 우리 둘 다 감방 가야 정신 차리겠어?"

"우울증 약 많이 먹였다고 잡혀가? 마약도 아닌데."

"정신과 약 중엔 향정신성 의약품도 많아. 그리고 그동안 한 짓이 있잖아? 작년, 재작년에 작업했던 것까지 다 들통 나면 어떡할 거야?"

작년에는 내가 위장 결혼을 했다. 멍하게 서 있는 내 어깨를 은오가 꽉 붙잡고 흔들었다.

"우린 죄인이야. 알잖아?"

"그럼 어떡하자는 거야?"

"계획대로 진행하자."

계획대로라면 혜서가 자살하도록 판을 꾸며주는 것이다.

혜서의 자동차 트렁크 안에 커다란 여행 가방을 실었다. 여행 가방 속에는 혜서가 들어 있었다.

나는 혜서의 것과 비슷한 디자인의 파자마를 입고 운전석에 앉았다. 은오는 뒷좌석 밑에 납작 엎드려 있었다. 내비게이션으로 미리 알아놓았던 저수지를 향해 운전해갔다. 한밤의 운전은 미숙해서 바짝 긴장했다. 솟구치는 아드레날린 때문에 턱이 딱딱 맞부딪혔다.

저수지에 도착했다. 혜서가 평소 즐겨 바르던 립스틱을 꺼내 자동차 앞 유리창에 글자를 썼다. 물에 지워지지 않는 워터프루프 립스틱이라서 나중에 차를 저수지 밖으로 끌어낸 뒤에도 글자는 남아 있을 터였다.

> 나는 살인자다.
> 5개월 된 아들을 죽였다.
> 그래서 지금 자살하는 중이다.

혜서가 도중에 깨어날 수도 있으니 안전띠를 고장 내자고 말한 사람은 은오였다. 혜서를 여행 가방에서 꺼낼 때 보니까 볼펜과 각종 영수증과 송곳이 가방 안에서 굴러다니고 있었다. 은오는 거기서 송곳을 꺼내 안전띠 버클 버튼에 깊숙이 꽂아 넣었다.

조수석에는 우울증 약 봉투를 놓아두었다. 정신과 의사에게 자살을 암시하는 문자를 보낸 다음 휴대폰은 아기 카시트 안에 숨겨두었다. 이 모든 작업은 나중에 차가 발견됐을 때를 위해서였다. 경찰이 혜서의 죽음을 산후우울증으로 인한 자살 사건으로 종결해야 했다.

사실 혜서는 그동안 몇 번이나 자살을 시도했다. 그때마다 준비가 덜 되었다는 은오의 말에 그녀의 자살을 번번이 막아왔다. 필라테스 요가 차이 센터 보증금, 결혼 전에 살았던 아파트 매매금, 카드 대출금, 차 담보 대출금, 신용 대출금을 받아내는 데에 시간이 걸렸다.

그리고 마지막은 사망 보험금이다. 물론 자살한 경우 사망 보험금이 지급되지 않는다. 하지만 산후우울증 환자가 자살할 경우, 정신질환에 의한 자살이기 때문에 상해사망 보험금이 나온다.

원래 계획대로라면 혜서가 스스로 아파트에서 뛰어내릴 때까지 산후우울증으로 약해진 그녀를 밀어붙일 생각이었다.

우리는 홈 시스템 카메라로 혜서의 일거수일투족을 감시했다. 차에 달린 블랙박스로 밤마다 어딜 쏘다니는지도 알고 있었다. 세컨드 폰에 음성 알람을 맞춰놓고서 아기 카시트에 숨겨놓았다.

'애를 죽여.'

환청이라면 자신의 목소리나 아기 울음소리에 파묻히지 않는데 혜서는 눈치채지 못했다. 겁에 질려 비명을 질러대는 모습이 안쓰

럽기까지 했다.

내가 거짓 연기로 처방받은 우울증 약까지 섞어 혜서에게 먹였다. 부작용으로 잠에서 못 깨는 시간이 늘어갔다. 기억장애, 환청, 환각 등에 시달렸다. 어쩌다 일어나 걸어 다닐 땐 몸의 균형을 잃고 쓰러지기 일쑤였다.

혜서의 옷을 입고 혜서의 눈앞에서 나는 아기 인형을 죽이고 또 죽였다. 침대 옆쪽에 누워서 속삭였다.

"애를 죽여, 죽여, 죽여, 죽여."

그러면 혜서는 소릴 고래고래 질러댔다.

"싫어요. 싫어요. 그럴 수 없어요."

"그럼 네가 죽어, 죽어, 죽어, 죽어."

증인도 필요했다. 그래서 베이비시터로 이나를 고용했다. 다 잘 되어가고 있었는데, 갑자기 일이 더럽게 꼬였다.

차가 검은 물속으로 가라앉고 있었다.

"담배 갖고 왔어?"

"갖고 왔지. 폰은 놔두고 왔지만."

경찰에서 통신 기지국을 통해 우리를 추적할지도 몰라서 휴대폰은 집에 두고 왔다.

은오가 담배를 제 입에 물고 일회용 라이터 불을 댕겼다. 한 모금 깊게 빨아들인 담배를 내 입에 물려주었다.

어둠 속에 담뱃불 두 개가 야행성 동물의 눈처럼 빛나고 있었다.

사람들은 모른다. 자신이 불과 몇 만 원의 돈 때문에 살해당할 수도 있다는 걸. 점당 10원짜리 노름판에서 칼부림이 나기도 하는

데 하물며 10억이라면 어떻겠는가?

김혜서가 가진 모든 걸 털었더니 10억이 조금 넘었다. 월 500에 렌트한 아파트에서 내일모레 나갈 예정이었다. 집 안에 있는, 돈 될 만한 것들을 전부 챙기고 있었다. 혜서의 반지나 목걸이 등속의 물건이었다.

은오가 소파에 아기 인형을 집어 던지고선 그걸 베고 벌러덩 누웠다. 그런 그를 흘겨보며 나는 투덜거렸다.

"왜 나만 맨날 짐 싸는 거야? 내일모레 집 비워줘야 하는데 짐 안 싸?"

"아, 또 잔소리, 잔소리."

그때 현관 비밀번호 누르는 소리가 났다.

불길한 예감에 나는 움직이던 손을 멈추고 현관 쪽을 바라보았다. 은오도 자리에서 벌떡 일어나 앉았다.

현관문이 열리고 혜서가 멀쩡하게 살아서 걸어 들어왔다.

나는 두 눈을 동그랗게 치뜨며 은오와 혜서를 번갈아 보았다. 은오의 낯빛이 허옇게 변하고 있었다. 아주 잠깐 이게 현실인지 상상인지 헷갈렸다.

"자기야, 나 왔어."

혜서는 파란색 양말을 신은 아기를 아기 띠로 메고 있었다. 아기는 토끼 모양 치발기를 쥐고서 천진하게 졸고 있었다.

"노아도 같이 왔어. 어찌나 수다쟁이인지 종일 옹알옹알거리네. 자기야, 와서 봐봐. 우리 노아, 너무 귀엽지?"

자리에서 일어난 은오가 어색하게 웃으며 혜서에게 다가갔다.

"응? 으응, 귀엽네. 근데 어디서 데려온 아기야? 얘 부모는 알아? 잘못하면 이거 납치야."

"네 새끼인데도 못 알아보는 거냐? 그런 핏덩이를 집 앞에 버려두고 갔으니 당연하지!"

혜서가 활짝 열어놓은 현관문에 초로의 남자가 서서 호통을 치고 있었다. 나도 아는 사람이었다. 은오 아버지였다.

은오가 수녀회에서 운영하는 아동 양육시설에 노아를 맡겼다고 말했는데, 거짓말이었다. 나는 배신감에 눈꼬리를 사납게 치떴다.

"시어머니 전화 목록 바로 위에 시아버지가 있길래 전화 한번 걸어봤어요. 근데 전화가 연결된 순간, 아기 우는 소리가 들리는 거예요. 울음소리를 듣자마자 전 알 수 있었어요. 노아였어요. 노아는 살아 있었어요."

혜서가 노아의 숱 많은 곱슬머리에 입을 맞췄다.

"빨리 데려가시오!"

은오 아버지의 명령에 사설 구급대원들이 구둣발로 집 안에 쳐들어왔다. 날 잡으러 온 건 줄 알고 여차하면 도망갈 심산으로 현관문 쪽을 살폈다. 그런데 그쪽에는 근무복 차림의 경찰과 사복형사들이 서 있었다.

"당신들, 왜, 왜 이래?"

구급대원들은 은오에게 덤벼들어 제압했다. 은오가 아무리 발버둥을 쳐도 장정 서넛을 당해낼 순 없었다. 내가 아닌 것에 속으로 감사했다.

"가족 중 두 명이 동의하면 정신 병원에 강제 입원되는 거 알지? 그동안 많은 사람들을 미치게 했으니까 알 거 아냐? 이번엔 네가 들어가 있어봐. 혹시 알아? 저 여자하고 조금이라도 떨어져 있으면 제정신이 돌아올지도."

은오는 구급대원들에게 질질 끌려 나가면서 발악했다.

"아버지, 김혜서 저 여자 말 믿지 마세요. 쟤 미쳤단 말이에요."

은오 아버지가 나를 노려보며 언성을 높였다.

"네 녀석이 평생 이 여자한테 휘둘릴 줄 알았다면 15년 전에 널 정신 병원에 처넣었을 거다."

사설 구급대원들에게 은오가 끌려 나가는 걸 보고 나는 혜서의 금목걸이를 손에 움켜쥐면서 자리에서 일어났다.

"무사히 돌아와서 정말 다행이다. 그럼 난 이만 갈게."

"어머님, 어딜 가려고요? 여기 아버님하고 회포 안 풀고요?"

혜서가 이기죽거렸다.

경찰 공무원증을 목에 걸고 있는 남자들이 집 안으로 들어와 내 앞을 가로막았다.

"뭔가 잘못 알고 왔나 본데, 난 죄지은 거 없어요. 돈도 전부 은오 통장에 있고 난 10원짜리 하나 건드리지 않았어요."

혜서가 두 손으로 노아의 등을 토닥거리며 나지막한 목소리로 말했다.

"아버님께 들었어요. 두 사람, 모자 관계 아니라면서요? 사제 관계라면서요? 은오 중학교 1학년 때부터였다던데요? 당신, 소아성애자지?"

나는 고개를 가로저었다.

난 소아성애자가 아니다. 내가 소아성애자였다면 은오가 다 컸을 때 그를 버렸어야 마땅하다. 나는 은오를 사랑한다. 은오도 나를 사랑한다.

아무도 인정해주지 않는 이 세상에서 우리 둘이 함께하기 위해선 이런 가짜 결혼이 필요했다.

"그 얘길 듣고 조사를 좀 해봤죠. 중학교 1학년 때면 은오 씨 생일이 12월이니 만 13세 미만으로 아동 성폭력 특별법에 걸려요."

"10여 년 전 일이야. 공소시효가 지났다고."

나도 모르게 목소리에 쇳소리가 섞였다.

"아동 성폭력엔 공소시효가 없어요. 심지어 소급 적용도 되고요. 그리고 친고제도 아니고요."

추궁하는 혜서에게 나도 알고 있었다고 소리치고 싶었다. 그래서 이렇게 세상이 그어놓은 금을 따라 밟으며 아슬아슬하게 둘이서 도망 다니고 있는 거라고.

"우린 사랑하는 사이야. 그때부터 지금까지 계속."

"아동이 동의했다 하더라도 성폭력은 처벌받아요."

"우린 그때 플라토닉한 사이였어. 성폭력이라고? 가져다 댈 걸 가져다 대!"

큰 소리를 쳤지만 내 귀에도 내 목소리가 공허하게 울렸다.

"어머님 집에 그 사진 말이에요. 어머님이 안고 있던 그 갓난쟁이, 사실은 은오 씨 동생 아니죠? 은오 씨 아기죠?"

다리가 휘청거렸다. 무릎에 힘을 꽉 주고 버텼다.

"뭐라고? 난 그때 이혼하기 전이었어. 남편도 있고 애도 있는, 번듯한 가정을 꾸리고 있을 때였다고."

"근데 왜 사망 신고를 안 했어요? 사실은 못한 거죠?"

"며칠 못 살다 죽었는데 무슨…."

산부인과에서 집으로 돌아온 며칠 뒤부터 아기가 이상해졌다.

얼굴은 흑갈색으로 변했고 갑각류의 껍질같이 두껍고 단단한 각질이 온몸을 뒤덮기 시작했다.

"우리나라 법으론 사망 신고를 하려면 출생 신고부터 하게 돼 있어요. 남편분 자식이었으면 출생 신고를 할 수 있었겠죠. 근데 그 아기는 출생 신고도 사망 신고도 안 돼 있었어요."

"그, 그거야 며칠 만에…."

은오와 나의 사랑이 너무나도 죄스러웠기에 우리 아기는 괴물로 태어난 것이었다.

"어머님이 죽인 거 아니에요?"

"뭐라고? 아니야, 아니야!"

괴물로 변한 아기를 아이스박스에 담아 보일러실 한쪽 구석에 놓아두었다. 은오의 눈에는 아기의 진짜 얼굴이 보이지 않는지 며칠 동안 울면서 아기를 데려오라고 성화였다.

"아기 시체를 지금까지 집에서 보관하고 있는 거죠? 그럴 것 같아서 어머님 집을 아주 샅샅이 뒤져보라고 형사님들께 부탁해놨죠."

다시 가서 상자를 열어봤더니 아기는 너무나도 예쁜 얼굴로 죽어 있었다. 그제야 나는 깨닫게 되었다. 산후우울증에 걸린 내가 환각과 환청에 사로잡혀 멀쩡한 아기를 죽였다는 걸.

부엌 쪽에서 이상한 소리가 났다. 바스락거리고 딱딱거리는 소리였다.

김치 냉장고 문이 열려 있었다. 그 안에서 수많은 꽃게들이 집게발에 붙은 살얼음을 털며 우르르 기어 나왔다. 서로의 몸통을 짓이기고 타 넘으며 천천히 행진했다. 꽃게 무리의 뒤를 쫓으려는 내 팔뚝을 형사가 붙잡았다.

"당신을 지금 현 시각부로 아동 성폭력, 영아 살해 및 사체 손괴 등의 혐의로 체포합니다. 당신은 변호사를 선임할 수 있으며 변명의 기회가 있고…."

원래 이 소설은 산후우울증이란 주제로 만들어진 앤솔러지《네메시스》에 실린 단편이다. 〈마더 머더 쇼크〉가 어떤 독자들에게는 굉장히 생소하고 충격적인 이야기일 수 있을 것이다. 하지만 나는 아이를 넷이나 낳은 다둥이 엄마다. 게다가 친정은 경남 창원시, 시댁은 전북 전주시, 아이들을 낳고 젖을 물려 키운 곳은 전남 광주광역시다. 남편은 왕복 세 시간 거리의 다른 도시에서 일하고 있었다. 그 덕에 독박 육아는 기본이었다. 첫 출산 때는 산후조리를 조리원에서 혼자 보냈고 쌍둥이를 조산하는 바람에 둘째, 셋째 때엔 산후조리란 걸 하지 못했다. 그래도 잘 버틸 줄 알았는데 막둥이를 낳았을 때 산후우울증을 심하게 겪었다.

밤새 울며 보채는 아기를 창밖으로 던져버리고 싶은 건 기본이고 그런 생각을 떠올렸다는 게 끔찍해 목 놓아 울기도 했었다. 아이들을 제대로 키울 자신이 없었고 나중에는 머리 하나 들어 올릴 힘조차 없었다. 어느 날 아침엔 나와 내 아이들이 모두 죽어야만 한다는 망상에 빠지기도 했다. 결국에는 정신과 상담과 약물치료의 도움을 받았다. 〈마더 머더 쇼크〉의 혜서가 겪은 환청과 환각은 모두 내가 겪었던 일들이다. 특히 작중에 등장하는 '담배 피우는 저승사자'와 '여기서 담배 피우면 불'난다는 혜서의 말은 내가 생생하게 겪은 실화다.

처음 산후우울증 앤솔러지 청탁을 받았을 때 내 이야기를 쓰면 되겠다고 생각했다. 그런데 그때 '이은해 계곡 살인' 뉴스들을 접하게 되었다. 산후우울증으로 취약해진 산모가 가스라이팅 범죄에 더 취약하지 않을까, 하는 발상에서 은오와 정인 사기단을 만들게 되었다.

시어머니 역할의 정인과 남편 역할의 은오를 연인관계로 설정하게 된 데에도 이유가 있다. 내 남편은 엄청난 효자다. 아이가 아파서 고열에 시달리는데도 어머니가 부르면 광주에서 전주까지 한달음에 차를 몰고 가는 사람이다. 그럴 때마다 나는 속으로 '어머니하고 결혼하지, 왜 나하고 한 거야?' 하며 투덜거렸다. 이런 소외감과 외로움 또한 산후우울증의 증세였으리라. 이런 내 감정에서 정인과 은오의 뒤틀린 관계를 만들어냈다.

집필 중 가장 힘들었던 건 은오와 정인 사기단에게 법적인 철퇴를 가하고 싶었던 점이다. 집필 시작부터 친한 작가들에게 말을 했었다. 은오와 정인 사기단에게 현실적으로 가능한 법적 처벌을 가하고 싶다고. 결말에서 조금이라도 그렇게 할 수 있었던 것 같아 만족한다.

제목에 관한 이야기도 덧붙이고 싶다. 2011년 SBS에서 방영한 〈마더 쇼크〉라는 프로그램을 기억하는 사람이 있을지 모르겠다. 모성에 관한 3부작 다큐멘터리다. 이 프로그램의 제목을 변형해 '마더 머더 쇼크'라고 지었다.

마지막으로 신생아 예방접종처럼 산모의 정신 건강을 관리하는 의료 시스템이 한국에 만들어지기를 촉구한다.

무고한 표적

박상민

박상민

한림대학교 의학과 졸업. 가톨릭대학교 은평성모병원 내과에서 근무하는 의사다. 2016년 단편 〈은폐〉로 계간 미스터리 신인상을 수상하며 데뷔, 2020년 《차가운 숨결》로 한국추리문학상 신예상을 수상했다. 단편 〈잊을 수 없는 죽음〉, 〈고개 숙인 진실〉은 KBS 라디오문학관에서 드라마로 방영되었다. 두 번째 장편 《위험한 장난감》이 올해 출간되었다.

한동안 책장을 넘길 수 없었다. 책의 한 귀퉁이에 적힌 세 글자가 일종의 장력으로 작용해 나의 독서를 가로막은 것이다. 무시하고 넘겨버릴 수도 있었지만 이미 모든 관심이 그곳으로 쏠렸다.

험버트와 롤리타가 펼치는 사랑의 도주는 더 이상 내게 중요하지 않았다. 그들이 프랑스로 가든 이집트로 가든 무슨 상관이란 말인가. 어찌 됐든 이 비정상적인 형태의 사랑은 파국으로 치달을 것이 분명했다. 나는 책을 마저 읽으려는 미련을 떨쳐내고 새롭게 주어진 과제를 담담하게 바라보았다.

문채수.

비뚜름한 글씨체로 미루어 남자일 가능성이 높았다. 적어도 짝사랑하는 여학생이 나를 떠올리며 적은 것은 아니었다. 기분이 썩 좋지는 않았다.

책을 읽으면서 나를 생각할 만큼 가까운 사람은 없었다. 애초에 친구놈들 중에 책을 읽는 인간은 드물었다. 다리를 꼬고 커피숍에 앉아 시시콜콜한 잡담을 하는 것을 교양이라 여기는 그들에게 책은 공작의 깃털만도 못한 것이었다.

문채수는 흔하지 않은 이름이었다. 《롤리타》의 237쪽에 적힌 그 이름은 나를 지칭할 것이다.

도대체 뭘까?

드넓은 황무지에서 검은 탑을 찾아다니는 것만큼이나 어처구니없었다. 무슨 생각으로 내 이름을 적어놓았는지 짐작조차 할 수 없었다.

책을 이리저리 뜯어보던 나는 좋은 방법을 떠올렸다. 이 책을 대출했던 사람들의 목록을 알아내면 자연스레 궁금증도 해소되리라. 2층 자료실에 들어서자 허리를 굽힌 채 정리하는 여직원이 눈에 띄었다. 책을 탁자에 올려놓으며 부드럽게 말했다.

"이 책 말인데요…."

쿵 소리와 함께 짧은 탄식이 흘러나왔다. 급하게 움직이다 탁자에 머리를 부딪친 모양이었다. 미안한 마음에 안쓰러운 눈길로 바라보자 여직원이 머쓱한 듯 웃었다. 나도 뜻하지 않게 웃음이 새어나왔다. 그녀가 숨을 한번 들이쉬더니 입을 열었다.

"반납하실 건가요?"

"아니요, 그게 아니고… 혹시 이 책 최근에 누가 빌렸는지 알 수 있을까요?"

그녀가 당황한 듯 머리카락을 뒤로 쓸어 넘겼다. 도톰한 귓불이 은빛 귀걸이와 함께 모습을 드러냈다. 깨물어보고 싶다는 충동이 일었다. 그런 내 마음을 알아챘는지 그녀가 나를 빤히 올려다보았다. 떨떠름한 표정이었다.

"왜 그러시죠? 그런 건 저희 쪽에서 알려드릴 수 없는데…."

"알아볼 게 있어서요. 뭐 대단한 일은 아니지만요."

"개인정보 문제 땜에 좀 힘들 것 같은데요. 무슨 일 때문인지 말씀해주실 수 있으세요?"

이제 그녀의 눈빛은 완전히 달라져 있었다. 커대버를 앞에 둔 듯 나의 온몸 구석구석을 살피는 그녀의 모습이 흡사 해부 실습 때의 나를 보는 듯했다.

적당한 핑곗거리가 생각나지 않았기에 나는 잠자코 있을 수밖에 없었다. 내 이름이 적혀 있기 때문이라는 말은 입 밖으로 튀어나오지 않았다.

"아니에요, 수고하세요."

이 말만 남기고 잰걸음으로 그곳을 떴다. 그녀의 미심쩍은 눈길을 뒤로한 채 겨드랑이에 책을 끼고 도서관을 빠져나왔다. 흙인지 쇠똥구린지 묘한 성분이 뒤섞인 공기가 코의 점막을 자극했다. 봄과는 어울리지 않는 습기가 나의 의식을 뿌옇게 흐려놓고 있었다.

기숙사로 돌아오는 내내 "문채수, 문채수" 하고 덜떨어진 인간처럼 내 이름을 중얼거렸다. 창문에 비친 얼굴이 마치 스스로에게 최면을 거는 것처럼 느껴졌다. 머릿속이 온통 그 생각뿐이었다.

운동장을 지나 기숙사로 이어지는 내리막길에서 발을 삐끗해 미끄러지고 말았다. 주위를 돌아보고 아무도 없다는 것을 확인한 후에야 바닥에 떨어진 책을 집어 들었다. 표지에 듬뿍 묻은 물기를 털어내며 입구로 향했다.

방에 들어서자 악취가 풍겨왔다. 이번 학기 새로운 룸메이트인 민호 형은 환기를 하지 않는 습관이 있었다. 저번에도 누차 말했건만. 창문으로 다가가 문을 활짝 열자 압력 차이 때문인지 쌀쌀한 바람이 밀어닥쳤다. 2층 침대를 올려다보니 길쭉한 팔 하나가 삐져나와 있었다.

"형, 저 왔어요."

"으응…."

꿈꾸는 듯한 목소리로 민호 형이 대답했다. 금방 잠에서 깬 모양이었다. 의례적으로 중얼거렸는데 그것을 형이 들은 모양이었다. 어색한 기운이 감돌자 내가 재빨리 말을 이어갔다.

"조금 전에 제 이름이 적힌 책을 봤어요. 도서관에서요."

정적이 흘렀다. 1초, 2초, 3초. 계속해서 시간은 흘러갔지만 아무런 반응도 없었다. 괜히 조급해진 내가 리본으로 치장한 요크셔테리어마냥 꼬리를 흔들어댔다.

"형이 생각해도 이상하죠? 누가 그 책 읽으면서 제 생각 했나 봐요."

신음소리가 위에서 흘러나왔다. 삐거덕 소리가 들리더니 2층 침대 너머로 민호 형이 모습을 드러냈다. 고양이를 연상시키는 작고 날카로운 눈이 어둠 속에서 빛났다. 형이 하품을 하며 불분명한 발음으로 내뱉었다.

"인마, 그런 걸 망상장애라고 하는 거야. 망상장애!"

"네?"

나도 모르게 흥분해서 움찔했다. 목구멍을 덮고 있던 가래가 기도로 들어갔는지 숨이 막혔다. 캑캑거리며 가슴을 수차례 두드린 끝에 겨우 가래를 바닥에 뱉을 수 있었다. 고개를 높이 쳐들어 형의 우악스러운 눈을 노려봤다. 아무리 그래도 망상장애라니. 내 이름이 적힌 페이지를 펼쳐 형의 얼굴에 갖다 댔다.

"이거 봐요. 분명히 저라니까요."

형은 머리맡에 놓아둔 뿔테안경을 낀 다음 시선을 책으로 돌렸다. 그러더니 내 얼굴과 책을 번갈아 보기 시작했다. 누가 보면 내가 막대한 현상금이 걸린 범죄자여서 실물과 비교하는 중이라고 여겼을 만큼 형의 행동은 괴상하기 짝이 없었다.

"잠깐만, 내려가서 확인할게."

민호 형이 사다리를 밟고 내려오더니 곧장 책상으로 향했다. 나는 벽에 기댄 채 바닥을 뚫어져라 봤다. 방금 전 뱉었던 가래 자국이 지워져 있었기 때문이다. 그 흔적은 마치 고무줄처럼 형의 발바닥까지 길게 이어져 있었다. 이 정도로 감각이 무딜 줄이야. 피식 웃음이 나왔다.

그때 와, 하는 탄성이 들렸다. 고개를 들어 형을 보니 믿을 수 없다는 표정으로 노트북을 들고 나에게 다가오고 있었다. 뭐라도 찾은 모양이었다.

"형, 왜 그래요?"

"이거 좀 봐라. 너랑 이름이 똑같은 애가 사회학과에도 있었네. 심지어 성도 같아."

"정말요?"

노트북을 가로채 모니터를 보고서야 사실이라는 것을 알았다.

속이 뻥 뚫리는 기분이었다. 우리 학교에 문채수는 둘이었던 것이다. 카타르시스를 느끼는 한편으로 허탈한 마음도 들었다. 몇 시간 전부터 나의 전두엽에 침투해 이곳저곳 쑤시고 다니던 의혹들이 몇 초 만에 사라졌기 때문이다. 숨죽이고 있던 민호 형이 내 반응을 확인하려는 듯 얼굴을 가까이 대더니 훈계조의 목소리로 이렇게 말했다.

"자기 이름에 자부심을 갖는 건 좋아. 흔치 않은 이름이긴 하니까. 하지만 세상은 역시 좁아. 그렇지 않냐?"

"자부심은 무슨."

아니라는 듯 손을 저었지만 민호 형의 말이 은근히 정곡을 찔렀다. 그렇다. 나는 내 이름에 어느 정도 자부심을 가지고 있었다. 유치원 시절부터 지금까지 단 한 번도 같은 이름을 가진 사람을 직접 본 적이 없으니까.

뭐라 대꾸할 말이 없던 그때, 좋은 생각이 떠올랐다. 학생 정보 시스템 조회 화면에 따르면 사회학과 문채수는 현재 제적된 상태였다. 남자답지 못하다고 생각할 수 있겠지만 나는 이 어정쩡한 상황을 지혜롭게 모면할 필요가 있었다.

"그런데 이 문채수는 제적됐네요? 왜 학교를 그만둔 걸까요? 휴학도 아니고."

"알게 뭐야. 공부해서 인서울이라도 한 모양이지."

"만약 수능을 다시 칠 생각이었다면 4학년까지 다니지도 않았을걸요?"

"그럼 어디 아프가니스탄 같은 데로 망명이라도 갔단 거냐?"

날선 목소리로 민호 형이 다그쳤다. 또다시 고약한 성질머리가 발동한 것이다. 같은 방을 쓴 지 한 달이 넘었지만 언제나 이런 식이었다. 얼마 전에는 있지도 않은 파리가 방에 들어온 것 같다고 한밤중에 생떼를 쓰질 않나, 어쨌든 마음에 드는 구석이라고는 호탕한 성격 하나뿐인 괴팍한 형이었다.

"괜히 궁금하네. 보통 휴학을 하지 아예 학교를 그만두는 사람은 없는데. 안 그래요?"

"뭐, 정 궁금하다면 알아봐주지."

민호 형이 휴대폰을 꺼내 버튼을 눌렀다. 심장이 벌렁거리기 시작했다. 그럴 필요는 없는데. 괜히 심기를 건드린 게 아닌가 싶었다. 형의 눈알 속에서 작고 큰 혈관들이 꿈틀대자 내 몸도 덩달아 달아올랐다. 코를 통해 뜨거운 공기가 빠져나가는 것이 느껴졌다. 뚜- 연결음이 들렸다.

"형, 어디다 전화 걸어요?"

"교학팀."

역시 특이한 형이었다. 어쩌면 예전에 군대에 있을 때 탈영을 계획하다가 동료의 고발로 상관에게 적발됐다는 그의 말이 허풍이 아닌지도 몰랐다. 이런저런 일들을 떠올리는 사이 형은 어느새 교학팀 직원과 이야기를 나누고 있었다.

"네, 네. 다름이 아니라 한 가지 여쭙고 싶은 게 있어서요. 사회학과 4학년 문채수 학생 말인데요. 왜 제적된 건가요? 실례가 되지 않는다면…."

이런 걸 과연 학생에게 가르쳐줄까. 그것도 다른 과 학생에게? 나는 그 무모한 행동을 비웃기라도 하듯 고개를 창문 쪽으로 돌려 미소 지었다. 그때 형의 외침이 방 안을 가득 메웠다.

"정말인가요?"

고개를 돌려 바라본 민호 형은 혼이 나간 듯 멍해 보였다. 네, 네. 성의 없이 대답하고는 서둘러 전화를 끊었다. 의아한 마음에 형의 얼굴을 뜯어보았다. 형은 죽음을 선고받은 사형수처럼 잠자코 고개를 숙이고 있었다.

"왜 그러고 있어요. 교학팀이 뭐라는데요?"

형은 그제야 내 존재를 기억해낸 듯 고개를 들었다. 입술이 바르르 떨리고 있었다. 형이 숨을 한 번 들이쉬더니 입술을 간신히 뗐다.

"사회학과 문채수, 죽었대. 두 달 전에."

목구멍에서 말이 튀어나오지 않았다. 아마 민호 형도 이런 기분이었을 것이다. 오싹한 기운에 사로잡힌 내가 침을 삼킨 다음 내뱉었다.

"말도 안 돼."

그 말을 끝으로 침묵이 우리를 감쌌다. 열기로 데워진 방이 습한 공기로 천천히 채워지기 시작했다. 뭐라고 설명할 수 없을 만큼 축축하고 끈적끈적했다. 그것은 휘발유가 잔뜩 발라진 올가미처럼 우리의 목덜미를 놓아주지 않았다.

나와 민호 형은 그렇게 한참을 마주 봤다. 영문을 모르겠다는 형의 눈빛은 아마 한동안 잊지 못하리라. 적어도 당시에는 그렇게 생각했었다.

그날 밤 나는 뜬눈으로 밤을 지새웠다. 눈을 붙이자마자 몰려오는 귀기가 나의 정신을 마비시키고, 공포에 물들게 했다. 아무래도 나와 같은 이름을 가진 학생이 불과 2개월 전 세상을 떠났다는 사실이 충격으로 다가왔던 것이다.

최대한 이성적으로 이 상황을 판단하기 위해 노력했다. 그렇게 하면 어느 정도 공포를 떨쳐낼 수 있으리라 생각했기 때문이다. 그렇지만 소용없었다. 나의 잠을 관장하는 신은 오늘 단단히 작정한 게 분명했다.

속으로 "괜찮아, 괜찮아" 주문을 외며 스스로에게 최면을 걸어 겨우 잠에 빠져들면 1분도 채 되지 않아 한 사내의 거대한 그림자가 꿈속에 출몰했다. 사내가 들고 있던 것이 무엇인지는 기억나지 않는다. 길쭉한 물건이었는데 쇠파이프인지 야구방망이인지는 분간할 길이 없었다. 그렇게 잠이 들었다 깨어나기를 수십 번 반복한 끝에야 설핏 잠이 들었다.

강의 시간 내내 어제 민호 형이 한 말이 나를 사정없이 흔들어 댔다. 그것은 어느새 나의 목소리로 바뀐 채 일정한 간격을 두고 머릿속에서 재생됐다. 동기들 누구도 나의 그런 낌새를 눈치채지 못했다. 설령 나를 눈여겨봤더라도 그저 '쟤는 오늘따라 멍 때리고 있네' 하고 가볍게 넘겨버릴 게 분명했다.

어쩌다 목숨을 잃었을까?

혹시 어제 그 책에서 발견한 이름이 그 학생의 죽음과 연관이 있었던 걸까. 과대망상이라는 생각에 무의식적으로 고개를 흔들었다.

오전 강의가 끝나자마자 강의실을 뛰쳐나와 율곡관으로 발걸음을 재촉했다. 그 학생의 죽음에 대해 왜 이런 행동을 하는지 나 자신도 이해할 수 없었다. 그동안 하나씩 쌓여온 스트레스가 어제의 일로 역치를 넘어 제어할 수 없을 정도로 폭발해버린 것인지도 몰랐다.

또 다른 문채수가 두 달 전 사망했다. 그리고 그의 이름이 학교 도서관에 있는 수많은 책들 중 한 권에 쓰여 있었다. 만일 그에게 원한을 품은 누군가가 그 책을 빌렸고, 책을 읽던 중 내면에 용솟음치는 격렬한 살인 충동에 자신도 모르게 펜을 놀렸다면… 충분히 가능성 있는 가설이었다.

하지만 그전에 확인해둘 것이 있었다. 그 학생이 죽은 상황을 더 자세히 파악하고 싶었던 나는 사회학과 학생들이 강의를 듣는 율곡관으로 걸음을 서둘렀다. 10분쯤 지나자 입구가 보였다. 계단을 통해 올라간 뒤 세미나실이 있는 3층에서 복도로 빠져나갔다.

마침 화장실에서 한 여학생이 걸어 나왔다. 그녀의 어깨에 손을 올리자 엇, 소리를 내며 나에게서 떨어졌다. 그녀가 혐오스럽다는 표정으로 나를 노려봤다. 괜히 씻을 수 없는 죄를 지은 기분이 들었다.

"오해 마시고요. 문채수라고 혹시 아시나요? 사회학과 4학년인데."

"네?"

명치를 한 대 맞은 듯 여학생이 헉 소리를 냈다. 순간 불길한 생각이 머리를 스쳤다. 내가 머뭇거리자 그녀가 수상하다는 듯 나를 이리저리 뜯어보았다. 이왕 여기까지 온 김에 직설적으로 물어보기로 했다.

"문채수 씨가 두 달 전에 세상을 떠났다고 하더군요. 자세한 사정을 알아보고 싶어서요."

그녀는 꽤나 난감해하는 표정이었다. 어떻게 말을 이어나가야 할지 확신이 서지 않았다. 그렇다고 신문사 기자로 신분을 속이고 취재하는 비양심적인 행동은 할 수 없지 않은가.

다행히 그럴 필요는 없었다. 어떻게 할까 혼자서 머리를 굴리던 찰나 그녀가 입을 연 것이다. 자신을 사회학과 2학년이라고 소개한 여학생이 나긋하게 말했다.

"채수 선배는 살해당했어요."

살해라는 익숙하지 않은 단어가 잠시 나를 당황스럽게 했지만 곧 정신을 차리고 되물었다.

"살해? 어디서요?"

혀가 말라붙는 것만 같았다. 이제는 입안에 고인 침만으로 발음할 수밖에 없었다.

"선배는 별관 옆 골목에서 머리에 벽돌을 맞고 죽었어요."

"벽돌. 그럼 범인은 잡혔나요?"

"아니요. 경찰 아저씨들 말로는 분명히 범인이 건물 안에 있었는데… 벽돌을 떨어뜨린 다음에 계단으로 뛰어 내려와서 후문 쪽으로 빠져나갔대요."

그녀의 목소리가 떨려오자 내 가슴도 두근거리기 시작했다. 이런 메스꺼운 주제로 대화를 나눠본 적은 23년 인생 동안 한 번도 없었다.

"CCTV 같은 건 없었어요? 범인 얼굴이 찍혔을 거 아니에요."

"화질이 안 좋기도 했구 범인이 모자를 쓰기도 했구. 어쨌든 경찰 아저씨들도 누군지 못 밝혀냈대요."

그때의 기억이 파편처럼 되살아났는지 여학생이 몸을 파르르 떨었다. 어느새 붉게 물든 그녀의 뺨이 가슴속에 남아 있던 눈덩이를 녹여주는 듯했다. 나는 사례로 밀크커피 한 잔을 그녀의 손에 쥐어준 다음 그곳을 빠져나왔다.

겨울방학을 사흘 앞둔 어느 날 벌어진 사건이었다. 과도 다르고 건물도 꽤나 떨어져 있었기에 나를 포함한 우리 과 학생들은 이 사건에 대해 전혀 모르고 있었다. 물론 사회학과에 다니는 친구를 통해 전해 들은 동기도 있었겠지만, 곧바로 방학이 시작됐기 때문에 내 귀에까지는 들어오지 않았던 것이다. 대학 측에서도 굳이 이 사건을 떠들썩하게 외부에 공개하는 것은 원치 않았을 거다.

경찰은 아직 수사를 하고 있을까?

두 달 동안의 수사에도 범인을 잡지 못했다면 앞으로도 검거하기 어려울 것이다. 이대로 경찰서로 달려가 문제의 책을 보여준다면…. 나는 고개를 저었다. 어쩌면 그 사건과는 아무 관련이 없을지도 몰랐다. 오히려 경찰이 사건과 상관없는 나를 붙들고 마구 흔들어댈 것만 같았다.

세상을 살아가는 데 있어 무관심이 중요하다는 말이 있다. 우리나라만 해도 하루에 수백 명이 이런저런 이유로 목숨을 잃는다. 살인도 일어난다. 나와 이름이 같은 학생의 죽음이라고 해서 특별하게 취급할 필요는 없었다. 그러나 나는 쉽사리 미련을 떨쳐내지 못했다. 미련, 집착. 뭐든지 그것이 문제였다.

그래, 일단 책을 건네주기만 하자. 그다음은 경찰들 마음이다.

고민하던 나는 기숙사로 돌아가 책을 집은 다음 택시에 올랐다. 정의를 위해서, 그리고 고뇌를 한시라도 빨리 털어내기 위해서 험

난한 여정을 떠나기로 결심한 것이다.

춘천경찰서는 낮부터 사람들로 붐볐다. 이 아늑한 도시에 수십 명의 범죄자들이 오랜만에 집회라도 가지는 모양이었다. 유치장에는 온몸이 멍투성이인 젊은 사내가 마치 인도 사람처럼 손으로 밥을 퍼먹고 있었다. 앞으로 나아갈수록 악취가 풍겨왔다. 다양한 사람들의 체취가 뒤죽박죽 혼합되어 기묘한 냄새로 둔갑한 것이다. 어디로 가야 할지 몰라 두리번거리던 그때, 걸걸한 목소리가 귀에 꽂혔다.

"학생."

돌아보니 땅딸막한 체구의 경찰이 나를 의아하다는 듯 보고 있었다. 고개를 살짝 숙여 인사하니 그가 나에게 다가왔다.

"누구 찾는 사람 있니?"

"아니요, 얼마 전에 일어났던 사건 때문에요. 살인사건."

"살인사건?"

마치 그런 단어는 지금껏 들어본 적이 없다는 투로 그가 되물었다. 어이, 살인은 그쪽 전공 아닙니까. 볼에다가 공기를 빽빽 불어대고 있는 그가 이 공간과 어울리지 않아 보였다. 그가 잠깐 두리번거리다가 손가락으로 오른편을 가리켰다.

"저쪽에 가봐. 저기 갈색 머리 형사님한테."

손가락 끝이 가리키는 풍경 속에는 한 사내밖에 보이지 않았다. 그의 머리카락은 갈색보다는 남색 계열에 가까웠지만 토를 달지 않고 그에게 다가갔다.

소위 갈색 머리 형사는 대국하는 프로기사처럼 날렵한 손동작으로 책상 위를 정리하고 있었다. 수많은 서류철들이 흑백의 바둑알이 된 마냥 그들이 있어야 할 위치로 옮겨졌다. 어떻게 말을 걸어야 할지 몰라 바둑알처럼 꼼짝 않고 있자 그가 낌새를 차린 듯 돌아봤다. 그가 풍기는 위압적인 분위기에 나도 모르게 말을 더듬었다.

"아… 안녕하세요."

"무슨 일이시죠?"

"두 달쯤 전에 한국대학교에서 일어난 살인사건으로 찾아왔는데요."

"기자분이신가요?"

그가 자리에서 벌떡 일어났다. 금세 얼굴이 창백하게 변했다. 나는 괜히 멋쩍어져서 머리를 긁적이며 한 발짝 물러섰다.

"아니요, 전 그 학교 학생이에요. 그 사건 수사 이 경찰서에서 맡고 있는 거 맞죠?"

그의 얼굴에 혈색이 감돌기 시작했다. 기자에 대한 일종의 거부감이나 알레르기가 있어 보였다. 형사는 다시 자리에 걸터앉으며 셔츠 맨 위의 단추를 풀었다.

"네, 강력범죄 1팀 형사 김진욱입니다. 제가 그 사건 담당인데 학생은 어떻게 찾아왔죠?"

나는 문제의 이름이 적힌 페이지가 잘 보이도록 책을 활짝 펼쳐놓았다. 형사가 잠깐 당황한 듯 돌아봤지만 곧 책을 주시했다. 비뚜름하게 적힌 이름이 이목을 끌었는지 한참을 뚫어져라 보더니 책장을 앞뒤로 넘겨댔다. 기침을 하고 싶었지만 워낙 무거운 분위기여서 목을 풀 수 없었다. 잠시 후 그가 입을 열었다.

"이게 뭐죠?"

"도서관에서 우연히 발견했어요. 누가 적었는지 모르겠지만요."

부드럽던 눈빛이 금세 사냥개의 그것으로 변했다. 이러다 종이까지 씹어 먹는 게 아닌가 싶을 정도로 그의 눈은 열정으로 불타오르기 시작했다. 불과 몇 분 만에. 둘 사이에 자리 잡은 잠깐의 침묵이 한없이 길게만 느껴졌다.

집중하는 그를 보고 있자니 가슴 한구석이 답답해졌다. 숨을 돌리고 싶어 그에게서 시선을 거두고 경찰서 내부를 훽 둘러보았다. 동시에 지금까지는 들리지 않던 갖가지 소음이 귓가를 괴롭히기 시작했다. 빗발치는 전화벨, 고함 소리, 술주정꾼의 칭얼대는 소리, 문이 열리는 소리, 방귀 소리, 바람 소리, 컵을 내려놓는 소리. 도저히 정신을 차릴 수 없었다. 익숙하지 않은 장소에 들어온 탓이리라. 그때 누군가 내 어깨에 손을 올렸다. 돌아보니 형사였다. 그가 심각한 어조로 말했다.

"확실히 미심쩍군요. 이걸 언제 발견하셨죠?"

"어제요."

그가 인상을 찌푸렸다.

"어제라. 학생은 평소에 문채수 학생을 알고 있었습니까?"

"사실 알고 있었던 건 아니에요. 다만 제 이름과 똑같아서 호기심에 조사해보다가."

"잠깐만. 학생 이름과 같다니 무슨 소립니까?"

내 말을 끊고 그가 끼어들었다. 나는 어제부터 오늘에 이르기까지의 상황을 모두 설명했다. 이야기를 마치자 그가 눈을 내리깔았다. 굳은살이 단단하게 박인 굵은 손가락으로 관자놀이를 탁탁 두드리더니 눈을 치켜떴다.

"어쩌면 이건 중대한 의미를 지닌 단서가 될지도 모르겠군요. 이 책 말인데요, 당분간 저희한테 맡겨주시면 안 될까요?"

"물론이죠."

대출 기한 안에 돌려받을 수 있을지 궁금했지만, 그의 표정이 워낙 엄숙했기에 더 이상 묻지 않기로 했다.

"조만간 다시 연락드리겠습니다."

그가 연락처를 조그마한 수첩에 받아 적는 것을 보고 나서야 한결 마음이 가벼워졌다. 나는 후덥지근한 열기를 뒤로한 채 경찰서를 빠져나왔다.

틀림없이 경찰이라면 도서관 정보 열람을 통해서 지금까지 책을 대출했던 사람들의 명단을 구할 수 있으리라. 그 사람들 중에 이번 사건의 범인이 있지 않을까? 수사는 마침내 올바른 궤적을 그릴 것이다. 그 책을 대출한 사람들 중 피해자와 연관이 있는 사람은 극소수일 것이 분명하다. 사소한 실수가 범인의 발목을 붙잡게 된 셈이었다.

"그러게 누가 책에다 함부로 증거를 남겨놓으래."

기분이 좋아져 어느새 콧노래를 흥얼거리기 시작했다. 어찌 되었든 잘된 일이었다. 지금은 고인이 되어버린, 나와 이름이 같은 그 학생도 하늘에서 나를 향해 고맙다, 라며 따뜻한 미소를 짓고 있을 거라는 생각에 뿌듯해졌다.

어제 그 도서관에 간 것, 《롤리타》를 집어 든 것, 200쪽이 넘게 집중해서 읽은 것, 어쩌면 모두 운명이 아니었을까. 운명이란 거

창한 단어를 이번 일에 갖다 붙이기는 쑥스럽지만, 어제와 오늘 일어난 일들을 설명하기 위해서는 별다른 수가 없었다.

택시를 잡기 위해 도로변으로 다가섰다. 활시위를 떠난 화살처럼 수많은 차들이 굉음을 내며 달렸다. 천둥소리와 구분조차 안 될 만큼 거센 바람이 내 머리카락을 쥐고 흔들어댔다. 바람을 등지기 위해 몸을 오른쪽으로 틀자 그나마 나아졌다.

그때였다. 저 멀리 한 사내가 눈에 들어온 것은. 슈퍼마켓 옆의 전봇대에 기대고 서 있는 그는 마치 커다란 납덩어리를 사지에 매달고 있는 듯 온몸이 무거워 보였다. 그가 걸치고 있는 선글라스, 마스크, 모자, 이 모든 것들이 마치 '나는 수상한 사람이니까 조심하세요'라고 외치는 듯했다.

어떻게 반응해야 좋을지 몰랐다. 너무도 빤히 날 쳐다보고 있어 시선을 피하기도 민망했다. 그자는 눈사람처럼 자리를 계속 지키고 있었다. 우리는 들판의 맹수로 변해 좀처럼 서로에게서 눈을 떼지 않았다. 제대로 숨조차 쉴 수 없었다.

뭐 하는 사람이지?

좀 더 확실히 눈에 담기 위해 눈을 치켜떴다. 어딘지 익숙한 얼굴이었다. 고개를 갸웃하며 앞으로 한 발짝 내딛는 그 순간 누군가 내 이름을 불렀다.

"문채수!"

화들짝 놀라 돌아보니 정협이 형이었다. 거무튀튀한 얼굴과 그것을 덮어주는 들쭉날쭉한 검은 머리카락이 눈에 띄었다. 본과 4학년 선배들이 임상실습 강의 때문에 춘천에 2주 동안 머무른다는 소식은 이미 전해 들었다.

“형, 이런 곳에 웬일이세요?”

방금 전의 사내가 신경 쓰였지만 쉽사리 돌아볼 수 없었다. 상대는 동문회에서도 무섭기로 유명한 선배였다.

“아, 후배들하고 밥약 있어서. 넌 여기서 뭐 하냐? 생뚱맞게.”

적당히 둘러대고 싶었지만 마땅한 이유가 생각나지 않았다. 경찰서 다녀오는 길이라고 말하면 왠지 귀찮은 일이 일어날 것만 같은 불길한 예감이 들었기 때문이다. 입맛을 쩝쩝 다시고 있자 형도 답답한지 눈썹을 찡그렸다. 그러더니 금세 인상을 풀고 사람 좋아 보이는 웃음을 지었다.

“뭐, 여튼 다음 모임 때 보자. 올 거지?”

“네, 당연하죠.”

눈을 깜빡이며 대답하자 형은 알았다는 듯 가볍게 고개를 까딱하고는 횡단보도를 건너기 시작했다. 멀어져가는 정협이 형의 뒷모습을 멍하게 바라보던 그때 방금 전의 사내가 떠올랐다. 급하게 고개를 돌려 골목을 더듬어봤지만 보이지 않았다. 전봇대 옆에도, 슈퍼마켓 주변에도 그자의 자취는 남아 있지 않았다. 골목으로 쫓아 들어가고 싶었지만 그럴 수 없었다. 오후 강의를 들으려면 학교로 돌아가야 했다.

택시를 타고 학교로 들어가던 중 이상한 낌새를 느끼고 등에 손을 갖다 댔다. 흠뻑 젖어 있었다. 영하 2도의 날씨에 이렇게 많은 양의 땀이 어디서 흘러나온 것일까. 알 수 없었다. 아니, 아니다. 방금 전 마주 보았던 그자의 흔적이 이렇게 남아 있었던 것이다. 역시 그는 실재했다.

기숙사로 뛰어올라가 옷을 벗어버리고는 세찬 물줄기를 온몸에

뿌려댔다. 뭐라고 설명할 수 없는 쾌감이 가슴, 등짝, 허벅지 곳곳에서 느껴졌다. 묘한 느낌이었다. 전혀 예상치 못한 장소에서 흥분한 나는 쉽게 샤워실을 나올 수 없었다. 꽤 긴 시간 동안 그곳에서 물줄기와 함께 춤을 추고 난 뒤에야 뒷걸음질 치며 나왔다.

복도를 지나 방으로 들어갔을 때 민호 형은 그곳에 없었다. 시간표상으로는 오후 강의가 없기 때문에 지금쯤은 방에 있어야만 했다. 아마도 친구들과 점심을 먹으러 간 모양이었다. 잽싸게 셔츠를 맨살에 걸친 뒤 의학관으로 뛰어갔다. 시간에 맞춰 도착했을 때 온몸은 땀으로 젖어 있었다.

"재수 더럽게 없네."

투덜대며 자리에 앉자 교수님께서 들어오셨다. 마음 같아서는 축축하게 젖은 땀샘을 도려내서 휴지통에 툭 던져버리고 싶었다.

그날 이후로 한동안 사건에 대해서는 생각하지 않았다. 처음에는 일종의 책임감이랄까, 끝까지 관심을 가지고 지켜봐야 한다는 생각도 들었지만, 나머지는 경찰의 몫으로 생각했기에 따로 연락을 취하지는 않았다. 물론 경찰 쪽에서도 나에게 아무런 연락이 없었다.

뭐, 어떻게든 되겠지.

가끔 열병에 시달리는 그 학생의 모습이 악몽처럼 떠오르기는 했지만 나와는 더 이상 관계없다고 마음속에 선을 긋자 점차 사그라졌다. 그와 동시에 한때 느꼈던 책임감도 수면 아래로 가라앉았다.

오늘은 연희와 데이트가 있는 날이었다. 서울에서 학교를 다니는 연희가 오랜만에 춘천으로 놀러 온다는 말에 강의가 끝나자마자 몸단장을 하고 병원에서 기다리는 중이었다.

열차를 타도 두 시간 반. 매일같이 6시에 강의가 끝나기 때문에 평일 저녁에는 만날 엄두도 내지 못한다. 오늘 같은 주말이 아니고서는 그녀의 수줍어하는 목소리를 들을 수 있는 방법은 오직 전화뿐이다.

작년 크리스마스 때 선물로 받은 하얀색 목도리를 목에 두르자 영락없는 부잣집 도련님이었다. 회전문에 비친 모습을 그렇게 품평하며 시간을 때우던 그때, 옆에서 보드라운 인형이 품속으로 파고들었다. 마치 커피를 온몸에다 부어버린 것처럼 셔츠가 따뜻해졌다.

그래, 이거야.

나도 모르게 음흉한 생각이 파고들었다. 이 순간 연희가 내 마음속을 꿰뚫어볼 수 있다면 가녀린 손가락으로 내 눈을 콕 찔러버릴 게 분명했다.

"오빠, 뭐 하고 지냈어?"

그녀는 나를 놓아줄 생각이 없는 것 같았다. 나를 양팔로 꼭 껴안은 채 이것저것 물었다. 강의는 지루하지 않은지, 어머니와 싸웠던 일은 잘 해결되었는지, 군대에 간 동생 휴가는 같이 잘 보냈는지. 우리는 서로의 체온을 피부로 느끼며 이야기를 이어나갔다.

불과 몇 분 만에 주변의 모든 것들이 다르게 보이기 시작했다. 꽃샘추위란 것은 없다. 황홀감이 턱 밑까지 차올라 숨이 막힌 내가 그녀를 살짝 떨어뜨리자 서운함을 머금은 눈망울이 흔들렸다.

그녀의 손에 내 손을 천천히 포갠 뒤 꼭 잡았다. 우리는 레스토랑이 있는 시내로 향했다. 식사를 하며 그녀가 조심스럽게 물었다.

"오빠, 저번에 드라마 쓴 거 어떻게 됐어? 뭐더라, 작품 이름이."

"유니콘의 비상."

"맞다, 그거. 피디한테 연락 왔어?"

미소를 머금고 조용히 고개를 저었다. 티내지 않으려 했지만 그녀의 눈에는 씁쓸한 미소로 비쳤으리라. 전공은 의학과지만 언제나 방송작가의 꿈을 꾼다. 지금까지 지상파 케이블 가리지 않고 대본을 써서 보내봤지만 결과는 꽝이었다. 여름방학 내내 써서 공모했던 〈유니콘의 비상〉이 최종심에 진출했다는 연락을 받았지만 결국 당선되지 못했다.

살인마의 아들로 태어나 온갖 비행을 저지르던 창기가 자신의 누나와 맺어지는 애잔하고도 아름다운 이야기는 최근까지도 내 머릿속을 마구 어지럽혀놓았다. 작품 속에 등장하는 물결. 성에 대한 욕망과 그로 인한 죄책감이 빚어내던 색정의 물결은 내가 한동안 현실에 발붙이지 못할 정도로 강렬했다.

이렇게 작가가 되는 것이다. 스스로가 창조해낸 인물에 동화되어 절망도 느껴보고 살인 충동도 느끼며 인간이라는 미스터리한 존재에 한 걸음씩 다가가는 것이다. 어느새 지난 수년간의 일들이 새벽에 틀어놓은 라디오처럼 머릿속에서 흘러갔다.

"오랜만에 산책 어때?"

"좋아."

그녀가 생긋 웃었다. 아파트 단지가 멀리 건너편에 내다보이는 강가에 서서 우리는 살결을 맞대고 풀밭에 앉았다. 이보다 더 달콤한 저녁을 언제 또 맛볼 수 있을까. 어둠이 밀려올수록 바람은 차가워지기는커녕 온기를 더해주었다. 그것은 영원한 안식을 맞고 싶은 듯 우리를 감싼 채 떠나가지 않았다.

마음 같아서는 연희를 새벽까지 붙잡아두고 싶었지만 그녀는 내일 아침 일정이 있었다. 막차를 놓치지 않기 위해 역까지 전력을 다해 달린 우리는 역 앞에서 다음 만남을 기약할 수밖에 없었다. 에스컬레이터를 탄 채 천천히 하늘로 떠오르는 그녀가 나를 향해 천사 같은 미소를 보내고는 뒤돌아섰다.

뜻하지 않은 사건이 일어난 것은 직후였다. 멀어져가는 그녀를 아늑하게 바라보던 그때 불길한 소음이 고막을 찢을 듯 울려 퍼졌다. 소리가 나는 방향으로 고개를 돌리자 커다란 오토바이가 나를 향해 달려오고 있었다.

생각할 겨를이 없었다. 재빨리 몸을 왼쪽으로 날렸다. 곧 옆구리에 통증이 몰려왔다. 나도 모르게 분노에 가득 찬 고함을 내질렀다.

"이 미친 새끼야!"

그자가 힐끗 돌아보더니 브레이크를 밟았다. 오토바이는 굉음을 내지르며 10미터 정도 미끄러지더니 멈춰 섰다. 귀머거리는 아닌 모양이었다. 기겁한 가슴을 진정시키고 바닥을 짚고 일어섰다. 나는 오토바이를 향해 천천히 다가갔다.

"상대방 입장도 생각해야죠. 제가 뼈라도 부러졌으면 어쩌려고 그랬어요?"

나를 가만히 응시하고 있는 그자를 향해 구시렁거리며 걸어갔다. 주변에 사람이라고는 버스 정류장에 앉아 꾸벅꾸벅 졸고 있는 할머니 한 명뿐이었다.

마음 같아서는 사정없이 패주고 싶었지만 그럴 수는 없었다. 침착하자, 침착하자. 속으로 주문을 외웠다. 주먹이 먼저 나가는 순간 나의 패배다. 끓어오르는 증오의 감정을 누그러뜨리기 위해 규칙적으로 호흡을 가다듬던 그때 믿을 수 없는 광경이 눈앞에 펼쳐졌다.

그자가 다시 나를 향해 돌진해오고 있었다. 생존의 위협을 느낀다는 말은 이럴 때 쓰는 걸까. 손을 번쩍 들고 멈추라는 신호를 보냈지만 소용없었다. 어느새 간격은 5미터로 좁혀졌다.

나는 이제 선택의 기로에 놓였다. 오른쪽이냐 왼쪽이냐. 아니면 가만히 서 있는가. 세 가지 선택지 중 어느 것을 고르냐에 따라 평생을 반신불수로 살 것인지가 결정되는 셈이었다.

오랜 시간, 아니 대략 0.5초간 고민한 끝에 될 대로 되라는 심정으로 오른쪽으로 몸을 힘껏 날렸다. 퍽 소리를 내며 콘크리트 바닥에 머리를 부딪치자 뇌졸중이 온 듯 머리가 띵해졌다. 뇌에 혈류를 공급하는 혈관 중 몇 개가 막혀버린 느낌이었다. 이대로 있으면 끝장날 것 같아 몸을 일으키려 했지만 애처롭게도 몸이 따라주지 않았다.

"이봐요!"

누군가의 다급한 목소리가 들렸다. 눈을 뜨니 이마에 주름이 자글자글한 할머니가 내 곁에 다가와 있었다.

"빨리 경찰 좀 불러줘요, 할머니."

입 밖으로 소리가 튀어나오지 않았다. 방금 전의 충격으로 실어증에 걸린 게 아닐까 하는 생각이 들었다. 가까이에서는 여전히 엔진소리가 들려왔다.

"빨리요! 가만히 있으면 할머니도 저 새끼한테 치인다고요!"

또다시 입안에서만 맴돌았다. 어쩌면 실어증이 아니라 성대 옆을 주행하는 후두 신경에 마비가 온 것인지도 몰랐다. 곁에서 할머니의 목소리가 들려왔지만 분명하게 알아들을 수 없었다. 할머니가 내 팔을 만지작거렸다. 느낌이 이상했다. 점차 의식이 흐려졌다. 엔진소리는 어느새 멀어져가고 있었다.

다시 눈을 떴을 때는 도로변에 택시 두 대가 서 있었다. 누가 옮겨놨는지 나는 도로 맨 구석 보도에 누워 있었다. 할머니는 어디로 가버렸는지 보이지 않았다.

잠깐만. 조급한 마음에 서둘러 눈을 내리깔고 다리와 발목을 꼼꼼히 살핀 다음 팔을 만지작거렸다. 다행히 상처는 없었다. 오토바이에 눌려 절단됐을지 모른다는 불안감도 시간이 흐르자 사라졌다. 겨우 몸을 추스르고 일어선 그때, 전화벨이 울렸다. 여전히 귓가에는 불규칙한 엔진소리가 맴돌았지만 정신을 차리고 전화를 받았다. 익숙한 저음의 목소리가 흘러나왔다.

"문채수 씨, 잘 지내셨습니까?"

그 형사였다. 방금 죽을 뻔했네요, 라고 말하려다 내색하지 않기로 했다.

"그저 그렇죠. 형사님께선 수사 잘돼가시나요?"

"기간을 1년 이내로 잡고 대출자 명단을 도서관 측에서 넘겨받았는데 여섯 명밖에 없더군요."

"생각보다 별로 없네요. 그중 용의자가 될 만한 사람이 있던가요?"

말을 길게 하다 보니 명치와 가슴 부근에 통증이 치밀어 올라왔다. 평범한 통증은 아니었다. 이럴 때 연희가 옆에 있다면 좋았을 걸. 하지만 그녀가 이번 일을 알아서 좋을 것은 없었다.

얼마 전 영화에서 보았던 판다가 가슴속에서 쿵쾅거리며 뛰어노는 듯했다. 누군가 흉골을 따라 피부를 절개한 다음 넣어뒀다고 해도 믿을 지경이었다.

'이럴 땐 심장 리듬의 형태를 파악한 다음 제세동을 할지 결정해야 돼. 일반적으로 심실세동이 가장 흔한 원인이지.'

어저께 들었던 응급의학과 교수님의 쉰 목소리가 긴 파장을 그리며 머릿속을 울렸다. 형사의 목소리가 날카롭게 파고들었다.

"채수 씨, 듣고 있습니까? 채수 씨."

다급한 목소리에 재빨리 정신을 차렸다. 가슴에 퍼진 통증이 순간 나의 의식까지 마비시킨 듯했다.

"네, 잠깐 딴생각을 하느라. 그래서 용의자는 어떻게 됐죠?"

그가 숨을 고르더니 조심스럽게 말을 꺼냈다. 전과는 달리 신중함이 묻어났다.

"한 가지 놀라운 사실을 발견했습니다. 그래서 연락을 드린 겁니다."

"놀라운 사실요?"

방금 전 내가 겪은 일보다 놀랍지는 않을 거라고 혼자 되뇌었다. 어느새 심장의 고동소리가 두 배 세 배 증폭해갔다. 파충류가 곤충을 삼키듯 소리가 내 육체는 물론이고 정신까지 삼켜버릴 것만 같았다. 이러다 길바닥에 쓰러지는 것이 아닐까 하고 거리를 둘러보았지만 유감스럽게도 내가 몸을 눕힐 곳은 어디에도 없었다.

"혹시 박민호 씨 아십니까?"

순간 귀를 의심했다. 어디선가 들어본 이름이었기 때문이다. 야구선수였던가. 아니지, 그건 강민호고. 그럼 박민호는 누굴까. 갈피를 잡지 못하고 있자 전화 너머로 헛기침 소리가 들려왔다. 그제야 깨달았다. 박민호는 다름 아닌 룸메이트 형이었던 것이다.

"아, 알아요. 그런데 왜요?"

"대출자 명단에 그분이 있더군요. 명단에 있던 학생들의 신상정보를 조사하던 중 박민호 씨가 현재 채수 씨와 같은 방을 쓰고 있다는 것을 알아냈습니다."

"그래서 그 형이 용의자라도 된다는 건가요?"

"네."

단호한 말투에서 강한 신념이 느껴졌다. 도무지 그의 진의를 파악할 수가 없었다. 형사는 진심으로 범인이 민호 형이라고 생각하는 걸까.

"박민호 씨랑 알게 된 지 얼마나 됐죠? 그 사람도 책을 빌렸다는 걸 채수 씨는 알고 계셨습니까? 저희가 조회해본 결과 2021년 1월 19일이었습니다. 살인사건이 일어나고 3주가 지난 후죠."

스르륵 눈이 감겼다. 불안감을 조장하는 어투에 가슴에 진 응어리가 마그마로 변해 바깥으로 세차게 분출될 것만 같았다.

"잠깐만요. 하나씩 말해줘요. 음, 민호 형과는 한 달 전에 처음 만났어요. 개강하는 날이었죠."

"잘 생각해보시죠. 분명히 박민호란 사람은 당신의 오래된 기억 속 어딘가에 남아 있을 겁니다."

형사가 목에 바짝 힘을 주고 말했다. 하지만 나는 그의 말에 동의할 수 없었다. 민호 형은 경영학과 3학년에 재학 중으로 나와 전공도 다르고 이번 학기에 처음 알게 된 사이였다. 우리 둘은 기숙사 배정 전에는 서로의 존재조차 알지 못했다.

"글쎄요, 아무리 생각해도 말이 안 되는데요."

"그럼 내가 장난이라도 치고 있단 겁니까?"

그가 기분 나쁘다는 듯 호통쳤지만 나로서는 당황스럽기만 했다.

"그 형은 사회학과에 문채수가 있다는 것도 모르고 있었어요. 그건 제가 보증합니다."

지난번 그 충격의 날에 있었던 일을 모두 형사에게 털어놓았다. 형사는 나의 말을 듣더니 코웃음 치며 빈정댔다.

"채수 씨의 착각이었을 수도 있고 교묘한 연기였을 수도 있죠."

뭐라고 말해야 할지 감이 잡히지 않았다. 그는 짓궂은 피에로 인형처럼 거슬리는 목소리로 계속해서 내 신경을 긁어댔다. 그가 옳다는 것을 억지로 인정한 후에야 나는 그의 손아귀에서 벗어날 수 있었다.

"조심하십시오."

그가 통화를 끝내기 전 마지막으로 내뱉었다. 조심하라니 무엇을 말인가. 민호 형이 오늘 밤 도끼라도 들고 기숙사에서 나를 기다리기라도 한다는 뜻인가.

뭐 어쩌라고.

분명 민호 형은 내가 들고 온《롤리타》를 보고도 별다른 반응을 보이지 않았다. 하지만 그것은 나라도 마찬가지였을 거다. 그런 야릇한 내용의 소설을 이전에 빌려 봤었다는 사실을 공유할 필요는 없으니까 말이다.

기숙사에 도착했을 때 민호 형은 인터넷 체스를 두고 있었다. 왠지 모를 극적인 분위기가 연출되었다. 방금 전 형사에게 용의자로 지목된 자와 범생이 룸메이트의 운명적인 조우. 희극적이다 못해 우습기까지 했다. 터져 나오려는 웃음을 꾹 누른 채 옷을 벗어던지며 가볍게 던져보았다.

"형도《롤리타》읽어봤죠? 저번에 제가 보여드린 책 말예요."

마음 한구석에서 독버섯처럼 피어나는 조그마한 의혹들을 누그러뜨리기 위해서는 이 방법뿐이었다.

"아니, 내가 평소에 책 읽는 거 봤냐?"

순간 망치로 뒤통수를 한 대 맞은 기분이었다. 가슴이 벌렁거리기 시작했다. 형은 턱을 괴고는 아무렇지 않은 듯 체스에 집중하고 있었다.

'교묘한 연기였을 수도 있죠.'

형사의 말이 떠올랐다. 왜 형은 사실대로 말하지 않은 걸까. 자신이 그 이름을 적었다는 오해를 받지 않기 위해서 그랬을지도 모른다. 하지만 그의 사소한 거짓말은 나를 의혹의 구렁텅이 속으로 조금씩 몰아붙였다.

'조심하십시오.'

형사의 마지막 말이 뇌리에 깊이 박힌 채 계속해서 나를 흔들었다. 민호 형은 여전히 체스에서 헤어 나오지 못했다. 아직도 승부가 날 기미는 보이지 않았다. 형의 퀸이 대각선을 가로질러 상대의 나이트를 밀어냈다.

나는 전등을 끄고는 침대에 가지런히 몸을 눕혔다. 곧 동굴과도 같은 어둠이 찾아왔다. 얼마나 시간이 지났을까. 갑작스레 스며든

냉기에 잠들어 있던 의식이 깨어났다.

'제발 창문 좀 닫아줘, 제발!'

수십 번 속으로 외쳐봤지만 소용없었다. 마치 우물 속에 갇힌 듯한 기분이었다. 머리 위로는 나뭇잎이 떨어지고 발은 물에 잠겨 있다. 신발은 물론이고 양말도 젖어 있다. 발은 이미 얼어붙은 듯 감각이 느껴지지 않는다. 코에서는 피가 흘러나온다. 이틀 전 방구석에서 본 불개미가 어느새 기어들어가 점막을 찢어놓은 모양이다. 깜깜해서 흘러나오는 것이 혈액인지 콧물인지는 정확하게 알 수 없다.

어쨌든 지금의 상황을 한마디로 요약하자면, 미쳐서 돌아버릴 것만 같았다. 하지만 눈이 떠지지 않았다. 뜨려고 할수록 눈알이 바깥으로 튀어나올 것만 같았다. 안구를 지탱하는 미세한 근육들이 끊어질지도 모른다는 두려움이 엄습해왔다. 잠시 후 어디선가 휘익 하고 휘파람 소리가 들려왔다. 그와 동시에 두 눈을 가로막고 있던 장막이 벗겨졌다.

혹시 꿈을 꾸고 있는 건가?

익숙한 장소는 아니었다. 밤마다 숱하게 지나다니던 가로수 길은 아니었다. 칠흑과도 같은 어둠만이 있을 뿐이었다. 물론 그렇게 착각하고 있는지도 몰랐다. 이곳은… 이제야 떠올랐다. 기숙사였다. 꿈이 아니었다. 내가 바라보고 있는 것은 오래된 벽지로 덮인 천장이었다. 창문으로 새어 들어온 부드러운 달빛이 기괴한 무늬를 형성하고 있었다.

또다시 휘파람 소리가 들려왔다. 그것도 아주 가까운 곳에서. 섬뜩한 생각이 나를 놓아주지 않았다. 슬쩍 고개를 돌려보려 했지만 그럴 수 없었다. 누군가 나를 노려보고 있다는 확신이 들었기 때문이다. 평소라면 가볍게 무시했겠지만 이번만큼은 달랐다.

그것은 갯벌에 몸을 파묻은 채 고개를 내밀고 있는 야생동물처럼, 선선한 바다 향기를 풍기며 곁에 자리하고 있었다. 휘파람 소리는 얼마 지나지 않아 멈췄다.

새벽 5시 30분쯤 몸을 일으켜 침대에서 내려온 나는 대충 얼굴만 헹군 다음 기숙사를 뛰쳐나왔다. 어젯밤의 모든 일들이 환상이라고 말하듯 민호 형은 언제나처럼 코를 골고 있었다.

얼어붙은 거리를 썰매 타듯 미끄러져 도착한 곳은 경찰서였다. 이 시간에도 경찰이 근무할지 의구심이 들었지만 밤을 환하게 밝힌 등불이 그런 기우를 씻어주었다. 형사는 요즘 이렇다 할 사건이 없는지 책상에다 발을 올린 채 월간 스포츠 잡지를 읽고 있었다.

"형사님."

헉 소리를 내며 형사가 몸을 들썩였다. 아무래도 시간이 시간인지라 단잠에 빠져 있었던 모양이다. 내가 다짜고짜 말을 이어갔다.

"어제 말씀하신 명단 좀 보여주세요. 직접 보고 싶어요."

형사가 물끄러미 나를 쳐다보더니 일말의 망설임도 없이 서랍으로 손을 뻗어 휘저었다. 어느새 졸린 기색은 전혀 보이지 않았다.

조그마한 표로 채워진 종이가 두 번째 서랍에서 튀어나왔다. 그에게서 가로채어 펼쳐보았다. 어제 들은 대로 2020년 3월부터 2021년 3월까지 《롤리타》를 대출한 학생은 여섯 명뿐이었다. 이

수민, 오현동, 김미도, 박민호, 은지승, 문채수. 그리고 이 가운데 내가 아는 사람은 박민호뿐이었다.

"어떻게 이 형이 제 룸메이트라는 걸 알았죠?"

어제는 물어보지 못했던 부분이었다. 형사가 모니터에 창을 띄우더니 뭔가를 입력했다. 그러자 사진과 표 비슷한 것들이 한꺼번에 화면을 뒤덮었다. 아마 신상명세서가 이런 형태일 거라고 막연히 추측했다.

"여기 보십시오."

형사가 마우스를 이리저리 움직이다가 한 사진에 커서를 고정했다. 풍성한 머리숱에 무스를 발라 고정시키고 목이 길쭉한 남자였다. 상당히 훈훈한 외모였다.

"이게 누구죠?"

"박민호 씨 아닙니까. 채수 씨도 아직 잠에서 못 깨어나셨군요."

형사가 킥킥 웃어댔다. 머리가 띵해지는 바람에 잠깐 몸을 휘청거린 나는 눈을 비비고 다시 모니터를 들여다봤다. 사진 옆에 대문짝만 하게 걸린 '박민호-경영학과'라는 문구가 나를 숨죽이게 만들었다. 그 아래에는 거주지가 나와 있었는데 신관 기숙사 201호였다.

믿을 수 없게도 내 방이었다. 즉 이 사진 속의 남자는 박민호였다. 나도 모르게 가슴 밑바닥에서 고함이 튀어나왔다.

"이건 박민호가 아니에요!"

형사의 얼굴에 웃음기가 싹 걷혔다. 그가 나를 돌아보더니 다시 모니터로 눈길을 돌렸다.

"채수 씨, 무슨 말입니까?"

"이건 제 룸메이트 형이 아니에요. 사진 속 남자는 박민호 형이 아니란 말이에요."

그가 기묘한 표정을 짓더니 허탈한 웃음소리를 냈다.

"그럼 이들 중 아는 사람이 있습니까?"

화면에 나온 사람들은《롤리타》를 대출한 여섯 명, 아니 나를 제외하고 다섯 명이었다. 그중 여자가 셋, 남자가 둘이었는데 일면식도 없는 사람들이었다.

"아니요. 그런데 이 사진들은 어떻게 구했죠?"

"대출 담당하신 분께 정보를 받아왔죠. 아마 학생증 사진일 겁니다."

"정말 말도 안 되는데."

형사의 눈에 호기심이 번뜩였다.

"만약 채수 씨의 말이 사실이라면 이건 정말 미심쩍군요. 확실합니까?"

"얼굴형부터가 다른걸요. 눈은 말할 것도 없고요."

그가 헛웃음을 터뜨리며 자리에서 일어났다. 그 역시 이런 상황은 상상조차 하지 못했으리라. 나의 시선이 방황하며 그의 움직임을 좇았다. 그는 장작이라도 팰 듯이 팔을 쭉 펴서 기지개를 켜더니 다시 자리에 앉았다.

"하하, 스릴러 영화 속의 형사가 된 기분입니다."

꿈틀대는 그의 얼굴 속 잔근육들이 "나와 함께 수사를 해보지 않겠소?" 하고 말하는 듯했다. 나는 아무런 생각도 떠올릴 수 없었다. 물론 그런 쪽으로는 전혀 머리가 발달하지 않은 탓도 있겠지만 도저히 연결고리가 없어 보였기 때문이다.

지금까지 일어난 일련의 사건들이 의미하는 바는 무엇인가. 나는 그러한 의문들을 해소하기를 원했고 그 해답을 형사에게서 찾을 수 있으리라는 어렴풋한 확신이 들었다.

"어제 형사님은 박민호가 신분을 위장했다는 사실을 모르셨어요. 그런데 어떤 이유로 저에게 조심하라고 말한 거죠? 고작 대출자 명단에 그 형 이름이 있었기 때문인가요?"

뭔가를 끄적이던 그의 손이 굳은 듯 정지했다. 그가 천천히 고개를 들더니 나를 바라봤다. 나는 숨죽인 채 그의 시선에 맞섰다.

"문채수라는 학생이 죽었습니다. 그리고 그 이름이 책 한구석에 쓰여 있었습니다. 그 책을 빌린 사람들 중에 또 다른 문채수와 같은 방을 쓰고 있는 자가 있습니다. 그렇다면 저와 같은 추리를 하는 것이 합당한 것 아닐까요?"

"합당하다고요?"

"네, 아직 붙잡히지 않은 범인이 사실 죽이려고 했던 것은 다른 문채수, 바로 당신이라는 겁니다. 두 달 전 발생한 살인은 그의 미스라고 봐도 되겠죠. 물론 어디까지나 추리일 뿐입니다. 물적 증거는 없으니까요."

"물적 증거."

맥이 빠진 사람처럼 힘없이 중얼거렸다.

"그렇습니다. 오늘 이후로 저희 쪽에서도 이 사건을 좀 더 진지하게 파고들 생각입니다. 그자가 어떻게 신분을 위장해 당신과 같은 방을 쓰게 되었는지 대충 짐작은 가지만 동기가 궁금하군요."

갑자기 온몸에 두드러기가 난 듯 가려워졌다. 손톱을 사용해 등과 허벅지 이쪽저쪽을 문질러댔다.

"당분간 기숙사에 들어가지 마십시오."

그가 한 마지막 충고였다.

강의가 끝나자마자 역 근처의 찜질방으로 향했다. 기숙사로 돌아갈 용기 따위는 남아 있지 않았다. 같은 방에 서식하고 있는 그 괴물과 맞닥뜨리지 않기 위해서라면 어떤 일이라도 할 수 있을 것 같았다.

의자에 앉아 지금까지의 일들을 찬찬히 되짚어보았다. 그러고 보면 모든 일은 도서관에서 《롤리타》를 집어 들었을 때부터 시작되었다.

'만약 그날 다른 책을 읽었다면?'

생각만 해도 끔찍했다. 그랬다면 턱밑까지 닥쳐온 위험을 인지하지도 못한 채 지금쯤 길바닥에 나뒹굴고 있을지도 모르는 일이었다.

사람들로 북적한 휴게실로 들어서자 시원한 공기가 이마에 부딪혔다. 아직 밤 9시밖에 안 돼서 그런지 사람들이 TV 앞에 옹기종기 모여 있었다. 나는 그들과 멀리 떨어진 구석으로 가서 쪼그려 앉았다. 내일까지 어떻게든 이 상황을 타개할 방법을 생각해내야만 했다. 커져만 가는 의혹을 언제까지나 방관할 수만은 없는 노릇이었다.

벨 소리가 들린 것은 11시가 막 지났을 무렵이었다. 불안한 기운이 엄습해왔다. 머리맡에 놓아둔 휴대폰을 집어 든 나는 심장이 멎을 뻔했다. 민호 형의 이름이 화면에 뜬 것이다. 내가 기숙사로 돌아오지 않자 전화한 모양이었다. 규칙적으로 호흡을 조절하며 섬뜩한 이름을 바라보던 그때 누군가 학생, 하고 소리쳤다. 돌아보니 한 아주머니가 짜증난다는 듯 귀를 막고 있었다. 하는 수 없이 전화를 받자 거무튀튀한 목소리가 전해져왔다.

"왜 안 오냐, 사감한테 안 걸릴 자신 있냐?"

'바로 당신 때문입니다. 당신의 그 가식적이고 소름 끼치는 얼굴을 똑바로 쳐다볼 자신이 없어서 그럽니다. 당신이 내게 접근한 이유를 곧 밝혀낼 겁니다.'

하지만 내 입에서는 마음에도 없는 말이 튀어나왔다.

"오늘 저희 동기 애 집에 가서 자려고요. 형, 푹 쉬세요."

밤새 동아리 모임이 있을 예정이라고 적당히 둘러대자 그도 딱히 트집 잡을 게 없는지 알았다고 말하고 전화를 끊었다. 나는 한숨을 내쉬고 다시 자리에 누웠다. 갑자기 귀뚜라미 울음소리가 멀리서 들려왔다. 누군가 창문을 연 모양이었다. 아무런 생각도 하지 않은 채 그 소리를 듣고 있자 불안했던 마음도 한층 고요해졌다.

그자는 문채수라는 이름만을 단서로 대상을 물색했고, 그 결과 사회학과의 문채수를 발견했다. 이어서 박민호라는 학생의 신분을 이용해 학교로 잠입해 결국에는 문채수의 머리 위로 벽돌을 떨어뜨려 즉사시켰다. 그런데 그가 찾고 있던 문채수는 다름 아닌 나였다.

그의 동기는 전혀 추측할 수 없었다. 아니, 어쩌면 정신병자인지도 몰랐다. 그는 자신의 실수를 만회하기 위해 새 학기 기숙사 신청 때 나와 룸메이트가 되도록 조작했고 결국 같은 방을 쓰게 된 것이 아닐까.

충분히 설득력 있는 가설이었다. 물론 아직까지는 어떤 증거도 없었다. 단지 책에 적힌 내 이름과 대출자 명단에 남아 있는 박민호의 이름뿐.

이유를 모르겠네. 내가 무슨 잘못을 했다고.

지금까지의 짧은 인생을 돌아봐도 누군가에게 피해를 입히거나 원한을 산 적이 없었기 때문에 도무지 그의 정신 상태가 이해되지 않았다. 억울했다. 그는 경찰서에 방문한 나를 미행했을 뿐만 아니라 연희와의 데이트를 마치고 돌아가던 나의 두 다리를 짓이겨 놓을 뻔했다. 물론 이 또한 그라는 증거는 없었다. 지금으로서는 온통 심증뿐이었다.

형사로부터 연락을 받은 것은 그로부터 이틀 후였다. 휴대폰을 통해 형사의 거친 숨결이 생생하게 느껴졌다.

"지금부터 계획을 말해드리죠. 이 방법이라면 채수 씨를 노리는 사람이 당신의 룸메이트 박민호라는 것이 확실하게 입증될 겁니다."

"네."

나는 침을 꿀꺽 삼켰다. 곧 펼쳐질 불꽃 쇼를 기다리는 관광객처럼 들뜬 기분이었다.

"혹시 채수 씨가 우리와 접촉했다는 사실을 그 사람이 알고 있습니까?"

"확실한 건 아닌데 어느 정도 눈치는 채고 있을 거예요."

얼핏 도청기가 달려 있을지도 모른다는 생각이 떠올랐지만 고개를 저었다. 도청을 하고 있었다면 그날 굳이 나에게 왜 안 들어오느냐고 전화를 할 이유가 없었다.

"자, 그럼 시작해보죠. 채수 씨는 이번 한국대학교 해외 연계 프로그램을 통해서 교환학생으로 선발됐고 이틀 후에 호주로 떠납니다. 브랜든대학교로 호주 서남부에 위치한 곳입니다."

순간 말문이 막혀 "네?" 하고 소리를 질렀다. 어처구니가 없었기 때문이다.

"모두 그자를 유인하기 위한 덫일 뿐입니다. 만약 여기에 걸려들지 않는다면 그자는 저번 살인사건의 범인이 아니었고 우리가 오해하고 있었던 게 되겠죠."

놀라움을 뒤로한 채 냉정하게 짚어보니 형사의 계획이 일리가 있다는 생각이 들었다. 언제까지고 이렇게 찜질방에서 무의미한 시간을 보낼 수는 없었다. 이미 기숙사로 돌아가지 않은 지 사흘이 되었고, 이런 행동은 그에게 의혹을 살 게 분명했다.

"계속하겠습니다. 당신은 춘천역 사거리에 있는 모텔에서 오늘 저녁부터 이틀을 묵은 뒤에 공항으로 떠납니다. 이것을 오늘 당신의 룸메이트에게 어떻게든 전달해야 합니다. 이해했습니까?"

"네, 네."

춘천에 머무는 마지막 하루가 결전의 날이 될 것이 틀림없었다. 물론 아무 일 없기를 바라는 것이 정상일 테지만 결코 그럴 것 같지 않다는 불안감이 엄습해왔다. 실체를 가진 무언가가 그날 나를 향해 접근해올 것이 분명했다.

"천호모텔 305호를 예약해두었으니 그리로 들어가서 쉬시면 됩니다."

한 가지 의문이 번뜩 스쳐갔다.

"만약 민호 형, 아니 그 사람이 찾아오면 어떡하죠? 문을 열어줘야 하나요?"

정적이 흘렀다. 그가 침을 꿀꺽 삼키더니 떨리는 목소리로 대답했다.

"네, 사실 거기부터가 이번 계획의 핵심입니다. 누군가 벨을 누른다면 제 번호로 연락 주십시오. 근방에서 대기하던 저희 애들이 즉각 반응할 겁니다."

"모텔 안에서 대기하나요?"

"물론이죠. 이미 증거 확보를 위해 실내에 CCTV를 설치해놓았습니다. 그리고 옆방인 304호에서 그 방을 실시간으로 화면을 통해 감시할 예정입니다. 안전은 보장합니다. 결코 그자는 당신의 목숨을 빼앗지 못합니다. 믿어주십시오."

제약회사의 임상시험 대상자가 된 기분이었다. 자칫하면 문을 열어주자마자 위험에 처할 수도 있었지만 어쩔 수 없었다. 그자가 나를 찾아왔다고 해도 그것만으로 그에게 죄를 덮어씌울 수는 없는 노릇이었다. 그자가 직접적인 위해를 가할 경우에만 죄가 성립할 것이 분명했다. 그래서 경찰 쪽에서도 이렇게 신중하게 행동하는 것이리라.

"알겠어요. 그럼 지금 바로 기숙사로 가서 짐을 쌀까요?"

"아직요. 모텔은 오늘 오후 6시 정도에 들어가면 좋을 것 같습니다. 짐은 그전까지만 대충 챙기면 됩니다. 나머지는 추후 가족분이 챙길 거라고 귀띔해놓으십시오."

"형사님 말대로 할게요. 모텔에 도착하면 연락드릴게요."

전화를 끊자마자 서둘러 옷을 입고 찜질방을 나섰다. 지금 시각은 4시 40분. 그자가 기숙사에 있을 시간이었다. 탁한 매연에 꽃가루가 섞였는지 꽃 알레르기가 있는 나의 코를 사정없이 자극했다. 때마침 대로변을 지나가는 택시가 보여 손을 들어 멈춰 세웠다.

"한국대학교 기숙사요."

주머니에는 찜질방에서 가져온 면도날이 들어 있었다. 혹시라도 닥쳐올지 모르는 위험에 맞서기 위한 생존의 수단이었다. 이것이 얼마나 잘 들지는 모르지만 적어도 가만히 앉아 습격당하는 일은 없을 것이다. 택시에서 내린 나는 면도날의 무딘 부분을 손에 쥔 채 로비를 통과해 계단을 걸어 올라갔다. 땀방울이 한여름의 아이스크림처럼 손바닥을 타고 흘러내렸다. 무기를 떨어뜨리지 않기 위해 손에 힘을 주자 따끔한 통증이 밀려왔다.

방은 희뿌연 담배 연기로 가득 차 있었다. 기침을 해대자 까마귀를 연상시키는 기분 나쁜 웃음소리가 저편에서 들려왔다. 곧 시야가 맑아졌다. 민호 형이 담배를 문 채 창가에 기대어 서 있었다.

"야, 얼마 만이냐. 도대체 어디 있었던 거야."

그 짧은 시간에 니코틴이 기관지로 들어갔는지 소리가 입 밖으로 나오지 않았다. 계속해서 기침을 해대자 그가 살며시 웃으며 물고 있던 담배를 입에서 뗐다. 그러고는 수전증에 걸린 늙은이처럼 손을 떨며 담배를 재떨이에 문질렀다.

"미안, 미안. 하도 안 오길래. 밖에 나가기는 귀찮고 해서."

"아니에요. 그동안 친구 방에서 지냈어요."

말을 하는 사이 그가 나를 향해 다가왔다. 재빨리 주머니에 손을 찔러 넣었다.

"그럼 오늘부터는 여기서 지내는 건가?"

어디에다 눈의 초점을 맞춰야 할지 결정할 수 없었다. 그의 눈을 똑바로 볼 자신이 없었기 때문이다. 어느새 그는 내 앞에 바짝 붙어 있었다.

"아니요, 사실은…."

말꼬리를 흐리자 그는 호기심이 발동했는지 내 얼굴을 뚫어져라 쳐다보았다. 숨이 멎어버릴 것 같았지만 어쩔 수 없었다. 나는 계획대로 실행해야만 했다.

"저 이틀 뒤에 호주로 가요. 교환학생에 선발됐거든요."

"정말?"

반응을 확인하지는 못했지만 나는 확신했다. 둘을 감싸고 있던 공기가 순간 몇 그램은 더 무거워진 것이다. 주머니 속의 면도날을 꽉 움켜쥐었다.

"브랜든대학교로 가요. 내일까지는 춘천에 있을 예정이에요. 이곳 짐은 부모님께서 옮기신대요."

"너무 뜬금없는 거 아니야? 너 본과 1학년이잖아. 그런데 해외로 가면 성적은 어떻게 되는데?"

"학점 이수는 거기서도 할 수 있어요. 지금까지는 의예과 학생만을 대상으로 시행했는데 올해부터는 본과 학생도 가능하다고 발표했어요. 그래서 이렇게 해외로 나가게 된 거고요."

"거기서 뭘 하는데?"

"주로 임상과 관련된 의료 실습을 받아요. 거기 가면 위내시경 같은 걸 직접 해볼 수도 있대요. 우리나라에서는 보통 펠로 가서나 하는 건데 말이죠."

처음에는 〈킹스 스피치〉의 조지 6세처럼 더듬을까 봐 긴장했지만 어느새 술술 말이 나왔다. 평소 내가 써놓은 대본으로 직접 연기를 해본 것이 이렇게 도움이 될 줄은 미처 몰랐다.

예상과는 달리 그는 의연함을 잃지 않았다. 내가 한 말에 충격을 받은 표정이 아니었던 것이다. 하지만 그의 입에서 튀어나온 말은 내게 확신을 가져다주었다.

"그럼 또 친구 방에서 묵게? 춘천에는 있을 만한 곳이 없는데."

의미심장한 미소가 떠올랐다. 이대로 민호 형은 형사가 쳐놓은 덫에 걸리게 된 것이다. 베일에 감춰진 그의 동기도 곧 알 수 있으리라.

"천호모텔요. 춘천역 근처에 있어요."

내심 묵을 방 번호까지 물어주기를 기대했지만 아직 체크인하지 않았다는 걸 기억해냈다. 그런 내가 이미 방 번호까지 알고 있다면 그에게 커다란 의혹을 불어넣는 것밖에 되지 않았다.

"그렇구나. 뭔가 섭섭하네. 이제 밤에 혼자 쓸쓸해서 어떡하냐."

"넓은 방 혼자 쓰시면 좋죠, 뭘."

무의미한 말장난이 핑퐁처럼 오갔다. 사실 서로 알게 된 지 기껏해야 한 달 반 정도 되었고 전공도 달라서 특별히 나눌 얘기는 없었다. 나는 이 상황이 불편해 조금이라도 빨리 벗어나고자 문을 벌컥 열었다. 뒤에서 그가 외쳤다.

"내일쯤 그리로 한번 갈게. 이제 마지막일지도 모르는데."

어떻게 그런 가식적인 언어가 쉽게 튀어나올 수 있는지 이해되지 않았다. 어쩌면 그에게는 양심이라는 것이 없는지도 몰랐다. 나의 대답은 이미 정해져 있었다.

"네, 그렇게 해요."

나는 문을 쾅 닫고 기숙사 계단을 뛰어 내려갔다. 지금쯤 그자의 머릿속은 바닥에 흩어진 퍼즐 조각처럼 어지러울 게 분명했다. 과연 그는 어떻게 내게 접근해올 것인가. 또한 어떻게 나를 죽이려 들 것인가. 쉽사리 추측할 수 없었다.

305호의 침대는 푹 꺼져 있었다. 오래된 모텔이라 그런지 벽은 건선이 온 듯 몇 가닥으로 갈라져 있었다. 그 틈으로 바퀴벌레가 나오지 않을까 하는 생각에 속이 메스꺼워졌다. 이런 곳에서 이틀이나 머무는 것은 고문이나 마찬가지였다. 모텔에 도착했다는 문자를 형사에게 보낸 뒤 곰팡내 나는 방을 나섰다. 304호 앞으로 가 문에 귀를 대보았지만 인기척은 없었다. 잠시 후 문자가 도착했다.

—좋습니다. CCTV 전원을 켜도록 하겠습니다. 외출은 최대한 자제하시라고 음료수와 간식을 냉장고에 넣어뒀습니다.

알겠다는 문자를 보낸 뒤 다시 방으로 들어갔다. 어차피 모텔에서 나가봤자 마땅히 갈 곳도 없었다. 두 시간을 멍하니 누워 있었지만 들리는 소리라고는 역을 떠나는 열차가 내는 기분 나쁜 울림뿐이었다.

냉장고를 열자 프링글스 두 통과 슈크림 빵 세 개가 준비되어 있었다. 내 취향은 아니었지만 배가 출출해서 빵을 꺼내어 먹기 시작했다. 다행히 우유도 있어 나름대로 만족스럽게 끼니를 때울 수 있었다.

불을 끈 것은 밤 10시였다. 더 이상 옆방에 있을 경찰들에게 자유를 빼앗기고 싶지 않았다. 사방이 어둠으로 둘러싸인 것을 확인하고는 그대로 침대에 몸을 던졌다. 그동안 나를 지탱해주던 긴장감이 순식간에 풀려서 그런지 온몸이 녹아내리는 듯했다. 눈꺼풀이 천천히 내려왔다. 그때 엉뚱한 생각이 떠올랐다.

'지금까지 일어난 모든 일들이 꿈이라면?'

형사도 의문의 사내도 모두 나의 상상이고 사실 《롤리타》를 읽은 그날로부터 채 하루도 되지 않은 건 아닐까. 나는 여전히 기숙사 2층 침대에 파묻혀 대단한 스케일의 꿈을 꾸고 있고 민호 형은 나의 허황된 잠꼬대를 들으며 인터넷 체스를 두고 있는 건 아닐까.

"꿈은 아니야, 절대로."

몇 번이나 혼자서 중얼거린 끝에 겨우 눈을 붙일 수 있었다.

무거운 눈꺼풀을 치켜떴다. 턱 밑에서 윙윙거리는 소리가 들려왔다. 배에 올려놓은 휴대폰이 요란하게 몸통을 흔들어대고 있었다. 형사라는 확신이 들어 지체하지 않고 전화를 받은 나는 직감이 틀렸음을 깨달았다. 간간이 들리는 헛기침 소리는 상대 또한 긴장하고 있음을 의미했다. 숨을 죽이고 그의 반응을 기다렸다. 아무런 소리도 들리지 않았다. 벌써 통화 시간은 15초를 넘겼다. 전화를 끊으려는 순간 다급한 외침이 들려왔다.

"안 자냐?"

이 한마디를 위해 그렇게 기를 충전하고 있었던 것이다.

"형, 웬일이에요?"

"인마, 형이 너 보고 싶어서 달려왔지. 천호모텔 앞이다."

"네?"

나도 모르게 탄성을 내지르고 말았다. 그의 귀에는 분명 경계심으로 가득 찬 소리로 들렸으리라. 등줄기 아래로 찌릿한 전류가 흘렀다. 흡혈 곤충이 등을 물어뜯고 있는 게 분명했다. 나는 미친 듯이 고개를 흔들고는 다시 휴대폰을 가까이 갖다 댔다. 벽에 걸린 시계는 오전 3시 10분을 가리키고 있었다.

"지금은 너무 늦어서요. 나가기는 좀 그런데."

"그럼 내가 거기까지 올라가야 하냐? 잠깐이면 돼."

어떻게 대답해야 할지 감이 오지 않았다. 마음 같아서는 옆방 문을 두드린 다음 경찰에게 전화를 바로 건네고 싶었지만 그럴 수는 없었다. 어디까지나 그를 이 방으로 유인하는 것이 내게 주어진 임무였다.

"형, 제가 세수를 안 해서요. 죄송한데 305호로 올라와주시면 안 돼요?"

"305호? 하… 알았다. 내가 그리로 가지 뭐."

그가 한숨을 내쉬더니 전화를 끊었다. 동시에 나도 자리를 박차고 일어났다. 새벽이라 형사도 잠들어 있을 가능성이 높아 문자가 아닌 전화를 택했다. 뚜- 연결음이 들려왔다. 이 순간 성큼성큼 계단을 올라오고 있을 민호 형이 떠올라 몸서리가 쳐졌다. 여전히 상대는 묵묵부답이었다.

"왜 안 받고 지랄이야."

욕설을 중얼거리는데 전화가 연결되었다. 하품을 하는 형사의 목소리에서 견딜 수 없는 졸음이 전해져왔다.

"혹시, 연락이 온 건가요?"

"네, 조금 전에요. 지금쯤 올라오고 있을 거예요."

"제가 말씀드렸듯이 안전은 걱정하지 않으셔도 됩니다. CCTV로 모든 상황이 녹화되고 있기 때문에 위험한 상황이 발생할 시 즉각 애들이 출동할 예정입니다. 당부할 것은 채수 씨가 먼저 공격하면 안 된다는 점이에요. 그런 경우에는 오히려 채수 씨가 폭행죄를 뒤집어쓸 수 있습니다. 우리나라에서는 정당방위의 범위가 매우 협소하다는 걸 유념하세요."

그때 딩동, 하고 벨 소리가 울렸다. 방금 전까지만 해도 등을 물어뜯던 흡혈 곤충들이 다리까지 내려왔는지 발뒤꿈치가 저려왔다.

"이제 왔군요. 침착하게 행동하십시오. 그럼 이만."

"잠시만요, 잠깐만."

부모와 떨어지기 싫은 어린아이가 된 마냥 외쳤다. 통화를 하고 있다고 해서 그가 나를 완벽하게 지켜줄 수 있는 건 아니지만 서로 연결되어 있는 것만으로도 부적을 몸에 지닌 느낌이었다.

"겁이 나시면 이대로 플랜을 중단하고 저희가 개입할 수도 있습니다. 그자에게 어떤 혐의도 씌울 수는 없겠지만요."

"아뇨, 아뇨…. 그건 아니에요. 저런 놈은 살인 미수로 감방에 처넣어야 해요."

밖으로 새어나가지 않도록 창가에 바짝 기대어 낮게 속삭였다. 딩동. 민호 형이 다시 한번 초인종을 눌렀다. 조급함이라고는 느껴지지 않는 손짓이었다. 그는 아직 평정심을 잃지 않은 게 분명했다. 그러나 나는 달랐다. 이런 기묘한 감정은 살면서 처음 느껴보는 것이었다. 두려움과 동시에 벅차오르는 설렘, 뭐라고 설명할 수 없는 새로운 감정이었다.

"채수야, 민호 형이다."

옆방에 있을 경찰들에게도 들릴 법한 크기의 목소리였다.

"채수야, 너 왜 통화중이냐?"

그가 참다못해 전화를 건 모양이었다. 난처했다. 형사가 이제 끊는 게 좋겠다고 말했고, 나도 동의했다. 재빨리 전화를 끊고 문으로 조심스럽게 다가갔다.

"친구랑 수다 떨고 있었어요."

"그래? 근데 문 좀 열어주지 그러냐. 아까부터 몇 번이나 벨 눌렀는데."

"잠깐만요. 옷 좀 갈아입고요."

혹시 모를 습격에 대비해 테이블에 놓인 재떨이를 집어 들고 문을 향해 걸어갔다. 마치 그것이 다른 세계로 통하는 관문인 것처럼 한 발짝 한 발짝 조심스럽게.

"형, 기다리셨죠?"

"응."

감정이라고는 찾아볼 수 없는 무미건조한 목소리였다.

"이제 열게요."

등 뒤로 재떨이를 숨긴 채 손잡이를 시계방향으로 돌리자 문이 끽 소리를 내며 천천히 열렸다. 살쾡이 같은 눈이 문틈으로 시야에 들어왔다. 나도 모르게 움찔해서 문을 닫으려는 순간 복부에 찢어질 듯한 통증이 밀려왔다.

"악!"

비명을 내지르며 뒤로 물러서자 재떨이가 바닥에 투명한 소리를 내며 뒹굴었다. 그와 동시에 푸른 섬광이 목을 덮쳤다. 필름이 끊긴 듯 뇌의 활동이 정지했다.

정신을 차렸을 때는 이미 모든 게 끝나버린 뒤였다. 팔과 다리는 의자에 묶인 채 고정되어 있었고 입은 비린내 나는 마스크로 덮여 있었다. 배는 여전히 욱신거렸다. 민호 형은 검은색 모자를 푹 눌러쓴 채 침대에 걸터앉아 있었다. 그림자 때문인지 오늘따라 얼굴이 침울해 보였다. 벽에 걸린 시계는 3시 25분을 가리켰다.

'옆방에 있다는 경찰들은 뭘 하고 있는 거지? 빤히 보고 있으면서.'

드문드문 바깥에서 울부짖는 소리가 들리는 것 같기도 했다. 한 사람도 아닌, 여러 명의 남자들이 인간들에게 포획당한 늑대들처럼 고통스럽게 울어댔다. 캑캑거리는 기침 소리가 울음에 섞여 간간이 들려왔다. 천재지변이라도 일어난 걸까.

"문채수, 내가 왜 이러는지 한번 생각해봐."

이 모든 상황이 너무나도 비현실적이었다. 그는 심각한 정신적 결함이 있는 게 분명했다. 정신과 강의 시간에 들었던 온갖 정신병이 떠올랐다. 정신분열증, 인격 장애, 강박증, 양극성 장애, 충동조절 장애. 그는 어느 부류에 해당할까.

"잠깐만 기다려봐. 가져올 게 있어서."

그가 옅은 미소를 지으며 자리에서 일어나더니 화장실로 향했다. 그의 걸음걸이에서 그가 흥분해 있다는 것을 알 수 있었다. 나는 그 짧은 시간 동안에도 그의 표정을 놓치지 않기 위해 눈을 크게 떴다. 한 가지는 확실했다. 그는 이 상황을 즐기고 있었다.

설사 눈물을 보이며 살려달라고 애원해도 그는 웃어넘길 것이 분명했다. 부정맥이 온 듯 가슴이 쿵쾅거렸다.

형사랑 경찰 머저리들은 뭐 하고 있는 거야, 씨발.

또다시 가슴이 쿵쾅거렸다. 폐에 물이 차오르고 뇌로 산소 공급이 안 되어 결국에는 혼수상태에 이를 것만 같았다.

'이봐, 정신 차려.'

내 안에서 누군가 외치는 소리에 겨우 현실로 돌아왔다. 그가 어떤 행동을 할지 섣불리 추측할 수 없었다. 아무리 정신적으로 문제가 있다고 해도 이런 곳에서 사람을 죽이지는 못할 것이다.

이미 모든 증거는 방 어딘가에 설치된 CCTV를 통해 확보된 상태였다. 그것만으로도 그에게 콩밥을 먹이기에는 충분했다. 그의 더러운 면상에다 침을 한 바가지 뱉어줄 생각에 웃음이 새어나왔다. 자그마한 동정심이 잠깐 수면 위로 떠올랐지만 나는 그것을 애써 무시했다. 어쨌거나 이번 대결의 승자는 나다. 경찰들이 조만간 문을 부수고 진입해올 게 분명했다. 순간 그동안 숨겨왔던 가면이 벗겨졌다.

"하하하."

느슨하게 막았는지 입을 크게 벌리자 마스크가 반쯤 풀어졌다. 한번 웃음을 내지르고 나니 멈출 수 없었다. 고개를 하늘로 쳐들고 그동안 참아왔던 웃음을 마음껏 터뜨렸다. 속에 있는 장기가 뒤틀리는 게 느껴졌다. 화장실 문이 덜컥 열리는 소리가 났지만 그리로 고개를 돌리고 싶은 마음은 추호도 없었다. 바깥에서는 형사의 것으로 생각되는 목소리가 우렁차게 비명을 지르고 있었다.

한껏 웃음을 내지른 뒤에야 벌겋게 충혈된 눈빛으로 나를 내려다보는 괴물이 시야에 들어왔다. 그의 손에는 길쭉한 물건이 들려 있었는데 그것은 예전에 영화에서 봤던 작두를 연상시켰다. 오금이 저려왔다. 그의 눈에서 장난기라고는 조금도 찾아볼 수 없었다.

"개 같은 놈. 아직도 정신을 못 차렸네."

살기 어린 눈빛에 저절로 입이 다물어졌다. 더 이상 웃음이 튀어나오지 않았다. 이루 말 못할 공포가 발을 휘감더니 천천히 다리를 타고 올라왔다. 그것은 바다에 떠다니는 미역처럼 혈관과 신경을 압박하며 목을 한 바퀴 휘감았다. 순간 높다란 건물 위에서 커다란 벽돌을 두 손에 쥔 그가 망막에 잔상처럼 맺혔다. 지금껏 한 번도 보지 못한 섬뜩한 표정이었다. 그의 피부는 얼굴을 뒤덮은 새파란 정맥들과 뚜렷하게 대비될 만큼 창백했다.

거친 손길을 느낀 내가 눈을 치켜떴다. 어느새 청바지의 지퍼가 내려져 있었다. 그가 커다란 두 손으로 바지를 잡더니 스윽 내려버렸다. 허벅지가 모습을 드러냈다. 미처 생각지 못한 일이었기에 반항할 틈도 없었다.

지금 뭐 하는 거야!

야릇하고도 불쾌한 예감이 내 신경을 곤두세웠다. 그는 나를 등진 채 침대에 놓인 가방을 뒤지고 있었다. 작두를 연상시키는 물건은 바닥에 놓여 있었다. 잠시 후 그가 안에서 조그마한 물건을 꺼내더니 내 얼굴에 바짝 붙였다. 구식 카메라였다.

"관리실에서 얻은 영상이야. 경찰 쪽에서는 영상만으로는 남자가 누군지 알아낼 수 없다고 하더군. 그렇다고 발뺌하면 죽여버린다."

그는 머리가 어떻게 된 게 분명했다. 관리실은 뭐고 영상은 또 뭐란 말인가. 아무래도 그가 분노를 풀 대상은 내가 아닌 것 같았지만 잠자코 있을 수밖에 없었다. 미쳐 날뛰는 그의 기분을 상하게 해서 내게 이로울 건 없었다.

그가 버튼을 누르자 영상이 재생되었다. 화질이 썩 좋지는 않았지만 원형으로 펼쳐진 꽃밭을 보고서야 해정중학교 뒤뜰이라는 것을 직감했다. 그곳에 머리를 한쪽으로 길게 늘어뜨린 여학생이 쭈그리고 앉아 그림을 그리고 있었다. 짧은 치마가 허벅지 위까지 말려 올라가 있었다. 나의 의지와는 무관하게 아랫도리가 불끈 반응했다.

잠깐만, 너무 익숙하잖아.

갖가지 추억이 담긴 풍선들이 나를 향해 천천히 다가왔다. 처음 나를 향해 다가온 것은 빨간 풍선이었다. 그것은 잡힐 듯 말듯 아슬아슬하게 나의 동작 반경에서 벗어나더니 위로 올라가버렸다. 다음은 검정 풍선이었다. 손을 뻗어보아도 소용없었다. 그렇게 수십 개의 풍선이 떠오르더니 어느새 하늘에 길쭉한 리본 무늬를 형성했다. 마치 갈매기 떼를 보는 기분이었다. 여전히 미련이 남아 쭉 뻗은 손으로 공중을 휘젓던 그때 풍선 하나가 손에 부딪혔다. 분홍색이었다. 분홍색.

그 아이는 매번 분홍 치마를 입은 채 그림을 그리고 있었다. 아마 그 아이는 학교 뒤편의 아파트 베란다에서 내가 자신을 지켜보고 있다는 사실을 인지하고 있는 게 틀림없었다. 그렇지 않고서야 빛이 들어오지 않아 어두침침한 그곳을 찾을 이유가 없었다. 그녀는 언제나 허벅지를 반쯤 드러낸 채 나를 등지고 그림을 그렸다. 마치 뒤에서 안아달라는 듯이.

'이름이 뭐야?'

위에서 외쳐봤지만 소용없었다. 7층이란 높이도 높이거니와 내 목소리가 원체 작았던 탓도 있었다. 여름방학 한 달 동안 집에 틀어박힌 채 대본을 쓰던 나에게 그녀는 삶의 낙이었다. 미국으로 여행을 떠난 연희와 달리 그녀는 언제나 나의 시선이 머무는 곳에서 나와 함께했다. 그녀는 나와 바깥세상을 이어주는 유일한 통로였다. 떠오르지 않는 신을 키보드로 두드리다 무심코 아래를 내려다볼 때면 그녀는 왼손에 쥔 연필을 스케치북 위에 놀려대고 있었다. 입가에 흐뭇한 미소가 번졌다.

문득 발이 저려와 몸을 비틀었다. 동시에 방황하던 눈의 초점이 똑바로 잡혔다. 여전히 영상은 재생되고 있었다. 우산을 쓴 내가 그녀를 향해 다가갔다. 카메라를 들고 있는 그의 눈에서 개구리똥 같은 물방울이 떨어졌다.

그날도 그랬다. 비가 뚝뚝 내리더니 곧 좌악 소리를 내며 창문을 시원하게 두드려댔다. 나도 모르게 발걸음이 베란다로 향했다. 아래를 내려다보니 그녀는 담벼락에 바짝 붙은 채 당황한 듯 주변을 두리번거리고 있었다. 비로부터 몸을 숨길 커다란 나뭇잎이라도 찾는 모양이었다.

나는 잠깐도 망설이지 않고 우산을 들고 집을 나섰다. 마치 오래전부터 이날만을 손꼽아 기다려온 듯 숙련된 동작이었다. 운동장을 가로질러 뒤뜰로 들어섰을 때 그녀는 여전히 담벼락에 기대어 있었다. 워낙 뒷모습에만 익숙해져 있던 터라 그녀를 처음으로 정면에서 마주했을 때 내 심장은 터져버릴 것만 같았다. 어찌나 아찔한지 들고 있던 우산을 놓쳐버릴 뻔했다.

'학생, 우산 써요.'

헉헉거리며 우산을 건네주었을 때 그녀의 해맑은 표정은 아직도 생생하게 기억난다. 그녀가 토끼같이 귀여운 눈을 반짝이더니 자그맣게 속삭였다.

'감사합니다.'

그녀가 옅은 미소를 지으며 눈을 내리깔았다. 마치 오래전부터 내가 자신을 흠모해온 것을 알기라도 한 듯 요염한 미소였다.

함께 우산을 쓰고 후문을 통해 내려왔다. 그녀의 집은 나와는 반대편 길에 위치하고 있었지만 그런 건 상관없었다. 그날 나는 그녀와 많은 대화를 나누었다. 벌써 8개월도 넘은 일이라 하나하나 기억은 나지 않지만 내가 한국대학교에 다닌다는 것과 이름이 문채수라는 것도 말했던 것 같다. 아니, 분명히 말했다. 그 아이의 이름은 은주였다. 신은주.

"은주는 넉 달이나 지난 뒤에야 어머니에게 고백했어. 군대에서 그 소식을 들은 내 기분을 알기나 해? 다른 놈이 위에 찌르지만 않았어도 탈영했을 거다."

그의 목소리가 달콤한 회상을 방해했다. 그는 과거의 기억들 속에 파묻혀 있는 나의 멱살을 잡고 현실 세계로 끌고 오려는 것 같았다.

"휴가 나와서 그 새끼의 이름이 문채수고 한국대학교에 다닌다는 것을 알게 된 난, 은주를 그렇게 만들어버린 변태 새끼를 찾으려고 바로 춘천으로 갔어. 경찰에 맡길까 하는 생각도 했지만 이미 여러 달이 지나서 증거로 내세울 수 있는 건 아무것도 없었어. 한국대학교에 도착하자마자 문채수란 이름을 가진 놈을 찾아다녔어. 그렇게 두 시간이 지났나. 그 썩을 이름이 고막을 울리더군. 운명의 장난인지 모르겠지만 우연히 들어간 화장실에서 그놈이 친구들과 수다를 떨고 있었던 거야. 물론 너 말고 사회학과 문채수. 그 자식은 정말 재수가 없었지."

그의 말은 귓가에서 팽이처럼 원을 그리며 맴돌기만 할 뿐 제대로 들리지 않았다. 은주라는 이름을 가진 그 아이의 뽀얀 속살이 눈언저리에 아른거렸다.

"박민호라는 학생의 정보를 도용하는 건 나한테는 일도 아니었지. 300만 원 던져주니까 더 필요한 건 없냐고 묻더군, 병신 새끼."

상큼한 체리 향이 나는 그 아이의 머리카락을 묶어주는 동시에 목덜미를 핥았다. 연희에게 죄책감이 들었지만 곧 가라앉혔다. 어차피 내가 진심으로 사랑하는 건 연희뿐이니까. 죄책감은 오히려 은주라는 아이가 가져야 하는 게 아닐까. 먼저 나를 유혹한 것은 그녀였다.

"근처에 방을 헐값에 얻고, 오후 3시만 되면 율곡관 근처에서 맴돌았어. 그러고 있으면 꼭 5시 정도에 문채수가 나오더군. 말을 걸어볼까도 생각했지만 괜히 그랬다가는 눈치챌 위험이 있어서 조심했지. 어느새 방학이 다가왔고 난 오랫동안 생각해온 계획을 성공적으로 수행했지. 너도 알다시피 벽돌로 말이야."

그녀의 얼굴에 홍조가 떠올랐다. 나 못지않게 그녀도 흥분한 것이 분명했다. 자신감이 샘솟아 귀에 혀를 갖다 대자 그녀가 몸을 바르르 떨기 시작했다. 마치 경련이 온 것처럼 떨림이 심해졌다.

당황한 나는 재빨리 그녀를 두 팔로 안고 더 깊숙한 곳으로 들어갔다.

"씨발, 진작 그 자식 지갑을 봤어야 했어. 아예 사는 곳이 다르더군. 해정중학교는 서울인데 그 자식은 그냥 춘천 토박이였어. 그제야 뭔가 착오가 있다는 걸 알아챘지."

실오라기 하나 걸치지 않은 그녀의 허리를 두 손으로 감쌌다.

'제발 이러지 마요.'

부끄러운 듯 그녀가 내 손을 풀려고 안간힘을 썼다.

'괜찮아, 금방 끝날 거야.'

그녀의 손을 바닥에 붙인 채 곧바로 입술로 돌진했다. 촉촉하게 젖은 입술에서 달콤한 촉감이 느껴졌다. 초콜릿 맛이었다.

"교학팀에 확인했지. 불길한 예상은 맞아떨어졌어. 문채수는 의학과 1학년에도 있었던 거야. 나 자신이 한심해서 견딜 수가 없었어. 무고한 사람을 살해한 죄는 심판받아 마땅했지만 그건 나중 문제였지. 이렇게 된 이상 내 손으로 끝장내버린 다음에 모든 걸 고백하기로 했지."

헐떡이는 그녀를 바라보며 나 또한 짐승으로 변하고 있었다. 지금껏 연희와 나누었던 사랑과는 전혀 다른 느낌의 사랑이었다.

'아파요. 제발 그만.'

흠칫해서 아래를 내려다보니 빨간색 액체가 흘러나오고 있었다. 그렇다. 그녀는 이번이 첫 경험이었던 것이다. 와, 하고 신이 나서 소리쳤다. 누군가에게 처음이 된다는 것은 얼마나 아름다운 일이던가.

"힘들어서 그만두고 싶을 때마다 눈물 흘리고 있을 은주만 떠올렸어. 어렵게 찾아낸 괴물을 이전과 같이 쉽게 지옥에 보낼 수는 없었어. 나는 결국 너와 가장 가까운 곳으로 침투하는 데 성공했지. 기숙사 배정을 조작하는 것은 식은 죽 먹기였어. 담당자만 돈으로 잘 구슬리면 됐으니까. 50만 원 쥐어주니까 좋아 죽던걸?"

그녀는 몇 번이나 절정에 도달했다. 그럴 때마다 그녀의 입에서는 교태로 가득한 숨소리가 뿜어져 나왔다. 그 순간 그녀는 행복해 보였다. 나는 그녀의 엉덩이 윗부분에 나 있는 커다란 반점을 이정표로 삼아 규칙적으로 하반신을 흔들어댔다.

"내가 그 책에다 왜 네 이름을 써놨는지 잘 모르겠네. 뭐, 계획에는 차질이 없었지만 말이야. 네가 그걸 들고 기숙사에 들어온 날 내 모든 계획이 틀어져버린 줄만 알았거든."

결국 나도 절정에 이르렀다. 그녀의 몸이 앞으로 고꾸라졌고 나는 돌아누웠다. 훌쩍이는 소리가 가까이에서 들렸다. 그녀가 바닥에 이마를 찧은 채로 눈물을 흘리고 있었다. 창고 안은 후덥지근했다. 나는 재빨리 옷을 챙겨 입고 밖으로 나왔다. 물론 우산과 함께.

다시 눈을 떴을 때 방 안은 텅 비어 있었다. 카메라를 들고 있던 괴물은 물론이고 작두도 가방도 모두 어딘가로 사라진 상태였다. 그때 뭔가 잘못됐다는 느낌이 강하게 들었다. 잠깐 여행을 다녀온 사이 나의 몸 어딘가가 텅 빈 것만 같았다. 불길한 예감에 눈을 아래로 내리깐 순간 나도 모르게 아악, 하고 비명을 내질렀다.

아래를 내려다본 나의 목이 파도치듯 울렁거렸다. 따뜻한 물줄기가 허벅지와 엉덩이를 적시고 있었다. 그 빨간 액체는 의자로부터 바닥으로 떨어져 사타구니 사이로 커다란 웅덩이를 형성하고 있었다.

그리고… 방금 전까지만 해도 나의 몸에 붙어 있던, 남성을 상징하는 그것이 바닥에 장난감처럼 뒹굴고 있었다. 아직까지 살인적인 통증이 닥쳐올 조짐은 없었다. 그가 친절하게도 마취를 해준 건지 물어보고 싶을 만큼 그 부위는 아프지 않았다. 가까이에서 어수선한 소리가 들려왔다.

"아직 자세한 사정은 모르겠지만 일단 서로 보냈습니다. 막 카메라를 보여주면서 자기가 직접 심판을 내렸다고 하던데. 잘 모르겠습니다."

"목숨을 노린 건 아인데. CCTV 보이까 지금도 완전 멀쩡하다 아입니까."

"완전 또라이에다 치밀한 자식이에요. 우리가 잠복하고 있는 것도 예상한 모양입니다. 복도에다 유독 가스를 살포해서 눈물 콧물 다 쏟았어요. 305호 문틈은 젖은 수건으로 막아놨습니다."

"방독면 가져오느라 30분이나 지체됐지 뭡니까."

방 안 침대 부근에서 남자들이 대화를 나누고 있었다. 김진욱 형사의 익숙한 중저음이 가까이에서 들려왔다.

"그러게. 밧줄로 묶어놓기만 했는데. 그러고는 제 발로 자백하겠다니. 그냥 정신병자인 모양이었어. 문채수 씨한테는 다행이지."

"김 형사님, 그나저나 생명에는 지장이 없어 천만다행이에요."

당장이라도 도와달라고 외치고 싶었지만 배가 뻥 뚫린 느낌이 들어 그럴 수 없었다. 조금만 입을 열었다가는 몸 안의 공기가 모두 빠져나가 버릴 것만 같았다. 하지만 뭐라도 해야 했다. 형사가 서 있을 앞쪽을 향해 손을 뻗어보았다. 손가락 마디를 이룬 관절이 하나둘씩 부서지는 게 느껴졌다.

"형사님, 구급차가 막 도착했답니다."

희미한 의식 속에서 복도를 가로질러 달려오는 구급대원들의 발소리가 낮게 울려 퍼졌다. 동물원에 관광객들이 입장하는 순간이었다.

'여러분은 지금 거세된 원숭이를 보고 있습니다.'

나도 모르게 웃음이 터져 나왔다. 쿡쿡대자 잘린 음경에서 피가 솟구치는 게 느껴졌다. 어쩌면 잔뇨감인지도 몰랐다.

'비뇨기과 교수님 이름이 뭐였더라.'

금방 떠오르지 않았다. 저번 케이스 발표 때 절단된 음경을 연결하는 수술이 있었던 것 같은데…. 억센 손길이 마스크를 풀고, 나를 묶은 밧줄까지 차례로 풀었다. 이런저런 생각을 하는 동안 나는 차마 눈을 뜰 수 없는 건 물론이고 고개조차 들 수 없었다. 그동안 경험해보지 못한 수치심, 절망, 슬픔, 죄책감, 회개, 이런 복잡미묘한 감정들이 소용돌이처럼 몰아쳤기 때문이다. 곧 도착한 구급대원들에 의해 들것에 실려 방을 나가면서도 나는 끝까지 눈을 뜨지 않았다.

병원으로 향하는 구급차 안은 후덥지근했다. 사타구니에 맺힌 땀방울이 하반신을 축축하게 적셨다. 창가에 비치는 풍경이 마법처럼 황홀하게 스쳐 지나갔다. 창문을 열어달라고 말하고 싶었지만 소리는 끝내 목에 걸린 채 나오지 않았다. 누군가 히죽대는 소리가 들렸다. 두 동강 난 음경은 사내들에게는 한낱 비웃음의 대상밖에 되지 않으리라. 그러나 분노의 감정은 들지 않았다.

앞으로 평생을 성불구로 살아가야 하는지, 결혼은 할 수 있을지 온갖 잡념들이 의식 속으로 파고들었지만 딱히 밀어낼 마음은 없었다. 오랫동안 바람에 몸을 맡겨온 해수의 조류처럼 갖가지 생각들이 의식 깊은 곳으로 밀려왔다가 안쓰러운 듯 위로의 말을 남기고 물러나기를 반복했다.

한 시간 정도 지났을까. 아니, 사실은 5분 정도밖에 걸리지 않았을 것이다. 창가로 한국대학교가 커다랗게 비쳤다. 나의 모교가 이렇게 웅장한 야경을 지니고 있는 줄은 몰랐기에 새로웠다. 차츰 의식이 흐려졌다.

이제 나는 모교의 병원에서 응급으로 음경 접합 수술을 받는 최초의 학생이 될 것이다. 천천히 눈을 감았다. 그리고 잠에 빠져들기 위해 하나 둘, 숫자를 셌다. 기다렸다는 듯 죽음과도 같은 어둠이 내려앉았다. 괜스레 눈가에 더러운 물방울이 고였다.

'무고한 표적'은 작품의 주제를 핵심적으로 드러내는 제목이자, 독자를 오류의 길로 접어들게 만드는 일종의 심리 트릭이다. 작가가 대놓고 무고하다고 말하니 화자를 믿고 읽어 내려간 독자도 있었을 텐데, 표적의 정체가 드러나는 장면에서 어떤 감정을 느꼈을지 궁금하다. 기분 좋은 뒤통수일지, 배신감일지, 화자에 대한 역겨움이었을지. 역시 이럴 줄 알았어, 하고 미소 지은 분들도 계시리라 생각한다.

데뷔할 무렵 썼던 초고라서 곳곳에 당시의 정서가 묻어 있다. 다시 읽어보면 그 시절의 내가 아니었다면 쓰지 않았을 유치한 표현도 있어 흥미롭다. 춘천이 배경인 것부터 내가 다녔던 학교의 율곡관, 신관 기숙사까지. 방학 때 드라마 대본을 쓰는 의학과 학생이라는 설정 역시 내 모습을 그대로 반영한 것이다. 지인들은 이 소설을 읽고 과거를 파헤치고 싶겠지만, 나는 모교 병원에서 접합 수술을 받은 적 없으니 헛수고 마시라.

수년 전에 쓰고도 지면에 발표하기를 꺼린 것은 작가로서의 이미지 때문이다. 언젠가는 세상에 내보이고 싶다는 마음을 품고 있었지만, 후반부에 나오는 외설스러운 표현이 손을 내려놓게 했다.

소설을 쓰는 사람으로서 작품에 성적 묘사를 하는 것을 자존심이 허락하지 않았기 때문이다. 그렇다고 그 부분을 순화시켜 화자의 위선적인 실체가 무뎌진 방식으로 드러나는 것도 원치 않았기에 오래도록 파일에 감춰둘 수밖에 없었다. 또 하나, 이 소설을 읽는 모두가 나를 떠올릴 것을 알기에 민망하고 부끄러운 마음도 들었다. 기본적으로 선한 사람들이 주인공인 내 작품 경향에서 소아성애자에 반성할 줄 모르는 파렴치한 화자는 흉물스럽게 튀어나온 조각 같았다. 그래서일까, 이번 발표로 껍데기를 깨고 나온 기분이다.

이 자리를 빌려 말하자면, 철없던 시절 나는 세상 사람이 그렇듯 무수한 잘못을 했다. 타인에게 상처가 될 수 있는 말과 행동을 했지만, 당시에는 대수롭지 않게 여기고 넘어간 적이 많았다. 그것을 깨끗하게 인정하고 진심으로 반성하기까지는 상당히 오랜 세월이 걸렸다. 과거에 씻을 수 없는 죄를 저질렀다는 점에서 화자는 분명 나와 닮은 점이 있다. 물론 소설 속에 나오는 내용과는 전혀 다른 종류라는 걸 노파심에 밝혀둔다. 결국, 소설은 소설일 뿐이다.

여담으로 하나 더. 이 작품을 쓸 때는 '문채수'라는 이름이 검색되지 않았던 것으로 기억하는데 최근에 검색해보니 네이버 인물정보에 버젓이 나와 있다. 살면서 같은 이름을 가진 사람을 본 적 없다는 화자의 독백이 부정되는 순간이다. 자기 이름 한 번 검색해보지 않는 사람은 없을 테니까. 세상에 유일무이한 이름을 가진 캐릭터를 쓰기가 얼마나 어려운지 고심하게 되는 지점이다.

《한국추리문학상 황금펜상 수상작품집》이라는 영광스러운 무대에 이 글이 실릴 수 있게 지지해주신 심사위원들께 감사하다는 말씀을 드리며, 더욱 신선하고 충격적인 작품으로 돌아올 것을 약속한다.

산

김유철

김유철

독서와 영화, 고양이를 좋아하고 음주를 즐기며 지루하지 않은 삶을 살려고 노력 중이다. 2010년 제15회 문학동네 작가상을 수상하며 본격적으로 소설을 쓰기 시작했다. 지금까지 다섯 편의 장편과 네 편의 중편과 열한 편의 단편소설을 발표했다. 새로운 장편 출간을 준비 중이다.

이미 바닥은 진흙탕이 되었다. 봉래는 나직이 몸을 숨긴 채 진흙탕에 머리를 파묻었다. 멀리 진동 비슷한 울림이 느껴졌다. 아직 왜군이 근처의 마을을 분탕질치고 있는 게 분명했다. 봉래는 다시 몸을 일으켜 주위를 두리번거렸다. 4월이지만 바람은 차가웠다. 가랑비까지 소리 없이 내리고 있었다. 봉래는 떨리는 자신의 몸뚱이를 어루만지며 천천히 주위를 살폈다. 정신을 잃기 전의 모든 일들이 마치 꿈처럼 생각되었다. 뿌연 흙먼지와 쇠 부딪히는 소리, 함성 소리, 조총의 심장을 뒤흔드는 소리…. 이 모든 것들이 환청처럼 느껴졌다. 그러다 그는 다시 진흙 바닥에 몸을 누이고 양손으로 머리를 감싸 안았다. 조금 전까지 있었던 전투, 아니 그것은 전투가 아니라 살육의 현장이었다. 옆의 동료들은 피를 토하며 쓰러졌다. 팔이 잘리고 눈알이 날아갔다. 머리가 없는 몸뚱이가 방향을 잃고 떠돌았다. 매캐한 화약 냄새와 터진 배 밖으로 흘러내린 내장에선 피비린내와 함께 똥냄새가 진동했다. 그 생생한 기억이 갑자기 되살아났다. 천지를 흔드는 굉음과 함께 봉래가 속한 의병들은 속절없이 무너졌다. 후방에 있던 병사兵使가 이끄는 관군은 끔찍한 살육의 광경을 목격하곤 전의를 상실했다. 그들은 저마다 살길을 찾아 도망가기에 바빴다. 왜군을 포위해서 섬멸하려는 계획은 처음부터 불가능한 일이었다. 봉래가 속한 의병들은 왜군 속에 꼼짝없이 갇히는 신세가 되었다. 의병을 이끌던 청도 유생 김기덕은 배수진을 치고 분전했지만 왜군의 조총에는 당해낼 재주가 없었다. 의병들은 동료들의 시체를 쌓아올려 방어벽을 만들고 화살이 떨어질 때까지 활시위를 당기며 왜군과 대치했다. 왜군의 수장은 막사 앞에 앉아 소리쳤다.

"신병을 앞세워라. 그들에게 칼을 뽑게 하라. 마음껏 베게 하라. 입에서 단내가 날 때까지…."

200명의 의병 대부분이 왜군의 손에 무참히 도륙되었다. 청도 의병을 이끌던 김기덕은 두 손과 두 다리가 잘리고 코와 귀가 잘려 나갔다. 그래도 분이 풀리지 않았는지 왜군은 김기덕의 배를 갈랐다. 터진 뱃속에서 창자가 흘러내리자 왜군은 '와아' 하고 탄성을 터뜨렸다. 숨을 헐떡이는 김기덕의 입에서 핏물이 흘러내렸다. 눈이 뒤집어질 때까지 왜군은 그의 목을 베지 않았다. 살아남은 의병들 모두가 그렇게 왜군들 손에 처참하게 죽임을 당했다. 봉래는 아직 천수天數가 다하지 않았는지 그 와중에 살아남았다. 왜군의 한 장수가 낙마를 하면서 봉래 앞으로 거꾸러졌다. 그에게 장검을 휘두르며 달려오던 어린 장수였다. 말이 앞발을 치켜세우면서 울부짖었다. 봉래는 눈앞에 펼쳐진 죽음의 공포에서 자유로울 수 없었다. 이빨이 맞닿을 때마다 딱딱딱 소리가 났다. 살고 싶었다. 팔다리가 잘리고 코가 잘리고 배가 갈리는 동료들의 울부짖는 괴성에 살이 떨렸다. 그는 소 등에 올라타듯 말 등으로 뛰어올랐다. 죽어라 고삐를 부여잡은 손에는 물집이 잡혔다. 말의 엉덩이를 들고차던 다리는 통나무처럼 굳어 있었다. 봉래 주위로 수많은 왜군들이 몰려들었다. 쉭 하며 귓가로 총탄이 스쳐 지나갔다. 등과 팔에는 왜군의 무수한 칼침에 의한 핏자국이 퍼졌다. 죽고 싶지 않았다. 입속은 말라 금방이라도 숨이 막힐 것 같았고 터진 상처에선 고통스러운 통증이 전신을 휘감았다. 그래도 그는 말의 고삐를 늦추지 않았다. 살고 싶었다. 그렇게 정신없이 내달리던 봉래가 낙마를 하곤 정신을 잃어버린 게 조금 전의 일이었다. 그는 머리를 바닥에 대고 엎드려 울부짖듯이 아직 살아 있나, 정말 내가 아직 살아 있는 건가, 하고 혼잣말처럼 되뇌었다. 그러다 다시 몸을 일으키고 주위의 소리에 오감을 치켜세웠다. 긴 고요와 적막감, 그제야 봉래는 두려움에서 어느 정도 벗어날 수 있었다. 두려움이 사라지자 곧 한기와 허기가 피로감과 함께 몰려왔다. 그는 비틀거리며 힘겹게 두 다리를 일으켜 세웠다. 발가락 사이로 진흙이 비집고 나왔다. 그는 그것을 멍하니 바라보다 이제껏 맨발로 전쟁터를 헤집고 다녔다는 사실을 깨달았다. 자신도 모르게 웃음이 터져 나왔다. 맨발이었어…. 하하… 맨발이었어…. 그는 헛웃음을 터뜨리며 무작정 걸음을 옮기기 시작했다. 멀리 산허리쯤에 까마귀 떼가 윤기가 흐르는 날개깃을 퍼덕거리며 앙상한 나뭇가지에 앉아 있었다. 봉래는 멍하니 그 나뭇가지를 바라보다 조금

걷고 또다시 먼 하늘을 바라보고 하는 동작을 의미 없이 계속했다.

그가 산중턱의 오솔길을 발견한 것은 우연이었다. 걸음이 닿는 대로 무작정 발걸음을 옮기던 그가 진흙탕에 미끄러져 한참이나 나뒹굴었을 때, 잡풀 사이로 난 조그만 오솔길을 우연히 발견했던 것이다. 숲 위쪽으로 드문드문 보이는 그 길은 분명히 사람이 다니는 길목이었다. 봉래는 두려움보단 기쁨이 앞섰다. 이 산 어디쯤에 사람이 사는 인가가 있는 게 분명했다. 인가가 아니라 사찰이라도 이런 산중까지 왜군이 들어와 수탈하지는 않았으리라 믿었다. 그리고 그것은 허기진 그에겐 고마운 일이었다. 그는 진흙으로 뒤범벅이 된 옷을 추스르고 오솔길을 따라 산을 오르기 시작했다. 가랑비는 어느덧 굵게 변해가고 있었다. 곧 해가 지려는지 하늘은 서서히 어둠을 더해갔다. 익숙지 않은 산길을, 더구나 굶주림과 피로에 찌든 몸으로 걷는 것은 오랜 인내심을 필요로 했다. 봉래는 긴 한숨을 내쉬고 입 밖으로 흘러나오는 씁쓸한 단내를 집어삼키며 힘들게 산길을 올랐다. 그렇게 얼마를 올랐을까, 그의 눈에 허름한 폐가가 들어왔다. 오래전에 지붕이 내려앉은 듯 허물어진 집의 둘레를 돌담이 둘러싸고 있었다. 봉래는 절망을 느꼈다. 이곳에선 먹을 걸 찾을 수 없을 것이다. 잡풀이 무성한 마당으로 걸어가며 봉래는 다시 한번 주위를 살펴보았다. 그나마 비를 피할 만한 공간이 있을 것 같았다. 그는 조심스럽게 폐가의 낡고 구멍이 성긴 문의 손잡이를 잡았다. 순간, 그는 소스라치게 놀라 뒤로 나자빠졌다. 성긴 문틈으로 보이는 것은 분명 사람의 그림자였다.

"뭐 하는 놈이냐?"

안에서 굵직한 목소리가 들려왔다. 봉래는 멈칫거리며 폐가의 문을 노려보았다. 이상한 낌새라도 있으면 죽기 살기로 덤벼들 생각이었다. 사람이라면 이미 여럿 죽인 경험이 있었다.

"패잔병인가?"

그리고 문이 벌컥 열렸다. 봉래는 움찔거리며 문안으로 시선을 던졌다. 어둡고 좁은 폐가의 방 안엔 5척 단신으로밖에 보이지 않는 왜소한 체격의 남자가 있었다. 그의 야윈 몸과 창백한 얼굴은 흡사 오래된 병자의 모습 같았다.

"의병인가?"

다시 남자가 봉래를 눈여겨보며 물었다. 이번엔 봉래도 남자를 향해 입을 열었다.

"총소릴 듣지 못했소?"

"들었지. 관군이 오합지졸처럼 흩어지는 모습도…. 모두 몰살당한 줄 알았는데… 청도에서 왔소?"

봉래는 말없이 고개를 끄덕였다. 청도라는 말을 들었을 때 그의 가슴 한구석이 아련하게 저려왔다. 남자는 봉래의 붉게 물든 눈동자를 보다 무슨 생각을 했는지, 몸을 일으켜 좁지만 청년 한 사람은 거뜬히 누울 수 있는 공간을 만들어주었다.

주위는 이미 한 치 앞을 분간할 수 없었다. 죽어간 청도 의병들의 원혼을 달래기라도 하듯 비는 하염없이 굵은 눈물방울을 흘리고 있었다. 봉래는 말없이 벽에 기대어 앉아 비 오는 밖을, 실은 어둠밖에 없는 그곳을 뚫어져라 바라보았다. 긴장이 일시에 풀린 탓인지 몸은 천근만근 가라앉는 느낌이었다. 오한과 배고픔이 초봄의 토우土雨처럼 밀려왔다. 옆에서 그 모습을 지켜보던 남자가 방구석에 놓인 짐 속에서 모피를 꺼냈다. 식은땀을 흘리며 몸을 떨고 있는 봉래의 어깨에 모피를 덮어주고 소금만 넣은 주먹밥을 내밀었다. 봉래는 잠시 주먹밥과 남자를 번갈아 바라보다 이내 입속으로 주먹밥을 쑤셔 넣기 시작했다. 걸신이 들린 것처럼, 마치 자신이 아직 살아 있다는 사실을 확인이라도 하려는 듯이, 그는 주먹밥을 집어삼켰다. 이유를 알 수 없는 눈물이 그의 뺨을 적셨다. 그제야 그는 200명의 청도 의병 중에 유일하게 살아남은 생존자라는 사실을 깨달았다. 낮에 있었던 아비규환의 현장에서, 목이 잘리고 배가 갈리고 팔다리가 잘려 나가고 눈알이 터져 죽어간 수많은 동료의 모습이 아른거렸다. 그는 다시 절망했다. 목이 메어 더 이상 주먹밥을 삼킬 수 없었다. 그는 이내 소리 내어 울기 시작했다. 모든 것이 자신의 잘못인 양 그는 머리칼을 쥐어뜯고 주먹으로 가슴을 치면서 통곡했다. 왜 그때 같이 죽지 못했는가. 그러한 자괴지심이 그를 괴롭혔다. 밤이 깊어질수록 그의 죄책감은 더해만 갔다.

비는 그치지 않고 계속해서 비극의 땅에 빗물을 토해내고 있었다. 봉래는 잠이 들었다 깨어나길 몇 차례나 반복하고 있었다. 가위에 눌린 듯이 흠칫 놀라며 몸을 떠는 경우가 허다했다. 시퍼런 칼날이 그의 목과 배를 향해 날아오는 꿈을 꾸기도 하고, 눈앞에서 죽어간 동료들의 핏빛 어린 얼굴이 떠오르기도 했다.

어스름 새벽빛이 어두운 방 안에 비칠 때쯤, 봉래는 초췌한 몰골로 자리에서 일어났다. 단신의 창백한 남자는 어느덧 짐을 챙기고 떠날 준비를 하고 있었다. 너덜너덜한 방문 옆에 앉아 비가 그칠 때를 기다리고 있었다. 남자는 인기척을 느끼고 천천히 방 안쪽으로 시선을 돌렸다. 봉래와 남자의 시선이 한동안 마주쳤다. 남자의 눈빛은 왜소한 체격이나 창백한 얼굴과는 달리 강렬하고 야무져 보였다. 잠시 침묵이 흐른 뒤에 봉래가 먼저 갈라지고 불어터진 입술을 움직였다.

"어디로 가는 길입니까?"

남자는 봉래의 물음에 답하는 대신 봇짐을 풀고 육포를 꺼냈다. 검붉게 말라비틀어진 육포를 반으로 쪼개어 봉래에게 건네주었다.

"전쟁터를 기웃거리는 게 내 일이니까."

"전쟁터?"

봉래는 전쟁터라는 말에 뼛속까지 스며드는 탁한 감정을 느꼈다. 남자는 다시 밖으로 시선을 돌렸다.

"어젯밤은 유난히 비바람이 매섭더군. 어떻소, 몸은?"

봉래는 남자의 말에 대답하지 않았다. 실은 어젯밤의 그 불안한 신음소리를, 공포와 불안과 죄책감에 시달리던 간밤의 봉래를 남자는 걱정하는 것이었다. 한동안 침묵이 흘렀다. 처마 밑으로 떨어지는 물소리만이 적막을 깨고 있었다.

"전쟁터를 기웃거리는 특별한 이유라도 있습니까?"

조심스럽게 봉래가 다시 입을 열었다. 그러나 이번엔 남자가 침묵을 지켰다.

봉래가 산이라는 남자를 따라나선 뚜렷한 이유가 있던 건 아니었다. 그는 다만 홀로 폐가에 남는다는 사실이 두려웠다. 봉래가 같이 동행하자고 했을 때 산이라는 남자는 가타부타 말이 없었다. 맑게 갠 하늘을 보며 봇짐과 보자기에 싼 긴 막대 같은 것을 어깨에 둘러멨을 뿐이었다. 남자가 앞장을 서고 봉래가 어중간한 거리를 두고 뒤따라가는 이상한 형상이었다. 까마귀 떼의 기분 나쁜 울음소리가 하늘을 뒤덮고 있었다.

왜군이 휩쓸고 지나간 자리엔 아무것도 남아 있지 않았다. 야산을 내려온 두 사람이 찾아 들어간 곳은 전날 전투가 벌어졌던 곳에서 5리도 떨어지지 않은 마을이었다. 마을의 가옥들은 아수라장이 되어 있었다. 그릇이며 가구며 옷가지들이 길거리에 어지럽게 널려 있었다. 가축우리는 부서져 그날의 처참했던 상황을 말해주었다. 마당을 도망쳐 나오다 죽은 사람이며 말발굽에 밟혀 죽은 어린아이며 마을 아낙들의 무덤처럼 변해버린 우물터며, 그것은 봉래가 겪었던 전쟁터보다 더한 광경이었다. 어느 집 문간에는 겨우 열두서너 살로 보이는 여자아이가 하의가 벗겨진 채 죽어 있었다. 윤간을 당한 듯 벗겨진 아랫도리엔 검붉은 피가 묻어 있었다. 남자들의 시체는 대부분 코와 귀가 잘려 나가고 간혹 보이는 머리가 잘린 시체 주변엔 핏물이 흥건히 바닥을 적시고 있었다. 봉래는 구역질을 참지 못하고 이내 몸 안에 있던 것들을 모두 토해냈다. 피비린내가 진동하는 마을 어귀에서 그는 한동안 할 말을 잃었다. 그리고 돌멩이를 들어 시체 위를 즐기듯 걸어 다니는 까마귀 떼에게 던졌다. 까마귀 떼가 날개를 펄럭이며 하늘 높이 날아올랐다.

"이 저주받을!"

봉래가 야유하듯이 허공에 대고 소리쳤다. 그러나 그 소리는 공허하게도 이내 자취를 감추어버렸다. 살이 오를 대로 오른 까마귀들은 탐욕스러운 검은 눈을 깜박거리며 그런 봉래를 비웃기라도 하듯 이내 다시 내려앉아 시체 위를 걸어 다니기 시작했다.

"어떻게 이럴 수가 있습니까."

봉래가 힘없이 혼잣말처럼 말했다. 산이라는 남자는 이런 광경에 익숙한지 담담해 보였다.

"이것이 전쟁이요."

산은 마을 입구에 있는 넓은 마당으로 걸어가 묵묵히 땅을 파기 시작했다. 그의 가늘고 야윈 팔과 어깨엔 이내 땀방울이 맺히기 시작했다. 봉래도 산의 옆으로 걸어가 같이 땅을 파기 시작했다. 그때 붉게 충혈된 산의 눈을 봉래는 보았다. 그의 입술은 굳게 닫힌 채로, 눈과 얼굴 주위의 근육은 경직되어 있었다. 마치 가족의 무덤이라도 만드는 것처럼 너무나 진지하고 슬픈 모습이었다. 봉래는 한동안 산의 그런 모습을 바라보았다. 무엇이었을까. 그러나 곧 땅을 파는 일에 열중했다. 이것이 전쟁이라는 산의 목소리가 봉래의 귓전에 맴돌았다.

해는 서산 앙상한 나뭇가지에 걸렸다. 4월 중순인데도 나뭇가지는 여전히 메마른 모습이었다. 봉래는 이것도 전쟁 때문이라고 굳게 믿었다. 검붉게 빛나는 노을 사이로 탐욕에 물든 까마귀 떼가 윤이 나는 검은 날개를 퍼덕거리고 있었다. 먹이를 파묻고 흙을 다지는 것이 못내 아쉽다는 듯이 나뭇가지 사이에서 봉래와 산을 내려다보고 있었다. 마을 사람들의 시신을 매장한 뒤에 두 사람은 그 위에다 돌을 주워와 쌓았다. 그리고 염을 한 뒤에 다시 북쪽으로 걸음을 옮겼다. 이유를 말하진 않았지만, 산은 그의 말대로 전쟁터를 기웃거리고 있는 게 분명했다. 봉래는 그가 그렇게 전쟁터를 전전하는 데는 말 못할 사연이 있을 거라고 막연히 추측할 뿐이었다.

산은 접근하기가 어려운 사람이었다. 가끔씩 얼빠진 사람처럼 멍하니 있을 때에도, 말없이 걸을 때에도, 나무 그늘에서 잠시 쉴 때에도, 그는 봉래와 적당한 거리를 두었다. 남자는 창백한 얼굴이나 왜소한 체구와 달리 산이라는 이름처럼 무겁고 거대해 보이기도 했다.

해가 완전히 모습을 감추고 주위가 어두워지기 시작하자 산은 주변에서 제일 높은 야산으로 걸음을 재촉했다. 그는 산행에 익숙한지 돌무더기에 발을 헛디디고 잔 나뭇가지에 찔리면서 자꾸만 뒤처지는 봉래와는 대조적인 모습을 보였다. 산은 뒤처지는 봉래를 의식했는지 가끔 걸음을 멈추고 뒤를 돌아보았지만 이내 걸음을 재촉했다. 그 바람에 그를 힘들게 따라가는 봉래의 몸은 어느새 땀범벅이 되었다.

산 정상에서 아래를 내려다보니 희미한 불빛들이 열을 지어 이동하는 모습이 보였다. 산은 저 불빛들이 왜군의 무리라고 말했다. 그들은 지금 대구로 진격 중이었다. 이따금 왜군의 호각 소리가 메아리처럼 희미하게 울려 퍼졌다. 마치 조선의 모든 땅이 왜군의 말발굽 아래에 놓아나는 것 같았다. 봉래는 답답했다. 이토록 무능한 임금이, 관군이 또 어디 있는가! 한탄만이 봉래의 입안을 메우고 있었다.

"오늘 밤은 여기서 보내기로 합시다. 아마 왜군도 저 근방에서 야영을 할 작정인가 보오."

산은 말했다. 봉래는 대꾸하는 대신 소나무 숲이 우거진 잡풀 사이에 몸을 뉘었다. 산이 모포를 살며시 건네주었다. 두 사람은 나란히 몸을 누이고 하늘을 올려다보았다. 검푸른 하늘에 별들이 무리 지어 빛나고 있었다.

"왜 고향으로 돌아가지 않소?"

산이 주위의 풀벌레 소리만큼 작은 목소리로 물었다. 봉래는 팔베개를 하고 누워 담담히 말했다.

"어차피 천애 고아나 다름없는 신세지요. 백부님 집이라고 빌붙어 살았지만… 어디 마음이야 편했나요. 마을에서 유일하게 마음을 터놓고 지내던 형님이 한 분 계셨는데, 같이 의병에 참가했지요."

봉래는 넉살좋던 마을 형님의 얼굴이 떠올라 이내 서글퍼졌다. 전쟁 중에 생사 확인은 고사하고 제 몸 하나 살려고 뒤도 돌아보지 않고 도망쳐 나온 자신의 부끄러운 행적에 다시 한번 가슴이 답답해졌다. 전쟁 직전에 봉래의 어깨를 지그시 잡으며 항상 내 뒤에 서라, 넌 내가 지켜줄게, 라고 말하던 그의 모습이 눈앞에 아른거렸다. 봉래는 머리를 좌우로 흔들며 그 기억을 지우려 애썼다.

"그곳도 안전하진 못했을 거요."

"그렇겠죠. 하지만 백부님은 전쟁 소식을 듣자 이내 강원도로 떠날 채비를 했었죠. 아마 지금쯤 강원도 어느 산골에서 전쟁이 끝나기만을 간절히 기다리고 있을 겁니다."

봉래는 산의 옆얼굴을 살며시 바라보았다. 아무리 봐도 농사꾼이나 사냥꾼 같지는 않았다. 그렇다고 유생이나 선비 같지도 않았다. 무언가 사연이 많은 사람, 더구나 이런 혼란한 와중에 전쟁터를 떠돌아다니는 것도 납득할 수 없는 일이었다. 봉래는 다시 하늘을 올려다보고 길게 한숨을 내쉬었다. 풀벌레 소리가 바람에 흩날리고 있었다.

"전쟁터를 떠돌아다니는 진짜 이유가 뭐죠?"

이번엔 봉래가 산에게 말을 건넸다. 산은 잠시 뜸을 들이다 그 특유의 억양으로 차분하게 입을 열었다.

"칼이오."

"칼?"

봉래는 머리를 들어 산의 봇짐 옆에 놓여 있는 기다란 보자기로 시선을 돌렸다. 그러고 보니 산은 저 보자기를 봇짐보다도 소중히 다루었던 것 같았다. 봉래는 다시 팔베개를 하고 누웠다.

"저 왜군 속엔 오무라 요시카키라는 자가 있을지 모르오. 그에게 저 칼을 돌려주어야 할 의무가 있소."

"아니, 어떻게 왜군을 아시오?"

봉래가 이번엔 몸을 일으켜 산을 바라보았다. 이해할 수 없는 일이었다. 어떻게 불과 수일 만에 부산에서 대구까지 진격해오는 왜군을 알고 있는지. 그러나 산은 묵묵히 하늘만 바라볼 뿐이었다. 한참 만에 그가 멈칫거리며 천천히 입을 여는 순간, 멀리서 펑 하는 소리가 들려왔다. 곧이어 함성 소리며 말발굽 소리가 연이어 터졌다. 산과 봉래는 다시 산꼭대기로 기어 올라갔다. 정상에서 내려다보니 관군이 왜군의 야영지를 야습한 것 같았다. 어림잡아도 관군의 수가 수천은 되어 보였다. 그들은 왜군의 야영지를 향해 활과 편전을 쏘며 돌격하고 있었다. 말을 탄 관군의 장수가 한 왜군 병사의 머리를 향해 도검을 휘두르고 있었다. 봉래는 머리가 쭈뼛하게 서는 느낌을 받았다. 동공 속에서 뜨거운 무언가가 솟구쳐 올랐다.

"관군이오. 관군이… 보시오. 관군이 적들을 유린하고 있소!"

봉래는 흥분한 목소리로 외쳤다. 그는 주먹을 불끈 쥐고서 금방이라도 야산을 뛰어 내려갈 태세였다. 그러나 산은 담담히 그 광경을 바라만 보고 있었다. 아니 엄밀히 말하면 걱정스러운 눈초리로 관군과 왜군의 싸움을 바라보고 있었다. 그러나 봉래는 재차 흥분된 목소리로 외쳤다.

"갑시다. 우리도 함께 싸워야죠."

"개죽음을 당하고 싶소!"

의외의 말이었다. 봉래는 산을 노려보았다. 그는 마치 왜군의 수장처럼 근엄하고 엄숙한 표정으로 봉래를 막아섰다. 순간 봉래는 보자기 속에 감추어진 칼이 생각났다. 어떻게 왜군에 대해서 그리 잘 알고 있는가. 봉래는 산의 몸을 밀치고 그의 어깨에 들려 있던 보자기를 가로챘다. 그리고 빠른 동작으로 보자기를 벗겼다. 이내 윤이 나는 검은 가죽에 싸인 일본 칼이 끔찍한 모습을 드러냈다. 봉래는 소름이 돋았다. 전쟁터에서 동료의 배를 가르고 목을 베던 바로 그 왜군의 칼이었다.

"오무라 요시카키라는 왜군과는 어떤 사이요?"

봉래가 눈을 부라리며 물었다. 그러나 산은 여전히 근엄한 표정으로 봉래를 바라볼 뿐이었다. 산의 두 눈이 붉게 빛나는 것처럼 보였다. 그때였다. 펑펑거리며 일제히 조총이 불을 뿜었다. 대

열을 재정비한 왜군의 조총 부대가 관군을 향해 사격을 시작했다. 봉래는 뒤돌아서서 그 광경을 바라보았다. 기세등등하던 관군의 대오가 이내 흐트러지기 시작했다. 앞서 관군을 이끌던 장수가 총탄 세례를 받고 말에서 떨어졌다. 뒤이어 왜군의 기마병들이 허둥대며 물러나는 관군의 뒤를 쫓아 칼질을 해대기 시작했다. 관군은 너무나 쉽게 무너지고 있었다. 봉래는 그 믿을 수 없는 광경을 멍하니 바라보며 서 있었다. 그날 청도 의병 속에서 죽어라 싸우던 일이 생각났다. 눈과 코에서 짭짤한 액체가 흘러내렸다. 그의 가슴이 마구 떨리기 시작했다.

"무모한 짓이었소. 조총을 가진 왜군을 상대로 벌판에서 전투를 하는 건."

산이 봉래의 등 뒤에서 안타까운 듯이 말했다. 그제야 봉래는 제정신으로 돌아왔다. 그는 느닷없이 산의 멱살을 잡고 밀치며 소리쳤다.

"대체 당신의 정체가 뭐요! 뭐냔 말이야!"

그러나 산은 봉래의 윽박지르는 소리에도 아랑곳하지 않고 씁쓸한 미소만 지을 뿐이었다. 봉래는 화가 났다. 울분이 발끝에서 머리끝까지 차고 올라왔다. 그는 산을 향해 주먹질을 하기 시작했다. 산의 얼굴이 금세 핏물로 번들거렸다. 산의 얼굴은 터지고 째지고 멍이 들었다. 그럴수록 봉래는 슬픔을 느꼈다. 그것은 봉래 자신을 향한 주먹질과 같은 것이었다. 잠시 뒤 사방은 다시 조용해졌다. 언제 그랬냐는 듯이 모든 것이 예전처럼 조용하고 평온했다. 봉래는 제풀에 지쳐 그 자리에 주저앉았다. 산은 피범벅이 된 얼굴로 나무에 등을 기대고 앉았다. 싸늘한 바람이 북쪽에서 불어왔다. 산은 그제야 굳게 다물었던 입을 열었다. 독백하듯이 말하는 그의 목소리가 한없이 처량하게 들렸다.

"내 이름은 야마모토 이라부. 3년 전에 조선에 건너왔지. 그때 나와 같이 조선에 들어온 자가 바로 오무라 요시카키요."

산은 말을 중단하고 길게 한숨을 내쉬었다. 봉래는 산이 일본인이라는 사실에 더 이상 놀라지 않았다. 어느 순간부터인가 그는 산이 일본인일 것이라고 막연하게 생각하고 있었다. 산은 다시 힘들게 입을 열었다.

"도요토미 히데요시가 규슈 정벌을 마쳤을 때부터 우린 이미 준비를 하고 있었소. 그와 난 그다음 해에 우키타 히데이에의 명령으로 조선 사정에 능통한 대마도주 소 요시시게 밑에서 조선말을 익혔고 조선의 풍습과 제도를 배웠소. 그리고 전쟁이 일어나기 3년 전, 오무라와 난 조선에 들어왔소. 우리의 임무는 조선의 성곽과 수로와 도로를 파악하고 조선의 정세와 군 편제에 대해 상세히 염탐해서 본국에 보고하는 일이었소."

산은 말했다. 그러다 한 여자를 만났다고.

그해 겨울 야마모토는 동료들과 헤어져 홀로 산을 넘게 되었다. 초행길에다 길을 잘못 들어서는 바람에 큰 봉변을 당할 뻔했다. 그때 사냥을 나섰던 늙은 사냥꾼의 도움으로 살아날 수 있었다. 늙은 사냥꾼은 동상을 입고 겨울 산을 헤매다 탈진까지 한 야마모토를 자신의 움집으로 데려가 치료해주었다. 늙은 사냥꾼에게는 늦은 나이에 얻은 과분한 딸이 있었는데, 야마모토는 그 여인에게 첫눈에 반해버렸다.

"그녀의 이름은 옥이었소. 그해 겨울은 폭설이 자주 내려서 난 몸이 회복된 뒤에도 한동안 산을 내려가지 못했소. 그러다 그만 그곳에 눌러앉은 것이오."

산이 웃음소리를 냈다. 언제나 굳어 있던 그의 얼굴에 잠시 화색이 도는 것 같았다. 봉래는 그런 그의 모습을 무표정하게 바라보았다.

"오랜 내전으로 항상 싸움터를 전전했던 나에겐 정말 꿈같은 시간이었소. 난 그녀의 해맑은 미소와 순수한 영혼을 사랑했고, 평온했던 그곳을 좋아했소. 그리고 1년 뒤엔 사랑스러운 딸아이까지."

"딸아이…?"

봉래가 다시 산을 바라보았다. 그의 작고 왜소한 체격에 창백한 얼굴을. 산의 아이도 그처럼 작고 하얀 피부를 가졌을 것이다. 그렇게 생각하니 봉래의 입가에도 미소가 일었다. 산은 품속에서 면으로 싼 뭉치를 조심스럽게 꺼내 봉래에게 보여주었다. 봉래는 산의 하얀 손에 놓여 있는 머리카락 묶음을 바라보았다.

"여기 작은 게 아이의 것이고, 이 긴 머리카락 묶음이 아내의 것이오."

"그들은 지금 어디에 있소. 그토록 사랑한다면 왜 같이 지내지 않죠?"

봉래가 궁금한 듯 머리카락과 산을 번갈아 바라보며 물었다. 그러나 산은 말없이 아내와 아이의 머리카락 묶음을 다시 가슴에 품었다. 산 아래에서 희미한 화약 냄새가 바람에 실려 날아왔다.

"죽었소."

산이 담담하게 말했다. 봉래는 얼핏 잘못 들은 건 아닌가 해서 산을 다시 쳐다보았다.

"석 달 전쯤이었소. 오무라가 날 찾아왔던 게…."

"오무라? 그 오무라 요시카키라는 자 말이오?"

산은 말없이 고개를 끄덕였다.

"오무라 요시카키는 나의 오랜 친구였소. 사선을 넘으면서 피보다 진한 우정을 나누었던…. 그가 움집으로 찾아온 것은 천만 뜻밖의 일이었소."

산은 계속해서 말을 이었다.

"처음엔 반가웠지만, 그가 어떻게 내가 있는 곳을 알아냈는지 궁금했던 것도 사실이었소. 우린 그날, 밤 새워 술을 마시며 정담을 나누었소. 그는 과거에 전쟁터를 누비며 지내던 일들을 잊지 못하는 듯해서 아내의 오해를 사기도 했었지. 그리고 다음 날 새벽 오무라는 나에게 편지 한 장을 건네주었소. 우키타 히데이에 성주의 직인이 찍힌 소환장이었소. 곧 출병을 할 것이니 모든 무사들은 본국으로 귀환하라는…. 하지만 난 그럴 수 없었소. 사랑하는 아내와 아이를 두고 일본으로 돌아간다는 건… 생각할 수도 없는 일이었지. 오무라는…, 오무라는 그런 나를 보며 큰 소리로 외쳤소. 야마모토, 벌써 잊었나? 우린 주군에게 충성을 맹세한 사무라이다. 정말 오랜만에 들어보는 말이었소. 사무라이. 한때는 나도 사무라이로서 주군에게 충성을 하며 살았지만, 여기에 있으면서 그것이 얼마나 하찮은 일인지 깨닫게 되었소. 난 오무라에게 말했소. 오무라, 난 지금 누구보다도 행복하다, 내겐 돌봐야 할 사람이 있고 뼈를 묻고 싶은 고향이 생겼다고 말이오. 그러나 그 말이 나의 가족을, 늙은 장인과 사랑하는 아내와 딸아이를 죽게 만들 거라고는 상상도 하지 못했소."

산은 갑자기 칼을 부여잡고 자리에서 일어났다. 칼집에서 칼을 빼내자 윙 하는 울림이 들렸다. 피를 원하는 울부짖음 같았다. 산의 얼굴이 일그러졌다. 분노를 삭이려고 애쓰는 것처럼 보였다.

"이 칼은 오무라 가문에서 대대로 내려오는 칼이오. 소싯적엔 이 칼이 탐나기도 해서 오무라에게 달라고 농을 건네기도 했었는데…. 다음 날 내가 잠깐 사냥을 나간 사이에 오무라는 내 가족을 죽이고 움집에 이 칼만을 남겨두고 떠나갔소. 이 칼만을 남겨두고서…."

봉래는 그때 산의 가슴속에 사무친 한을 보았다. 그의 심장은 이미 타버려 재만 남았고 그가 딛고 있는 두 다리와 양손은 복수심에 불타고 있었다. 봉래는 말없이 산의 얼굴을 올려다보았다. 처음 만났을 때 봉래가 그랬던 것처럼 산의 두 눈이 붉게 충혈되어 있었다. 그제야 봉래는 알 수 있었다. 산이 왜 그토록 전쟁터를 뒤지고 다니는지를, 왜 오무라 요시카키에게 칼을 되돌려주겠다고 말했는지를.

다음 날 새벽에 봉래와 산은 왜군의 야영지로 향했다. 이미 왜군은 관군을 쫓아 이동한 뒤였다. 화약 냄새와 피 냄새가, 시체가 타서 나는 역겨운 냄새와 뒤섞여 진동하고 있었다. 그날의 처참했던 전투가 눈앞에 그대로 펼쳐져 있었다. 총에 맞아 쓰러진 관군의 시체가 여기저기에 쌓여 있었다. 굶주린 여우가 주변을 돌아다니며 내장을 파먹고 있었다. 그 전쟁터 한가운데에서 산은 열심히 왜군들의 시체 사이를 비집고 다녔다. 창에 가슴이 찔려 죽은 왜군이나 둔기에 얻어맞았는지 얼굴을 알아볼 수 없는 왜군의 시체들을 뒤집고 다녔다. 그러다 한곳에서 산은 멈추어 섰다. 목과 배에 화살을 맞은 채 죽은 왜군이었다. 그는 그 왜군의 시체를 돌려 등이 위로 오게 했다. 그리고 왜군의 등에 꽂힌 깃발을 집어 들었다. 하얀 깃발에는 꽃무늬 문양이 그려져 있었다. 산은 그것을 들어 얼굴 가까이 가져갔다.

"이건 오무라 가문의 문양이오. 역시 그는 고니시가 이끄는 1군에 속해 있었소."

산의 얼굴이 굳어졌다. 그의 입술이 파르르 떨리고 있었다. 순간 봉래는 느낄 수 있었다. 이제 산이라는 남자와 헤어질 때가 다가왔다는 것을. 산의 모습을 보면서 봉래는 그렇게 마음속으로 깨닫고 있었다.

산은 봉래에게 마지막 남은 주먹밥과 육포를 건네주었다. 봉래는 한사코 거절했지만 산은 떠넘기듯이 봉래의 손에 쥐어주었다. 이틀 동안의 동행이었지만, 두 사람은 아주 가까워진 듯한 느낌이었다. 봉래는 산이 건네준 주먹밥을 한입 크게 베어 먹었다. 산이 그 모습을 보고 미소를 지었다.

"또 만날 수 있을까요?"

봉래가 입안 가득 밥을 삼킨 채 어눌한 말투로 말했다. 그러나 여전히 산은 미소만 짓고 있었다. 실은 봉래도 그 물음이 얼마나 어리석은지 알고 있었다. 봉래가 그러하듯이 산도 지금까지 자신이 죽어야 할 곳을 찾아다닌 것뿐이었다. 사랑하는 아내와 아이를 땅속에 묻었을 때, 그 자신도 이미 가족과 함께 땅속에 파묻혀버렸다는 사실을 봉래는 알고 있었다. 산이 마지막으로 말했다.

"왜군의 조총은 60보 이상에서는 그 위력을 나타내지 못합니다. 그러니 항상 거리를 염두에 두시오."

이번엔 봉래가 말없이 웃었다. 이미 200명의 청도 의병이 죽었을 때 그 자신도 그곳에서 그들과 함께 죽었다는 사실을 산은 알고 있었다. 산이 먼저 왜군이 앞서간 길을 걸었다. 뒤이어 봉래도 걸었다. 두 사람 다 발걸음이 가벼웠다. 봉래는 다시 주먹밥을 입으로 가져갔다. 그리고 말했다.

"맛있소."

그 말을 끝으로 두 사람은 서로 멀어져 갔다. 산은 선산으로, 봉래는 상주로 그 길이 달랐다. 멀리서 산이 봉래를 한번 바라다보았다. 그러자 이번엔 봉래가 멀리 보이는 산을 바라보았다. 그것으로 봉래는 산과 다시는 만날 수 없을 것 같았다. 봉래는 아쉬운지 손을 흔들었다. 산이 보았는지는 알 수 없지만 그는 한동안 그렇게 서서 산을 향해 손을 흔들고 있었다.

*

순변사 이일이 중로로 북상 중인 왜군을 막기 위해 상주에 도착했다. 그러나 상주목사를 비롯한 군관들은 이미 성을 버리고 도주한 뒤였다. 다만 판관 권길만이 60명 안팎의 관군을 이끌고 도착한 이일을 맞았다. 봉래가 상주에 도착한 것은 그날 오후였다. 그는 성문 밖에 붙은 의병을 모집한다는 방을 보고 바로 지원을 했다. 그리고 상주 부근에서 지원한 800명가량의 주민들과 함께 방어군에 편입되어 북천 변에서 군사 훈련을 받았다. 열일곱의 어린 나이에서부터 마흔이 넘은 장년층이 뒤섞인 방어군은 한마디로 오합지졸에 가까웠다. 활이나 칼을 쓸 줄 아는 이는 그나마 나은 편이었다. 그래도 사기만은 충천했다. 특히 순변사 이일은 직접 북천 변에 나와 훈련을 감독하고 병졸들을 독려했다. 봉래는 전투 경험이 있다는 이유로 십장이 되었다.

다음 날 급보가 날아왔다. 왜군 제1군의 선두 부대가 선산에서 상주로 급습을 했다는 전갈이었다. 순변사 이일은 그 소식에 당황했다. 상주엔 판관 권길과 종사관 윤섬이 이끄는 100명 안팎의 관군이 있을 뿐이었다. 그는 다급히 방어군을 정비하고 상주로 진군을 감행했다. 그러나 이일이 이끄는 방어군은 북천 변을 벗어나기도 전에 왜군과 맞닥뜨리게 되었다. 이미 상주는 그들에 의해 유린당한 뒤였다. 전날 싸움에서 승기를 쥔 왜군은 가차 없이 방어군을 향해 내달렸다. 그 기세에 눌려 팔백의 방어군은 술렁이기 시작했다. 이일이 앞에 나서 목이 터져라 독려했지만, 이미 기세가 꺾인 방어군은 내부에서부터 이탈자가 생기기 시작했다.

그때였다. 멀리서 말을 탄 한 사내가 적진을 향해 달리고 있었다. 그 사내의 오른손에는 긴 칼이 번쩍이고 있었다. 방어군의 맨 앞줄에 서 있던 봉래는 사내의 창백하고 야윈 얼굴을 보았다. 눈물이 핑 돌았다. 그는 왜군 속에서 칼춤을 추고 있었다. 왜군의 시체가 사내가 지나간 자리에 수북이 쌓여갔다. 곧이어 적장으로 보이는 남자 앞에까지 사내가 다가섰다. 그리고 무어라 말을 건네는 것 같았다. 놀란 적장이 뒤로 엉거주춤 물러났다. 순간 수많은 조총이 남자를 향해 불을 뿜었다. 사내가 말에서 떨어지자 그 주변으로 왜군이 모여들었다. 이내 사내의 몸뚱이는 왜군의 칼에 갈가리 찢겼다. 그 광경을 바라보던 봉래가 목이 터져라 고함을 내질렀다. 죽창을 든 그의 손이 하늘을 향했다. 그의 눈에서 피눈물이 흘렀다. 이에 팔백의 방어군이 호응했다. 그들은 일제히 왜군을 향해 돌진했다. 그 함성이 천둥소리처럼 웅장했다.

그날 전투는 치열했다. 팔백의 방어군은 사력을 다해 왜군에 맞섰다. 이에 가까스로 문경까지 패주한 순변사 이일은 조정에 패전 보고를 올렸다. 그는 그 자리에서 북천 변 기슭에서 벌어진 전투에 대해 세세히 묘사했다.

> 하늘은 무심히도 그들의 원혼을 달래주지는 못했습니다. 뿌연 흙먼지 속에서 팔백의 우리 군사들은 사력을 다해 왜군과 맞섰습니다. 누구도 죽음을 두려워하지 않았습니다. 앞선 동료가 총에 맞으면 뒤이어 온 우리 군사가 그들을 일으켜 진군했습니다. 죽창이 부러지고 화살이 떨어지면 돌멩이를 던지고 맨주먹으로 싸웠습니다. 그러나 조총으로 무장한 수천의 왜군을 감당할 수는 없었습니다. 이에 소신은 눈물을 머금고 문경으로 패주했습니다. 그때 저와 함께 패주한 이가 열 명이 채 되지 못했습니다.

봉래는 문득 산을 본 것 같았다. 옆의 동료가 쓰러지고 그가 가진 죽창이 부러졌을 때, 그는 산의 그 담담한 웃음소리를 들었다. 아니 그것은 그와 생사를 같이했던 청도 의병들의 목소리인지도 몰랐다. 무언가 뜨거운 감촉이 가슴 아래에 느껴졌을 때 그는 하늘을 올려다보았다. 멀리 산새 한 마리가 구름 사이로 날아가는 것을 보았다. 그러고 보면 청도의 백부 집에서 생활했던 것이 그렇게 나빴던 것도 아니었다. 그는 머리를 땅에 대고 호흡을 가다듬었다. 평온함이 밀려왔다. 이 촉촉한 대지에 몸을 뉠 수 있다는 게 좋았다. 앞서간 이백의 동료들에게 더 이상 부끄럽지 않았다.

임진왜란이 발발하기 몇 해 전부터 조선과 밀접한 관계가 있던 대마도(쓰시마번)에서 조선의 언어와 풍습을 익힌 일본 첩자들이 부산 왜관을 통해 은밀하게 침입해 전쟁에 필요한 지형과 군사시설 등을 염탐했다. 임진왜란 초기, 일본군이 짧은 기간 동안 파죽지세로 한양까지 짓밟을 수 있었던 데는 그들의 역할이 컸다고 할 수 있다. 처음엔 그들의 이야기를 쓰고 싶었다. 하지만 나의 게으름 때문에 실천으로 옮기지는 못했다.

그렇게 잊고 지냈던 그들의 이야기는 멜 깁슨이 주연으로 나온 〈브레이브하트〉라는 영화를 보다가 되살아났다. 영화 속의 윌리엄 월레스 같은 인물을 첩자 중에서 만들어보고 싶은 생각이 문득 들었기 때문이다. 월레스처럼 가족을 잃고 복수심에 불타는 전직 사무라이 남자가 그려내는 이야기는 나름대로 매력이 있을 것 같았다. 거기에 덧붙여 실제로 청도에서 부산으로 내려온 나의 먼 조상 한 분을 조연으로 등장시키는 것도 나쁘지 않을 것 같았다. 그렇게 〈산〉이라는 단편소설이 탄생했다. 참고로 내가 쓴 단편 중에 가장 빠른 기간인 3일 만에 초고를 끝낸 소설이기도 하다.

《계간 미스터리》에 실릴 장르인가를 두고 마지막까지 고민했던 기억이 난다. 그러니 넓은 아량으로 끝까지 읽어주시길 진심으로 바라본다.

무구한 살의

홍정기

홍정기

네이버 블로그에서 '엽기부족'이란 닉네임으로 장르 소설을 리뷰하고 있는 리뷰어이자 소설가. 추리와 SF, 공포 장르를 선호하며 장르 소설이 줄 수 있는 재미를 쫓는 장르 소설 탐독가. 《계간 미스터리》 2020년 봄/여름호에 〈백색살의〉로 신인상을 받았다. 〈코난을 찾아라〉, 〈무속인 살인사건〉, 〈혼숨〉, 〈마술사의 죽음〉, 〈202호 다른 방〉 등의 단편을 발표했고, 단편집《전래 미스터리》,《호러 미스터리 컬렉션》을 펴냈다.

아이스크림을 할짝대던 남자는 잠시 멍해졌다.

아주 중요한 말을 들은 것 같아 몸이 반응했지만 머리가 미처 따라잡지 못했다.

"아저씨! 무슨 생각을 그렇게 해?"

꼬마의 목소리에 퍼뜩 정신이 들었다.

설마, 내가 잘못 들었겠지.

남자는 확인하듯 다시 한번 되물었다.

"뭐, 뭐라고?"

꼬마는 샐쭉 웃으며 녹아가는 막대 아이스크림을 핥았다.

가만히 있어도 불쾌감이 치솟는 7월의 장마철. 먹구름 사이로 비치던 태양이 기울고 운동장에는 서서히 땅거미가 지고 있었다. 날이 저물고 있었지만 여전히 셔츠가 땀에 흥건히 젖을 정도로 무더웠다. 텅 빈 운동장 구석 남자와 꼬마는 나란히 그네에 걸터앉아 막대 아이스크림을 핥았다. 얼마 남지 않은 여름방학에 하고 싶은 일을 물은 남자는 다시 한번 놀랐다.

"사람을 죽여보고 싶다고."

어느새 녹아내린 아이스크림이 남자의 손가락을 타고 흘러내렸다. 장난기 가득한 꼬마의 눈빛. 하지만 아이가 내뱉은 말을 장난으로 치부하기에는 내용이 평범하지 않았다. 남자는 애써 당혹스러운 기색을 감추고 말했다.

"아니… 왜? 뭣 때문에?"

꼬마는 어깨를 으쓱 올렸다.

"그냥. 재미있을 것 같아서."

남자는 침을 꿀꺽 삼키고 차분히 되물었다.

"그러니까, 뭐가 재미있을 것 같은데?"

꼬마는 아이스크림을 한입 베어 우물거리며 답했다.

"숨이 끊어지는 순간, 그 마지막 순간의 떨림을 지켜보고 싶어."

쑥스러운 듯 시선을 아래로 떨구는 꼬마의 두 볼에 발그레 홍조가 번져갔다.

이 녀석, 진심인가.

아득한 곳을 바라보는 눈동자. 꼬마는 그 순간을 생각하며 흥분하고 있었다. 남자의 머릿속이 뒤엉켜 혼란스러워졌다.

지금 이 순간, 내가 경찰이라는 사실을 알면 이 녀석은 과연 어떤 표정을 지을까.

문득 남자의 뇌리에 며칠 전 일이 스쳐갔다.

“꼬맹아, 뭐 해?”

노을이 붉은 꼬리를 물고 넘어가는 저녁 즈음. 운동장 구석 플라타너스나무 아래 쪼그려 앉아 있던 녀석은 뭔가에 열중하느라 미동도 없었다.

“뭐 하는데 그리 조용하냐.”

재차 물었지만 역시 대답은 없었다. 남자가 다가가 녀석의 등 뒤에 서자 그제야 녀석은 고개를 돌려 올려다봤다. 시퍼렇게 멍든 눈두덩으로 눈빛을 번쩍이는 아이. 남자는 호기심이 일었다. 남자는 시선을 돌려 꼬마의 어깨 너머를 살폈다.

아이가 집중하고 있는 것은 다름 아닌 새였다. 작고 연약해 보이는 새 한 마리. 그런데 상태가 조금 이상했다. 천적의 공격을 받았을까. 날개를 펴고 푸드덕거리지만 좀처럼 날지 못했다. 가만히 보니 한쪽 날개가 제대로 펴지지 않는 듯했다. 남자는 대수롭지 않게 말했다.

“날개를 다쳤구나.”

“응.”

간결한 대답. 꼬마는 관찰을 계속했다. 작은 새는 날갯짓을 거듭하다 이내 지쳤는지 땅바닥에 쓰러져 가쁜 숨을 내쉬었다.

“아무래도 어렵겠는데?”

사실 별생각 없이 내뱉은 말이었다. 그렇게 보이기도 했고. 그런데 그 순간 꼬마가 벌떡 일어섰다. 얼마나 쭈그려 앉아 있었는지 꼬마의 무릎에서 뚜둑 소리가 났다.

“응. 그런 것 같아.”

감정이 섞이지 않은 심플한 대답. 말을 마친 꼬마는 곧바로 오른

발을 가슴께까지 치켜들었다. 꼬마의 기세에 남자가 놀라 외쳤다.

"어… 야. 뭐, 뭐 하려고."

남자가 미처 말릴 새도 없이 꼬마는 새의 머리를 가차 없이 내리찍었다.

빠그작.

꼬마의 지저분한 운동화에 새대가리가 으스러지면서 기분 나쁜 소리를 냈다. 꼬마는 천천히 발을 떼어낸 뒤 다시 쪼그려 앉아 얼굴을 바짝 들이밀었다. 피를 토한 채 참혹하게 으깨진 새의 머리. 하얀 몸통에 붙은 가는 다리가 부르르 떨리며 마지막 경련을 했다. 남자는 참담한 기분에 한숨이 비어져 나왔다.

"다친 새를 구하려고 지켜보던 게 아니었구나."

꼬마는 아무 말도 없었다. 한없이 웅크린 작은 등. 그 등을 보자 호기심이 일었다. 이 순간 녀석은 어떤 표정을 짓고 있을까. 남자는 걸음을 옮겨 꼬마의 앞으로 돌아갔다. 꼬마의 얼굴과 마주한 순간. 남자의 등줄기에 소름이 돋았다. 죽은 새를 지켜보는 꼬마의 입꼬리는 기이하게 올라가 있었다.

웃는… 건가.

그 순간 꼬마의 눈동자에는 깊이를 알 수 없는 공허하고 싸늘한 눈빛이 감돌았다. 남자는 꼬마의 눈동자 속에 깃든 광기를 의도치 않게 엿본 것만 같았다.

"앙."

꼬마는 얼마 남지 않은 아이스크림을 한입에 베어 물었다. 소리를 내며 아이스크림 조각을 녹여 먹는 아이의 눈두덩은 여전히 푸르스름했다. 시간이 꽤 흘렀는데 멍 자국은 좀처럼 가시지 않았다.

"어? 엄마 올 시간이다. 나 갈게. 아저씨 빠이."

앙상한 아이스크림 막대를 아무렇게나 내던진 꼬마가 땅바닥에 널브러진 책가방을 둘러멨다. 벌써 7시인가. 해가 진 운동장에는 어느새 어둠이 내려앉아 있었다.

남자는 운동장을 가로질러 뛰어가는 꼬마의 뒤통수를 향해 외쳤다.

"그래. 깜깜하니까 조심해서 가."

남자의 말에 꼬마가 운동장 한복판에서 멈춰 섰다. 이내 등에 멘 가방을 앞으로 돌려 뒤적거렸다. 다시 내달리는 꼬마의 한 발자국 앞서 둥그런 빛이 어둠을 밝혔다. 가방에 있던 플래시를 켠 것이리라.

남자는 멀어져가는 꼬마를 지켜보며 조용히 담배를 빼물었다. 불을 붙이고 첫 모금을 깊이 들이마셨다. 날숨과 함께 박하 향을 머금은 담배 연기가 대기 중에 사라졌다.

살인이 목표인 초딩이라니.

아무래도 녀석에게 조금 더 신경 써야 할 것 같다. 어둠 속에서 새빨간 담뱃불이 갈피를 못 잡고 흔들렸다.

꼬마의 고백이 마음에 쓰였지만 남자는 좀처럼 학교에 가지 못했다. 상습 소매치기 검거를 위해 지하철에서 거의 살다시피 했다. 우여곡절 끝에 소매치기를 검거하고 나흘 만에 초등학교로 향했다. 편의점에 들러 꼬마가 좋아하는 생귤탱귤 아이스크림도 샀다. 하지만 꼬마가 있을 그네는 텅 비어 있었다. 혹시나 싶어 학교 뒤편도 살펴봤지만 꼬마는 어디에도 없었다.

오늘은 일찍 갔나….

내심 실망감이 밀려왔다. 행방이 궁금했지만 휴대폰이 없는 꼬마에게 연락할 방법은 없었다. 남자는 처량하게 홀로 그네에 앉아 자신과 꼬마 몫의 아이스크림을 먹고 쓸쓸히 발걸음을 돌렸다.

어둑한 하늘에는 잔뜩 먹구름이 끼어 있어 당장이라도 비가 쏟아질 것 같았다.

정말로 남자가 집에 들어오고 얼마 뒤 요란한 천둥 번개와 함께 장대비가 쏟아졌다.

오전 6시.

요란하게 울리는 휴대폰 소리에 남자는 잠에서 깼다.

유난히 눈꺼풀이 무거웠다. 잠들기 전 마신 소주 때문인가. 얼굴을 잔뜩 찌푸린 남자는 어렵사리 실눈을 떴다. 어둠 속에서 휴대폰 액정이 환하게 빛나고 있었다. 창에 친 블라인드 사이로 어슴푸레 빛이 들어왔다. 이제 막 동이 트는 중인가. 남자는 짜증이 확 밀려왔다.

대체 누구냐. 꼭두새벽부터….

전화벨 소리는 여전히 귀가 따갑게 울려댔다. 남자는 머리맡에 놓인 휴대폰을 낚아챘다. 발신자를 확인하고 나서야 잠긴 목소리를 가다듬고 전화를 받았다.

"네. 오영섭입니다."

잠시 후 남자는 전화기를 고쳐 잡았다.

"네… 네. 네. 알겠습니다."

짧은 통화였다. 하지만 남자에게 남아 있던 숙취는 모두 달아났다.

사건이었다. 그것도 남자의 코앞에서 벌어진 사건.

남자는 그길로 집을 나와 발걸음을 서둘렀다. 남자가 사는 아파트에서 초등학교를 끼고 오른쪽 코너로 5분 거리에 있는 오래된 다세대주택. 남자도 익히 알고 있는 4층짜리 주택이었다. 출퇴근 때마다 오가며 그 주택을 지나왔기 때문이다. 다만 이번에는 출퇴근이 아닌 사건으로 방문하게 됐다. 그 낡은 주택 옥상에서 한 여성이 스스로 목숨을 내던졌다.

"자살?"

남자의 물음에 다세대주택 정문 앞에 와 있던 후배 형사가 대답했다.

"빨리 오셨네요."

"집 앞이거든."

"아."

후배가 잠시 뜸을 들였다 말을 이었다.

"목에 묶인 흔적, 피하 점막 출혈, 여기에 기도와 정맥의 울혈까지 고려하면… 목을 맨 죽음이 맞죠. 일단 자살로 보고 있습니다. 타살 여부는 국과수에서 조사 중이고요."

남자가 두리번거리며 물었다.

"시신은?"

"주택 뒤편입니다. 이쪽이요."

남자는 후배가 가리키는 쪽으로 발걸음을 서두르며 물었다.

"로프가 도구?"

"네. 등산용 로프요. 등산용품점에서 쉽게 구할 수 있는 로프예요. 옥상 난간에 로프를 묶고 올가미 매듭을 목에 걸고 뛰어내린 듯합니다. 옥상 난간 안쪽에서 일부분이긴 하지만 사망자 지문이 발견됐어요. 난간을 넘기 위해 잡았던 것 같습니다."

"시신이 땅바닥에서 발견됐다며? 그럼 로프가 끊어진 건가?"

"아뇨. 옥상 난간에 묶은 로프가 저절로 풀린 것 같아요. 매달린 채로 심하게 발버둥 쳤는지, 아니면 애초에 로프를 서툴게 묶었는지는 모르겠지만 중간에 끊어진 흔적은 없었습니다. 일반인들이 묶기 힘든 에번스 매듭이 아니라 올가미 매듭이 사용된 것도 같은 맥락으로 보이고요."

"참나. 고작 3층 높이였을 텐데. 조금 더 일찍 떨어졌더라면 다리뼈가 부러지는 정도로 끝났을지도 모르지. 그 몇 분이 생사를 갈랐군."

주택을 돌자 너른 공터가 남자의 시야에 들어왔다. 그렇게 지나다녔는데도 주택 뒤에 이런 공터가 있는 줄은 몰랐다. 공터 한가운데에는 짓다 만 건물의 뼈대가 흉물스럽게 서 있었다. 뼈대 주변으로 높다랗게 자란 잡초들이 빽빽이 들어차 있었다. 간밤에 내린 폭우에 잡초는 물기를 가득 머금고 특유의 풀냄새를 풍겼다.

장마철인 걸 감안해도 어른 키만 한 잡초들로 보아 오랫동안 방

치돼 있던 것 같았다.

귓가에 웅성거리는 소리에 남자는 공터에서 시선을 돌렸다. 주택 부지와 공터를 경계 지은 2미터 폭의 시멘트 바닥 위를 국과수 요원들이 조사 중이었다. 사진을 찍는 요원 뒤로 방수포에 싸인 시신이 보였다. 때마침 시신을 옮길 휴대용 들것이 들어왔다. 두 명의 요원이 익숙하게 시신의 머리와 다리를 들어 들것으로 실었다.

남자가 방수포 사이로 드러난 시신의 얼굴을 슬쩍 들여다보며 물었다.

"신원은 밝혀졌어?"

"그게, 잠시만요."

후배가 수첩을 넘기는 사이 불현듯 남자가 숨을 삼켰다. 남자의 표정이 뻣뻣하게 굳었고 순식간에 창백해졌다. 남자는 시신의 얼굴에서 눈을 떼지 못했다. 심상치 않은 기색을 감지한 후배가 수첩에서 고개를 들었다.

"선, 선미 씨…."

남자의 얼굴에 짙게 그늘이 드리워졌다. 들것에 실린 시신은 다름 아닌 단골 편의점에 새로 들어온 이선미였다.

그토록 윤기 나던 갈색 머리가 젖은 미역처럼 창백한 시신의 얼굴에 달라붙어 있었다. 눈을 감은 그녀의 얼굴은 죽음의 고통에 온통 일그러져 있었다.

남자는 참담한 심경으로 하늘을 향해 고개를 들었다. 시커먼 먹구름이 낀 하늘 사이로 남자의 시선 끝자락에 주택 옥상이 걸렸다.

옥상 난간에 매달린 붉은 깃발과 흰색 깃발이 정신없이 바람에 나부끼고 있었다.

꼬마와의 첫 만남은 한 달 전으로 거슬러 올라간다.

오랜만에 돌아온 비번 날. 늘어지게 늦잠을 자고 난 남자의 속이 온통 시끄러웠다. 아내가 식탁 위에 남긴 쪽지 한 장 때문이었다.

'당신 같은 일벌레하고는 더 이상 못살아. 우리 서로 생각할 시간을 갖자. 은아는 내가 데려갈게. 마음 정리하는 대로 내가 연락할 테니까 그전엔 절대 먼저 연락하지 마.'

"하아. 젠장. 어쩐지 집구석이 너무 조용하더라니."

그저 열심히 일하고 돈을 벌어온 것밖에 없는데. 그게 그렇게 큰 죄란 말인가. 버럭 화가 치밀었다. 남자는 고이 놓인 쪽지를 낚아채 거칠게 구겨버렸다.

"그래. 마음대로 해라. 나는 지금부터 자유다."

남자는 애써 콧노래를 부르며 소파에 벌렁 누웠다. 하지만 그리 오래가지 않아 몸을 일으켰다. 텅 빈 적막감. 두 살배기 아이의 조잘대는 말소리가 사라진 집은 너무나 고요했다.

"끄응…."

마음이 착잡했다. TV를 켜 쇼 프로그램을 틀었다. 뭐가 그리 신나는지 연예인들은 쉼 없이 웃어댔다. 남자는 리모컨으로 볼륨을 높였다. 하지만 화면이 눈에 들어오지 않았다. 왠지 울화가 치밀었다. 한동안 멍하니 있던 남자는 TV를 끄고 리모컨을 소파에 내던졌다. 이마에 맺힌 땀방울이 관자놀이를 타고 흘러내렸다. 탈탈거리는 낡은 선풍기로는 한낮의 더위를 버티기에 역부족이었다.

"에이씨."

남자는 발을 뻗어 엄지발가락으로 선풍기를 끄고 지갑과 담배, 휴대폰을 챙겨 무작정 집을 나섰다. 막상 갈 곳은 없었다. 갈팡질

팡 망설이던 남자의 눈에 초등학교 운동장이 들어왔다. 남자가 사는 아파트와 마주한 학교였다. 뜨거운 햇빛이 작열하는 운동장에는 수업을 마친 여남은 아이들이 축구공을 쫓아 우르르 몰려다니고 있었다.

저놈들은 덥지도 않나.

어이없어 하면서도 발길은 저도 모르게 운동장으로 향했다. 남자는 그늘막이 마련된 계단에 걸터앉아 습관적으로 담배를 빼물었다. 그때 등 뒤로 따가운 시선이 느껴졌다. 고개를 돌리자 땀에 흠뻑 젖은 채 쉬고 있던 아이와 눈이 마주쳤다.

아. 학교였지.

남자는 멋쩍게 입에 문 담배를 트레이닝 바지에 쑤셔 넣었다. 아이는 한 번 더 강렬한 눈빛을 쏘아 보낸 뒤 운동장에서 뛰고 있는 무리에 합류했다. 생명력 넘치는 아이들의 열기가 운동장에 가득 찼다. 뭐가 그리도 신이 나는지. 아이들은 공을 따라 미친 듯이 뛰어다니고 깔깔대며 웃어댔다. 하지만 조금 전 TV 속 웃음을 파는 연예인들과는 뭔가 달랐다.

몇 년만 있으면 우리 은아도 저렇게 뛰어다니겠지?

땀 흘리며 뛰어다닐 아이를 상상하던 남자의 의식이 아내의 가출로 이어졌다. 희미하게 떠오른 미소가 걷히고 깊은 한숨이 새어 나왔다. 만약 이혼하면 아이는 아내의 손에 키워질 텐데. 아이 없는 삶을 견뎌낼 수 있을까. 남자의 가슴속에 다시금 울분이 끓어올랐다. 자신을 이해하지 못하는 아내가 원망스러웠다. 그저 열심히 살았을 뿐이다. 대체 내가 뭘 잘못했단 말인가.

그때였다.

운동장 소음 사이로 희미하게 들리는 비명소리가 남자의 신경을 잡아끌었다.

비명과 욕설이 뒤섞인 웅성거림. 단순히 싸움으로 치부하기엔 일관된 비명이었다. 일방적인 폭행이었다.

남자는 운동장을 등지고 비명소리를 따라 발걸음을 옮겼다. 소리의 출처는 학교 건물 뒤편. 높다란 담장 안쪽 으슥한 공간에 네댓 명의 소년들이 둥글게 모여 있었다. 남자는 숨을 죽이고 천천히 다가갔다. 어렵지 않게 아이들의 발아래서 머리를 감싸 쥔 채 엎드린 아이를 목격할 수 있었다. 요즘 학교 폭력은 이런 건가. 무차별 집단 린치와 다름없었다. 빙 둘러선 소년들이 엎드린 아이를 차례로 짓밟았다. 집단 폭행의 열기가 아이들을 흥분시키는 듯했다. 아무래도 그대로 둘 수는 없었다. 남자가 개입하려는 순간, 때마침 얼굴을 걷어차인 아이의 머리가 하늘로 쳐들렸다. 바로 그때 남자는 일그러진 얼굴로 비명을 토해내는 아이와 정면으로 눈이 마주쳤다.

남자는 숨을 삼켰다. 빛을 잃은 아이의 눈빛에 남자의 발이 그대로 땅바닥에 얼어붙었다. 어딘가 전선이 끊어진 듯 감정이 결여된 눈빛. 그것은 초등학생의 눈빛이 아니었다.

밟히면서도 남자를 응시하는 아이의 시선을 따라간 가해 소년이 남자의 존재를 눈치챘다. 가해 소년이 다급하게 외쳤다.

"어, 야, 야, 꼰대다. 튀어!"

"뛰어. 도망쳐."

생각지 못한 남자의 등장에 소년들은 천적을 피하는 영양 떼처럼 삽시간에 흩어졌다.

"운 좋은 줄 알아. 새끼야! 다음엔 아주 죽여버릴 거야."

도망치는 와중에도 다음 폭행을 예고하는 소년도 있었다.

쓰러져 있던 아이는 아무렇지 않게 일어나 옷에 묻은 흙먼지를 털어냈다. 그러나 연보라 티셔츠에 온통 찍힌 발자국은 손으로 털어낼 수 있는 것이 아니었다.

"괜찮니?"

걱정스러운 물음에 아이는 남자를 물끄러미 바라봤다. 그제야 아이의 얼굴을 제대로 볼 수 있었다. 얼굴이 말이 아니었다. 상고머리는 온통 헝클어져 까치집을 지었고 왼쪽 눈두덩은 시퍼렇게 부어 반쯤 감겨 있었다. 코피가 번져 볼과 턱이 온통 붉게 얼룩졌다. 120센티미터 정도 될까. 조금 전 가해 소년들과 비교해도 족히 머리 하나는 차이가 날 정도로 작았다.

나중에야 알게 된 사실이지만 아이에게 린치를 가한 학생들은 아이와 같은 3학년이었다. 하지만 그 당시에는 도저히 같은 학년으로 보이지 않았다. 그 정도로 아이는 작고 초라했다. 익숙한 듯 구석에 처박힌 책가방을 메고 사라지려는 아이를 남자는 다급히 붙들었다. 엉망인 아이를 그대로 보낼 수가 없었다. 남자는 다짜고짜 아이를 이끌고 학교 앞 편의점으로 향했다.

남자는 반창고와 연고, 물과 막대 아이스크림 두 개를 골라 계산대로 갔다. 계산대에는 먼저 들어온 덩치 큰 남자가 바구니 가득 담은 냉동식품을 계산 중이었다. 덩치는 얼굴에 흘러내리는 땀을 연신 손수건으로 훔쳐내고 있었다.

"안녕히 가세요. 어, 안녕하세요. 봉지 필요하신가요?"

보기만 해도 숨 막히는 덩치가 사라지자 그 뒤에서 싱그러운 꽃

향기가 날 것 같은 여성이 남자를 향해 미소 짓고 있었다.

"어… 어. 네. 안녕하세요. 주세요, 봉지… 근데 여기 아저씨는 어디 가고…."

당황한 남자가 갑자기 말을 더듬었다.

"아. 야간 알바를 하셨던 분이 그만둬서 사장님이 야간으로 가시고 제가 새로 채용됐어요."

"아… 그렇구나. 하. 하… 선미 씨?"

갈색 생머리 끝이 닿은 왼쪽 가슴에 달린 명찰에 이선미라는 이름이 새겨져 있었다. 여성은 쑥스러운 듯 미소 지으며 고개를 꾸벅였다.

"네. 앞으로 잘 부탁드려요."

튤립 모양의 똑딱핀으로 가지런히 정리된 정수리에서 향긋한 꽃 내음이 풍기는 것 같았다. 남자는 그 향을 맡으려는 듯 남몰래 숨을 들이마셨다.

물건을 봉지에 담은 점원이 남자를 빤히 쳐다봤다. 남자는 그제야 계산을 하지 않았다는 것을 깨달았다. 순간 얼굴이 확 달아올랐다. 급히 바지 주머니를 뒤져 신용카드를 건넸다. 한순간 바보 멍청이가 된 기분이었다. 그 정도로 여점원은 매력적이었다. 155센티미터 정도의 아담한 체구에 컬이 진 갈색 머리칼이 어깨 위에서 찰랑거렸다. 투명한 피부에 오밀조밀한 이목구비, 무엇보다 가식 없는 눈웃음이 남자의 눈길을 사로잡았다.

서른 중반의 유부남이 여점원 앞에서 헬렐레하는 꼴이라니…. 꼬맹이가 얼마나 한심하게 보고 있을까. 현타가 온 남자가 슬쩍 옆에 선 꼬마를 곁눈질했다.

어렵쇼.

아이를 본 남자는 웃음이 새어나왔다. 그렇게 무뚝뚝하던 아이가 점원에게 넋을 잃고 있는 것이 아닌가. 시퍼런 멍 아래로 발갛게 피어오르는 홍조를 보고 남자는 터지는 웃음을 참기 위해 이를 악물었다. 나이가 어려도 예쁜 건 다 똑같구나. 피식 웃음 지은 남자는 아이를 잡아끌었다.

"꼬맹아, 가자."

남자가 점원에게 눈인사를 건네고 가게를 나갈 때까지도 아이의 시선은 끝까지 여자에게 고정돼 있었다.

처음엔 벙어리같이 무뚝뚝하던 아이도 만남이 거듭될수록 서서히 말문이 트였다. 그렇게 꼬마에 대해서 조금씩 알게 되었다. 천안초등학교 3학년 3반이라 했다. 키가 120센티미터로 반에서 가장 작다고 했다. 물론 몸무게도 가장 적었다. 왜소한 체격, 내향적인 성격 탓에 친구들과 가까워지지 못하고 겉도는 듯했다. 무엇보다 꼬마가 왕따를 당하는 결정적 이유는 따로 있었던 것 같다. 꼬마의 엄마가 무당이라는 사실 때문이다. 멍청한 담임선생의 부주의로 꼬마가 감추고 싶었던 엄마의 직업이 공개됐다. 귀신 보는 아이. 저주받은 아이. 재수 없는 아이 등등. 악의적인 소문은 삽시간에 끝도 없이 퍼져나갔다. 어느새 꼬마는 아이들에게 증오의 대상이 되어버렸다.

유일한 보호자인 꼬마의 엄마는 매일 일을 나가는데 저녁 7시가 지나야 퇴근할 수 있다고 했다. 오후 3시에 하교하는 꼬마는 학교에서 내내 시간을 때우다 엄마가 돌아오는 7시쯤 집으로 돌아갔다. 아이 엄마는 꼬마에게 거의 신경을 쓰지 않는 듯했다. 아니 방치 수준에 가까웠다. 아이만 남겨두고 집을 비우는 날도 있는 것 같았다. 꼬마는 매일 같은 옷을 입었다. 옷이 땀에 흠뻑 젖는 여름에도 말이다. 온통 흙먼지가 묻어 있는 셔츠를 며칠씩 입을 때도 있었고, 목깃에 묻은 잡초가 며칠씩 붙어 있을 때도 있었다. 행주 썩는 냄새가 낙인처럼 꼬마를 따라다녔다. 그 때문에 반 아이들에게 더욱 왕따를 당하는 건지도 몰랐다.

남자는 언제나 홀로인 꼬마가 신경 쓰였다. 어차피 남자도 퇴근 후 텅 빈 집에 들어가기 싫었다. 어쩌면 가족의 부재로 생긴 상실감을 꼬마로 대신한 건지도 몰랐다. 남자는 일찍 퇴근하는 날이면 먼저 학교에 들러 아이와 시간을 보냈다. 비번인 날은 꼬마가 집단 린치를 당할까 걱정돼 발걸음을 서두르기도 했다. 아이를 보는 날은 루틴처럼 편의점에 가서 아이스크림을 샀다. 그리고 그네에 걸터앉아 각자의 아이스크림을 먹었다. 딱히 별다른 말은 필요 없었다. 그저 차가운 아이스크림을 먹으며 지는 노을을 지켜봤다. 그 순간만큼은 둘은 누구에게도 방해받지 않고 같은 곳에서 같은 풍경을 바라봤다. 아이 엄마가 늦는 날이면 편의점 도시락을 꼬마의 조그만 손에 쥐여 보내기도 했다. 여전히 꼬마는 필요한 말 외에는 입을 열지 않았다. 하지만 남자는 꼬마가 점점 마음을 열고 있다고 느꼈다.

그 와중에 느닷없이 꼬마가 살인 충동을 고백한 것이다. 아이답지 않게 짙게 배인 어둠을 대수롭지 않게 여겼건만, 꼬마의 고백은 가히 충격적이었다. 나이에 어울리지 않는 순수한 살의를 풍기고 있었기 때문이다.

"왔어?"

학교를 마친 꼬마가 남자가 있는 그네로 다가왔다. 오랜만에 만난 꼬마의 눈두덩은 시퍼렇던 멍 자국이 희미해져 있었다. 꼬마는 그네 아래 책가방을 놓고 남자 옆 빈 그네에 걸터앉았다. 한동안 둘 사이에 침묵이 내려앉았다. 가방을 메고 삼삼오오 모여 하교하는 아이들이 운동장을 가로질렀다.

"너니?"

남자의 목소리가 낮게 깔렸다.

꼬마는 반응이 없었다. 그저 말없이 운동장을 응시했다. 오늘따라 꼬마의 얼굴은 더욱 표정이 없었다. 속마음을 감추기 위함인지, 아니면 정말로 아무런 감정이 없는 건지 알 수 없었다. 답답한 남자가 그네에서 일어나 꼬마의 어깨를 붙잡았다. 그제야 꼬마의 고개가 남자를 향했다. 꼬마와 남자의 눈이 마주쳤다. 그 몇 초의 찰나. 남자는 빛을 잃은 꼬마의 눈동자 속에서 이글이글 불타오르는 불꽃을 엿봤다. 하지만 불꽃은 순식간에 사라지고 꼬마는 이내 남자의 눈을 피했다. 꼬마가 서둘러 입을 뗐다.

"그게 무슨 소리예요?"

남자는 굳은 표정으로 다시 물었다.

"뭔가 알고 있다는 거 다 알아."

꼬마는 남자의 다그침에 어색한 미소를 지었다.

"무슨 소린지 하나도 모르겠네. 아저씨 오늘 이상하다, 하하."

상기된 목소리, 어색한 표정. 그동안 봐왔던 모습과 달리 꼬마는 묘하게 들떠 있었다. 무엇보다 용납할 수 없는 건 꼬마의 입꼬리에 걸린 미소였다.

남자는 주먹을 불끈 쥐었다.

꼬마의 웃음 띤 얼굴에서 일그러진 시신의 얼굴이 겹쳐 보였다.

현장을 직접 확인했건만 남자는 이미 수사 중인 사건이 있어 이선미 사건에서 배제되었다. 다만 동료 형사를 통해 수사 보고서를 받아볼 수 있었다. 수사 방향은 자살에 중점을 두고 있었으나 타살 가능성도 열어두고 있었다.

부검 결과 최초 현장 감식 의견대로 경부압박으로 인한 질식사로 확인되었다. 또한 양쪽 손바닥이 로프에 쓸려 있고 손톱에서 섬유가 발견됐다. 목을 맨 상태에서 숨이 끊어지기 직전까지 살아 있었던 것이다. 그밖에 최소 3층 높이에서 떨어진 것치고는 경미한 찰과상 외에 골절이나 타박상은 없었다.

사망 추정 시각은 저녁 8~10시경. 혈액 검사에서 약물 반응은 없었다. 다만 혈중 미량의 알코올이 검출됐는데 사망자가 살던 2층 거실에서 먹다 만 캔 맥주가 발견되어 자살 직전까지 맥주를 마셨던 것으로 추정됐다. 전자레인지 안에는 유통 기한이 지난 폐기용 편의점 떡볶이가 들어 있었다. 전원이 켜진 TV는 묵음 상태였고 거실 창은 절반쯤 열려 있었다. 주인 없는 거실에서 벽걸이 에어컨이 홀로 작동하고 있었다.

드러난 증거들로 이선미의 행적을 추정하자면 이렇다.

편의점 알바를 마치고 저녁 7시경에 퇴근한 이선미는 바로 집으로 귀가해 실내복으로 갈아입고 캔 맥주를 마시며 TV 쇼프로를 시청했다. 그리고 얼마 뒤 이선미는 절반 정도 남은 맥주를 탁자

위에 두고 옥상으로 올라가 로프로 목을 걸고 난간 밖으로 뛰어내린다. 옥상 난간 안쪽에서 이선미의 어깨너비로 양 손가락 지문이 발견되었고, 그 가운데 부분에 로프가 묶였다 풀린 자국이 발견되었다. 목이 졸려 한동안 발버둥 치던 이선미는 숨이 끊어지고, 느슨하게 묶였던 로프가 난간에서 풀려 시신과 함께 바닥으로 추락한다.

시신은 다음 날 새벽 4시경 순찰을 돌던 주택 단지 경비원에게 발견됐다. 경비원은 간밤에 내린 비에 흠뻑 젖은 시신이 마네킹인 줄 알았다고 했다. 시멘트 바닥을 향한 채 엎드린 시신의 얼굴을 랜턴으로 비춰 보고서야 2층에 홀로 자취하는 이선미임을 알았다고 했다.

경비실 입구에 설치된 CCTV로 경비원이 이선미의 죽음과는 무관한 것을 확인했다.

옥상은 흡연자들을 위해 상시 개방돼 있었다. 이선미도 옥상을 찾는 흡연자 중 하나였다. 옥상 바닥에 떨어진 꽁초들에서 이선미와 4층에 사는 회사원 박진우의 DNA가 검출됐다. 옥상 철문은 손잡이를 돌리지 않더라도 밀어서 열 수 있는 문이었다. 그 때문인지 문손잡이에서 이선미의 지문은 발견할 수 없었다. 이선미의 투신 이후 11시부터 쏟아진 폭우로 옥상이나 바닥에서 족적과 유류품 등은 찾을 수 없었다. 대부분 빗물에 유실된 듯했다.

스물두 살인 이선미는 국가 자격증 시험에 매진하기 위해 대학교 3학년 2학기를 휴학 중이었다. 자격증 준비 중 생활비를 벌기 위해 편의점에 주간 아르바이트 중이었으며 밝은 성격으로 손님들을 대했다. 하지만 넉넉지 않은 형편 탓에 남몰래 마음고생을 한 모양이었다. 그녀의 다이어리에는 좀처럼 줄지 않는 카드빚에 대한 걱정과 흙수저라는 태생적 한계를 비관하는 내용이 적혀 있었다. 다만 다이어리에 자살 암시는 없었다. 현장에서도 유서는 발견되지 않았다. 쌓이고 쌓인 울분의 폭발로 즉흥적인 자살 시도는 얼마든지 가능한 일. 유서의 존재 유무는 사건성 판단에서 제외하기로 했다.

자살에 쓰인 로프는 구매한 지 얼마 안 된 신품이었다. 개인 SNS에서 이선미가 대학 재학 중 등산 동아리에서 활동했던 사실을 확인했다. 추후 등산 용도로 구매했는지 아니면 자살 도구로 충동 구매했는지 여부는 확인할 수 없었다. 후배 형사의 말대로 로프는 시중 등산용품점에서 쉽게 구할 수 있는 물건이었다. 하지만 집 안에서 로프를 구매한 영수증은 발견되지 않았다. 구매 즉시 영수증을 버렸을 가능성도 배제할 순 없다. 한 가지 특이점은 이선미의 목에 걸린 올가미 매듭 부위의 로프 안쪽으로 직경 1밀리미터 정도의 구멍이 존재했다는 점이다. 로프 내부로 약 1미터 길이로 구멍이 난 이유는 알 수 없었다. 다만 제품의 불량이 아니라 인위적인 손상이라는 것을 확인했다.

현장의 정황들은 대부분 이선미의 자살을 가리키고 있었다. 하지만 남자는 좀처럼 납득하기 힘들었다. 비관적인 일기를 썼다지만 엄밀히 보자면 흔한 신세 한탄 정도에 그쳤다. 죽겠다고 입버릇처럼 말하는 사람치고 정말로 스스로 목숨을 끊는 사람은 그리 많지 않다. 형사 생활을 하며 나름 눈썰미가 있다고 자부해온 남자가 본 이선미는 자살과는 거리가 멀었다. 남몰래 내면에 어두운 마음을 숨기고 있었다 해도 말이다. 등산 동아리 활동 경력이 있음에도 옥상 난간 로프를 허술하게 묶은 점, 자살 도구인 신품 로프에 손상이 있는 점도 거슬렸다.

그런 남자의 날카로운 신경을 긁은 것은 수사 보고서 마지막 페이지를 봤을 때였다.

현장 주변에서 발견된 물품들이 나열된 페이지였다. 사진들을 훑던 남자의 눈이 갑자기 커졌다. 인쇄된 사진에는 썩어가는 동물들의 사체와 뼛조각들이 늘어서 있었다. 잡초가 웃자란 공터의 폐건물 흙 속에서 발견된 사체들. 새끼 고양이와 강아지, 심지어 조류까지 있었다.

누군가 폐건물에서 동물들을 잔혹하게 살육한 것이다. 다만 사체 주변에서 타인의 흔적을 찾을 수 없었고 이선미의 자살과 직접적인 연관은 없다는 것이 결론이었다.

남자는 구더기가 들끓는 새의 사체를 보자 등골이 서늘해졌다. 머리 부분이 뭔가에 눌린 듯 형체를 알아볼 수 없는 사체. 뭔가 서늘한 느낌이 온몸을 뒤덮었다. 순간 남자의 뇌리를 스치는 장면이 있었다. 남자는 재빨리 두툼한 보고서를 앞으로 넘겨 조금 전 대강 훑었던 보고서 중간 부분을 다시 읽어 내려갔다. 주택 거주자 탐문이 기록된 페이지였다.

사건 당일. 4층 거주자는 지방 출장으로 집에 없었다. 3층에는 28세 무직 남성 박철민이 사건 시간대에 LOL 게임 중이었다고 진술했다. 실제로 해당 시간대 게임 접속 정보를 확인했다. 그리고 1층에는 열 살 초등생이 홀로 집을 지키고 있었다. 아이는 무당인 엄마가 집에 올 때까지 자기 방에서 숙제를 했다고 진술했다. 유일한 출입구인 주택 중앙 현관에 설치된 CCTV를 통해 엄마가 폭우가 쏟아지기 직전인 10시 50분경에 귀가한 사실을 확인했다.

아니길 바라는 마음으로 초등학생의 이름을 확인했다.

하지만 남자의 불길한 생각은 적중했다.

꼬마의 이름이었다.

홍조 띤 얼굴로 사람을 죽이고 싶다던 꼬마의 얼굴이 뇌리를 스쳤다. 대체 언제부터 이런 짓을 해왔단 말인가. 조금은 알고 있다고 생각했는데. 꼬마에 대해 아는 건 하나도 없었다.

설마. 이선미의 죽음에 꼬마가 관여했을까.

"하핫."

순간 남자는 허탈한 웃음을 터뜨렸다. 머릿속 생각을 떨쳐내려는 듯 고개를 가로저었다. 왕따나 당하는 허약한 꼬맹이가 뭘 할 수 있겠는가. 형사 체면에 잠깐이나마 꼬마를 의심했던 자신이 수치스러웠다. 하지만 입안에 남은 씁쓸한 뒷맛이 가시지 않았다. 이선미에게서 눈을 떼지 못하던 꼬마의 눈빛, 그리고 발그레한 두 볼의 홍조가 끈질기게 남자를 괴롭혔다.

며칠 뒤. 이선미의 자살로 사건이 마무리될 것 같다고 후배가 말했다. 그때까지도 남자의 가슴속에는 무언가 돌처럼 딱딱한 것이 걸려 있었다. 남자는 결심했다. 한 번만 더 현장에 가보기로. 어차피 집 앞이 아닌가.

"안녕하세요. 오랜만입니다."

머리가 희끗한 중년이 고개를 꾸벅였다. 가게에 들어서는 남자도 고개를 숙였다. 남자는 다세대주택에 들르기 전 떨어진 담배도 살 겸 이선미가 일하던 편의점에 들렀다.

"아. 사장님이 다시 주간에 계시는군요. 선미 씨 일은 안됐습니다."

머뭇거리는 남자의 말에 사장의 얼굴에 그늘이 졌다.

"참 착하고 성실한 학생이었는데… 왜 그랬는지 이해가 안 됩니다. 하아."

한숨과 함께 침체된 분위기에 남자가 서둘러 물었다.

"저야 손님으로 봐서 항상 밝아 보였는데. 사장님이 보시기엔 어땠나요?"

"선미 씬 다른 알바생과는 달랐어요. 스스로 할 일을 찾았고 손님이 없는 시간에는 틈틈이 문제집을 펴고 공부했어요. 착실히 미래를 준비하는 사람이랄까. 그래서 선미 씨가 그렇게 됐다는 소식을 들었을 땐 정말 깜짝 놀랐습니다. 그저 몸이 많이 아파서 결근한 줄 알았거든요."

"정말 사장님도 많이 놀랐겠어요."

고개를 끄덕이는 남자와 사장 사이에 잠시 무거운 침묵이 내려앉았다. 분위기를 바꾸려는 듯 중년 사장이 미소를 띠며 말했다.

"담배 사러 오신 거죠? 지금도 같은 거 피우세요?"

남자가 중년 사장 뒤에 있는 진열장을 가리키며 말했다.

"럭키스트라이크 한 갑 주세요."

남자는 담배 값을 계산한 뒤 편의점을 나왔다. 때마침 허름한 차림의 노파가 편의점 건물 뒤 천막 안에서 박스 더미를 꺼내왔다. 정오를 조금 넘긴 시각. 따가운 땡볕 아래 땀을 비 오듯 흘리는 노파는 벅찬 숨을 토해내며 힘겹게 박스를 리어카에 실었다. 거리에서 자주 보았던 노파였다. 굽은 허리로 리어카를 끌며 모은 폐지로 생계를 꾸려가는 노인이었다. 노인의 처지를 딱히 여긴 편의점 사장이 천막 안에 따로 모아둔 폐지 더미를 넘긴 것이리라. 마주친 이상 모른 척 지나칠 수는 없었다.

"어르신, 제가 도와드릴게요."

남자는 노파를 앞서 천막 안으로 들어갔다. 펼쳐진 상태로 차곡차곡 쌓인 박스들이 남자의 허리 높이까지 왔다. 남자는 노끈으로 나눠 묶은 더미를 양손에 들고 리어카로 향했다.

"고, 고마우이."

활처럼 굽은 허리를 잠시 편 노파가 이마에 흥건한 땀을 훔쳤다.

"아녜요. 별거 아닌데요. 뭘."

남자가 손에 든 것을 리어카에 싣고 다시 천막으로 향하는 발걸음에 속도를 높였다. 박스 더미를 묶은 노끈 틈에 손가락을 걸던 남자는 갑자기 그대로 멈춰 섰다.

"응?"

남자는 천막에서 꺼내온 박스 더미를 바닥에 내려놓고 쪼그려 앉았다. 한참 동안 이리저리 살피던 남자는 이윽고 휴대폰을 꺼내 사진을 찍기 시작했다.

"설마."

벌떡 일어선 남자가 다시 편의점 안으로 들어가 다짜고짜 중년 사장의 얼굴에 휴대폰을 들이밀었다.

"사장님, 이 종이 박스 묶은 노끈이요. 이거 사장님이 묶은 건가요?"

사장은 안경을 고쳐 쓰고 휴대폰 화면을 유심히 살폈다.

"이 비닐 노끈을 말씀하시는 거라면 제가 묶은 게 아닙니다."

"그럼 누가 묶은 거죠?"

휴대폰에서 시선을 뗀 사장이 고개를 들었다.

"선미 씨요. 종이 상자를 그냥 두면 폐지 줍는 할머니가 하나하나 일일이 펼쳐서 가져가야 한다고. 직접 상자를 펼치고 노끈으로 묶어서 쌓아뒀습니다."

"그럼 박스를 묶은 매듭들도 전부 선미 씨가 직접 한 거군요."

고개를 끄덕이는 사장을 뒤로하고 남자는 복잡한 얼굴로 가게를 나섰다. 남자의 눈빛이 전에 없이 날카롭게 빛났다. 자살이 아닐지도 모른다는 남자의 의심이 확신으로 바뀌는 순간이었다.

남자는 뜀박질에 가까운 빠른 걸음으로 다세대주택을 찾았다.

담배 한 개비를 입에 물고 불을 붙였다. 옥상에서 불어오는 바람에 땀에 젖은 앞머리가 흩날렸다. 담배를 깊이 빨아들인 뒤 난간 아래를 내려다봤다. 수풀이 무성한 공터 가운데 흉물스럽게 서 있는 폐건물이 보였다. 빌라를 짓던 건설사가 도산하는 바람에 공사가 중단된 채 그대로 방치된 상태라고 했다.

꼬마가 저기에서 동물들을 도륙한 건가. 한낮에도 음산한 기운이 풍기는 폐건물에서 그런 짓거릴 하다니. 참나.

국과수 조사가 끝난 옥상에서는 더 이상 건질 것이 없었다. 남자는 주택 뒤 공터로 걸음을 옮겼다. 폐건물에 가기 위해 거침없이 수풀 사이를 헤치고 안으로 들어갔다. 한동안 가로막은 수풀들을 밀어 길을 트던 남자의 손이 문득 멈췄다. 우거진 수풀들 사이로 한 뼘 정도의 작은 공터가 있었다. 공터 안의 잡초들은 꺾인 채 눕혀져 있었다. 남자는 직감했다.

꼬마다. 꼬마가 여기 서 있었다. 그것도 한두 번이 아니다.

남자는 직접 공터에 서서 꼬마의 키에 맞게 무릎을 굽혔다. 그리고 고개를 들어 주택을 바라봤다.

"이… 이 새끼…."

남자가 나직이 중얼거렸다.

"범인이 잡혔다던데요."

한참 만에 건넨 꼬마의 말에 남자는 현실로 돌아왔다. 남자는 터벅터벅 걸어가 다시 자신의 그네에 앉았다.

"아니야."

남자가 말을 이었다.

"범인으로 의심돼서 조사를 받은 거지."

"아."

꼬마는 이해했다는 듯 고개를 까딱거렸다.

"복도나 계단에 CCTV가 있었다면 좋았겠지만. 네 집은 엘리베이터도 없잖아. 그러니 유일한 출입구인 중앙 현관에 설치된 CCTV를 볼 수밖에 없었어. 그런데 사건 시간대 현관을 출입한 사람은 이선미 본인과 네 엄마밖에 없었어. 만약 이선미가 죽임을 당했다고 가정하면 가장 의심되는 사람은 누구겠니?"

곰곰이 생각하던 꼬마가 정답을 맞히듯 외쳤다.

"3층 아저씨!"

"맞아. 꼬마인 네가 뭘 할 수 있으리라 생각한 사람은 없었어. 남은 건 당시 그 주택에 있던 유일한 어른, 박철민뿐이지."

남자는 꼬마를 힐끔 보고 말을 이었다.

"이런 말 하면 어떻게 생각할지 모르지만, 처음에 아저씬 널 의심했었어."

남자의 말이 끝나자 꼬마는 놀랐다는 듯 눈을 동그랗게 뜨고 남자를 향해 고개를 돌렸다.

"헤에에에?"

"네가 첫 번째 살인 상대로 이선미를 골랐다고 생각했어. 넌 이선미와 이웃이니 접근하기 쉬웠을 거야. 어느 정도 친분을 쌓은 뒤 이선미를 옥상으로 불러내지. 옥상에서 뭔가를 잃어버렸으니 함께 찾아달라고 말이야. 착한 이선미는 네 부탁을 거절하지 못하고 널 따라 옥상으로 갔어."

꼬마가 웃음을 터뜨리며 감탄했다.

"와, 지금 추리하는 거예요? 아저씨 명탐정 코난 같아요."

남자는 꼬마의 반응을 무시하고 말했다.

"넌 미리 로프를 묶어두었던 난간 근처로 이선미를 유도했어. 그곳에서 중요한 물건을 잃어버렸다고 말이야. 착한 선미 씨는 정신없이 옥상 바닥을 뒤졌어. 그렇게 정신이 팔린 사이, 네가 올가미를 목에 씌운 거지. 선미 씨는 놀라서 일어서지. 그때 경황이 없는 선미 씨를 네가 옥상 아래로 떠민 거야."

꼬마가 김빠진 듯 말했다.

"에이, 아저씨. 코난이라기엔 너무 허술한데요. 처음부터 틀렸어요. 난 편의점 언니랑 친하지 않아요. 따로 얘기를 나눠본 적도 없는걸요. 게다가 옥상 난간이 얼마나 높은데 제 힘으로 어른을 밀어 넘길 수 있을 거라 생각하는 거예요?"

꼬마가 팔을 엑스자로 교차하고 말했다.

"삐삑! 불합격!"

남자는 머쓱한 듯 뒷머리를 긁적이며 말했다.

"맞아. 무리지. 그래서 더욱 박철민을 주목하게 된 거야. 이선미가 근무했던 편의점 CCTV를 확인하고 의심은 더욱 깊어졌어. 우리도 종종 마주쳤잖아. 물건을 잔뜩 사가는 박철민을."

남자는 꼬마와 함께 이선미를 처음 봤던 날 앞서 계산하던 거구의 사내를 떠올렸다.

"박철민은 매일같이 편의점에 출석 도장을 찍었어. 그것도 이선미가 근무하는 주간에만. 그리고 이선미가 죽기 3일 전, 박철민은 꽃다발을 들고 편의점을 찾았어. 물론 편의점에서 판매하는 꽃이 아니었지."

"고백하러 갔구나."

"응. 결과는… 참담했어."

"쯧쯧쯧."

꼬마가 운동장을 바라보며 작게 혀를 찼다.

"자, 넘치는 애정은 순식간에 증오로 변했어. 자신의 마음을 거절한 여잘 죽이고 싶었을 거야. 그래서 죽였을 거라 생각해. 그런데 어떻게 죽였는지 그 방법을 알 수가 없었어. 조사를 받던 박철민이 고백에 대한 질문 이후로 완전히 입을 다물어버렸거든."

"에이, 경찰이 그런 것도 못 밝혀요?"

남자가 한숨을 쉬며 말했다.

"그걸 묵비권이라고 해. 범인으로 의심되는 사람이 입을 다물어버리면 확실한 증거를 제시하지 않는 이상 방법이 없어."

"경찰도 참 답답하겠네요."

남자는 말없이 고개를 끄덕였다. 갑자기 운동장 절반에 그늘이

드리워져 하늘을 올려다봤다. 어느새 몰려든 먹구름이 서서히 태양을 가리고 있었다. 당장이라도 빗방울이 떨어질 것 같았다. 남자는 서둘렀다.

"자체적으로 조사했지만 고백 이후 3일간의 행적이 묘연해. 아마 그사이에 로프를 구매했을 거라고 예상하고 있어."

"고백했는데 차였다고 정말 3층 오빠가 죽였을까요? 2층 언니가 자살한 것일 수도 있잖아요."

남자는 단호하게 대답했다.

"자살은 아냐. 자살에 쓰인 올가미 매듭이 달랐어."

"네?"

되묻는 꼬마에게 남자가 천천히 설명했다.

"선미 씨가 평소에 쓰는 매듭은 올가미 매듭이야. 자살할 때 목에 감았던 매듭도 올가미였고. 그런데 묶는 방법에 차이가 있었어. 그녀는 평소 슬립 넛Slip Knot 매듭법을 썼어. 편의점에 그녀가 묶은 박스 다발을 통해 확인했지. 그런데 목에 걸린 올가미는 누스 넛Noose Knot 방법을 썼더군. 두 매듭은 모양이 상당히 비슷해. 전문가가 아니라면 알아차리지 못할 정도로. 선미 씨를 스토킹 하던 박철민이 그녀의 매듭법을 이용해서 자살로 꾸미려 했지만 묶는 법을 착각한 게 패착이었어. 아마 그녀의 SNS를 보고 알게 된, 그녀가 등산 동아리였다는 사실도 계산에 넣었을 거야. 심증은 확실해. 부족한 건 물증뿐. 그래서 모험을 감행했지. 영장을 발부받아서 박철민의 집을 수색한 거야. 물증을 찾지 못하면 역풍을 맞을 걸 각오하고 말이야."

꼬마가 호기심 섞인 눈으로 물었다.

"그래서 찾은 게 있어요?"

"집은 쓰레기장이나 다름없었어. 무직 기간이 길어지면서 정리에 대한 개념을 잃어버린 것 같았어. 그런데 박철민의 생활 패턴과 무관해 보이는 물건 몇 개가 있었어."

"뭔데요?"

"우선 낚싯대. 사용한 흔적도 없는 새거였어. 낚시를 즐기는 타입은 아닌데 말이야. 두 번째로 칼에 찢긴 옷가지들. 주워 모았더니 간절기 코트였어. 예전에 유행했던 칼라를 취향대로 스타일 할 수 있는 철 지난 옷이었지. 드론도 있더군. 백수인데 투자 좀 한 것 같았어. 평소에 거실 밖 공터로 드론 날리는 게 취미였다나. 그래서 드론 정비를 위한 공구들도 갖고 있더라고."

꼬마가 뭔가 떠오른 듯 말했다.

"아, 밖에서 들리던 커다란 모기 소리가 드론이었구나."

"하지만 이것들로는 박철민을 잡아넣을 수 없어."

남자는 침을 꿀꺽 삼켰다.

"그래서 널 찾아온 거야."

남자는 꼬마를 뚫어져라 쳐다봤다. 꼬마는 남자의 시선이 부담스러운지 땅바닥으로 고개를 숙였다.

"제가 뭐라고…. 전 아무것도 몰라요. 그날도 전 그냥 방에서 숙제를 했는걸요."

말을 마친 꼬마가 슬쩍 고개를 들어 남자의 눈치를 살폈다. 순간 꼬마는 화들짝 놀랐다. 어느새 남자의 얼굴이 꼬마 바로 앞에 있었기 때문이다. 꼬마를 내려다보는 남자의 눈에는 확신이 담겨 있었다.

"왜, 왜 이래요…."

당황한 꼬마가 다시 고개를 땅으로 떨구었다. 공중에 뜬 운동화 끝을 바라보던 꼬마의 눈에 사진 한 장이 스윽 들어왔다. 사진 속 이미지를 인식한 순간 꼬마의 동공이 커졌다. 내내 감정을 숨기고 포커페이스를 유지하던 꼬마였다. 하지만 남자는 사진을 본 꼬마의 미세한 반응을 놓치지 않았다.

"이게 뭔지 아는구나."

"뭔지는 알죠. 죽은 새잖아요. 근데 이게 왜요."

"그냥 아는지를 물어본 게 아냐. 네가 한 짓인지를 묻는 거야."

"참나. 제가 왜 이런 짓을 하겠어요. 아저씨 오늘은 이상한 말만 하네."

남자는 차가운 눈으로 말했다.

"부정해봐야 소용없어. 이 사진에 반응을 보인 건 오직 너뿐이니까. 이 새뿐만이 아냐. 꽤 많은 동물들을 죽였더구나. 그 사체들 사이에 사람의 머리카락이 나왔어. 증거를 남기지 않으려고 꽤나 노력했는데 실수를 했나 보더구나. 그 머리카락에서 누구의 유전자가 나왔는지 아니? 바로 너야. 네가 한 짓이라는 반박할 수 없는 진실이지."

남자의 말에 그네 줄을 움켜잡은 꼬마의 손이 작게 떨렸다. 걸렸다!

남자의 관자놀이에 땀 한 방울이 흘러내렸다. 사실 꼬마의 유전자는 나오지 않았다. 아니, 감식조차 한 적 없다. 꼬마의 반응을 보려고 즉석에서 꾸며낸 거짓말이었다. 하지만 애써 화를 참는 꼬마의 표정을 보니 예상이 적중한 듯했다. 남자는 틈을 주지 않고 몰아붙였다.

"내가 직접 공터를 다시 조사해봤어. 그런데 주택 뒤, 잡초가 우거진 한가운데 공간이 있더구나. 얼마나 자주 갔었는지 그 공간의 잡초들은 전부 눕혀져 있었어. 딱 네가 서 있을 만한 작은 공간이 었어. 잡초 사이에 몸을 숨기고 2층 거실을 관찰하기에 안성맞춤인 공간."

남자는 꼬마를 가리키며 목소리를 높였다.

"학교에서 널 볼 때마다 네 옷에 붙어 있는 잡초 부스러기들을 얼마나 많이 봤는지 몰라. 넌 얼마나 많은 날 동안 동물들을 죽였고, 수풀 사이에 몸을 숨기고 이선미를 훔쳐본 거니? 그렇게 네 안에 차곡차곡 살의를 키워왔던 거였니?"

남자는 손가락으로 앞 머리카락을 쓸어 넘겼다.

"자, 말 못하는 짐승을 죽였건, 2층을 몰래 훔쳐봤건, 그런 건 상관없어. 이선미가 죽던 날 네가 뭘 봤는지만 얘기해주면 돼. 협조하지 않으면 나도 어쩔 수 없어. 네 엄마에게 솔직하게 얘기하는 수밖에. 그동안 네가 했던 행동들을…."

엄마라는 말에 꼬마의 동공이 좌우로 미친 듯이 흔들렸다. 처음으로 표정이 없던 꼬마의 얼굴에 당황과 공포가 떠올랐다. 핏기가 없던 얼굴이 새빨갛게 물들었다. 꼬마에게 엄마는 어떤 존재이기에 이런 반응을 일으키는 걸까. 하지만 그것도 잠시, 꼬마는 순식간에 평정심을 되찾았다.

"킄킄킄킄…."

갑자기 꼬마가 어깨를 흔들며 웃어댔다.

"하하하하하."

급기야 배를 부여잡고 웃음을 터트렸다. 남자는 갑작스러운 변화에 반응하지 못하고 꼬마의 기색을 살피는 데 급급했다.

"왜, 왜 이래? 갑자기 미친 거야?"

그때 웃음을 걷어낸 꼬마가 남자를 노려봤다.

"역시 어른들은 똑같아. 아저씨는 뭔가 다른 줄 알았는데 마찬가지였어."

당황한 남자가 뭐라 말하려 했지만 꼬마는 틈을 주지 않고 쏘아붙였다.

"지금 아저씨가 하는 짓, 목격자 심문 아냐? 살인사건이라지만 미성년자를 심문하려면 부모나 아동심리 상담사가 동석해야 한다는 건 아저씨가 제일 잘 알 텐데. 아저씬 내가 초딩이라 가볍게 보고 내 인권을 침해했고 나아가 경찰 공권력을 남용한 거 아냐?"

남자의 등줄기로 땀 한 방울이 흘러내렸다. 그저 꿀 먹은 벙어리처럼 꼬마를 멀뚱멀뚱 쳐다볼 수밖에 없었다. 뭐야. 이 녀석…. 그동안 내게 보인 어리숙한 모습들은 만들어낸 이미지였단 말인가. 그때 무섭도록 차가운 눈으로 노려보던 꼬마의 왼쪽 입꼬리가 씨익 올라갔다.

"사실 이선미를 내가 죽였어도 난 처벌받지 않아. 아저씨도 잘 알겠지만, 난 대통령을 죽여도 처벌받지 않는 촉법소년이거든. 크크큭."

남자는 그제야 정신을 차리고 뒤늦게 발끈했다.

"뭐야? 이 녀석 그게 무슨 말이야!"

"하지만 걱정 마세요. 그동안 아저씨와의 정이 있으니 오늘 일은 그냥 넘어가줄게요. 그리고…."

꼬마가 검지를 세우고 한쪽 눈을 찡긋거렸다.

"아저씨가 듣고 싶어 하는 정보도 말씀드릴게요. 대신 오늘 이후로 더 이상 날 찾지 않는다고 약속하세요. 저도, 엄마도."

꼬마의 차가운 눈빛이 남자를 관통하는 것 같았다. 남자는 침을 꿀꺽 삼켰다. 꼬마에게 제대로 한방 먹었다. 뭔가에 홀린 것 같았다. 하지만 생각할 것도 없었다. 남자는 천천히 고개를 끄덕였다. 꼬마는 만족스러운 표정으로 입을 뗐다.

"아쉽지만 사건 당일에는 아무것도 못 봤어요. 정말로 방에서 숙제를 했거든요."

남자가 듣고 싶던 대답은 아니었다. 낙담하려는 찰나 꼬마의 이어지는 말에 남자는 고개를 번쩍 들었다.

"근데 사건 전날, 3층 뚱땡이를 봤어요."

"어, 어디서? 옥상?"

"아뇨. 3층 발코니요."

남자의 눈빛이 날카롭게 빛났다.

"거기서 뭘 했지?"

"저녁 8시인가, 3층 뚱땡이가 발코니로 나왔어요. 손에는 기다란 막대가 들려 있었어요. 그러고 보니 그게 낚싯대였나 봐요."

꼬마가 기억을 더듬는지 눈동자가 위로 떠올랐다.

"뚱땡이가 상체를 발코니 밖으로 쑥 내밀더니 낚싯대로 아래층 거실 창문을 두드렸어요."

"선미 씨는? 그래서 선미 씨가 밖으로 나왔어?"

"아뇨. 언니는 집에 없었어요. 불이 꺼져 있었거든요."

남자가 작게 중얼거렸다.

"살인 예행연습이었구나."

꼬마가 씨익 웃었다.

"들어봐요. 이제부터가 하이라이트니까. 뚱땡이가 낚싯대를 구석에 내려놓고 꺼내든 게 바로 로프였어요. 뚱땡이는 로프로 만든 올가미를 2층으로 천천히 내리다가 휙 올리고, 또 천천히 내리다가 휙 끌어올렸어요. 조용히, 그리고 빠르게. 마치 먹이를 낚아채는 짐승처럼요."

이야기를 하는 꼬마의 볼에 발그레한 홍조가 번졌다.

남자의 머릿속에 이선미의 목을 맨 로프를 있는 힘껏 잡아당기는 박철민이 그려졌다. 땀을 뻘뻘 흘리며 가쁜 숨을 토해내는 박철민. 영문도 모른 채 로프에 매달려 발버둥치는 이선미. 발코니 밖 공중에 떠오른 이선미의 몸에서 힘이 빠지고, 박철민은 천천히 로프를 풀어낸다. 차갑게 식어버린 이선미의 시신은 차가운 시멘트 바닥으로 떨어진다.

생각하는 것만으로도 기분이 몹시 더러워졌다. 이선미가 3층 높이에서 떨어진 것치고 상처가 없었던 건 그 때문이었구나.

그때 꼬마가 한마디를 덧붙였다.

"아, 근데 올가미가 좀 달랐어요. 원래 일반적인 올가미는 힘이 없는데, 뚱땡이가 만든 올가미는 어째서인지 동그란 모양을 계속 유지하고 있었어요."

남자의 주먹에 불끈 힘이 들어갔다. 잡을 수 있다. 그런 확신이 들었다. 꼬마의 진술 덕분에 사건을 가리고 있던 안개가 말끔히 걷히고 있었다.

어둠이 내려앉은 운동장에 낮부터 이어지는 매미 소리가 시끄럽게 고막을 때렸다.

"아, 덥다 더워."

입추가 훌쩍 지났는데도 늦더위가 여전히 기승을 부렸다. 해가 진 밤에도 낮 동안의 열기가 식지 않아 셔츠를 적셨다. 남자는 익숙한 듯 그네에 앉아 담배를 입에 물었다. 담장 너머 요란한 네온사인 빌딩숲과는 달리 어둠에 싸인 학교는 차분한 느낌을 주었다.

얼마 전, 아내와 아들이 돌아왔다. 남자의 진심 어린 사과와 회유가 없었다면 불가능했던 일이다. 이제는 집 안의 왁자지껄한 소란을 피해 잠깐의 자유를 누리고자 학교를 찾는 그였다.

그네에 앉아 담배 한 개비를 피우고 가족이 있는 집으로 돌아간다. 집 앞을 두고 굳이 학교까지 오는 이유는 누구에게도 방해받지 않는 고요함이 좋아졌기 때문이다. 그 고요함이 싫어 학교를 찾던 그였는데 말이다. 인간이란 참 간사한 동물이다.

꼬마의 결정적인 진술로 박철민은 체포됐다. 자세한 살해 방법을 제시하자 줄곧 묵비권을 행사하던 박철민은 무너졌다. 모양을 그대로 유지하던 올가미의 비밀은 로프 내부에 뚫려 있던 작은 구멍과 연관이 있었다. 박철민의 집에서 발견했던 찢어진 코트의 목깃. 원하는 모양대로 구부릴 수 있는 칼라 속 철사를 뽑아 로프에 넣었던 것이다. 둥근 모양이 잡힌 올가미로 이선미의 목을 더욱 효과적으로 잡아챌 수 있었을 것이다.

2층 발코니 난간에서 이선미의 양손 지문을 다시 확인했다. 거실에서 맥주를 마시며 TV를 보던 이선미가 거실 창문으로 들려오는 소리에 TV를 음소거한 뒤, 발코니로 나와 난간을 잡고 공터를 살폈으리라. 죽음 직전 마지막 남긴 지문이 분명했다. 하지만 자신이 사는 집 발코니에 찍힌 지문에 관심을 둘 형사가 과연 몇이나 될까.

결국 옥상 난간에서 발견된 이선미의 양손 지문은 그저 우연에 불과했다. 흡연을 하며 무심코 잡았던 지문이었을까. 이선미를 스토킹 하던 박철민이 그 모습을 떠올리며 살해 계획을 착안했는지도 모르겠다. 옥상 난간 이선미의 지문과 지문 사이, 정확히 한가운데 로프를 묶었던 자국을 남겼으니 말이다.

이선미를 살해한 이유를 묻자 박철민이 남긴 대답은 이랬다.

'내가 가질 수 없으니 다른 누구도 가질 수 없게 부숴버린 거야.'

연신 땀을 훔치던 박철민은 뭐가 그리 즐거운지 미친 듯이 웃어 댔다. 그리고 마지막 한마디를 계속 읊조렸다.

'죽는 순간까지도 그녀는 환하게 빛났어. 죽는 순간까지도 그녀는 환하게 빛났어. 죽는 순간까지도… 히히히힛!'

정신이상으로 감형되는 건 바라지 않지만, 아무리 봐도 미친놈이었다.

꼬마.

남자는 꼬마와의 약속을 지켰다. 하지만 약속과는 별개로 그날이 꼬마와의 마지막 만남이었다. 며칠 뒤 꼬마는 타지로 전학을 가버렸다. 억울하게 죽은 사람이 있는 곳은 부정을 탄다나. 꼬마의 엄마가 막무가내로 전학을 강행했다고 한다.

가끔씩 꼬마의 안부가 궁금해진다. 잘 살고 있으려나. 어느덧 담뱃불이 필터 근처까지 왔다. 남자는 마지막 한 모금을 빨고 담뱃불을 튕겼다. 돌아가자. 집으로.

그네에서 일어선 남자가 발걸음을 뗐다.

"아우, 젠장."

남자의 슬리퍼가 운동장에 고여 있던 흙탕물에 빠졌다. 흰색 나이키 슬리퍼와 발가락 사이로 온통 진흙물이 흘러들었다. 남자는 진창이 묻은 슬리퍼를 마른 땅바닥에 대충 비볐다.

"에휴. 부질없다. 집에 가서 씻자."

성한 슬리퍼를 버릴 순 없었다. 남자는 운동복 바지에서 휴대폰을 꺼내 플래시를 켰다.

남자의 한발 앞서 플래시 불빛이 운동장 바닥을 비췄다.

그 순간.

남자의 발이 운동장 바닥에 멈춰 섰다. 남자의 뇌리를 스치는 무언가….

이마에 땀이 솟구쳤다. 겨드랑이에서 배어난 땀이 줄줄 흘러 옆구리를 스쳐갔다. 무더위에 흘린 땀이 아니었다. 남자의 몸을 적시는 것은 온기를 잃은 식은땀이었다.

'죽는 순간까지도 그녀는 환하게 빛났어.'

'사람을 죽여보고 싶다고.'

'숨이 끊어지는 순간. 그 마지막 순간의 떨림을 지켜보고 싶어.'

'죽는 순간까지도 그녀는 환하게 빛났어.'

'사람을 죽여보고 싶다고.'

'숨이 끊어지는 순간. 그 마지막 순간의 떨림을 지켜보고 싶어.'

남자의 귓가에 목소리들이 정신없이 부딪쳤다. 그리고 잊힌 기억 한 조각이 눈앞에 떠올랐다. 가방 속에서 플래시를 켜고 운동장을 뛰어가던 꼬마….

사실 남자는 박철민 살인사건을 떠올릴 때마다 어딘가 부자연스러움을 느꼈다. 초범인데도 불구하고 첫 번째 시도 만에 로프 올가미로 사람의 목을 한 번에 매달아 죽인 것. 이선미가 운이 없어서? 남자는 고개를 절레절레 흔들었다. 휴대폰이 없는 꼬마가 발코니 너머 어두운 공터에 나갈 때면 항상 플래시를 들고 있지 않았을까.

박철민의 의도는 이미 사건 전날 파악했다. 이선미를 죽이고 싶은. 이선미의 숨이 끊어지는 순간을 지켜보고 싶던 꼬마는 박철민의 살인을 돕고 싶어 하지 않았을까. 발코니 난간에 두 손을 잡고 이선미가 쳐다본 것은 무엇이었을까.

이선미의 얼굴을 환하게 빛내던, 이선미의 시선을 순간적으로 멀게 한, 그래서 죽음에 이르게 만든 건 꼬마가 이선미를 향해 비춘 플래시 불빛이 아니었을까.

진실은 아무도 모른다. 오직 꼬마밖에는….

남자의 몸이 부르르 떨렸다. 낭패감이 밀려왔다.

두 볼 가득 홍조 띤 꼬마의 얼굴.

그날.

이선미의 숨이 끊어지던 순간.

꼬마는 어떤 표정을 짓고 있었을까….

2021년 〈코난을 찾아라〉에 이어 올해도 〈무구한 살의〉로 황금펜상 후보작에 오를 수 있어 감사드립니다.

〈무구한 살의〉는 제 등단작 〈백색살의〉에 이어 다양한 살의에 천착하는 살의 시리즈 중 하나입니다. 죽여 마땅한 사람을 죽이고 싶어 하는 소년을 그린 오승호((고 가쓰히로)의 《하얀 충동》을 읽고 영감을 받아 쓴 이 작품에서 살의를 지닌 아이의 순진무구한 악을 그려보고자 했습니다. 선입견을 없애기 위해 성별을 알 수 없는 '꼬마'로 표기했고 후반부에 밝혀지는 아이의 성별까지 반전으로 작용하도록 의도했습니다. 부디 의문의 살인사건 속에서 오 형사(남자)와 꼬마의 숨 막히는 대치를 즐겨주셨으면 좋겠습니다.

이 작품은 〈백색살의〉 이전의 오 형사를 그리고 있습니다. 오 형사의 살의 시리즈가 차곡차곡 쌓여 하루빨리 단행본으로 출간되어 독자들을 만날 수 있기를 고대하고 희망합니다.

나쓰메 소세키를 읽는 소녀

정혁용

정혁용

2009년《계간 미스터리》겨울호, 〈죽은 자들을 위한 기도〉로 데뷔. 〈한겨레〉에 칼럼과 '신들은 목마르다' 연재. 2020년 장편소설《침입자들》, 2021년《파괴자들》을 펴냈다.

1

깊은 밤, 11월의 바람이 텅 빈 거리를 지나가는 소리가 났다. 인적은 이미 오래전에 끊어진 것 같았다. 불 꺼진 방 안으로 네온의 붉은빛이 여우비처럼 새어 들어왔다. 여자는, 오랜 세월이 지난 후 돌아온 방랑자가 고향을 보는 눈빛으로 창밖의 풍경을 보며 나지막이 읊조렸다.

> 한밤이여, 안녕!
> 나 이제 집으로 돌아가요.
> 낮은 내게 싫증이 났다지만,
> 내가 어찌

낮에게 싫증을 느끼겠어요?
태양 빛이 너무도 안온해서
나 거기서 살고 싶었지만,
아침은 나를 원치 않는대요. 지금은.
그러니
낮이여, 잘 자요!

에밀리 디킨슨의 시라는 여자의 말에 남자는 좋은 시네, 라고 대답했다. 대화가 끊겼고 한동안 침묵이 계속됐다.

"나는 너를 잊을 거야."

더 이상의 침묵을 견딜 수 없다는 듯이 가느다란 한숨을 쉬며 여자가 말했다.

"하지만 나는 너를 잊지 않을 거야."

남자가 말했다. 여자는 그 말에 씁쓸한 미소를 지었다.

"그럴지도 모르지. 하지만 잊는다 해도 상관없어."

여자는 잠시 말을 멈추더니 남자를 보며 말했다.

"그게 나아. 아마 넌 절대 이해 못하겠지만."

그렇게 말하고 여자는 돌아누웠다.

2

점심시간의 버스 안은 한산하다. 8월 초. 창밖으로 더위에 지친 사람들이 한 줌, 억지로 걸음을 떼며 지나간다. 딱히 어딘가에 시선을 고정하지 않은 채로 창밖의 풍경을 바라본다. 별다른 생각은 없다. 간혹, 바람이 부는지 가로수의 잎이 흔들린다.

점심은 대개 거른다. 그 시간에 습관처럼 버스를 탄다. 124번. 회사에서 10분쯤 타고 가면 대공원이 나오고, 그곳을 30분쯤 산책한 후에 다시 버스를 타고 회사로 돌아온다. 10년 정도 반복했다. 비가 오건 눈이 오건. 이유는 별로 생각해본 적이 없다. 생활의 유일한 탈출구라서 그러는지 모르겠다고 생각한 적도 있었지만, 요즘은 그저 습관일 뿐이다. 무엇이든 반복하게 되면 처음의 마음은 사라지고 무의식적인 행동만이 남는다.

햇빛이 닿지 않는 공원은 어디나 녹색이다. 그늘을 찾아 걷는다. 시간은 보지 않는다. 연못까지 갔다가 돌아오면, 회사로 가는 버스 시간에 맞출 수 있다. 습관이 알려준 사실이다. 그렇게 회사에 도착하니 1시 3분 전. 퇴근까지 네 시간 57분이 남았다고 생각한다.

버스에서 그 소녀를 처음 봤을 때 별다른 느낌은 없었다. 열일곱 살 정도. 단발의 예쁜 소녀라고 느꼈다. 그뿐이었다. 그만한 딸이 있으니 조금은 남다르게 느껴질 법도 하건만 그냥 지나쳤다. 딸과 초등학교 이후로 소원한 탓인지 몰랐다. 소녀의 뒷자리에 앉아 다시 습관처럼 창밖의 풍경을 본다. 딱히 기대한 것은 아니지만 역시 어제와 별다를 바 없는 풍경이다.

지겹다, 라고 생각한다.

무겁고 끈적한, 바람 한 점 없는 풍경에 앞으로도 이렇게 별다를 바 없는 풍경이 계속될 거라는 사실에, 그리고 그것이 자신의 인생이라는 것에.

어쩌다가 여기까지 왔을까? 즐겁지도 행복하지도 않은 직장생활을 하며 말이다.

월급을 노동의 대가라고 말하지만 본질은 고통을 받는 대가다. 하지만 그렇게 말하면 어쩐지 매혈이나 매춘과 달라 보이지 않는다. 노동의 대가라고 해야 밥을 먹기 위해 비굴해진 것이 아니라 자발적으로 내가 결정한, 노예가 아닌 인간인 것처럼 보인다. 그 사실을 아는 데 그다지 시간이 필요하진 않았다. 하지만 계속했다. 저항보다는 비굴이나 굴종이 쉬웠으니까. 당장 얼마간의 자존심을 떼어주면 그럭저럭 굴러가는 삶을 살 수 있었으니까. 그렇다고 고통의 총량이 줄어드는 것은 아니었다. 받아야 할 것을 오랜 시간 나눠 받는 것뿐이니까. 남은 고통은 예고 없이 찾아와 때때로 괴롭혔다. 만약 나의 이십 대가 그렇지 않았다면, 그러니까 가진 것이라곤 성기와 자아뿐이고, 성기는 대개 굶주려 있어 항상 불만으로 가득하고, 자아는 그 거만함에 비해 지킬 여력이 없어 대개 비굴의 바닥을 뒹굴지 않았다면 어쩌면 지금의 나는 달라져 있을지 모른다는 생각도 든다. 하지만 미숙한 청춘이 감당하기에는 꽤 어려움이 있던 시절이었다. 진열장에만 놓아두었던 도덕, 타인의 시선에 맞추려 안간힘을 쓰게 하던 위선은 끝내 벗지 못한 채, 쓸데없이 두꺼운 자아만 끌며 왔다. 자유를 팔아 얻은 안정에 억지로 만족하면서.

공원에서 내린다. 연못까지 간 뒤 다시 돌아와 회사로 가는 버스에 오른다. 올 때 보았던 소녀를 다시 본다. 고개를 숙이고 책을 읽고 있다. 유일하게 빈, 소녀의 옆자리에 앉아 회사로 돌아간다. 내릴 때쯤 창밖 풍경에서 시선을 거두다가 소녀가 읽고 있는 책에 잠시 시선이 머문다.

나쓰메 소세키의《그 후》.

잘 관리한 것 같지만 20년쯤은 돼 보이는 낡은 책이다. 뭔가 아련한 기분이 든다. 그 기분이 무엇인지는 알 수 없다. 사무실에 도착하니 1시 5분 전. 퇴근까지 네 시간 55분이 남았다고 생각한다. 무척이나, 사는 게 지겹다는 생각을 하면서.

3

출근하는데 현관문 앞에서 아내가 불러 세웠다.

"오늘 동창회인 거 알지? 저번처럼 술 마셨다간 나 정말 가만 안 있을 거야? 애들 앞에서 처신 잘하고."

명령인지 짜증인지 알 수 없는 말투다. 그러고는 손에 보온병을 들려준다. 말하지 않아도 무엇인지는 안다. 보신탕. 아빠에게 주라는 거겠지. 살가운 모녀다. 요리나 살림이라곤 손도 안 대면서 아빠를 위해 요리는 한다. 그 아빠도 마찬가지다. 아들이 하나 있지만 딸만 예뻐한다. 어떻게 시집보낼 생각을 했는지 이상할 정도로.

아파트 출구에서 우편함을 열었다. 카드 크기의 흰 봉투. 봉투를 열자 카드에는 이렇게 쓰여 있었다.

생일 축하해. 19.

매년 오는 카드다. 하지만 내 생일은 아니다. 8월 20일. 항상 같은 날짜에 올 뿐. 누구인지는 모른다. 처음에는 궁금해서 알아보려 했지만 발신인의 주소가 매번 바뀌기도 했을뿐더러 실제로 사는 곳이 아닌, 아무 회사의 주소를 써서 발신되게 보낼 뿐이란 걸 알고부터는 포기했다. 해마다 숫자만 바뀔 뿐이다. …17, 18, 19. 승용차 글러브 박스에 대충 넣고는 회사로 향했다. 출근한 후에 각 건설 현장의 상황을 파악하고 몇 군데 협력업체와 연락하고 당일 투입금을 정리하다 보니 11시가 넘었다. 담배를 한 대 피울까 생각하는데 장인의 호출이 왔다. 사장실로 들어갔다.

"오늘은 별일 없나?"

장인은 서류에 시선을 둔 채로 물었다.

"보고서에 올린 그대로입니다."

"밥값은 하고 있구먼."

그런데 말이지, 하면서 장인은 고개를 들며 나를 보았다. 역시, 오늘 하루도 그냥 지나칠 리가 없지, 라고 생각했다.

"밥값만 해서 되겠나? 그런 건 강아지도 하지 않나? 꼬리를 흔들고 아양도 떨고. 남자라면 밥값 이상을 해야지. 그것도 사장 사위라면."

대단한 벼슬이라도 줬다는 말투였다.

"자네 요즘도 저녁이면 추리소설 나부랭이나 읽나? 한가한가 보구먼. 다른 집 사위들은 회사를 더 못 키워서 안달이라고 하던데. 자네 이 회사에 근무한 게 몇 년짼가? 집도 내가 사줘, 회사도 내 회사에 다녀, 언제까지 내 딸을 고생시킬 텐가? 어디 가서 큰 공사 수주 좀 해올 수 없나? 도대체 그 좋은 학벌을 두고 어디에 쓰려는 건가? 무덤까지 고이 들고 갈 생각인가?"

지방대를 나왔다. 서울대 나온 남자를 마다하고 아내가 나와 결혼한 이후로 장인의 비아냥거림은 지금까지 계속됐다. 힐끔, 장인의 얼굴을 쳐다본다. 아마, 불도그가 한 70년쯤 살면 저런 얼굴을 하고 있을 거라 생각했다.

"사람이 말을 하면 대답을 해야 할 것 아닌가."

"알겠습니다."

"뭘 말인가?"

"노력하겠습니다."

"이 사람아, 노력은 개나 소나 하는 거야. 요즘에 노력하지 않는 사람이 어딨어? 철철 피를 흘리는 노력을 해보란 말이야. 남들과 다르게. 날 봐. 초등학교도 졸업 못했는데 회사를 일으켰어. 아마 온몸의 피는 다 흘렸을 거야. 그런 걸 노력이라고 하는 거야. 자네처럼 입으로만 말하는 게 아니라."

장인이 결재판으로 책상을 탁탁 내리치며 말했다. 철철 피를 흘린 사람치고는 혈색이 좋았다.

나가봐, 라는 장인의 말에 사무실을 나왔다. 점심시간까지 15분이 남아 있었다.

동창회는 지겹다. 한 번도 가고 싶었던 적이 없다. 같은 대학을 나왔다는 것뿐 친구가 있는 것도 아니다. 아내와 아내 지인들 중심의 동창회는 대개 아내와 같은 자산가 아버지를 둔 비슷한 부류의 모임이다. 롯데호텔 레스토랑에 7시 30분에 도착하니 이미 아내를 중심으로 분위기가 시끌벅적했다. 아내 옆에 앉았지만 누구도 내게 관심을 가지진 않았다.

"얘, 미영이 이혼한 소식 들었어?"

아내와 국문과 동기인 현주가 대단한 소식인 양 아내를 보며 말했다.

"걔, 은근히 콧대 높았잖아. 결혼할 때도 의사하고 한다고 과시하고. 저번 달에 이혼했나 보더라. 남편이 개업했다가 쫄딱 망했다던데. 하긴 요새 개업의가 의사니? 장사꾼이지. 전문직도 다 옛날 말이지 병원장이나 대학병원 아니면 동네 병원 의사는 명함도 못 내미는 시대잖아. 몇 년 고생하다가 접었나 보더라. 그러다 이혼하고."

어머 안됐다고 아내가 걱정스러운 듯이 말했지만 매니큐어가 잘못 칠해졌을 때보다 걱정하는 것 같진 않았다. 그리고 이어지는 아무래도 좋을 말들. 나는 취하지도 않는 포도주를 마시며 억지로 들려오는 얘기들을 할 수 없이 듣고 있었다.

이번 달 철수 공장 월 매출이 100억이 넘었다더라. 은미 재혼한 거 들었니? 남편이 20층 빌딩이 일곱 개 있다던데. 현희 걔 기억나? 왜 얌전하게 뒤에서 소설이나 읽던 애. 걔 얼마 전에 죽었다더라. 문상 갔다 온 은희가 그러는데, 어머머 결혼도 안 한 애가 고등학생 또래 애가 있더래 얘. 얌전한 고양이 부뚜막에 먼저 올라간다더니. 어머, 상기 걔 위암 걸렸었잖아. 그래도 조기 발견이라 치료는 잘되는가 보더라. 이번에 나온 샤넬 백 괜찮더라. 차를 바꿀까 싶어. 1년이나 몰았잖니.

장인 회사의 협력업체 사장을 아버지로 둔 현주의 이야기는 끝도 없었다. 그 관계는 둘 사이에도 똑같았다. 사장과 비서. 아내는 당연하다는 듯이 업무 보고를 받듯 현주 얘기에 가볍게 고개만 끄덕이며 간간이 내게 눈짓을 보냈다.

술은 그만 먹지, 하는 눈빛. 명령인지 짜증인지 구분이 가지 않았다.

집으로 오는 길.

아내와는 어쩌다 보니 결혼했다. 대학 시절의 나는 꽤 괜찮았다. 손만 뻗으면 여자는 어렵지 않게 꼬실 수 있었다. 3, 4개월이 지나면 사귀었던 여자의 이름도 잊을 정도로. 젊었고 젊은 만큼 놀던 시절. 아내는 서울의 변두리 대학에서 2학년 때 한 살 많은 나이로 편입해 와서 만났다. 친구의 소개라고는 하지만 사실은 아내가 나를 찍었다. 만났다 헤어지기를 반복하다 졸업하고 바로 결혼했다. 나는 가난했고 그녀의 사치에 편승하는 게 좋았다. 그 대가를 알기에는 너무 이른 나이기도 했고.

결혼생활에 대해서는 별로 말하고 싶지 않다. 의부증에 허세와 허영. 의부증이 끝난 뒤로 아내에게 남자 친구가 생기고 바뀌어도 그냥 그렇게 지내왔다.

어쩌다 보니 굴러가고, 어쩌다 보니 돌아가긴 멀고, 어쩌다 보니 익숙해지는, 보통의 사람들처럼. 남의 눈을 신경 쓰는 아내는 이미 끝난 결혼생활임에도 이혼만은 원치 않았다. 애정 따위 진작에 버린 나로서는 아무래도 좋았다. 남은 거라곤 아내가 의부증으로 승용차의 주행거리까지 재던 여파로 점심시간에 버스를 타고 산책하러 나가는 습관 정도였다.

4

일주일쯤인가?

같은 일상을 무료하게 보내다 보면 작은 것도 눈에 들어오기 마련이다. 소녀는 오늘도 거기에 앉아 책을 읽고 있었다. 유일하게 자리가 빈, 소녀의 옆에 앉아 창밖을 바라보았다. 잠시 눈길을 옮기다가 소녀의 책에 멈췄다. 역시, 나쓰메 소세키의 《그 후》였다.

"책은…, 재미있나?"

나도 모르게 말을 걸었다. 이런 경우는 거의 없다. 특히나 낯선 이에게 말을 거는 경우는. 던져놓고 아차 싶었지만 소녀가 스스럼없이 고개를 끄덕였다.

"이 책 읽어본 적 있어요?"

잠시 떠올랐다 사라지는 희미한 미소가 예쁜 친구였다.

"아마도. 처음 읽은 건 대학생 때였을 거야. 누군가 권해서 읽은 것 같군. 그 뒤로 몇 번인가 다시 읽었지."

"어땠어요?"

"좋았다고 생각한다. 그렇지 않았다면 다시 읽지 않았겠지."

나의 대답에 소녀가 흐음, 하는 소리를 냈다. 알겠다는 뜻인지 알았다는 뜻인지.

"공원을 좋아하나 봐요? 항상 이 시간에 공원에 가시죠?"

어떻게 그걸 아느냐는 눈빛으로 고개를 끄덕이자 소녀가 대답했다.

"항상 마주치잖아요. 같은 시간에 아저씨랑."

듣고 보니 그렇게 알 만도 했다.

"혹시 일행이 있으면 불편하세요?"

"뭘 말이냐?"

"산책이요."

"상관없다고 생각한다."

"원래 말이 그렇게 단답형이에요?"

그랬던가?

"모르겠다. 자신의 말투는 사실 자신이 제일 모르니까."

다시 흐음, 하는 감탄사. 알겠다는 뜻인지 알았다는 뜻인지.

"연못까지만 걷는 거죠?"

버스에서 내리자 소녀가 물었다.

"저도 비는 시간이 점심때 한 시간 정도거든요. 아저씨랑 코스가 같아요."

자연스럽고 부드러운 말투였다. 사람에게 쉽게 다가가는 재주가 있는 것 같았다.

"책 좋아하세요?"

"좋아한다고 생각한다."

"왜요?"

"글쎄. 사람에게 질린 탓이겠지."

"사람을 싫어해요?"

"한때는 좋아했다."

"하지만 지금은 아니다?"

"아마도."

"사람에게 실망했어요?"

"나에게 더 실망해서다."

"어떤 부분이요?"

"모르겠다. 살다 보면 그렇게 되는 것 같다."

"무슨 말인지 모르겠지만 조금 알 것도 같아요. 그런데 아이스크림 좋아해요?"

"먹고 싶냐?"

"괜찮다면. 제가 사올게요."

"내가 사마. 차나 집을 사주는 것도 아니니."

어색한 기분에 농담이라고 한 것이 분위기를 더 어색하게 만드는 것 같았다. 하지만 소녀가 풋, 하고 웃었다. 아이스크림을 먹으면서 걸었다.

"좀 더 산책하기 좋은 시간에 걷지 그러냐. 아침이나 오후에 좀 서늘해질 때."

"사정이 있어서요. 꼭 지금 시간이라야 되거든요. 어떤 사정인지 듣고 싶으세요?"

"네가 말하고 싶다면 상관없다."

그러자 소녀가 나의 말투를 흉내 냈다.

"네가 말하고 싶다면 상관없다. 캬, 아저씨 말투 굉장히 재밌는 거 알아요?"

"모른다."

소녀는 모른다, 라며 다시 나의 말투를 흉내 내고는 재미있다는 듯이 쿡쿡거렸다. 기분 나쁘지는 않았다. 그 또래의 나이만이 지닐 수 있는 밝음이 있었다.

"아저씨는 솔직한 사람 같아요. 보통 어른들은 모른다는 말, 잘 하지 않잖아요. 특히나 어리다고 생각하는 사람에게는."

"모르는 건 모르는 거다. 남이 어떤가는 나와 상관없는 문제고."

"어머. 그 말 멋있는데요. 모르는 건 모르는 거다. 남이 어떤가는 나와 상관없는 문제고. 꼭 작가들이 쓰는 대사 같아요."

정말 그렇게 생각한다는 표정으로 소녀가 나의 얼굴을 빤히 바라보았다. 쑥스러웠다. 이 나이에 소녀의 눈길에 쑥스럽다니.

"그런데 말이에요 아저씨, 사는 게 재밌어요?"

소녀가 화제를 돌리며 물었다.

"재미없다."

"저도 학교 다니는 건 재미없어요. 아저씨는 학교 다닐 때 어땠어요?"

"재미없었다. 억지로 다녔지."

"그렇죠? 역시 학교는 재미없는 거죠? 전 제 또래 남자애들이 싫어요. 시끄러운 원숭이 같아요. 배려심도 없고. 하지만 우리 엄만 인생은 재밌는 거랬어요. 항상."

"좋은 엄마를 뒀구나."

"그런데 엄마 말이 별로 맞는 것 같진 않아요."

"힘드냐?"

"조금. 견딜 수 없을 정도는 아니지만."

한동안 둘이서 말없이 아이스크림을 핥으며 걸었다.

"그거면 된 거다. 견딜 수 있으면."

"만약 없으면요?"

"도망치면 된다."

그러자 소녀가 쿡쿡거렸다.

"보통 어른들은 최선을 다해라, 견뎌봐라 그렇게 말하지 않아요?”

“남은 모르겠다. 하지만 도망치는 게 편할 때도 있다.”

“아저씬 그래요?”

“그렇게 살고 있다고 생각한다.”

“그럼 편해요?”

“대충은 살고 있다.”

대충은 살고 있다, 라고 소녀는 나의 말을 따라 하더니 또 한 번 꺄, 하며 소리를 질렀다.

“있잖아요. 전 아저씨 말투가 마음에 들어요. 세상이 내일 멸망하더라도 나는 모르겠다는 말투 같아요.”

“그런 말투인지는 모르겠지만 내일 멸망하더라도 상관은 없다.”

소녀가 다시 꺄, 하며 소리를 질렀다. 하긴, 날아가는 참새를 봐도 즐거운 나이라는 생각이 들었다.

“내일도 오실 거죠?”

“아마도.”

“있잖아요. 오늘 처음이지만 어쩐지 아저씨와 얘기하는 건 즐거워요. 그런 얘기 많이 안 들어요?”

“안 듣는다.”

“그렇게 대답하실 줄 알았어요. 아무튼 내일 또 봐요. 오늘 즐거웠어요. 그리고 아이스크림도.”

“나도 즐거웠다.”

“정말요?”

나는 고개를 끄덕였다. 소녀가 꺄, 하며 다시 소리를 질렀다.

5

다음 날은 소녀가 먼저 아는 척을 했다. 자연스럽게 옆자리에 앉았다. 책은《나는 고양이로소이다》로 바뀌어 있었다.

“《그 후》는 다 읽었어요.”

“잘됐구나.”

“그런데 저는 사랑 이야기는 아니라고 생각해요.”

“나도 그렇게 생각한다.”

“그럼 무슨 내용이라고 생각해요?”

“생계를 위한 일은 일로서 가치가 없지만 현실이 그러니 벗어날 수 없는 고통을 말하는 거라고 생각한다.”

“무슨 말인지는 모르겠지만 어쩐지 좀 심오하긴 한 것 같아요.”

소녀의 말에 빙그레 웃음이 나왔다.

“기억이 가물가물하지만 다이스케가 친구에게 이런 말을 하는 구절이 나올 거다. 먹고사는 것이 목적이고 일하는 것이 방편이라면, 먹고살기 쉽게 일하는 방법을 맞추어갈 것이 뻔하지 않겠나? 그러면 무슨 일을 하든 개의치 않고 그저 빵을 얻을 수만 있으면 된다는 생각을 하게 되지 않을까? 노동의 내용이나 방향 내지는 순서가 다른 것이 간섭을 받게 된다면 그러한 노동은 타락한 노동이라 할 수 있지.”

“와, 그걸 다 기억해요?”

“그 구절 정도만 기억한다. 딱히 기억하려고 한 건 아니고. 그냥 와 닿았던 거지. 마음에 와 닿으면 사람은 기억하게 된다.”

꺄, 하고 소녀가 환호하자 내가 말했다.

"그리고 내 말투는 이제 따라 하지 않았으면 좋겠구나. 싫다기보다는 왠지 겸연쩍어."

"정말요?"

"그래."

"그건 상대가 어떤 식으로든 의미를 가진다는 뜻이잖아요. 무관심한 사람이라면 그러거나 말거나일 테니까요."

소녀가 나를 빤히 보며 물었다.

"넌 간혹 어른 같은 소리를 하는구나."

"어른도 간혹 아이 같은 소리를 하잖아요."

듣고 보니 그랬다.

"네 말이 맞는다."

고개를 끄덕이며 대답하자 소녀가 말했다.

"아저씨, 그거 알아요? 어른치고는 굉장히 솔직한 거."

"되도록이면 거짓말을 하고 싶지 않을 뿐이다. 그리고 어제도 그 말은 했고."

"저도 그러고 싶어요."

소녀는 나의 말을 무시한 채 대답했다.

"할 수 있다면 그것도 좋겠지."

"그게 힘든 거예요?"

"때로는. 사람들은 자신의 가면을 벗는 걸 싫어하거든. 남에 의해서는 더더욱."

"좀 어려워요."

"알게 될 때가 올 거다. 안 온다면 더 좋겠지만."

"정확히는 모르겠지만 대충 어떤 느낌인 줄은 알겠어요. 혹시 자전거 탈 줄 알아요?"

"안다."

"2인용 자전거 탈래요?"

"타고 싶다면. 자전거는 내가 빌려오마."

"그 정도는 제가 빌려와도 돼요. 차나 집을 사드리는 것도 아니니까."

소녀가 웃으며 말했다.

자전거를 빌려와서 공원을 한 바퀴 돌았다. 더웠고 무척이나 땀이 났지만, 유년 시절의 어느 여름을 지나는 기분이어서 나쁘지는 않았다.

"아저씨는 자녀가 어떻게 돼요?"

"대학생인 딸이 하나 있다."

"아저씨 딸과는 자주 타요?"

"초등학교 이후로는 없다."

"왜요?"

"모르겠다. 중학교 올라가고부터 소원해져서."

"딸이 예뻐요?"

"예쁘다."

"좋겠네요. 예쁘고. 약간 질투 난다."

"내 딸은 아니다."

"예?"

"아내가 대학교 1학년 때 다른 남자와 낳은 딸이다."

순간 왜 이런 말을 할까 싶었다. 비밀을 너무 오래 혼자 간직했던 탓일까? 잘 모르는 아이라 안심한 탓일까?

"내 아이라 생각하고 키웠다. 하지만 생부를 알고부터는 관계가 소원해졌지. 딸의 입장에서는 진짜 핏줄이 더 끌리는 게 당연하겠지. 그러려니 했다."

"아팠겠네요."

"시간이 옆에 있었다."

"혼자 감당한 거예요?"

"어른이란 그런 거다."

"그럼 어른은 굉장히 외로운 거네요."

"글쎄, 모두가 그런지는 모르겠다."

"저희 엄마는 인생이 즐거운 거랬어요."

"그것도 어제 말했다. 하지만 부럽구나."

"정말요?"

"그래."

"아저씨는 연애결혼했어요?"

왜 그런 말을 묻는지는 몰랐지만 딱히 대답하지 않을 이유도 없었다.

"그랬다."

"결혼은 행복한 거예요?"

"몇몇 사람은 그렇다고 생각한다."

"아저씬 아니에요?"

"아마도."

"왜요?"

"결혼 전에 함부로 산 탓이라고 생각한다."

"정말요?"

"맞든 아니든 때로는 아무 이유나 필요할 때가 있는 법 같다."

흐음, 하고 소녀는 감탄사를 뱉었다.

"있잖아요, 아저씨 말투는 꼭 작가들이 쓰는 대사 같아요."

"그 얘기도 어제 했다."

나는 소녀를 보며 빙긋이 웃으며 말했다.

8월 말까지 소녀를 만났다. 이런저런 얘기를 하며 시간을 보냈다. 살아온 얘기들. 사소한 얘기들. 만나면 즐거웠다. 누군가를 기다려본 적이 아주 오래전 일이라는 생각도 들었다.

"내일이면 서울로 올라가요."

"울산이 집이 아니었나?"

"서울이에요. 여기는 엄마 집이고. 방학이라 잠시 내려온 거예요. 엄마 일 때문에 외삼촌이랑 같이. 다 끝났으니 이제 올라가야죠."

"서울에서 학교를 다니나 보지?"

"예. 아마 다시 아저씨를 만나기는 힘들 거예요. 그래서 말인데 부탁 하나 해도 돼요?"

"해도 된다."

"오늘 저하고 놀아주면 안 돼요? 회사 따위 가지 말고."

소녀가 진지한 눈빛으로 물었다. 순간 장인과 아내의 얼굴이 스쳐 지나갔다. 어떤 일이 벌어질지 선명하게 떠올랐다. 갑자기 마음속 어디선가 화가 끓어올랐다. 왜인지는 모르지만 끝도 없이 억울한 기분이 들었다.

"괜찮다. 혹시 바다를 좋아하냐?"
"최고죠."
소녀가 팔짱을 끼며 말했다.

휴가철이 끝난 바다는 한산했다. 한 쌍의 연인들이 백사장을 지나갔다. 소녀는 신발을 벗어들고 파도가 밀려오는 해변을 아이처럼 즐거워하며 발을 적시곤 했다. 저만치 바다에서 햇빛이 부서지며 반짝거렸다.
"무슨 생각 해요?"
소녀가 나의 옆에 돌아와 앉으며 물었다.
"바다를 본 지가 오래라는 생각을 했다."
"얼마나 됐어요? 바다를 본 지가?"
"10년은 넘은 것 같다. 이렇게 바라만 보고 앉아 있는 건."
"어른들은 다 그렇게 바쁜 거예요?"
"글쎄. 바쁘기보단 여유가 없는 게 아닐까? 다들 자기 그림자에서 도망가기 바쁘니까."
"과거? 아니면 미래? 아니면 현실?"
"네 나이치고는 어려운 말을 하는구나."
"제 나이는 알지도 못하시잖아요. 물은 적도 없으면서."
"몇이냐?"
"열아홉 살."
"역시, 네 나이치고는 어려운 말을 하는구나."
내가 미소를 지으며 말했다. 소녀가 손들었다는 듯이 풋, 하며 웃었다.

"작가가 되는 게 꿈이에요. 책을 많이 읽어서 그런가 보죠."

"아는 사람 중에 그런 꿈을 가진 사람은 네가 처음이다."

"엄마는 굉장히 힘든 일이라고 했어요. 그렇지만 네가 좋다면, 이라고."

"좋으냐?"

소녀가 고개를 끄덕였다.

"넌 운이 좋은 아이구나."

"왜요?"

"보통은 자기가 좋아하는 일을 하는 건 고사하고 뭘 좋아하는지도 모르니까."

"좋아하는 일을 하면 편해요?"

"무엇을 하든 일은 어렵다고 생각한다. 하지만 견딜 수 있겠지. 적어도 후회는 안 한다."

"어떻게 그렇게 잘 알아요?"

"원래 못 가져본 인간들이 가져보지 못한 것의 가치를 더 잘 알거든."

나의 말에 소녀는 생각하는 표정을 지었다.

"이번에는 제가 가고 싶은 곳으로 가요."

"어디 말이냐?"

"평소라면 사람들이 절대 가지 않는 곳이요."

공원묘지는 한산했다. 소녀가 원하는 곳에 주차하고 차에서 내렸다. 비가 오려는지 검은 구름이 하늘에 깔리기 시작했고, 습한 바람이 오후의 정적 사이로 불어왔다. 멀리서 관리인처럼 보이는 세 사람이, 일이니까, 라는 몸짓으로 묘지를 손질하고 있었다.

"여긴 조용해서 좋아요. 쓸쓸할 때 간혹 와요. 왠지 위로도 되고."

묘지 사이를 걷다가 한 무덤가에 멈추더니 소녀가 말했다. 숲의 가장자리에서 새소리가 들려왔고, 조금씩 빗줄기가 떨어졌다. 차에서 가지고 온 우산을 펴자 주위가 빗소리로 가득 차기 시작했다. 빗소리가 굵어질수록 어쩐지 세상의 끝자락에 다다라 둘만 있는 기분이 들었다.

소녀는 감흥에 잠긴 듯 묘비를 보다가 나에게 물었다.

"한자 읽을 줄 알아요?"

"조금은."

내가 고개를 끄덕이자 소녀가 앞의 묘비를 가리켰다.

"동래정공영탁지묘니까, 이분은 생전에 함자가 정자 영자 탁자였을 거다. 음, 거기는 함자가 나자 윤자 선자였을 거고, 그쪽은 천주교 신자였던 것 같은데. 정자 현자 희자에 소화데레사라고 쓰여 있는 걸 보니. 아는 사람들이냐?"

"가족묘예요. 그래서인지 여기 오면 마음이 편해요. 지금도 옆에 계신 것 같거든요."

"부럽구나. 나는 부모와 그 정도로 살갑게 지내진 못했다."

"다른 말은 하시고 싶은 게 없어요?"

소녀가 우울한 얼굴로 나를 보며 물었다.

"무슨 말 말이냐?"

순간 정적이 흘렀다. 소녀의 얼굴이 금방이라도 울음을 터트릴 것 같았다. 이유를 몰라 당황했는데 소녀가 눈치를 챘는지 억지로 참는 듯하더니 이내 웃으며 나를 보며 말했다.

"여기 오면 혼자서 묘비명을 만들어봐요. 우리나라 묘지는 너무 재미없지 않아요? 누구 묘라고 이름만 달랑 써놓고. 그래도 인생을 살다 갔는데 뭔가 한마디쯤 자기 말을 적어놓으면 좋을 텐데. 그럼, 지나가는 사람들이 아, 이 사람은 이런 식으로 삶을 살았구나 싶을 텐데 말이에요. 가령 저 무덤은 말이에요, 손질도 안 되어 있고 꽃도 없잖아요? 그럼 이런 식의 묘비명을 상상하는 거예요. 인간 따위 귀찮았다, 괜찮죠? 아무도 안 찾아와도 쓸쓸하지 않을 것 같지 않아요?"

"당사자는 별로 신경 쓸 것 같진 않지만 들어보니 그럴듯하긴 하다."

"저쪽 무덤 같으면 아저씨는 뭐라고 할 것 같아요?"

깨끗하게 잘 손질된 무덤이었다.

"글쎄다. 잔디를 밟지 마시오?"

웃긴 얘기도 아니었지만 소녀나 나나 웃음이 났다. 그렇게 서로 묘비명을 지으며 놀았다.

한 잔 더. 묘비명 따위는 쓰고 싶지 않다. 나도 예전에는 당신과 같았지. 언젠가는 당신도 나와 같을 테고. 내 무덤에 침을 뱉지 마. 아무리 떠들어봐라, 내가 일어나나. 한 번이라 다행이다.

그저 그런 농담을 하며 웃는 사이에 비가 그쳤다. 다시 숲의 가장자리에서 새소리가 들려왔다. 멀리서부터 천천히 어둠이 오는 것이 보였다. 돌아갈 시간이었다. 차에 오르자 소녀가 가방에서 뭔가를 꺼내며 말했다.

"선물이에요."

예쁘게 포장된 작은 상자였다.

"자주 가는 과자가게에서 산 거예요. 조금 독특한."

"독특한?"

"과자를 만드는 곳이긴 한데 주인이 다른 일에 더 관심이 많아요."

"어떤 일 말이냐?"

"추리를 해요."

"추리?"

"예, 추리. 생활에서 일어나는 사소한 것들. 하지만 풀리지 않는 의문을 가지고 있는. 친구 소개로 알게 됐는데 꽤 재밌는 곳이에요. 혹시나 그럴 일이 있으면 한번 들러보세요."

"재밌는 가게로구나. 하지만 서울 갈 일이 있을지는 모르겠다."

"그런 일이 생기면요. 어쩌면 생길지도 모르고. 아저씨에게 그런 일이 생긴다면 기쁠 것 같아요. 그러니까 이 과자 상자는 절대 잃어버리시면 안 돼요."

뭔가 의미가 담긴 말 같았지만 무슨 의미인지는 알 수 없었다. 상자에는 가게 주소와 연락처가 인쇄돼 있었다. 공원 입구에 도착하자 소녀가 내리며 말했다.

"오늘 재미있었어요."

"나도 그랬다. 괜찮다면 집까지 바래다줘도 된다. 어디인지는 모르겠다만."

"아뇨. 여기까지면 충분해요. 전 다른 볼일이 있거든요. 그리고 한 번 더 부탁드리지만 절대 그 과자 상자는 버리지 말았으면 좋겠어요. 저와의 추억이라 생각하고."

다짐하듯 소녀가 말했다. 조금 이상한 요구다 싶었지만 그러마, 하고 대답하자 소녀가 조수석 문을 닫았다. 출발하자 소녀의 모습이 백미러로 보였다. 소녀가 손을 흔들며 뭐라고 외치는 것 같았다. 고마워요, 라는 말은 들렸다. 하지만 뒷말은 멀어지는 차까지 따라오지 못했다.

6

출근길에 안전 턱을 넘다가 글러브 박스가 열렸다. 흰색의 카드 크기 봉투가 조수석으로 떨어졌다. 빨간 신호등에 멈춰서 봉투를 열었다.

'생일 축하해. 19.'

순간, 무언가 놓친 것 같은, 무엇을 놓쳤는지 알 것 같은 느낌이 들었다. 출근 후에도 책상에 앉아 계속 카드를 들여다봤다. 그제야 보이는 것들.

왜 나는 소녀를 만났는지, 왜 우리가 공원을 걸었는지, 왜 소녀가 함께 놀자고 했는지, 왜 공원묘지를 갔는지, 왜 거기서 생각나는 게 없느냐고 물었는지, 왜 울음을 터트릴 것 같았는지, 왜 과자 상자를 버리지 말라고 했는지. 카드의 의미가 무엇인지. 한참을 생각하다 보니 모든 일의 연결고리가 보였다. 하지만 확신할 수는 없었다. 다만 확인할 방법이 있다는 것만은 알 수 있었다. 그런 생각을 하고 있는데 장인의 호출이 왔다. 꽤 오랜 시간을 망설이다가 사장실로 들어갔다.

부른 지가 언제인데 이제 들어오나, 라는 말로 시작되는 일장 연설. 하지만 뻥긋거리는 입만 보일 뿐 얘기는 하나도 귀에 들어오지 않았다. 머릿속에는 소녀와 했던 말만이 떠올랐다.

'그거면 된 거다. 견딜 수 있으면.'

'만약 없으면요?'

'도망치면 된다.'

너무… 사는 게 지겹다는 생각이 들었다. 더 이상은 견디며 살고 싶지 않았다. 무엇보다 나에게는 찾아야 할 사람이 있었다. 내 생각이 맞든 아니든. 이제는 도망칠 때라는 생각이 들었다. 그런 결심을 굳히자 멀리서 장인의 목소리가 들려왔다.

"자네 이제 내 말에 대답도 안 하나?"

장인이 황당하다는 눈빛으로 나를 보고 있었다.

"불도그 좋아하십니까?"

무표정한 얼굴로 장인에게 물었다.

"뭐, 갑자기 그게 무슨 소리야?"

"그러니까 성질머리 더럽고 인상 고약한 불도그 말입니다."

"아니, 이 친구가 갑자기 실성을 했나?"

"아뇨. 지금껏 실성한 채로 산 거죠. 이제 정신 차릴 때가 된 거고. 오늘부로 사직하겠습니다. 이혼 서류는 나중에 보낸다고 아내에게 전해주십시오."

나의 말에 장인은 무슨 일이 벌어지고 있는지 모르겠다는 듯 입만 벌린 채였다. 그 모습을 뒤로하고 사장실을 나왔다. 시계를 보니 10시 30분. 퇴근까지는 일곱 시간 30분이 남아 있었다. 하지만 이제 무슨 상관이람.

7

아담한 가게였다. 상가를 벗어난 주택가 안쪽에 위치해 있어서 주소가 없다면 찾기 힘든 가게였다. 문을 열자 손님이 왔음을 알리는 작은 종소리가 울렸다. 잠시 자리를 비웠는지 직원은 보이질 않았다. 테이블에 앉아 주위를 둘러봤다. 열다섯 평 정도의 아담한 가게는 빅토리아풍의 가구들로 꾸며져 있었고 여름날 테라스에 앉아 석양을 바라볼 때의 기분이 드는 조명이 테이블 중심부를 비추고 있었다. 양쪽에 붉은 벽돌로 마감된 벽의 하단부에 쿠키와 케이크가 3단 진열장에 질서 정연하게 놓여 있었고, 그 위로 사진과 메모 같은 것들이 그때그때 기분에 따라 붙인 것처럼 벽면을 메우고 있었다. 손님들의 방명록 같은 느낌이었다. 한동안 보고 있으려니 내실이 있는지 카운터 안쪽의 문이 열리면서 이십 대 중반의 여성이 나왔다. 걸그룹의 리더를 했을 것 같은 외모였다.

"주인을 좀 만나러 왔습니다."

나의 말에 여자는 잠시 나를 쳐다보더니 손님은 아니군, 하는 표정으로 말했다.

"무슨 일이시죠?"

"소개로 왔습니다. 여기에 오면 궁금한 것을 알려준다고 하길래."

나의 말에 여자는 고개를 가볍게 두 번 정도 까딱하더니, 커피와

과자를 챙겨와 앉고는 단도직입적으로 물었다.

"사연을 말씀해보세요."

쓸데없이 시간을 낭비하고 싶지 않다는 듯 딱 필요한 말만 하는 여자였다.

"말은 서툴러요. 그래서 적어왔습니다. 지금까지의 일들을."

나는 소녀를 만났을 때의 일들을 적은 노트를 그녀에게 건넸다. 그러자 여자가 천천히 읽기 시작했다. 가끔 고개를 끄덕여가면서. 그러다가 문득 생각났다는 듯이 나에게 말했다.

"드세요. 시간이 좀 걸릴 것 같으니까. 애플파이 타르트예요. 베이스인 타르트 지는 바삭하면서 짭조름하고 두툼히 채워진 필링은 달콤한 사과 향을 느낄 수 있어요. 그 사이로 아몬드 크림의 크리미함과 고소한 맛이 느껴질 거예요. 위에 올린 사과는 아삭하면서 쫄깃한 식감이고 먹으면서 입안을 채우는 시나몬의 향이 가을을 느끼게 해줄 거고요."

무슨 말인지 전혀 이해가 되지 않았지만 먹어보니 훌륭한 맛이기는 했다. 커피와 먹는 동안 여자는 가만히 앉아서 무언가를 골똘히 생각하더니 한참을 지나서 나에게 물었다.

"소녀는 어떻게 생겼죠?"

나는 소녀의 얼굴을 설명했다.

"누군지는 알겠어요. 일주일에 서너 번은 들르니까. 그러니까 알고 싶은 건? 이미 알고 있는 것 같긴 하지만. 확인하러 온 건가요? 직접 물어봐도 될 텐데."

"연락처는 모릅니다. 받은 적도 없고. 하지만 걔가 왜 그랬는지는 대충 짐작이 갑니다."

"확신이 필요했군요."

"확신보다는 이런 과정이 중요하다고 생각했죠."

"이상하다고 생각한 게 출발점이었겠죠?"

여자의 물음에 내가 고개를 끄덕였다.

"예쁘장한 여고생을 만나는 건 즐거운 일이죠. 그것도 우연히 알게 됐다면. 게다가 같은 시각에 산책을 한다? 생활에 작은 활력소라고 생각했을 테고. 어느 순간부터 버스를 기다리는 게 즐거웠겠죠? 그러다가 문득 깨달았다, 사실은 우연히 만나 알게 돼서 내가 기다리는 게 아니라는 걸. 그렇게 보기에는 너무 부자연스럽다는 걸. 그 나이 또래의 소녀가 아저씨를 만나기 위해 같은 시각에 산책을 한다는 건 가능성이 희박한 일이라는 걸. 하지만 생각을 반대로 하면 지극히 당연한 일이 되죠. 소녀가 아저씨를 기다렸다는 것. 그리고 그래야만 할 이유가 있다면 말이죠."

나는 고개를 끄덕였다. 단지 노트에 쓴 내용을 가지고 단번에 추리하는 데 놀라면서.

"당신은 점심시간에만 산책을 해요. 반복적인 일과죠. 하지만 그런 건 누군가 지켜보지 않으면 알 수 없는 일이에요. 오직 당신 혼자만이 아는 일이니까. 그런데도 누군가 그런 사실을 안다면 그건 당신을 꾸준히 관찰하지 않고는 불가능한 일이에요. 그렇지 않나요? 그렇다면 생각할 수 있는 사람은 당신의 생일에 매년 알 수 없는 생일 축하 카드를 보내주는 사람일 가능성이 많죠. 19년 동안 카드를 받았다면 그동안 이사도 몇 번인가 했을 텐데 알아내서 보냈으니까. 하지만 그 시간 동안 흥신소에 의뢰해 계속 알아내려고 한다면 여간 어려운 일이 아닐 거예요. 그렇다면 당신이 아는 사람, 그것도 한 다리쯤 건너면 당신의 소식을 들을 수 있는 사람일 가능성이 높겠죠. 하지만 당신은 친구를 사귀는 사람도 여자를 만나는 사람도 아니에요. 그렇다면 남은 건 당신이 예전에 알고 있었지만 오래전에 기억 속에서 잊어버린 사람, 하지만 어떤 이유에서든지 그 사람은 당신을 기억할 이유가 있는 사람일 가능성이 크겠죠. 예를 들자면 당신이 사귀었던 사람."

틀린 말은 없었다. 나 역시 그렇게 생각했다. 단지 마치 예전부터 알고 있었다는 듯이 막힘없이 말하는 여자의 추리가 놀라웠다.

"당신의 노트를 읽어보면 소녀는 항상 엄마에 대해서는 과거형으로 얘기해요. 그건 아마…."

여자는 잠시 말을 끊더니 다시 이었다.

"죽었다는 뜻일 거예요. 게다가 소녀는 해야만 하는 일이 있어서 울산에 내려갔다고 했어요. 아마 초상을 치르는 일이었겠죠."

여자의 말을 들으며 나는 커피를 한 모금 마셨다. 씁쓸한 맛이 났다.

"소녀는 알고 있었을 거예요. 당신이 아버지라는 걸. 매년 생일마다 카드를 보내는 여자라면 당신을 향한, 설령 그게 어떤 형태의 마음이든 간에 강렬한 무엇을 간직하고 있었을 거예요. 사랑일 수도 있고 증오일 수도 있고. 하지만 증오는 아닐 테죠. 증오심을 가진 사람이 아이에게 인생은 즐거운 거라고 말할 리는 없을 테니까. 그렇지 않나요?"

흐음, 하는 신음 소리가 흘러나왔다. 한마디도 부정할 수 없었다.

"하지만 8월 20일은 제 생일이 아닙니다."

"당신 생일은 아니겠죠. 아마 당신 아이의 생일이 아닐까요? 그래서 당신 아이일 거라고 생각하는 거예요. 남에게 아이의 생일이 의미가 있진 않을 테니까. 소녀가 열아홉 살이라고 했으니까 숫자의 의미도 맞아떨어지고. 보낸 사람은 그 사실을 당신이 깨닫고 찾아와주길 바랐을지도 모르고. 왜 직접 알려주지 않았을까 생각하나요? 아마 그건 의미가 없는 일이었기 때문인지도 모르죠. 당사자가 기억해서 오지 않는다면 의미 없는 일. 그래서 찾아오지 않는다면 그걸로 괜찮다고 생각했을 수도 있고. 하지만 본인이 그렇더라도, 또 아무리 잘 키운다고 해도 그 나이 또래의 아이는 아빠가 누구인지 어떤 사람인지 궁금한 법이에요. 엄마에게 당신의 생활은 얘기를 들었을 테고 초상도 끝난 후라 보고 싶은 마음이 더 커졌을지도 모르죠. 그래서 당신을 기다리다 만난 거고. 어쩌면 먼발치에서 보고 끝내려 했을지도 모르죠. 아마 당신이 말을 걸지 않았다면, 그리고 당신의 삶이 행복해 보였더라면 말이죠. 아이 엄마가 누군지는 이제 당신도 알고 있을 테죠? 소녀는 낡은 소세키의 책을 읽고 있었어요. 당신은 누군가의 권유로 처음 읽었다고 했고."

여자는 말을 멈추었다. 창문 밖으로 시선을 던지며 잠시 숨을 고르듯 했다. 가게 밖으로 오토바이가 지나가는 소리가 들렸다. 여자가 다시 입을 열었다.

"그렇다면 범위가 좁아지죠. 오래전 당신을 알았고 책을 좋아하던 사람. 한 다리 정도만 거치면 당신의 동정을 알 수 있던 사람. 현희라는 여자가 그 사람일 가능성이 높죠. 책을 좋아했고 결혼도 하지 않았는데 애가 있다는 소문이었으니까. 하지만 아빠 없이 키웠다면 동창회에 나가지도 않았을 테고 오랫동안 만나지 못했다면 당연히 당신이 기억할 가능성도 희박하고. 무려 20년 가까이 시간이 지났으니까. 게다가 당신은 그 시절 꽤 함부로 살았다면서요? 많은 여자 중에 기억 못하는 것도 무리는 아니죠. 게다가 소녀는 낡았지만 보존이 잘된 깨끗한 책을 읽고 있었어요. 유품이 아니라면 요즘 아이들이 그런 책을 읽을까요?"

여자가 그렇게 생각하지 않느냐는 듯이 나의 눈을 보며 말했다.

"기억하는 데 무척이나 오래 걸렸어요. 예전 일이기도 하고. 그때는 많은 여자들과 사귀었으니까. 내가 그녀를 정말 사랑하는지 어떤지. 얼마 전에야 희미하게 기억나더군요. 그 밤에 그녀가 했던 말들. 나를 잊을 거라는 말. 그때는 그 의미를 알지 못했죠. 지금은 알 것도 같아요. 그녀는 얼마 지나지 않아 내가 잊을 것이라고 생각했다는 걸. 임신은 예상 밖이었을 테고."

나의 말에 여자가 듣고 있다는 듯이 고개를 끄덕였다.

"하지만 왜 소세키의 책은 누군가의 권유로 읽었다는 것을 기억할까요?"

"인간의 기억이란 알 수 없는 거잖아요. 때로는 별로 생각하지 않았는데 어떤 일부분만 잔상에 남을 때도 있고. 그러니 우연히 그녀가 권한 책이 마음에 남았다고 해서 이상할 건 없죠. 그렇게 생각하면 충분히 있을 수 있는 일이죠. 왜요? 죄책감이 들어요? 괴로워요?"

나는 고개를 저었다.

"솔직히 말해 어떤 감정인지 잘 모르겠어요. 갑작스러운 일이기도 하고. 그녀에게는 미안한 말이지만 그런 감정을 느낄 만한 기억을 갖고 있지 않아요."

사실이 그랬다. 누군가 나의 아이를 키웠다는 사실이 놀랍기는 했지만 그렇다고 없는 감정을 만들 수는 없었다. 습관적인 반응처럼 커피를 한 모금 마시자 그녀가 자리에서 일어서며 말했다.

"따라와 봐요."

그녀가 나를 카운터 옆의 한쪽 벽으로 인도하더니 사진을 가리켰다.

"수완이가 붙여놓은 거예요. 참, 이름도 모른다고 했죠. 정수완이에요. 누군가 자신을 찾아오면 꼭 보여주라면서."

여자는 그렇게 말하고는 다른 볼일이 있다는 듯이 내실로 들어가 버렸다. 그녀가 가리킨 벽에는 사진과 편지들로 가득했다.

돌 사진으로 보이는 아이의 사진, 엄마와 다섯 살 정도 되는 아이가 공주 옷을 입고 정면을 바라보고 있는 사진, 초등학교 입학사진, 중학교 때의 수학여행일 것 같은 사진, 여고 친구들과 찍은 것 같은 사진, 환자복을 입은 엄마가 딸을 보며 활짝 웃고 있는 사진, 그리고 엄마와 딸이 주고받은 편지가 담긴 봉투들.

하나씩 봉투를 떼서 편지를 읽었다. 싸우고 화해하는 내용, 사랑한다는 내용, 남자 친구에 대한 고민, 그리고 에밀리 디킨슨의 시와 함께 적힌 아빠에 관한 내용.

남의 얘기였다면 무척이나 감동적이었을 사연을 읽는 데는 무척이나 오랜 시간이 걸렸다. 남의 얘기였다면…. 하지만 나의 얘기라고 생각하니 무척이나 복잡한 기분이었다. 그녀의 기분도, 그녀가 아이를 낳고 키운 이유도 솔직히 잘 이해되지 않았다. 사랑이 아이로 바뀌고 아이가 가족으로 바뀌고 가족이 다시 사랑으로 순환하는, 머리로야 이해가 되지만 마음에는 와 닿지 않았다. 그녀에겐 미안하지만 사진 속 여자는 남과 거의 다를 바가 없는 느낌이었다. 그녀에겐 미안하지만. 소녀가 현희의 무덤 앞에 데려갔어도 내가 전혀 기억을 못할 만도 했다. 하지만 이제 와서 뭘 어쩌란 말인가? 가족도 부대낀 세월이 있어야 가족이다. 유전자가 닮았다고 해서 사실은 내가 네 아비다, 같은 반응은 어색했다. 그렇다고 남도 아니란 사실에 어떤 식으로 거리를 선정해야 할지도 감이 오질 않았다. 사십 대의, 사표를 쓴 빈털터리의 중년 남자가 아이에게 뭘 해줄 수 있단 말인가, 하는 현실적인 문제도 떠올랐다. 영화라면 이럴 때 감동적인 재회를 하고 환상적인 음악이 흐르고 해피엔딩으로 끝나겠지만.

자리로 돌아와 식은 커피를 마시면서 이런저런 생각을 했다. 문득 영화 〈졸업〉의 엔딩 장면이 생각났다. 결혼식장에서 도망 나와 버스에 앉아 멍하니 정면을 바라보던 두 사람의 얼굴로 끝나던 그 장면. 자, 사랑은 얻었어. 그런데 이제 우리 앞으로는 어쩌지, 하는 표정을 짓던 엔딩 장면이.

딸랑, 하고 종소리가 울려서 고개를 드니 소녀가 교복 차림으로 한 손에 책을 든 채로 가게 입구에 서 있었다. 서로를 보는 순간 멈칫했다. 그렇게 한동안 있었다. 열린 문으로 자동차의 경적 소리와 지나는 사람들의 발걸음 소리, 여름은 이제 끝났다고 말하는 것 같은 바람 소리, 그리고 20년의 시간이 파도처럼 밀려오는 소리가 들렸다. 이제 어떡하지, 무슨 말을 하면 좋을까, 한참을 생각하다가 어색하게 웃으며 소녀에게 물었다.

"책은 재미있니, 수완아?"

제 소설《침입자들》에 대해 어떤 분이 이런 댓글을 다셨더군요.

'감명 깊게 읽은 책의 구절은 일기에나 쓰는 거지 왜 소설에다 쓰고 지랄이야. 나 이만큼 읽었다는 걸 자랑하는 거야, 뭐야.'

마침 이 단편에도 인용이 있어 작가의 말로 대신하겠습니다.

작가는 읽고 쓰는 게 직업인 사람입니다. 쓰기만 하는 작가는 단언컨대 없다고 생각합니다. 식사도 휴식도 없이 일만 하는, 혹은 할 수 있는 사람이 없듯 말입니다. 작가에게 읽는다는 것은 의사가 수술하고 교사가 학생을 가르치듯 과시도 무엇도 아닌 그저 일의 한 부분일 뿐입니다. 켄 브루언의 소설이 인용이 많은데 위의 독자분처럼 생각하는 기자가 있었나 봅니다.

"도대체 왜 그렇게 인용을 많이 하는 거죠?" 하고 물었습니다.

켄 브루언은 이렇게 대답했다고 합니다.

"좋은 책이니 여러분도 한번 읽어보라고요."

이 소설은 에밀리 디킨스의 시에서 첫 장면의 이미지를 얻고, 나쓰메 소세키의《그 후》에서 전체적인 톤을 잡았습니다. 소설을 읽으신 후 인용한 작가들의 작품을 읽을 기분이 난다면 작가로서 기쁠 것 같습니다.

겨울이 없는 나라

박소해

박소해

2021년《계간 미스터리》 가을호에 〈꽃산담〉으로 신인상을 받으며 등단했다. 2022년《계간 미스터리》 봄호에 단편 〈겨울이 없는 나라〉, 산후우울증 앤솔러지《네메시스》 중 표제작 〈네메시스〉, 괴이학회 도시괴담 시리즈《괴이, 도시_만월빌라》 편에 〈만월〉을 발표했다. 미대 출신답게 '시각화'에 강한 이야기꾼이라는 소리를 듣는다. 선과 악, 죄와 벌의 이분법을 넘어 인간의 본성을 깊숙이 탐구하는 작품을 쓰고자 한다. 추리 미스터리 스릴러, SF, 고딕, 호러, 로맨스, 역사, 판타지 등 장르의 경계를 자유롭게 넘나드는 몽상가다. 한국의 셜리 잭슨이 되고 싶다.

1

차선이 사라졌다.

눈앞이 온통 백색이다. 거센 눈보라 때문에 서귀포시와 제주시를 잇는 지방도 1135호 평화로 상행선과 하행선 모두 눈 덮인 벌판이 되었다. 중앙선 가드레일만 흐릿하게 보였다.

"언니 집에서 그냥 자고 오는 건데 그랬어."

홍이서는 운전대를 양손으로 움켜쥐었다. 서귀포 사는 친언니와 통화 중이었다.

"아까보다 많이 내려?"

언니가 말했다.

"장난 아니야. 이젠 펑펑 쏟아져. 앞이 안 보여."

약했던 눈발이 평화로에 들어서면서 폭설로 변했다. 가장 빠른 속도로 와이퍼를 켜도 전면 유리에 눈이 어마하게 쌓였다. 스노타이어나 체인을 장착하지 않은 차로 눈길을 가려니 느림보 운전을 해야 했다.

그때 멀리서 쾅 소리가 들렸다.

"언니. 원래 눈 오면 천둥도 쳐? 방금 큰 소리 들었어?"

"아니. 못 들었는데."

새벽에 눈길 운전이라니. 홍이서는 다시 한번 길을 나선 걸 후회했다.

그때 앞에 검은 형체가 불쑥 나타났다.

홍이서가 황급히 브레이크를 밟자 차는 조용히 정지했다. 1차선 도로 한복판에 두 대의 차가 멈춰 있었다. 뒤차가 앞차를 들이받은 교통사고였다. 그녀는 천천히 갓길에 주차하고 비상등을 켰다. 휴대폰에 대고 말했다.

"언니, 앞에 사고 났어. 나 전화 끊는다."

SUV가 소형 탑차를 추돌했다. 하얀색 SUV는 '허' 번호판을 단 렌터카였고, 보라색 탑차는 옆면에 베트남 반미 샌드위치 사진이 붙여진 푸드트럭이었다. 홍이서는 SUV 안을 들여다봤다. 사람이 없었다. 푸드트럭 발판으로 올라가 차문을 열었다. 바로 눈앞에 나타난 장면에 흠칫했다.

중년 남자가 운전대에 몸을 기댄 채 눈을 감고 있었다. 배에 생긴 검고 큰 얼룩에서 계속 피가 흘러나왔다. 운전석 밑은 온통 피웅덩이였다. 눈길 교통사고로 저렇게 심하게 다칠 수 있을까. 홍이서는 급하게 휴대폰을 들어 119 버튼을 눌렀다.

"네, 119입니다."

여성 소방관이 바로 받았다.

"평화로 상행선에서 교통사고가 났어요. 들이받은 뒤차 운전자는 달아났어요. 앞차에는 다친 사람이 있는데 기절했고 배에서 계속 피를 흘려요. 죽었을지도 몰라요."

홍이서가 울먹이며 말했다.

"출혈이 심하단 말씀이십니까? 지금 폭설이라 구급차가 도착하는 데 시간이 걸립니다. 생존 반응을 확인해주시겠어요?"

"네, 한번 해볼게요. 끊지 말아주세요."

휴대폰 스피커 버튼을 누르고 가슴에 손바닥을 대니 약한 미동이 있었다. 그녀는 손가락을 피해자 코 근처로 가져갔다. 들숨 날숨이 느껴졌다.

"아직 심장 박동이 있고 숨은 쉬네요."

"죄송하지만 뺑소니 현장이라 목격자 증언이 필요합니다. 피해자 곁에서 자리를 지켜주실 수 있을까요? 경찰도 같이 보내겠습니다. 정확한 위치가 어디인가요?"

"동광리 지나서 평화로예요. 배터리가 거의 떨어져가요. 일단 전화는 끊을게요."

"네, 119로 전화하셔서 김윤아 소방관 찾아주시면 됩니다."

전화를 끊다가 깜짝 놀랐다. 남자가 두 눈을 부릅뜨고 홍이서를 바라보고 있었다. 기침을 하자 입술 아래로 핏줄기가 흘렀다.

남자가 힘겹게 몸을 일으키려고 노력했다.

"그대로 계세요. 제가 구급차 불렀어요. 경찰도 같이 온대요."

"경찰? 안 돼…."

남자가 눈을 휘둥그레 뜨더니 한 손으로 배를 움켜쥐었다. 간신히 피 묻은 검지를 들어 조수석을 가리켰다. 손가락이 부들부들 떨렸다.

"다, 다…."

남자는 말을 끝맺지 못하고 운전대에 쓰러졌다.

홍이서는 남자 곁으로 다가갔다. 손바닥을 가슴에 대보고 코 옆에 손가락을 대봐도 아무 기척이 없었다. 인공호흡을 시도할 필요조차 없었다.

남자는 죽었다.

대체 이게 무슨 일이야. 홍이서는 갑자기 울음이 터져 나왔다. 흐느끼다가 진정이 되자 생각했다. 남자는 마지막 순간에 무슨 말을 하려고 했을까? 운동화 바닥에 불쾌한 이물감이 느껴졌다. 검붉은 피 웅덩이 안에 뭔가가 있었다. 나무 손잡이가 있는 물체였다. 그녀는 그 물체를 조심스럽게 들어올렸다.

사냥용 나이프였다.

홍이서는 나이프를 떨어뜨렸다. 다급하게 김윤아 소방관에게 전화했다.

"저, 구급차는 취소해주세요. 경찰이 더 급해요."

"네?"

홍이서는 부들부들 떨면서 말했다.

"교통사고가 아니라 살인사건 같아요. 방금 피 묻은 칼을 주웠어요."

통화를 마치고 눈물을 닦았다. 서둘러 자신의 차로 뛰어갔다. 눈길에 미끄러져 한 번 넘어졌지만 툭툭 털고 일어났다. 코에 낯선 냄새가 느껴졌다. 달콤한 탄내였다. '누가 설탕을 태웠나.' 차 트렁크를 열고 검은 물체를 꺼내 들었다. 카메라였다.

2

토요일 새벽 5시 10분. 좌승주 형사는 항상 6시 알람이 울리기 전에 눈을 떴다. 오랜 불면증이 가져다준 습관이었다. 더 잘까 그냥 일어날까 고민하다가 일어나기로 결정했다.

휴대폰 알람을 껐다. 세수를 하는데 벨 소리가 울렸다.

"선배, 자맨?"

같은 수사1팀 양주혁 형사였다.

"아니, 진작 깬."

"선배, 밖에 봔? 새벽에 폭설이 왔네. 선배 차 올해도 스노타이어 안 끼웠지예?"

"어."

"게믄 내가 태우러 갈게 예? 15분 안으로 준비 마칩서."

"뭔 일?"

"평화로에서 살인사건 신고 들어완. 지금 도로가 다 눈길이라서 젤 가까운 우리 팀에 출동 요청 들어와싱게. 선배한테 젤 먼저 전화해신디 안 받았댄 하더라."

휴대폰을 확인했다. 4시 좀 넘어서 부재중 전화가 세 통 들어와 있었다. 그땐 깊이 잠들었나.

좌 형사는 그제야 블라인드를 올려 창밖을 봤다. 세상이 눈 천지였다. 건물, 도로, 나무들이 모두 눈옷을 입었다. 하늘에서는 거센 눈보라가 휘몰아쳤다.

"도로에서 살인? 교통사고가 아니고?"

"자세한 건 가면서 설명하게."

"알안. 준비하고 이시크라."

양주혁 형사는 겨울이 되면 눈이 오기 전에 미리 스노타이어로 갈아 끼우곤 했다.

좌 형사는 큰 몸을 움직여 외출 채비를 했다. 거울을 들여다보고 검은 얼굴에 로션을 꼼꼼하게 펴 발랐다. 추운 날 피부가 트면 아프다. 부엌으로 가서 텀블러에 블랙커피를 탔다. 새치가 조금씩 올라오고 있는 숱 많은 곱슬머리에 비니 모자를 깊이 눌러썼다. 오리털 파카를 입고 두꺼운 스포츠 양말 위에 발목까지 오는 겨울 등산화를 신었다. 신발 끈을 단단하게 조이고 있으려니 밖에서 경적이 울렸다. 창밖으로 양 형사가 몰고 온 빨간색 신형 SUV가 보였다. 그는 현관을 열고 내려가 차에 탔다. 온몸에 눈보라를 맞았더니 얼어붙은 기분이었다. 기온은 영하 4도 정도지만 제주는 바람이 세서 체감 온도가 훨씬 더 낮았다.

양 형사가 운전하면서 브리핑을 했다.

"현장으로 바로 가랜. 범인이 피해자 차를 뒤에서 들이받고 차 안에 들어강 운전자를 칼로 찌르고 내뺀 거 닮댄. 서두르면 잡을 수 있을지도 모르주. 겐디 눈이 아직 한창이난 족적 추적하긴 어려울 거 같기도 하고…."

"일기 예보는 봔?"

"하. 봔. 눈은 곧 그칠 거랜 허고, 해 뜨면 기온은 바로 영상으로 올라가난 눈 다 녹게 생겨싱게."

양 형사가 한숨을 쉬었다.

"태양과의 싸움이 되겠구먼."

좌 형사는 중얼거렸다.

태양과의 싸움. 제주 폭설은 육지와 다르다. 제주는 겨울에도 기온이 영상인 날이 많아서 해가 뜨면 눈이 금세 녹아버린다. 서울의 세 배 면적인 섬 안에 제설차가 몇 대 안 되는 이유가 그 때문이다. 폭설이 제아무리 심하게 내린 날도 해안과 낮은 중산간 도로는 정오 무렵엔 교통이 정상화되었다. 문제는 고도가 높은 중산간과 산간이다. 한라산을 비롯한 고도가 높은 곳은 몇 달이고 눈이 녹지 않는다.

"현장 고도는 높은가?"

"119에서 알려준 위치 보난 고갯길이긴 한데 아주 높진 않앙게. 덕분에 눈 금방 녹게 생견."

"눈 녹으면 도망가는 범인한테 유리해질 건디."

좌 형사가 조용히 대답했다. 눈은 형사에겐 유리하고 범인에겐 불리하다. 눈이 녹으면 모든 것이 진창이 되어버린다. 그나마 남아 있던 증거도 채취하기가 어렵다.

"참, 선배, 목격자가 있댄."

"에? 이 새벽에? 도로에서 난 사건이랜 하지 안 핸?"

"뭐, 게믄 이 폭설에 순찰차가 지나가당 발견한 줄 알아수광? 서귀포서 제주시로 넘어가던 한 아가씨가 발견하고 신고한 거랜 햄수다. 첨에는 교통사고인 줄 알아신디 피해자 주변에서 사냥칼을 주웠댄."

"해외 구매로 사냥칼 사는 거야 쉽지."

"피해자 복부에 자상이 있고 칼이 피 웅덩이에 떨어져 있었댄. 거의 게임 끝 아니?"

"부검팀 홍 교수님은?"

"오는 중. 우리보단 늦을 거 닮아."

"초동팀은?"

"우리가 1등이랜 허난. 초동팀이며 부검팀이며 제때 올 수 이실지…. 지금 시내 쪽은 길이 완전히 얼엉 난리 나수게."

"게믄 우리가 초동수사 해야큥게."

"게난. 지금은 제주 하늘 아래 우리 둘뿐이라."

좌 형사는 머릿속이 복잡해졌다

"양 형사, 목격자 번호는 딴?"

"건 무사?"

"119 소방관이 형사는 아니난. 눈 녹기 전에 수사 시간 절약하잰 허믄 가는 중에 질문해야지."

"오, 좋은 생각. 선배는 이런 데 머리 잘 돌아가예?"

양 형사가 귀에 끼운 블루투스 폰으로 119센터에 전화하더니, 급하게 번호를 외쳤다.

"선배, 010-××××-××××."

좌 형사는 바로 휴대폰 키패드에 번호를 받아 적고 통화 버튼을 눌렀다.

신호음이 갔다. 한 번 두 번 세 번….

한참 있다가 누군가가 받았다. 졸음에 겨운 목소리였다.

"여보세요?"

"안녕하세요? 서귀포경찰서 수사1팀 좌승주 형사라고 합니다. 지금 현장으로 출동 중입니다. 아까 살인사건 신고하신 홍이서 님 맞습니까?"

"네, 기름이 거의 떨어져 가고, 휴대폰도 방전되기 직전이에요."

홍이서가 날카롭게 말했다.

"정말 수고가 많으십니다. 제가 몇 가지 질문을 드려도 되겠습니까?"

"배터리 나가기 전까지는요."

"현장을 목격한 건 몇 시경인가요?"

"아까 119에 전화할 때가 새벽 3시 반 정도…. 그전에 서귀포 사는 언니랑 통화하고 있었으니까 언니한테 물어보면 정확할 거예요."

"혹시 교통사고가 나는 장면은 직접 보셨습니까?"

"아뇨. 제가 도착하니까 이미 사고가 난 다음이었어요. 충돌하기 직전에 급하게 멈췄어요."

"큰일 날 뻔했군요. 피해자와 대화를 나누셨다고요? 무슨 대화를 했습니까?"

"제가 구급차와 경찰을 불렀다고 했더니 피해자가 '경찰은 안 돼'라고 말했어요. 이상한 건 손가락으로 자꾸 조수석을 가리켰어요. 마지막에 '다'라는 말을 했어요."

"다?"
좌 형사는 들으면서 고개를 갸웃했다.
"네. 분명 '다'라고 말했어요. 저도 무슨 뜻인지 궁금해요."
홍이서가 말했다.
"알겠습니다. 곧 뵙겠습니다."
좌 형사는 전화를 끊었다.
"양 형사, 커피 좀 싸왔냐?"
"여기요."
양 형사는 카키색 대형 보온병에 한가득 커피를 채워왔다. 좌 형사는 보온병 뚜껑에 커피를 따라 마셨다. 고개를 들어 하늘을 봤다. 눈보라는 아까보다 기세가 약해졌다. 어둑어둑한 하늘에 눈구름이 걷힌 걸 보니 생각보다 시간이 더 촉박한지도 몰랐다.

3

눈보라가 얌전해지더니 언제 눈이 왔냐는 듯 갑자기 멈췄다. 두 사람이 탄 차는 속도를 더 낼 수 있었다. 평화로 현장에 순조롭게 도착했다. 사고 현장 뒤편으로 목격자 차가 갓길에 정차되어 있었다.
좌 형사는 까마귀 한 마리가 푸드트럭 꼭대기에 앉아 있는 것을 보았다. 제주 겨울 철새인 떼까마귀였다. 피 냄새를 맡고 온 게 틀림없었다. 떼까마귀는 보통 무리 지어 다니는데 혼자 있다면 선발대일 것이다.

"훠이. 이놈아. 여긴 일 어따."

먼저 차에서 내린 양 형사가 양팔을 크게 휘저어 까마귀를 쫓아냈다.

"까아아악."

날카로운 울음을 토해낸 떼까마귀는 푸드트럭 위를 한 바퀴 돌더니 멀리 사라졌다.

좌 형사는 밖으로 나왔다. 뽀드득뽀드득. 눈 밟히는 소리가 크게 났다. 소복이 쌓인 눈이 마치 카펫처럼 푹신했다. 푸드트럭 발판 아래에 아직 족적이 남아 있었다. 범인이 피해자를 찔렀을 때 피가 흩뿌려진 자국도 보였다. 그 뒤 눈이 쌓였는지 핏자국이 흐릿했다. 눈이 덮여 불투명해진 핏자국 위에 미세하게 뭔가가 스치고 지나간 흔적이 있었다. 자세히 봐야 겨우 보였다. 그는 허리를 굽혀 살펴보다 휴대폰으로 사진을 찍었다. 발판 아래에 피 묻은 족적 두 개가 보였다. 작은 발자국은 목격자 차로 이어져 있었다. 큰 발자국은 푸드트럭에서 도로 옆 높은 언덕 너머로 이어졌다. 이 족적이 도주한 범인의 것일 가능성이 높았다. 붉은색은 점점 옅어졌다. 좌 형사는 무릎을 꿇고 사진을 찍었다.

좌 형사가 SUV 차량 뒤를 살펴보니 바퀴 자국이 보였다. 홍이서의 차 말고 한 대가 더 지나간 흔적이 있었다. 홍이서의 차는 우측 갓길로 빠져나갔는데 다른 차 한 대가 좌측 2차선으로 좌회전해서 지나간 자국이 하나 더 보였다. 바퀴 자국은 눈이 쌓여서 거의 뭉개져 있었다. 차량 옆에는 눈이 한쪽 방향으로 쓸린 듯한 흔적이 있었다. 아까 핏자국에서 본 흔적과 같았다. 비슷한 흔적이 일정한 간격으로 몇 개 더 있었다. 그는 바퀴 자국과 눈이 쓸린 흔적을 휴대폰으로 찍었다.

"선배, 저기 봅서. 목격자 차 말고 다른 차 한 대가 더 이서싱게. 2차선에 빠져나간 흔적이 이수다."

양 형사가 곁에서 말했다.

"나도 봔. 사고 목격한 다른 차가 그냥 가버린 걸 수도 있고…. 목격자가 도착하기 전에 지나간 차일 테주. 그건 그렇고 이 흔적은 뭐 닮아? 몇 개가 더 있어."

좌 형사가 눈이 쓸린 흔적을 손가락으로 가리켰다. 양 형사가 주저앉더니 자세히 살펴봤다.

"글쎄. 선배 생각은?"

"흠."

좌 형사도 오리무중이었다.

두 사람은 푸드트럭 차문을 열고 살인 현장을 살펴봤다. 죽은 피해자는 운전대에 기댄 채 잠든 것처럼 보였다. 운전석과 조수석 바닥에는 피가 흥건했다. 좌 형사는 휴대폰으로 피해자와 바닥에 떨어진 사냥용 나이프를 찍었다.

좌 형사는 갓길에 세워진 낡은 SUV로 향했다. 운전석 창문으로 새우처럼 등을 구부리고 자고 있는 몸집 작은 여자가 보였다. 차창을 두드렸다. 그녀는 놀란 표정으로 바로 시동을 켜더니 서둘러 창문을 내렸다. 커다랗고 시커먼 산적 같은 남자가 서 있다.

"안녕하십니까. 오래 기다려주셔서 감사합니다. 좌승주 형사라고 합니다."

차 유리창을 사이에 두고 두 사람은 목례를 나눴다.

"홍이서예요."

그녀가 멍하니 말했다. 통화에서 받은 느낌과는 달랐다. 눈가는 부어 있었고 어리고 순진해 보였다.

"많이 힘드셨죠. 여기 커피 드시죠."

좌 형사가 차창 안으로 텀블러를 내밀었다. 홍이서는 반가운 표정으로 텀블러를 낚아채듯 빼앗아가더니 아직 뜨거운 커피를 후루룩 마시기 시작했다. 긴 갈색 머리칼이 마구 흐트러져 있었다.

"형사님. 진짜 죄송한데 혹시, 스웨터 같은 여벌 옷은 없을까요? 제가 두 시간째 시동을 끄고 버티다 보니 많이 춥네요."

한숨 돌린 표정으로 홍이서가 물었다. 얇은 후드집업만 입고 있었다.

"네, 잠시만요."

좌 형사는 슬그머니 양 형사에게 말했다.

"니 겉옷 좀 나한테 빌려주라."

"뭐?"

"니는 여기 현장에서 부검팀, 과학수사팀 올 때까지 기다려. 난 이 여자분께 내 파카 빌려드리고 니 파카 입고 범인 추적하러 가게. 경해고 니 신발 보난 가죽 구두네. 방수 안 되지? 그 구두로는 눈길 못 가. 난 겨울 등산화 신어시난."

좌 형사는 파카를 벗으며 말했다. 양 형사가 눈살을 찌푸리더니 자신의 신발과 좌 형사의 신발을 번갈아 봤다.

"아, 씨, 집에서 나오멍 신발을 깜빡했네. 혼자서 괜찮으크라?"

"지금 한시가 급하잖아. 범인 쫓아가려면 눈이 녹기 전에 찾아얄 거 아니? 초동팀 도착하면 내가 말해주는 위치까지 몇 명 올려보내."

좌 형사는 범인이 도망친 곳으로 추정되는 눈 쌓인 언덕을 바라보며 말했다. 하늘은 아직 어둡지만 일출이 머지않았다.

"알안, 게믄."

양 형사가 파카를 벗어서 좌 형사에게 건넸다. 요즘 잘나가는 브랜드의 신상 거위 털 파카였다. 입는 순간 온몸이 후끈후끈했다.

"니 월급 뻔히 아는데 나보다 훨씬 더 비싸고 좋은 옷 입네?"

"마누라가 지 월급으로 사주는데 어떵. 냉큼 받아 입어사주."

좌 형사는 피식 웃었다.

"하긴, 차도 니 게 내 거보다 낫다."

"아, 선배. 인생은 할부 아니꽝. 할부로 산 거. 선배도 얼른 결혼하고 자식 낳아봐. 좋은 차 몰게 되이. 내 새끼 태울 찬데 언제 설지 모르는 중고차는 절대 못 사."

"잘났져. 그만 좀 나불대라. 목격자 진술 좀 더 듣고 난 튀어 가사켜."

좌 형사는 입고 있던 오리털 파카를 홍이서에게 내밀었다.

"지난주에 사서 세탁해놓고 오늘 처음 입은 겁니다. 아직 깨끗합니다."

"아, 이렇게까지 안 해주셔도 되는데. 형사님들께 너무 죄송하네요."

홍이서가 죄송하다는 말과는 달리 바로 팔을 꿰었다.

"괜찮습니다. 저는 양주혁 형사라고 합니다."

양 형사가 추운지 어깨를 움츠리면서도 호탕하게 웃으며 손사래를 쳤다.

좌 형사는 홍이서에게 말을 건넸다.

"이제 진술 좀 부탁드릴까요? 양 형사, 다른 팀 출동 상황 좀 체크해."

"어, 선배."

양 형사가 본부와 통화하는 사이 좌 형사는 홍이서의 옆 좌석에 앉았다. 차 안은 추웠다. 두 사람의 입김이 피어올라 하나가 되었다. 홍이서의 뺨이 붉게 상기되었다. 흘끔흘끔 좌 형사를 쳐다보았다. 그는 수첩을 넘기느라 정신이 없었다.

메모할 준비를 마친 좌 형사가 물었다.

"아까 피해자가 손가락으로 조수석을 가리켰다고 하셨습니까."

"네."

"혹시 조수석 서랍을 살펴보라고 말하려던 게 아니었을까요? 글러브 박스라고 말할 틈 없이 그만…."

"네? 글러브 박스요?"

"자동차 등록증이나 보험 서류 같은 잡동사니를 넣어두는 조수석 서랍이요."

"아! 손가락이 그쪽 방향이었어요. 그러고 보니 조수석 서랍이 활짝 열려 있었어요."

통화를 마친 양 형사가 차로 다가와 부검팀은 15분 안에 도착한다고 말했다.

"알겠어. 족적은 모두 두 개가 나왔습니다. 죄송한데 홍이서 님, 신발을 벗어주시겠습니까? 신발 바닥 사진을 찍어야 합니다. 그래야 용의자 선에서 홍이서 님을 제외할 수 있으니까요. 지문 채취도 필요합니다. 양 형사에게 지문 키트가 있으니까 지금 바로 지문을 채취하겠습니다. 현장 지문 중에서 목격자 지문을 제외하기 위한 조처입니다."

"네. 지금 벗어서 드려요?"

홍이서는 신고 있던 캔버스 운동화를 벗어서 좌 형사에게 건넸다. 좌 형사는 신발 바닥을 사진 찍고 바로 돌려주었다. 양 형사가 홍이서에게 다가가 지문 채취를 했다.

"양 형사, 같이 확인할 게 있어. 트럭으로 가보자."

좌 형사가 양 형사 어깨를 툭 치고 차에서 내려 푸드트럭으로 갔다. 홍이서도 뒤따라왔다. 좌 형사는 그녀를 내버려두었다. 조수석 쪽 차문을 열고 활짝 열린 글러브 박스를 들여다봤다. 열쇠 구멍이 있는 박스 안에서 자동차 등록증, 보험 서류, 스크랩북, 영수증 묶음이 나왔다.

좌 형사가 양 형사에게 지시했다.

"나 범인 추적 올라가 있는 동안 이 서류들 좀 조사허라. 피해자 신원 조회하고."

"이름이 윤성욱이네."

양 형사는 등록증에 나온 차주 이름과 차량 번호를 본부에 알리고 조회를 요청했다.

"저기, 피해자 목에 목걸이가 있네요."

불쑥 홍이서가 말했다.

좌 형사와 양 형사가 동시에 피해자의 목을 봤다. 가느다란 검은 끈의 목걸이가 입은 옷 안으로 들어가 있었다. 양 형사가 피해자 목에서 목걸이를 벗겨냈다. 목걸이 끝은 비어 있었다. 누군가가 목걸이에 달려 있던 뭔가를 잡아 뜯은 듯했다.

"선배, 이 끝에 혹시 글러브 박스 열쇠가 달려 있지 않아실 건가?"

"범인이 뭔가 글러브 박스에 있는 걸 훔쳐서 달아났겠네."

"그런 거 같지, 예?"

"양 형사, 난 지금 가잰. 이 스크랩북도 한번 조사해보라."

"어."

좌 형사가 홍이서에게 말했다.

"아, 홍이서 님은 이제 진술이 끝났으니 그만 가셔도 됩니다."

"정말이죠?"

그녀가 눈을 반짝이며 물었다.

"추후 참고인으로 출두를 요청할 수 있으니 연락처는 주고 가셔야 합니다."

"명함 드릴게요. 그리고 잠깐만 기다려주세요. 또 드릴 게 있어요."

"네?"

홍이서가 차에 갔다 오더니 좌 형사에게 재생지에 인쇄된 명함을 건넸다. 작은 카메라 모양 로고 밑에 이렇게 쓰여 있었다.

> 사진작가 홍이서
>
> 010-××××-××××
>
> 홍 스튜디오 제주시 애월읍 장전리×길 ×××-×
>
> 가족사진/프로필 사진/증명사진 환영

"또 주신다는 건…?"

"현장 사진이요. 119에서 경찰이 도착하려면 시간이 걸린다고 해서 혹시 몰라 제 카메라로 사진을 찍었어요. 전문가용 카메라로 찍었으니까 화질은 좋아요. 과학수사 하는 분들에게 도움이 될 거예요."

홍이서가 메모리칩을 꺼내더니 좌 형사 손바닥에 탁 하고 올려놓았다.

"…."

좌 형사는 어안이 벙벙했다.

"저, 실력 좋아요. 물론 자원해서 한 일이에요. 메모리칩은 돌려주셔야 해요."

홍이서가 씩씩하게 말했다.

"어, 아. 진정한 시민정신이군요. 협조해주셔서 정말 감사드립니다."

좌 형사가 딱딱하게 대꾸했다. 뒤에서 양 형사가 킥킥거렸다.

"선배. 뭐? 시민정신?"

"양 형사."

"무사?"

"니가 지금 그럴 때냐?"

두 형사가 옥신각신하자 홍이서는 웃으면서 자신의 차에 올라타더니 시동을 걸었다. 요란한 소리와 함께 갓길을 벗어난 SUV가 멀어졌다.

4

좌 형사는 홍이서가 준 메모리칩을 양 형사에게 건네고 언덕을 오르기 시작했다. 경사가 꽤 가팔랐다. 요즘 운동을 소홀히 한 티가 나는지 금세 숨이 턱에 찼다. 걸음마다 발목까지 눈 속에 푹푹 빠졌다. 걸어 올라간 지 5분쯤 지났을 때 뒤에서 양 형사가 소리쳤다.

"선배!"

좌 형사가 뒤돌아서 양 형사를 내려다봤다.

"이 스크랩북 대박. 선배도 여기 내려왕 같이 봐살 건디."

"뭐? 뭐가 대박? 멀엉 잘 안 들려."

양 형사가 입을 모아서 크게 소리쳤지만 제대로 들리지 않았다.

"안 들렴수광? 문자 보내크라. 봅서."

좌 형사는 휴대폰 문자를 확인했다. 스크랩북에 붙여진 신문기사를 찍은 사진이었다. 시기는 7년 전이었다.

> 2인조 보석 강도, 한 명은 잡고 한 명은 공개수배.
>
> 서울에서 발생한 2인조 보석 가게 강도 사건의 용의자 중 한 명이 수개월째 행방이 묘연한 가운데 서울 중구 경찰은 용의자 신원을 밝히는 등 사건을 공개수사로 전환했다. 지난 9월 서울 중구의 한 보석 가게에 2인조 강도가 침입해 여성 점원을 제압하고 금품을 훔쳤다. 손님 행세를 하던 용의자들은 점원이 사무실로 들어서는 순간, 따라 들어가 점원을 묶고 금고에 보관된 보석을 모두 훔쳐 달아났다. 경찰은 범행 현장에서 용의자들의 지문을 확보해 30세 강우빈은 체포했으나 리더인 41세 김무극은 놓쳤다. 경찰은 추적을 벌여왔으나, 수사에 진척이 없자 수개월 만에 사건을 공개수사로 전환, 41세 김무극을 공개수배하기로 했다.

2011/02/02 15:17 ○○뉴스 김미환 기자

기사에는 김무극과 강우빈의 사진이 있었다. 중년 남자와 젊은 청년.

문자가 하나 더 왔다. 양 형사의 코멘트였다.

—선배, 단순 살인사건이 아닌게. 죽은 피해자가 보석 강도 2인조 중 대장 격인 김무극이네. 김무극은 전과 12범, 강우빈은 4범. 범인은 공범 강우빈일 가능성이 높네. 두 사람은 감방 동료로 만낭 출소 뒤에 같이 강도질을 핸. 김무극이 제주로 도망 와서 제주도민 윤성욱의 신분을 빌엉 살았던 것 닮아.

좌 형사가 답장을 보냈다.

—2인조 강도에 대해 육지 경찰에게 정보 지원 요청해. 윤성욱에 대해서도 조사 요청하고.

하늘이 아래에서부터 서서히 밝아왔다. 동이 트기 시작했다. 서둘러야 했다. 해가 뜨면 눈이 녹는다. 눈이 녹으면 족적도 사라진다. 다시 언덕을 오르기 시작했다.

언덕 꼭대기에 오르자 눈앞은 광활한 오름 군락지였다. 순백색의 봉긋한 언덕들이 여러 개 이어졌다. 붉은 족적은 흔적이 사라졌다. 눈이 그새 발자국을 덮었다.

어디로 갔을까?

좌 형사는 막막했다.

까아아악. 까악.

그때 좌 형사 머리 위로 떼까마귀 한 마리가 날아갔다. 이어서

두 마리 세 마리 열 마리…. 잠깐 사이에 수를 셀 수 없을 정도로 까마귀가 늘어났다. 어느새 요란한 울음소리를 내는 수십 마리의 떼까마귀가 하늘을 점령했다. 떼까마귀들은 무리 지어 어딘가를 향해 날아가고 있었다.

그는 까마귀를 따르기로 했다. 입김이 계속 나왔다. 맨손이 벌겋게 얼었다. 수시로 고개를 들어 하늘을 바라보며 검은 물결이 향하는 방향으로 걸어갔다.

10여 분 걸었을까, 민둥산과 숲의 경계에 이르렀다. 삼나무 숲은 울창했다. 큰 삼나무 가지 하나를 꺾어서 지팡이를 삼으니 걷는 게 한결 수월했다. 숲을 지나 다시 벌거벗은 언덕으로 나오자 떼까마귀 무리가 보였다. 멀리서 보니 검은 깃털로 만든 거대한 공처럼 보였다. 공이 들썩들썩했다.

"훠이, 훠이!"

좌 형사는 나뭇가지를 마구 휘두르며 떼까마귀 무리 한가운데로 뛰어들었다. 겁이 없는 떼까마귀 무리였지만 계속 나뭇가지를 휘두르니 조금씩 뒤로 물러났다. 강제로 식사를 멈추게 되어 아쉬운 듯했다.

젊은 남자가 누워 있었다.

벌써 안구 하나는 사라지고 없었다. 번식을 앞둔 겨울철에 까마귀는 육식을 즐겼다.

좌 형사는 피로 얼룩진 시신의 겉옷에서 지갑을 꺼냈다. 신분증이 나왔다. 시신의 얼굴은 증명사진과 많이 달랐지만 주민등록증에 나온 이름은 강우빈이었다. 주머니를 더 뒤져보았지만 휴대폰은 나오지 않았다. 글러브 박스에서 훔쳐갔을 법한 그 무엇도 나오지 않았다. 가쁜 숨을 몰아쉬며 시신 옆에 털썩 무릎을 꿇었다. 지치고 피곤했다.

곧 좌 형사는 눈을 찌르는 햇살에 미간을 찌푸렸다.

해가 완전히 떴다.

5

부검의 홍창익 교수가 등산화를 신고 두툼한 야상 잠바를 입은 채 강우빈의 시신 앞에 쭈그리고 앉았다. 두꺼운 뿔테 안경테를 손가락으로 올렸다가 내리면서 중얼거렸다.

“이거 심한데. 조금만 더 늦게 발견했으면 어땠을지….”

라텍스 장갑을 낀 손으로 시신의 옷을 들추고 상처를 확인하고 있는 홍 교수에게 좌 형사가 물었다.

“자창 맞습니까?”

“맞아요. 강우빈은 날카로운 무기에 예리하게 베이고 찔렸습니다. 상처가 등 쪽에 난 걸로 봐서 뒤에서 당했을 겁니다. 김무극, 강우빈 두 사람이 사냥용 나이프로 격투하다가 서로 찌른 것 같습니다.”

홍 교수가 대답했다.

“이 정도로 상처 입고 이렇게 멀리 도망치는 게 가능합니까?”

“출혈이 심하지 않았다면 방심했을 수도 있습니다. 자창을 입은 상태에서 무리하다 보니 이곳에 다다랐을 때는 더 이상 걷기 힘들었을 겁니다.”

"김무극은 어떻습니까?"

"교통사고로는 가벼운 타박상을 입은 게 다입니다. 사인은 다발성 자창으로 인한 과다 출혈로 보입니다. 칼을 살펴보니까 해외에서 람보 나이프라고 홍보하는 칼입니다. 홈이 깊게 파여 있어서 사냥한 짐승의 멱을 따거나 내장을 가를 때 홈에 피가 고여 흐르게 되어 있죠. 자세한 건 부검을 해봐야겠지만 한두 번 찌른 게 아닙니다. 최소한 열 몇 번은 찌른 듯해요. 원한에 의한 살인으로 보입니다. 면식범의 짓이겠죠."

"강우빈이 죽였을 겁니다."

"그렇게 추정할 수 있습니다."

"강우빈은 김무극에게 사무친 게 많았을 겁니다. 7년 전, 두 사람이 마지막 강도 행각을 저지른 후 강우빈은 잡혔고 김무극은 도망쳤습니다. 지난 7년 동안 김무극은 장물을 판 돈으로 혼자 잘 먹고 잘살았겠죠. 반면 재작년에 출소한 강우빈은 그렇지 못했을 겁니다. 전과자 신분이라 변변한 직업을 갖기 어려웠을 테고. 옛 동료 김무극을 찾아 헤매다가 제주에서 다른 사람 신분으로 푸드트럭 장사를 하고 있다는 걸 알게 됩니다. 복수심이 솟았겠죠. 장물을 판 돈을 나누자고 김무극을 협박하러 제주에 온 겁니다. 렌터카를 빌려 쫓아가다가 뒤에서 박고 푸드트럭이 멈추자 차 안으로 들어갔겠죠. 대화를 하던 도중 사냥용 나이프로 김무극을 찔렀는데, 격투를 하다가 그만 본인도 찔리고 만 거죠."

좌 형사가 빠르게 말을 이어갔다.

"좌 형사님, 한 가지 빠진 게 있습니다."

홍 교수가 지적했다.

"네?"
"강우빈은 왜 이 언덕까지 올라왔을까요?"
"도망을 쳤으니까요."
홍 교수는 고개를 저었다.
"칼에 찔린 몸으로? 강우빈의 렌터카는 아직 멀쩡하고 기름도 넉넉하던데요."
"…."
"김무극은 치명상을 입어서 움직일 수 없었지만, 강우빈은 비교적 가벼운 부상을 입었습니다. 만약 렌터카를 몰고 바로 가까운 병원 응급실에 갔다면 목숨은 건졌을 겁니다. 굳이 차를 버리고 이 설원까지 걸어 올라와서 혼자 죽은 이유는 뭘까요?"
좌 형사는 수긍했다.
"그렇군요. 차를 타고 도망치는 게 나았을 텐데. 교수님, 이상한 게 하나 더 있습니다. 강우빈의 휴대폰이 사라졌어요. 차 안에도 없어요. 분명 뭔가가 더 있습니다."
"수수께끼가 많군요. 건투를 빕니다."
홍 교수가 싱긋 웃었다.
좌 형사는 아까 반장과의 통화를 떠올렸다.
"반장님은 전과범 둘이 서로 찌른 살인이라며 '공소권 없음'으로 끝내자고 합니다."
홍 교수가 안경을 다시 매만지면서 신중한 표정을 지었다.
"제가 아는 좌 형사님은 그 결론에 동의할 것 같지 않군요."
"…."
좌 형사는 조용히 미소를 지었다.

부검팀이 강우빈의 시신을 보디백에 넣고 있는 동안 좌 형사는 천천히 걸어서 언덕을 내려갔다. 파견된 순경들이 범죄 현장에 노란 경계 테이프를 쳤고, 과학수사팀이 푸드트럭을 샅샅이 조사하고 있었다. 김무극의 시신은 이미 보디백에 담겨 구급차에 실려 있었다. 니트 목폴라만 입은 양 형사는 추운지 자신의 차 안에서 쉬고 있었다. 좌 형사가 차문을 열고 들어갔다.

"선배, 얼른 옷 돌려줍서."

양 형사가 투덜거렸다.

"여기. 잘 입언."

좌 형사는 파카를 벗어서 양 형사에게 건넸다. 그제야 아까 홍이서에게 파카를 돌려받지 못한 것이 생각났다.

"선배, 밖에 오래 머무느라 고생했수다. 춥고 출출하지예? 하귀에 삼일해장국 분점이 이신디 거기서 아침부터 먹읍시다."

"서로 도로 가야 할 건디 멀리 애월까지 가자고?"

"모르는 소리. 선배가 저 위에 있는 동안 내가 숙제를 확실히 해놨다 이 말씀."

"뭔 소리야?"

"김무극의 위장 신분, 윤성욱. 조사해보난 결혼했더라고. 3년 전에 제주 여자랑 혼인 신고하고 애월에 살암서. 김무극 처가 하귀에 있는 아파트에 살암시난, 아침 든든히 먹고 피해자 사망 소식 전하면서 진술 받자고. 그리고 거기서 그 예쁘장한 사진작가 아가씨 스튜디오가 멀지 않으난, 거기 들러 선배 옷도 돌려받고 차도 한 잔 얻어먹고. 이게 바로 꿩 먹고 알 먹고, 도랑 치고 가재 잡는 거 아니?"

"벨 소리."

좌 형사가 무뚝뚝하게 내뱉었다. 그는 십 대 시절 이후 꽤 오랫동안 제대로 된 연애를 하지 않았다. 혼자가 편했다.

해가 뜬 지 한 시간 지났을 뿐인데 도로에 쌓인 눈이 거의 다 녹아서 운전하기가 한결 수월했다. 삼일해장국 식당은 이른 아침인데도 손님이 많았다. 워낙 유명한 지역 맛집이라 아침, 점심 장사만 배짱 영업하고 오후 1시 30분에 문을 닫는 곳이었다.

오랜 형사 생활에 단련된 좌 형사는 까마귀에 뜯어 먹힌 시체를 보고도 밥이 잘 넘어갔다. 배고픔을 달래는 게 우선이었다. 파, 콩나물, 내장이 잔뜩 들어간 매콤한 해장국은 추위로 꽁꽁 언 몸을 녹여주었다. 급하게 해장국에 밥을 말아 먹으면서 양 형사가 말했다.

"김무극, 강우빈 2인조를 담당했던 육지 형사랑 통화해수다. 훔친 금품 중 꽤 값나가는 다이아몬드가 몇 개 있었는데 아직 처분하지 않았댄. 정보원한테 알아봐도 그쪽 시장에 아예 내놓지 않았다네. 김무극이 몰래 숨겨뒀을 거라고 하더라고."

"다이아몬드라…. 그럼 김무극의 다잉 메시지가 이제야 이해되네. '다'라고 말하다가 죽었다고 했지. 글러브 박스에 다이아몬드를 숨겨둔 거였네."

좌 형사가 말했다.

"그렇겠네. 근데 강우빈 시신에서는 다이아몬드가 안 나오지 안 핸?"

양 형사가 묻자 좌 형사가 고개를 끄덕였다.

"그럼 제3자가 있었단 이야긴데? 다이아몬드 행방은? 꼭 영화 제목 같네. 선배, 김무극과 그 처가 사는 집에 같이 가보게 마씸."

"아, 그리고 김무극 휴대폰은 과학수사팀에 넘겨신디 강우빈 휴대폰은 사라젼. 모텔 직원이 빈방에 가봤는데 숙소에는 없댄. 내가 뒤져봤는데 차에도 없고. 렌터카 업체에서 차를 빌려줬던 담당 직원은 강우빈이 통화하는 걸 봤다고 하고."

"김무극 찌르고 휴대폰은 버린 거 아니카?"

"가능하지."

"선배, 계산은 내가 하주. 후딱 가보게 마씸."

6

하귀 휴먼시아 아파트는 바닷가에 가까워서 그런지 거센 바람이 몰아쳤다. 폭설은 끝났지만 바람은 살아 있었다. 아파트 건물과 건물 사이는 바람 계곡이 되었다. 바람이 지나가는 소리가 귀에 들릴 정도였다. 도로에 쌓인 눈은 거의 녹았지만 아파트 화단, 클린하우스, 주차된 자동차들 지붕에는 아직도 눈이 많이 쌓여 있었다.

두 형사는 김무극의 집 초인종을 눌렀다.

"네? 누구시죠?"

스피커폰으로 밝은 목소리가 들렸다.

"혹시 윤성욱 씨 아내 되십니까?"

좌 형사가 물었다.

"네, 그런데요."

"경찰입니다. 남편분에 대해 말씀드릴 것이 있어서 왔습니다."

양 형사가 큰 목소리로 말했다.

"네. 들어오세요."

부명순은 어리둥절한 표정으로 두 형사를 맞이했다. 윤성욱, 아니 김무극의 아내 부명순은 차분하게 생긴 중년 여성이었다. 긴 곱슬머리에 나이에 어울리지 않는 리본 장식 핀을 꽂고 있었다. 잘 꾸미면 미인이라고도 할 법한 외모였다. 크고 둥근 큐빅 단추가 달린 수제 카디건을 입고 있었고, 왼손에는 대바늘이 꽂힌 뜨개질 감이 들려 있었다. 부명순은 두 형사를 거실 소파로 안내했다.

"무슨 일로 오셨죠? 남편은 어제 서귀포에 가서 아직 안 들어왔는데요."

"먼저 삼가 애도를 표합니다."

좌 형사가 차분하게 말을 시작했다.

"부군이 오늘 새벽 3시 전후에 사망했습니다."

"네?"

부명순의 눈이 커졌다.

"그럴 리가 어신디…. 어젯밤에 저랑 통화했어요."

"네. 통화 내역에 부명순 님 번호가 있더군요."

"어젯밤 11시에 멀쩡하게 통화했어요. 농담이죠? 사망이라니요."

"유감입니다. 사망이 맞습니다."

부명순의 눈에서 바로 굵은 눈물이 뚝뚝 떨어졌다.

"부검하기 전에 보호자의 확인이 필요합니다. 괴로우시겠지만 사진을 보고 확인해주시겠습니까?"

좌 형사가 김무극의 시신 사진을 부명순에게 보여주었다.

"아앗."

부명순은 양손을 입에 대더니 비틀거렸다. 양 형사가 재빨리 옆으로 다가가 그녀를 부축했다.

"마, 맞아요. 그이예요."

부명순이 흐느껴 울기 시작했다.

"어떻게 죽었나요?"

"칼에 찔리신 듯합니다."

"칼이요? 동업자 오세윤 사장을 만난다고 나갔는데 이런 일을 당하고 왔네요."

"동업자요?"

좌 형사가 물었다.

"반미 샌드위치 푸드트럭은 모두 두 대예요. 남편은 제주시에서 호찌민 반미 트럭, 오세윤 사장은 서귀포에서 하노이 반미 트럭 간판을 달고 장사해요. 두 사람이 자본을 합쳐서 운영했어요. 남편은 어제 오 사장을 만나서 의논할 일이 있다며 저녁 먹고 바로 서귀포로 갔어요. 그때 일기 예보에 눈 소식이 있어서 마지막으로 통화할 때 눈이 심해지면 서귀포에서 하룻밤 묵고 오라고 얘기했어요."

"혹시 동업자 연락처와 주소를 알 수 있을까요?"

"네, 그럼요. 아… 잠시만요. 안방 제 지갑에 명함이 있을 거예요."

부명순은 티슈로 눈물을 닦더니 안방으로 향했다. 좌 형사가 부명순의 뒤통수에 대고 물었다.

"실례지만 화장실이 어딘가요?"

"저기 복도처럼 보이는 곳 가운데에 있어요."

좌 형사는 슬그머니 화장실에 가는 척하면서 다른 방을 둘러보았다. 서재 벽에 사냥칼이 열 개 넘게 걸려 있었다. 그중 한 진열대가 비어 있는 걸 확인했다. 가족사진 액자 몇 개가 책상 위에 놓여 있었다. 그중에는 새별오름에서 해마다 3월에 열리는 들불축제에서 찍은 사진도 있었다. 반미 푸드트럭 앞에서 부명순과 김무극이 팔짱을 끼고 서 있었다. 또 다른 사진에는 겨울 산에서 사냥용 엽총을 든 부명순과 김무극이 어깨동무를 한 채 웃고 있었다. 부부 사이에 한 소년이 앉아 있는 가족사진도 있었는데 부부는 웃고 있었지만 소년은 웃음기가 없었다.

"남편 취미였죠."

어느새 옆에 다가온 부명순이 말했다.

"남편은 허가받은 사냥꾼이었어요. 파출소에 엽총을 맡겼다가 사냥철에 사냥하곤 했어요. 사냥용 나이프 모으는 게 취미여서 칼만 열 개 넘게 수집했어요. 트럭에 항상 칼을 보관했어요. 그런데 칼에 당했다니…."

이야기하는 도중에 부명순이 눈물을 보였다.

"아, 여쭤보지도 않고 방을 들여다봐서 죄송합니다. 우연히 보이길래…."

"괜찮아요. 여기 동업자 명함이에요. 이 주소로 가보시면 될 거예요."

"감사합니다."

하노이 반미 푸드트럭

오세윤 010-××××-××××

서귀포 서광리 23길 ×××-××

"이 동업자가 수상해요."

부명순이 말했다.

"네?"

"오세윤 사장이 요새 동업을 그만두네 마네 말이 많았어요. 남편이 스트레스를 정말 많이 받아서, 돈벌이가 괜찮은데도 사업을 접을까 고민했어요. 저는 모아놓은 돈이 좀 있으니까 동업자가 속썩이면 언제든 그만두라고 했죠."

좌 형사는 부명순과 함께 다시 거실로 나가 소파에 앉았다. 부명순의 눈가는 여전히 젖어 있었지만 아까보다 진정이 된 듯했다.

좌 형사가 조심스럽게 말을 꺼냈다.

"지금부터 많이 놀라실지도 모르겠습니다. 부군의 과거에 대한 이야기입니다."

"과거라니요? 과거에 만났던 여자들 말인가요? 혹시 그이가 바람을 피웠나요?"

"아, 아닙니다. 실례지만 두 분은 3년 전에 혼인신고를 하셨더군요. 남편분의 과거를 다 알고 계시진 않죠?"

"그야 둘 다 나이 먹을 대로 먹고 만났으니까요. 저도 그 사람도 재혼이었어요. 저한테는 전남편과의 사이에 고등학생 아들이 있고요."

"실은 남편분 본명은 윤성욱이 아닙니다."

"네? 그게 무슨 말씀이세요?"

"윤성욱 씨 본명은 김무극으로 전과 12범입니다. 오늘 부군의 푸드트럭 근처에서 과거에 같이 강도질을 했던 동료 강우빈의 시신도 발견되었습니다."

"김무극이요? 처음 듣는 이름인데요. 그이가 전과자라고요? 그이는 그 힘든 푸드트럭 일을 하루도 빠짐없이 나가는 성실한 사람이었어요. 형사님, 그이가 죽었다는 소식만으로도 충분히 괴로운데 지금 저를 괴롭히시나요, 예?"

"현장에서 값나가는 다이아몬드가 사라져서 그렇습니다."

부명순이 울면서 말했다.

"다이아몬드요? 듣도 보도 못했어요."

좌 형사는 담담하게 사과했다.

"큰 충격을 받으셨을 텐데…. 범인을 찾으려면 사실 그대로 전달할 수밖에 없습니다. 그렇게 해야 작은 단서라도 건질 수 있습니다."

그때 거실로 키 큰 소년이 걸어 나왔다.

"엄마, 무슨 일이에요?"

"아, 영진아. 왜 나왔어? 공부하지 않고."

"아까부터 갑자기 엄마가 울고불고하니까 집중이 안 돼서 나왔지. 이 아저씨들 누구야?"

소년이 날카로운 목소리로 다그치듯이 물었다.

"형사님들이야. 영진아, 놀라지 마. 네 아빠가 돌아가셨대. 어제 서귀포에 동업자 만나러 가셨다가 그만."

"에이, 난 또. 아빠가 아니라 윤씨 아저씨네."

"얘가…. 어쨌든 아저씨가 돌아가셨어. 넌 슬프지도 않니?"

소년은 싸늘한 표정으로 어깨를 으쓱했다.

"엄마가 나 대신 슬퍼하면 되겠네."

소년은 휙 뒤돌아서 자기 방으로 들어가 버렸다.

좌 형사와 양 형사는 어안이 벙벙했다.

"이해하세요. 요즘 한창 사춘기라서 저래요. 새아빠라 그런지 그이와 원래 사이가 안 좋았고요. 장례식을 바로 준비해도 될까요? 여기저기 전화를 해야 할 것 같은데."

부명순이 간절한 어투로 물었다.

"아, 죄송하지만 장례식은 부검이 끝나고 시신을 인도받은 후에 하셔야 합니다."

좌 형사가 대답했다.

"뭐라고요? 그 기간이 얼마나 걸리죠?"

"부검을 마치기 전까지는 확실하게 말씀드릴 수가 없습니다."

양 형사가 단호하게 말했다.

"동업자한테 진술을 받으러 가보겠습니다. 그럼, 또 새로운 소식이 있으면 알려드리겠습니다."

"그이를 죽인 범인을 꼭 찾아주셔요, 부탁드립니다."

부명순이 눈이 부은 얼굴로 고개를 숙였다.

두 형사는 김무극의 집을 떠났다.

“선배, 감이 좀 잡혀?”

양 형사가 차에 시동을 걸면서 물었다.

“아니. 이번 사건은 도통 뭐가 뭔지…. 스튜디오로 바로 갈 거?”

“어. 선배 옷도 받아야 할 거 아니냐?”

“추가로 물어볼 게 생겼어. 서둘러. 얼른.”

두 형사는 아직 눈이 덮인 아파트 단지를 빠져나왔다.

7

애월읍 초입에 위치한 홍스튜디오는 작은 양옥집 두 채로 밖거리는 스튜디오로 쓰고 안거리는 살림집으로 쓰는 구조였다. 두 형사가 나타나자 홍이서는 일하면서 고갯짓으로 인사했다. 화장을 해서 훨씬 생기 있어 보였다. 그녀는 여자 손님을 앉혀두고 증명사진 촬영을 하고 있었다. 두 형사는 촬영이 끝날 때까지 기다렸다.

“많이 기다리셨죠. 아까 진술은 다 마친 것 같은데 무슨 일로 오셨어요?”

홍이서가 일을 마치고 두 사람 곁으로 다가왔다.

“실은 옷을 돌려받….”

양 형사가 말을 꺼내자, 좌 형사가 손바닥으로 그의 입을 틀어막았다. 뭐라 말하려는 양 형사를 무시하고 좌 형사가 말을 꺼냈다.

“추가로 진술을 받을 게 있어서 왔습니다. 그 참에 아까 빌려드린 옷을 돌려주시면 감사하겠습니다.”

"아, 제가 형사님 옷을 입고 그냥 와버렸죠. 죄송해요. 너무 추워서 그만."

홍이서가 난감한 표정을 지으며 오리털 파카를 돌려주자 좌 형사가 받아서 입었다. 은은한 향기가 났다. 조금 겸연쩍었지만 말을 이어갔다.

"실은 피해자 부인에게 진술을 받다 보니 추가로 여쭤보고 싶은 질문이 생겼습니다."

"네."

"저는 홍이서 님이 사건의 최초 목격자이자 첫 수사 요원이었다고 생각합니다. 경찰 과학수사팀보다 몇 시간 먼저 현장에 도착한 셈인데요, 혹시 처음 현장을 목격한 사람으로서 이상했던 점이 있었다면 말씀해주시겠습니까?"

"아, 네."

"아까 새벽에는 경황이 없었을 겁니다. 몇 시간이 지나고 나니 특이하다고 생각되는 점이 혹시 없나요?"

홍이서가 잠시 고민하더니 말했다.

"사고 현장에 도착하기 전에 멀리서 천둥소리 같은 걸 들었어요. 지금도 무슨 소리였는지 모르겠어요. 그리고 현장에 도착했을 때 달콤한 냄새가 난다고 생각하긴 했어요. 어렸을 때 자주 해먹었던 달고나 있잖아요. 그 달고나가 타면 나는 냄새 아세요? 뭐 그 냄새와 비슷했어요. 나중에 형사님 도착하고 나서 다시 트럭에 갔을 때는 냄새가 안 나더라고요."

"알겠습니다. 자꾸 시간을 뺏어서 죄송합니다."

좌 형사가 고개를 숙였다.

"괜찮아요. 그럼 나중에 메모리칩은 꼭 돌려주세요. 좌 형사님."
홍이서가 좌 형사의 뒤통수에 대고 말했다.

"선배, 콕 집엉 선배보고 메모리칩을 돌려달랜 햄수게. 관심이 있단 말이지."
양 형사는 운전하면서 신나게 너스레를 떨었다.
"운전에만 집중해라. 다시 서귀포로 넘어가야지."
"근데 왜 하필 선배야? 나는 얼굴에 임자 있는 몸이요 하고 쓰여 있나. 하 참, 유부남인 게 그렇게 티가 나나. 옛날 양주혁 다 죽었네, 죽었어."
양 형사는 룸미러에 얼굴을 이리저리 돌려보면서 말을 멈추지 않았다.
"그만허라이. 자꾸 시끄럽게 굴면 동업자 집에 너 버리고 간다."
좌 형사가 냉담하게 대꾸했다.
"선배, 내 차 종합보험 아니어서 꼭 나만 운전해야 하는데?"
"한마디만 더 하면 정말 버린다."
두 사람은 부명순이 알려준 주소지에 도착했다. 오세윤의 집은 서광리 외진 곳에 위치한 컨테이너 하우스였다. 밭농사가 발달한 제주에서는 컨테이너를 대여하거나 구매해서 농막이나 집 대용으로 쓰는 경우가 많았다. 현관에 '하노이 반미 샌드위치' 포스터가 붙어 있었다. 푸드트럭은 보이지 않았다.
컨테이너 앞에 개집이 있었는데 곧 누런 개가 튀어나와 마구 짖었다.

"시고르자브종이네. 야, 너 참 예쁘게 생겼다."

양 형사가 쓰다듬어주려고 했더니 개가 이를 드러내서 물릴 뻔했다.

"조심허라. 이 녀석이 많이 예민하네. 밥 굶은 지 좀 된 것 같네."

좌 형사가 개집 앞에 있는 밥그릇과 물그릇을 살펴봤는데 텅 비어 있었다.

양 형사가 먼저 나서서 문을 두드렸다. 대답이 없었다. 문손잡이를 돌려봤지만 굳게 잠겨 있었다.

"차 가지고 잠깐 외출했나? 선배, 창으로 들여다봅서."

좌 형사가 안을 들여다봤지만 커튼이 쳐져 있었고, 사람 흔적은 없었다.

"급하게 육지에라도 갔나?"

양 형사가 중얼거렸다.

좌 형사는 대답하지 않고 먹이 그릇에 사료를 채우고 수돗가에 물그릇을 들고 가서 물을 가득 따랐다. 개에게 사료와 물을 주자, 많이 배고팠는지 정신없이 먹기 시작했다. 어느새 꼬리를 좌우로 격렬하게 흔들고 있었다.

"그래, 배고팠지."

좌 형사는 꼬리를 흔드는 개를 쓰다듬으며 다정한 눈길을 보냈다.

"선배, 가만 보면 개를 참 좋아해, 예? 이 미물에게 친절하게 구는 에너지 한 3분의 1만 홍이서 씨한테 써봅서. 당장 사귀자고 할 건디."

"아까 너 버린다고 했던 말 아직 유효하다."

"내 차는 나만 운전할 수 있다니까."

"됐져. 오세윤에게 전화나 걸어봐."

좌 형사의 말에 양 형사가 명함에 적힌 번호로 전화를 걸었다. 바로 통신사 성우 목소리가 들렸다.

'지금은 전화를 받을 수 없습니다.'

"선배, 꺼져 있네."

좌 형사는 예감이 좋지 않았다.

"노트북 가져완? 오세윤 전과 조회해보라."

"어."

양 형사가 차에 가서 노트북을 꺼냈다.

"양 형사, 김무극이 운영했던 호찌민 반미 샌드위치 트럭이 인스타그램에 등록되어시카?"

"당연하지. 요즘 푸드트럭은 인스타그램에 계정 없으면 장사 못해. 영업을 SNS로 하는데. 이번 기회에 선배도 인스타그램 가입합서. 요즘 SNS 안 하는 사람은 선배밖에 어실걸?"

좌 형사는 생각에 잠겼다.

"선배, 이거 봅서!"

양 형사가 노트북 화면을 보여주었다.

"오세윤. 29세. 이 녀석도 김무극, 강우빈과 같은 교도소 출신이네. 한 8개월 정도 수감 시기가 겹쳐. 오세윤은 분명 김무극의 정체를 알고 이서실 거라."

"그럼 오세윤이…?"

"이 녀석이 범인이었네. 이런 거 닮지 안 해? 제주도로 도망 온 김무극은 제주 여자와 결혼해서 푸드트럭 사업을 시작. 근데 숨겨둔 장물을 처리는 해야겠고 자신이 배신했던 강우빈에게 연락할 수는 없고. 그래서 감방에서 알고 지냈던 오세윤을 제주로 불러들인다. 오세윤은 사실 푸드트럭 동업자가 아니라 육지에 있는 장물아비와 김무극 사이에서 연결고리 역할. 김무극은 아직도 수배 중이니 직접 장물을 거래하기는 어려웠을 거고. 신선한 얼굴이 필요했겠네."

좌 형사는 말없이 듣기만 했다. 양 형사가 계속 말을 이어갔다.

"어느 날 오세윤에게 강우빈이 접근. 김무극에게 복수하고 싶다면서 다이아몬드를 나눠 갖자고 꼬드겼겠지. 그렇게 오세윤이 강우빈과 몰래 편먹고 김무극의 다이아몬드를 노렸다면? 폭설 내린 날, 오세윤이 김무극을 서귀포로 불러들였고 일상적인 회의 후 헤어지는 척했겠지. 강우빈은 오세윤의 컨테이너 하우스에서 몰래 대기하고 있다가 렌터카를 타서 김무극 쫓아가고, 오세윤도 강우빈이 혹시 혼자 다이아몬드를 챙길까 싶어 감시하러 자기 푸드트럭 타서 강우빈 쫓아갔을 거고. 평화로 현장에서 오세윤과 강우빈이 힘 모앙 김무극을 죽였는데, 그 과정에서 강우빈이 부상 입으난 오세윤은 쾌재를 불러실 테주. 부상당한 강우빈을 위협해서 언덕으로 쫓아버리고 다이아몬드는 자기가 독차지하고. 그다음엔 자기 차를 몰고 튀었겠지. 도로에 있던 세 번째 바퀴 흔적은 아마도 그거였을 거고. 지금 바로 제주항과 제주공항에 수배하면 오세윤을 잡을 수 이시큰게."

퍼즐은 맞아떨어졌다. 좌 형사가 말했다.

"서에 연락행 공항과 제주항에 오세윤 수배 요청허라."

서귀포경찰서에서 좌 형사와 양 형사는 공항에 요청했던 CCTV를 보고 있었다. 야구 모자를 깊숙이 눌러쓰고 선글라스를 쓴 오세윤이 캐리어를 끌고 유유히 김포공항 도착 층을 빠져나가는 장면이었다.

"두 명이나 죽인 녀석이 아주 여유 있게 도망쳤네. 조금만 일찍 알았어도 제주공항에서 잡을 수 이서실 건디."

양 형사가 책상을 주먹으로 내리쳤다.

좌 형사는 말없이 다음 동영상을 클릭했다.

다음 CCTV는 오세윤이 공항철도를 타고 가다가 홍대입구역에서 내리는 장면이었다. 마지막 CCTV는 오세윤이 홍대입구역 3번 출구 연남동 방향으로 나가서 붐비는 인파 속으로 걸어가는 장면을 보여주었다. 그게 끝이었다. 그는 천만 인구가 사는 거대한 도시 서울에서 사라졌다.

8

"양 형사, 인스타그램 가입허잰 허믄 어떵해야 돼?"

범인을 놓쳤다는 생각에 양 형사가 두 손으로 머리를 쥐어뜯으며 자기 자리에 주저앉아 있는데 좌 형사가 다가와 물었다. 양 형사가 짜증을 냈다.

"지금 그게 문제꽝? 우리 둘 다 반장님한테 죽게 생겼수다."

"인스타그램에 나 계정 하나 파주라."

양 형사가 좌 형사의 휴대폰에 인스타그램 앱을 깔고 계정을 만

들어주었다.

“몇 년 전 게시글을 찾아보잰 허믄 계속 아래로 스크롤 내리믄 되나?”

“어.”

좌 형사는 휴대폰을 내려다보면서 말했다.

“그리고 니 노트북에 메모리칩 연결할 수 있지? 홍이서 씨가 준 현장 사진들, 지금 당장 보게.”

“무사? 사진 데이터는 과학수사대에 벌써 전달했는데, 새삼?”

“내가 뭘 좀 봐야겠어.”

양 형사는 노트북에 홍이서의 메모리칩을 꽂아서 건네주었다.

“아, 담배 피우러 나갈 거면, 그 김에 김무극 휴대폰 포렌식 다 끝났는지 과학수사팀에 물어봐주라.”

“그래, 다 부려먹어라.”

양 형사는 한숨을 쉬며 자리에서 일어났다. 좌 형사는 자리에 앉아 꼼짝 않고 휴대폰을 든 채 인스타그램에 몰두했다. 양 형사는 그 모습을 어처구니없다는 표정으로 쳐다보다가 담배를 한 대 물고 밖으로 나갔다.

월요일 아침, 제주도민일보에 평화로에서 두 명이 죽는 살인사건이 났고 용의자 오세윤이 다이아몬드를 가지고 도망쳤다는 1보가 실렸다. 수사팀 현택기 반장이 두 형사를 불러 징계 먹을 각오를 하라면서 한바탕 잔소리를 퍼부었는데, 안절부절못하는 양 형사에 비해 좌 형사는 느긋했다.

“야, 이런 기사가 나면 어떻게 하냐. 좌가야. 너 경력이 도대체 몇 년이냐? 이번에 경찰증 반납 좀 해볼래?”

"반장님, 그 기사는 제가 일부러 준 겁니다."

"뭐?"

"친한 제주도민일보 기자에게 제보했습니다. 반장님만 허락하신다면 후속 기사를 오늘 중으로 몇 번 더 내보내고 싶습니다."

"야, 지금 우리 서귀포 경찰이 일 못한다는 걸 전도, 아니 전국에 다 알려야겠어? 가뜩이나 제주도가 전국 강력 범죄율 1위라는 불명예를 안고 있는데 말이야."

"네."

"뭐?"

"사람들이 우리가 일 못한다고 생각하는 편이 범인 잡는 데에 유리하니까 말입니다."

방금 전까지 좌 형사를 잡아먹을 듯이 노려봤던 현 반장이 갑자기 부드러운 미소를 지었다. 옆에서 지켜보던 양 형사는 한시름을 놨다.

"좌갈공명, 니가 다 생각이 있구나?"

좌 형사는 속으로 혀를 찼다. 좌갈공명. 서귀포경찰서에서 강력범죄를 주로 맡는 자신을 부르는 별명이었다. 그는 예전부터 이 별명이 끔찍하게 싫었다.

"미안하다. 아까 내가 너무 흥분했지? 아침부터 서장한테 불려가서 그래. 이제 내가 어떻게 해주면 돼?"

현 반장이 다정하게 말했다.

"영장 신청 도와주시고 이따가 제주항에 지원 좀 해주시면 됩니다."

"이번엔 틀림없지?"

현 반장이 다짐하듯 물었다.

"밑져야 본전이죠."

좌 형사가 담담하게 말했다.

"또 시작이다. 쿨 병. 이 세상에서 네가 제일 쿨한 줄 알지?"

현 반장이 투덜거렸다.

"옆에서 같이 다니는 전 어떻겠습니까."

양 형사가 거들었다.

"일단 알았어. 네가 생각이 있다니까 밀어준다."

좌 형사는 반장에게 목례하고 자리로 갔다. 창가에 위치한 좌 형사의 자리는 조금 추웠다. 창밖을 보니 처마의 고드름이 흘러내려서 바깥세상이 일그러져 보였다.

눈은 완전히 녹았다.

9

제주항은 항상 혼잡했다. 육지에서 들어오는 배와 제주에서 나가는 배가 교차하고, 도착하는 인파와 떠나는 인파가 맞물렸다. 하늘을 이리저리 몰려다니는 떼까마귀들처럼 사람들은 제주항 대합실에 우르르 몰려왔다 사라졌다. 사람 물결이 사라지면 청소부가 나타나 바닥을 걸레질했다. 한 젊은 청소부가 힘차게 대걸레를 밀자 귀에 꽂은 이어폰에서 지시 사항이 들렸다.

"너무 열심히 일하지 마라."

"아씨. 원래 기운이 넘쳐서 이러는 걸 어쩌라고?"

청소부는 양 형사였다.

"넌 늘 자의식 과잉이라."

좌 형사가 말했다.

"선배는 항상 돌부처 같아서 탈이주. 그러니 여자가 없지."

"쉿, 온다. 니 얼굴 알고 있으니 조심."

양 형사 쪽으로 타깃이 짐 가방을 들고 걸어왔다. 양 형사는 뒤를 돌아 바닥을 청소하는 척했다. 타깃은 양 형사를 지나 대형 쓰레기통으로 다가가더니 뭔가를 잽싸게 버렸다.

"쓰레기통에 버린 거 줍고 티 내지 말고 따라가."

좌 형사가 양 형사에게 지시했다. 양 형사는 쓰레기통에서 타깃이 버린 물건을 주웠다. 그러고는 대걸레를 들고 뒤를 쫓았다.

제주항에서 용의자를 검거하기로 하면서 좌 형사는 평상복으로 위장한 형사들을 분산 배치시켰다. 양 형사를 포함한 청소부 복장 형사 두 명이 1조, 승객 차림 형사 두 명이 2조였다. 여수행 대형 여객선 한일골드스텔라호가 곧 떠날 시간이었다. 대합실에 경쾌한 알림 음이 울리고 승선 안내방송이 나오자 승객들이 개찰구 앞에 길게 줄을 섰다. 타깃도 줄을 서기 위해 개찰구 쪽으로 걸어갔다.

뒤편에서 지휘하던 좌 형사가 형사들에게 속삭였다.

"청소부 팀, 줄 옆으로 가. 한 명이 줄 왼쪽, 한 명은 줄 오른쪽. 승객 팀, 줄 속에 섞여. 타깃 근처로."

"선배, 이러다 놓쳐. 배에 타겠어."

양 형사가 초조하게 말했다.

"걱정 마. 내가 간다."

좌 형사가 말했다.

"안녕하세요? 여기서 뵙게 될 줄 몰랐네요."

좌 형사는 타깃에게 다가가 인사를 건넸다.

"어머…. 좌 형사님이시네요."

부명순이 눈웃음을 치며 말했다. 하이힐을 신고 진한 화장에 스카프를 두르니 인상이 달라 보였다. 코트 안에 버튼이 달린 수제 카디건과 긴 스커트를 입고 있었다.

"장례식 준비를 할 줄 알았는데 급하게 육지로 떠나시네요?"

좌 형사가 물었다.

"육지에 좀 급한 일이 있어서…."

부명순이 난처한 표정을 지었다.

"저희가 부군을 죽인 범인을 열심히 찾고 있는 중인데, 아직 단서가 좀 부족합니다. 실례가 되지 않는다면 배를 타기 전에 추가 진술을 부탁드려도 될까요? 여기 앉으시죠."

좌 형사가 대합실 의자를 가리키며 말했다. 부명순은 불안한 얼굴로 순순히 의자에 앉았다. 좌 형사도 옆에 앉았다.

좌 형사가 말을 시작했다.

"저는 이 사건에서 세 가지가 큰 수수께끼였습니다. 첫 번째, 목격자가 현장 근처에서 들었다던 천둥소리와 나중에 현장에서 맡았던 달고나가 타는 듯한 냄새는 무엇을 의미할까요? 두 번째, 강우빈은 왜 폭설 속에서 언덕 위로 도망쳤을까요? 부검의가 그러는데 강우빈이 바로 병원에 갔다면 목숨은 건졌을 거라던데요. 세 번째, 오세윤은 정말로 다이아몬드를 가지고 도망쳤을까요? 뭔가 떠오르는 생각은 없으십니까?"

"글쎄, 저는 잘 모르겠네요. 오늘 기사를 봤는데 오세윤 씨가 다이아몬드를 가지고 도망쳤다던데. 그 사람이 범인이니까 찾아서 체포하면 되겠네요."

그때 승선을 알리는 방송이 흘러나왔다.

"형사님, 저는 이만 가봐야겠어요. 도움이 못 돼서 죄송합니다."

부명순이 자리에서 일어나려고 했다.

"잠시만 시간을 주시면 제가 세운 가설을 최대한 빨리 설명해드리죠. 배 시간에 늦지 않게 해드리겠습니다."

좌 형사의 말에 부명순이 다시 앉으며 중얼거렸다.

"네, 형사님 생각이 궁금하네요."

"아까 탁송으로 보낸 차에 짐을 한가득 실으셨더군요. 거의 이삿짐 수준이던데요?"

"그건… 남편 일로 마음도 힘들고 해서 육지 친척 집에 신세지려고 미리 짐을 보낸 거예요. 잠깐 갔다가 장례식 치르러 다시 내려올 거예요."

부명순이 침착하게 말했다.

"제 생각은 다릅니다. 다시는 제주로 돌아올 생각이 없죠? 경찰이 진짜 윤성욱을 조사하면 꼬리가 밟힐 거라고 생각해서 도망치는 거잖아요?"

"…."

부명순은 침묵했다.

"방금 쓰레기통에 버린 건 강우빈의 휴대폰과 푸드트럭 글러브 박스 열쇠죠?"

부명순이 어이없다는 듯이 피식 웃었다.

"형사님, 대체 무슨 말씀을 하시는 건지…."

"그저께는 메소드급 연기더군요. 저와 양 형사는 당신한테 감쪽같이 속았죠. 누가 봐도 방금 남편을 잃은 아내로 보였어요."

좌 형사가 계속 말했다.

"실상은 이렇죠? 윤성욱의 정체가 김무극인 걸 알고 있는 정도가 아니라, 김무극과 힘을 합쳐 진짜 윤성욱, 남편을 죽였죠?"

"형사님, 왜 이러세요. 전 정말 남편이 전과가 있는지 몰랐어요."

부명순은 당황한 표정이었다.

"얼마나 협조하느냐에 따라 형량이 달라질 겁니다."

좌 형사는 담담하게 말을 이어갔다.

"지명 수배를 당한 김무극이 윤성욱이라는 가짜 신분으로 위장하는 것은 당연했습니다. 하지만 윤성욱의 아내가 김무극과 함께 진짜 윤성욱을 살해했을 거란 생각은 미처 못했죠. 당신은 아들을 데리고 윤성욱과 재혼했지만 행복하지 않았습니다. 여러 번 한라병원 응급실로 간 기록이 있더군요. 조사해보니 윤성욱은 전처와도 가정폭력 때문에 헤어졌던데요. 엽총을 사랑하고 종종 아내를 때리는 거친 남자였습니다. 그러다가 당신은 우연히 김무극을 만났습니다. 두 사람은 사랑에 빠졌죠. 그가 전과자에 수배 중인 것을 알게 되자 한 가지 아이디어가 떠올랐겠죠. 아마, 당신은 김무극을 꼬드겨 윤성욱을 죽이고 윤성욱의 삶을 대신 살라고 했을 겁니다. 김무극은 신분, 아내, 집, 그리고 푸드트럭 사업까지 윤성욱의 삶을 고스란히 훔쳤죠."

부명순은 아무런 말이 없었다. 좌 형사는 말을 이었다.

"집을 방문했을 때 본 사진 중에서 한 장이 어딘가 어색했습니다. 들불축제 때 새별오름 앞에서 찍은 커플 사진. 3월은 아직 추운 달입니다. 윤성욱이 입은 파카가 어딘가 어색했죠. 당신이 입은 파카와 그림자 방향이 달랐습니다. 사진을 합성했다는 확신이 들었습니다. 아마 진짜 윤성욱을 지워내고 그 위에 김무극의 이미지를 넣었겠죠."

좌 형사는 휴대폰으로 원본 사진을 보여주었다. 부명순 옆에는 전혀 다른 남자가 웃고 있었다. 진짜 윤성욱이었다.

"포렌식을 한 윤성욱의 휴대폰에서 이 원본 사진이 나오더군요. 기왕이면 제대로 된 전문가에게 맡기지 그랬습니까. 호찌민 반미 트럭 초기 동영상에서도 진짜 윤성욱을 발견했습니다. 윤성욱 시신은 어디에 매장했습니까?"

부명순이 눈알을 굴리더니 다급히 말했다.

"다 김무극의 아이디어였어요. 김무극이 남편을 죽이자고 저를 협박했고 실행에 옮겼어요. 저는 피해자예요. 전 아무도 죽인 적이 없어요."

"죽은 자는 말이 없으니 누구 짓인지는 모르죠. 살인을 알리지 않은 것만으로도 공범이 됩니다."

"김무극이 저를 위협했다니까요. 전 죽기 싫으면 가만히 있어야 했어요. 범죄자와 동거한 게 유일한 죄라면 죄네요. 김무극이 당분간 자기가 윤성욱 행세를 할 테니까 시키는 대로 하라고 겁을 줬어요. 그러지 않으면 아들을 해친다고 했다니까요."

"그건 차차 따져보기로 하죠. 이제 첫 번째와 두 번째 수수께끼를 풀어볼까요? 첫 번째 수수께끼. 목격자가 말했던 천둥소리와 달고나가 타는 듯한 냄새. 저는 그 말을 듣자마자 당신 집에서 봤던 엽총 사진이 생각나더군요. 천둥소리는 엽총이 발사된 소리였고 달고나가 탄 듯한 매캐한 탄내는 화약이 탄 후 공기 중에 남은 냄새였습니다. 탄피는 수거했지만 냄새는 거둬갈 수 없었죠. 두 번째 수수께끼. 저는 진짜 윤성욱이 2015년에 사냥법이 더 엄격하게 개정되기 전에 불법으로 엽총을 집에 보관했을 거라고 추측합니다. 강우빈이 폭설 속에 언덕으로 도망쳤던 건 누군가가 엽총을 발사하면서 그를 위협했기 때문이죠. 아, 여기서 그 누군가가 오세윤이라고 말하고 싶겠죠?"

"저는 그날 새벽에 아들과 함께 집에 있었어요. 아마 오세윤이 강우빈을 총으로 위협했나 보죠."

"아들 말고 알리바이를 댈 사람이 있습니까? 당신 아들은 벌써 육지로 도망간 것으로 아는데요."

"형사님, 억지가 심하시네요."

"오세윤 이름으로 아들에게 비행기 표를 끊어준 사람이 바로 당신인데요? 김포공항 CCTV에 찍힌 야구 모자를 쓴 오세윤은 바로 그날 오전에 저와 양 형사 앞에 나타났던 당신 아들이었죠. 우리가 돌아가자마자 공항으로 출발했겠죠. 자, 그럼 세 번째 수수께끼로 돌아가야겠네요. 아들이 오세윤 행세를 했다는 건 진짜 오세윤은 도망가지 못했단 이야기죠. 그럼 지금 오세윤은 어디에 있을까요? 당신과 김무극은 오세윤을 통해 다이아몬드를 팔아줄 장물아비를 구했고, 더 이상 그가 필요 없게 되자 죽이기로 했습니다. 그날 서귀포에 가서 당신들은 오세윤을 죽였습니다. 김무극이 모는 푸드트럭이 먼저 떠나고 당신은 오세윤의 시신을 실은 차를 몰고 따라갑니다. 그때 강우빈이 몰던 렌터카가 난입하더니 푸드트럭을 뒤에서 받았습니다."

"…."

"때마침 강우빈이 어떻게 평화로에 나타났을까요? 실상은 이렇습니다. 당신은 다이아몬드를 혼자 차지하기로 마음먹었습니다. 김무극의 휴대폰에서 몰래 알아낸 강우빈 연락처로 전화해서 다이아몬드를 준다고 유혹하면서 그를 제주로 불러들였습니다. 김무극이 글러브 박스에 다이아몬드를 보관하고 있고 늘 차고 다니는 목걸이에 열쇠가 걸려 있다는 비밀도 알려줬죠. 강우빈이 김무극을 칼로 찌르고 글러브 박스에서 다이아몬드를 꺼내는 순간 당신이 칼로 그의 등을 찔렀죠. 도망가는 그에게 엽총을 몇 번 발사했습니다. 그때 강우빈이 휴대폰을 떨어뜨렸는데 그건 아마 당신이 주웠겠죠."

"형사님, 제가 현장에 있었다는 증거가 있어요? 증거 없잖아요."

부명순이 당황하며 물었다.

"운이 나빴습니다. 아까 얘기했듯이 목격자가 있었고 그 목격자가 하필 사진 전문가였어요. 목격자가 찍은 현장 사진 중에서 자동차 바퀴 자국이 유독 선명하게 나온 사진이 있었습니다. 당신이 출발한 직후라서 아직 바퀴 자국이 또렷했죠. 목격자 차량의 바퀴 자국을 제외하니까 남은 바퀴 자국은 하나뿐이었는데, 바로 당신 차와 일치했죠. 아파트 관리실에서 전날 저녁에 푸드트럭과 당신 차가 같이 나갔다가 새벽에 당신 차만 들어온 걸 녹화한 CCTV 영상도 받았습니다. 그 시각이 정확하게 새벽 4시였으니, 사건 현장에서 하귀까지 걸리는 시간과도 맞아떨어졌습니다."

"…."

"아직 안 끝났습니다. 강우빈을 언덕으로 쫓아버리고 당신은 푸드트럭으로 다시 돌아왔습니다. 김무극은 상처가 깊어서 끙끙거리고 있었습니다. 당신에게 빨리 병원에 가자고 재촉했겠죠. 그때 당신이 어떻게 했을까요? 사냥용 나이프를 집어 들어 김무극을 마구 찌릅니다. 한 번, 두 번, 세 번… 열 몇 번을…. 그 뒤 차량용 먼지떨이로 족적을 지우며 뒷걸음질 쳐서 당신의 차로 돌아갔습니다. 처음에는 눈길에 난 쓸린 자국이 뭘 의미하는지 알아채지 못했습니다."

"상, 상상력이 상당하시네요. 다 추측이잖아요."

부명순이 중얼거렸다.

"추측이라고요? 증거는 나왔습니다. 저도 이 모든 게 상상이면 좋겠습니다. 그럼 이제 세 번째 수수께끼도 풀렸네요. 오세윤은 다이아몬드를 들고 도망가기는커녕 지금 당신의 차 트렁크에 시체가 되어 누워 있습니다. 당신 차에서 오세윤 시신과 더불어 젖어 있는 먼지떨이와 불법 엽총도 나왔다고 연락이 왔습니다. 총에는 발사된 흔적이 있다고 하더군요. 자, 김무극, 강우빈, 오세윤 모두 죽었습니다. 다이아몬드는 과연 어디에 있을까요?"

"…."

"저는 이런 기사를 읽은 적이 있습니다. 예전에 영국에서 70대 할머니가 벼룩시장에서 산 장식용 모조 다이아몬드가 진짜 다이아몬드라는 걸 알게 되어서 갑자기 횡재를 한 적이 있었죠. 모조 다이아몬드는 장식용 버튼으로 흔히 쓰입니다. 실례지만 지금 입고 있는 카디건을 벗어주시겠습니까?"

부명순은 체념한 듯했다. 말없이 코트를 벗고 카디건을 건넸다. 좌 형사는 옷을 옆에 있는 양 형사에게 주었다.

"감정해보면 이 큐빅 단추가 진품 다이아몬드로 나올 겁니다. 이제 살인 혐의를 인정하실 겁니까?"

"형사님, 저는 윤성욱에게 맞아서 갈비뼈가 부러진 적도 있어요. 죽어 마땅한 놈이었어요. 김무극이 대신 죽여준다고 한 거예요. 김무극은 처음에는 잘해주더니 장물아비를 구하자 태도가 달라졌어요. 아들하고 사이도 나빴고요. 나중에 저와 아들을 죽일지도 모른다는 생각을 했어요."

부명순이 눈물을 글썽이며 간절한 표정으로 말했다.

"글쎄요, 제 생각은 좀 다릅니다. 저는 김무극이 잔인한 유형의 범죄자 같지 않습니다. 그는 단지 유능한 도둑이었죠. 그를 체포했던 형사와 통화해봤는데 김무극은 전혀 폭력적인 인물이 아니었습니다. 저는 윤성욱을 죽이거나 장물아비를 찾기 위해 오세윤을 이용하자는 계획이 모두 당신 머리에서 나왔을 거라고 생각합니다. 즉 주범은 부명순 씨, 당신입니다. 김무극은 공범에 불과했습니다."

부명순은 울먹이며 고개를 푹 숙였다.

"형사님, 아니에요. 전 그저 평범한 가정주부일 뿐이에요."

"아주 지략이 뛰어난 가정주부죠. 칭찬할 만합니다. 이 모든 계획이 당신 머리에서 나왔다는 걸 증명할 한 가지 증거가 있습니다. 바로 스크랩북이죠. 신의 한 수였습니다. 자연스럽게 김무극과 강우빈의 정체를 폭로하고 악당 둘이 서로 찔러 죽였다고 믿게 만들기 위한 소도구였겠죠. 언젠가 써먹으려고 미리 만들었습니까? 이 좁은 제주에서 김무극이 계속 윤성욱 행세를 하는 건 한계가 있고, 언젠가는 시댁 식구에게 들킬 위험이 있으니 얼른 김무극을 죽이고 다이아몬드를 챙겨서 빨리 육지로 달아나고 싶었겠죠."

"…."

"인정하십니까?"

부명순은 고개를 들더니 입가에 비틀린 미소를 지었다. 눈물은 사라졌다. 그녀는 키득거리며 말했다.

"어우, 우리 형사님, 진짜 대단하시네. 네, 정답입니다. 인정. 스크랩북은 보험 같은 거였어요."

"김무극과는 한때 사랑했던 사이였는데도 망설이지 않고 죽였군요."

부명순이 깔깔 웃음을 터뜨렸다.

"형사님, 이 다이아몬드 다 팔면 얼마인지 아세요? 몇 십억이에요. 그걸 어떻게 나눠요?"

좌 형사는 부명순을 가만히 응시했다. 그녀의 눈에서는 겨울바람보다 더 차가운 바람이 불고 있었다.

"이 빌어먹을 인생에 찾아온 유일한 로또를 왜 그놈과 나눠? 어차피 그 새끼는 내가 가만히 있었으면 다이아몬드를 가지고 튀었을 텐데요."

좌 형사가 한탄했다.

"차라리 경찰에 신고하지 그랬습니까? 정상참작이 되었을 겁니다."

"…."

부명순은 코웃음을 쳤다.

"다이아몬드는 퇴직금이었어요. 남자 복이라곤 지지리도 없던 내가 아들과 끝장나게 살아볼 마지막 기회였죠."

좌 형사는 씁쓸한 표정을 지었다.

"다이아몬드가 목숨 값보다 더 중하단 말입니까? 도대체 죽은 사람이 몇 명입니까?"

"형사님."

부명순이 차분하게 좌 형사의 말을 끊었다.

"이게 다인가요? 아무래도 배는 못 타겠네요."

그녀는 입가에 옅은 미소를 머금었다.

한일골드스텔라호가 출발을 알리는 마지막 방송을 내보내고 있었다.

좌 형사는 수갑을 찬 부명순이 여형사에게 이끌려 경찰차에 타는 걸 지켜보았다. 그녀는 아들 김영진의 행방과 윤성욱의 시신이 묻힌 곳에 대해서는 형량 거래를 해야 가르쳐주겠다며 묵비권을 행사했다. 좌 형사는 양 형사에게 김영진 수배를 지시하고 차를 세워둔 곳과 반대편으로 걸어갔다.

"선배, 어디 가맨 마씸? 들어강 보고서 써얄 것 아니꽝."

양 형사가 차에 타면서 좌 형사를 불렀다.

"난 좀 건잰. 있당 서에서 보게."

좌 형사는 파카 주머니에 양손을 찔러 넣고 걷기 시작했다.

1월이지만 기온이 영상으로 올라 쌀쌀한 가을 날씨 같았다. 갈매기가 날아다니는 하늘은 파랗고 맑았다. 좌 형사는 천천히 항구 거리를 걸었다. 이틀 전에 폭설이 왔다고는 전혀 믿기지 않았다. 그는 까마귀밥이 되었던 강우빈의 모습을 생각했다. 그날 새벽, 폭설 속에서 강우빈은 계속 뛰고 또 뛰었다. 등에서 피를 흘리고 발이 눈에 빠지고 넘어지고 뒹굴어도 눈 속으로 눈 속으로 눈 속으로…. 기껏 한 시간 정도 버텼으리라. 좌 형사는 눈이 쌓인 언덕을 오르는 게 얼마나 기력을 소진시키는지 잘 알고 있었다. 강우빈은 절망적인 상황에서 치명적인 선택을 한 대가를 치렀다.

나라면 중앙선을 넘어 도로 반대편 해안 방향으로 도망갔겠지. 해안이라면 눈은 금방 녹는다. 제주는 1년에 영하 5도 밑으로 떨어지는 날이 채 열흘이 안 되어서 지난 60년 동안 공식적인 겨울이 단 한 번도 없었다. 아무리 눈이 많이 와도, 아무리 바람이 세게 불어도 이 섬은 겨울이 없는 나라였다. 눈은 금세 녹고 죄악은 곧 드러난다.

좌 형사는 손가락으로 주머니에 든 메모리칩을 만지작거렸다.

칩은 따뜻했다.

이 소설은 차를 운전해서 서귀포로 넘어가던 중 갑자기 내린 폭설로 평화로에 갇히면서 시작되었다. 뒷좌석 카시트에는 막내가 잠들어 있었고 길은 온통 눈으로 뒤덮여 차선조차 사라진 상황이었다. 스노타이어나 체인이 없어서 보험사와 사설 레커차 업체에 전화했지만, 출동 요청이 밀려서 언제 올지 장담할 수 없다고 했다. 날씨는 춥고 기름은 떨어져가고 차는 움직이지 못하고 총체적 난국이었다. 운전석에 손을 얹은 채 초조해하던 나는 '이 눈 덮인 평화로에서 살인사건이 벌어진다면 어떨까?' 상상해보기 시작했다. 등단하기 반년 전이었다.

제목은 동료 작가에게 '제주에는 겨울이 없다'는 신문 기사 내용을 얘기하다가 떠올랐다. 기상청에 따르면 제주도는 지난 60년간 한겨울에도 영상 5도 미만인 날씨가 열흘 이상 이어지지 않아서 공식적으로 겨울이 없었다고 한다.

'겨울이 없는 나라'는 중의적인 뜻이다. 첫째, 제주는 겨울에도 영상인 날이 많아 눈이 빨리 녹는다. 제아무리 심한 폭설도 해가 뜨면 언제 눈이 왔냐는 듯 금세 녹는다. 둘째, 제주는 고려 시대에 본토에 복속된 이래 갖은 수탈을 당해온 식민지였다. 제주 4·3은 여전히 공식 이름을 갖지 못했고 유족의 아픔은 가시지 않았다. 사람들은 제주의 고통에 관심을 두지 않는다. 〈제주도의 푸른 밤〉을 부르며 찾아오는 관광객에게 제주는 영원히 겨울이 없는 나라여야 한다. 겨울이 있어도 겨울이 없는 나라. 그곳에서 나는 6년째 살고 있다.

이 단편이 황금펜상 수상 후보가 되었다는 소식을 처음 들은 날 기뻐서 잠을 이루지 못했다. 막 시작한 발걸음에 보내준 과분한 응원이다. 고마움을 안고 계속 쓰겠다.

2022 제16회
한국추리문학상 황금펜상

박인성(문학평론가)

지난 1년간 발표된 단편 미스터리 소설들 가운데 수상작을 선발하여 2022년 한국 미스터리 문학의 발자취를 돌아보는 황금펜상 심사를 진행했다. 세 명의 최종 심사위원들이 예심을 거쳐 본심에 오른 일곱 편의 작품을 대상으로 면밀한 검토와 치열한 논의를 거쳤다. 후보작은 김세화의 〈그날, 무대 위에서〉, 김유철의 〈산〉, 박상민의 〈무고한 표적〉, 박소해의 〈겨울이 없는 나라〉, 정혁용의 〈나쓰메 소세키를 읽는 소녀〉, 한새마의 〈마더 머더 쇼크〉, 홍정기의 〈무구한 살의〉이다.

올해 최종 심사는 예년보다 쉽지 않았는데, 그 이유는 크게 두 가지다. 첫째, 정통 미스터리의 관점에서 본다면 다소 계열적인 차이가 있어, 동등한 기준으로 평가하기 어려운 개성이 뚜렷한 작품들이었다. 둘째, 작품들의 수준이 고르고 장단점이 분명해 쉽게 우열을 가리기 어려웠다.

앞서 언급한 일곱 편 가운데 세 편의 작품을 추렸고, 최종적으로 수상작을 선정하기 위해 고민했다. 우선 정혁용 작가의 〈나쓰메 소세키를 읽는 소녀〉는 결혼 후 자기 자신을 잃어버리고 장인과 아내의 선호에 맞추어 타성에 젖은 삶을 살아가는 한 중년 남성의 자기 변화를 다루는 소설이다. 범죄를 소재로 하는 정통 미스터리는 아니지만, 그래서 오히려 상대적인 매력이 있었다. 미스터리한 십 대 소녀와의 만남, 그리고 주인공이 그 소녀의 정체를 풀어나가는 과정을 통해서 자기 자신을 재발견하게 되는 소설적 구성과 주제 의식이 돋보이는 작품이었다. 결과적으로 이 소설은 미스터리라는 장르가 사건의 진실만이 아니라 자기 정체성의 수수께끼를 풀어나가는 이야기이기도 하다는 사실을 효과적으로 보여주고 있다. 다른 한편으로는 소설을 구성하는 핵심적인 정서의 차원에서 이 소설이 무기력한 중년 남성 입장에서 투사하기 손쉬운 욕망과 판타지라는 지적 역시 가능할 것이다. 소설적 인물로서는 납득 가능한 변화의 주제가 독자들이 보기에는 납득하기 어려운 면도 있을 것이다. 그리고 소녀의 정체가 제3자의 입을 통해 손쉽게 풀려나가는 것도 다소 편의적이긴 하다. 주인공이 반드시 자기 힘으로 수수께끼를 풀어야 하는 것은 아니지만, 많은 부분이 기능적인 캐릭터에 의해 설명이 된다는 점은 아쉽다.

박소해 작가의 〈겨울이 없는 나라〉는 제주도라는 섬을 배경으로 폭설이 내리는 밤의 범죄 흔적을 추적해나가는 이야기다. 제주도에서 내리는 눈의 예외성만큼이나 흔하지 않은 범죄의 예외성을 추적하고 풀어나가는 과정의 서술적 밀도나 호흡의 유지가 효과적으로 이루어져 있다. 강렬한 범죄 현장의 구성과 이를 추적해

나가는 2인조 형사의 모습은 독자들에게 다소 익숙한 풍경일 수 있지만, 동시에 제주도의 독특한 풍광과 사투리가 빚어내는 낯선 감각이 그런 상투적인 분위기를 상쇄한다. 이러한 분위기를 살려 제주도 배경의 연작이 구성되었을 때, 연속적인 매력이 발휘되리라 기대할 수 있었다. 특히 경쟁 작품들에 비해 탄탄한 미스터리의 구성과 촘촘한 추리를 제시하고 있는 것은 장점이지만, 그러한 추리의 진실을 결말에 이르러 총정리하듯이 말로써 풀어내는 부분은 아쉬웠다. 무엇보다도 범죄를 구성하고 기획한 범인에게 너무 많은 능력을 부여하고 있는데, 그러한 능력의 소유자가 반드시 이 모든 범죄를 실행했어야만 하는가 하는 당위와 심리적 동기의 빈약함은 촘촘한 추리의 결과 부조화하다는 인상을 준다.

마지막으로 김세화 작가의 〈그날, 무대 위에서〉는 젊고 매력적인 남성 연극배우의 자살 사건을 파헤치는 이야기다. 죽음의 진실을 추적하는 수사 과정을 다양한 인물들과의 관계 및 입체적인 조명을 통해서 구체화해나가는 섬세한 서사적 건축 과정이 돋보이는 소설이다. 어쩌면 단순한 치정 살인으로 해석될 수도 있는 범행의 심리적 동기를 학창 시절부터 이어지는 과거에 대한 재구성, 인물들 사이에 작동하는 정서적 차원의 문제를 섬세하게 다루고 있다. 단순히 사건의 단서에 대한 제시만이 아니라 인물과 그들의 관계에 대한 해석을 여러 관점의 관찰과 기록을 통해서 납득할 수 있는 형태로 제시한다는 점에서 범행뿐만이 아니라 서사적인 구성의 차원에서도 높은 완성도를 확보하고 있다. 특히 피해자 백영진과 살인범 유은성 관계의 복잡성을 다양한 소설적 장치로 밀도 있게 암시함으로써, 범인의 자백과 별개로 독자들로 하여금 추리해보게 하는 즐거움을 제공한다. 수준 높은 미스터리는 범인과 범행 수단만이 아니라 인간적인 동기까지 독자들을 납득시킬 때 달성된다는 사실을 새삼스럽게 확인할 수 있었다.

덧붙이자면 세 편의 작품이 각기 뚜렷한 개성을 갖고 있지만, 공통적인 아쉬움이 있었다. 범죄의 구성과 개성적인 분위기를 전달하는 데는 뛰어나지만, 범죄를 둘러싼 인물들의 상황과 심리가 '설정을 위한 설정'이라는 인상을 주는 작품들도 있었다. 작품의 모든 트릭과 동기를 소설 막바지에 범인의 입을 통해 듣는 것이 본격 미스터리에서는 흔한 결말이기는 하지만, 동시에 한 인물이 사건의 전말을 설명하기 때문에 범인의 심리적 동기를 충분히 제시하지 못한다는 단점이 있다. 소재의 강렬함과 범죄의 독창성에 공을 들인 작품이라 할지라도, 결국 그 예외적인 범죄를 수행하는 인물의 심리와 능력의 문제를 충분히 설득할 수 없다면 작품을 읽는 독자들의 즐거움 역시 제한될 수밖에 없다.

최종적으로 심사위원들은 치열한 논의 끝에 김세화의 〈그날, 무대 위에서〉를 수상작으로 선정했다. 무엇보다도 범행에 대한 촘촘한 구성뿐만 아니라 인물의 심리적 동기에서도 가장 설득력 있는 서사적 답변을 제시했다는 점에서 다른 후보작들과 차별성을 보여주었다. 훌륭한 미스터리는 우선 훌륭한 이야기적 설득력을 갖추어야 한다는 점에 대해 심사위원들은 중론을 모을 수 있었다. 16회 황금펜상을 수상한 김세화 작가에게 큰 축하와 격려를 보낸다. 또한 올해의 심사가 어려웠던 만큼, 작가들이 한 해 동안 산출한 결실이 더 많은 관심과 응원을 받을 수 있길 바란다. 내년에도 더

풍성한 성취와 수준 높은 작품성을 갖춘 작품들이 나오기를 기대하며, 작가들의 문운을 기원한다.

한국추리문학상 황금펜상 본선 심사위원

백휴, 박광규, 박인성

이야기에 목숨을 건 작가들이 써낸 선연한 작품들의 향연

한이(한국추리작가협회 회장,《계간 미스터리》 편집장)

스티븐 킹의《빌리 서머스》는 마지막 한탕을 앞둔 저격수이자 킬러의 이야기다. 표적이 나타나길 기다리며 빌리는 작가로 위장하는데, 어느새 자신의 이야기를 쓰기 시작하고, 신분이 탄로 날 위험 때문에 거짓을 섞던 초반을 지나며 점차 날것의 자신을 드러낸다. "이제 그는 작품을 발표하는 작가는 위험을 자초하는 셈이라는 것을 알겠다. (…) 그것이 글쓰기가 매혹적인 이유 중 하나다."

글을 쓴다는 것은, 심지어 그것을 지면에 발표한다는 것은, 내밀한 상처와 은밀한 욕망을 대중에게 낱낱이 드러내는 것이다. 때로 그것은 빌리처럼 누군가를 죽이는 것보다 어려운 일이다. 미스터리란 장르의 힘을 빌려 그 어려운 일을 해낸 작가 모두는 어떤 면으로든 상찬받을 자격이 충분하다. 올 한 해 장르적 결실과 문학적 성취를 이뤄낸 일곱 편의 작품을 뽑아 엄정한 심사를 거쳐 김세화의 〈그날, 무대 위에서〉를 선정했다. 수상작과 함께 여섯 편의 우수작을 황금펜상 작품집으로 출간한다.

수상작인 김세화의 〈그날, 무대 위에서〉는 연극 소극장을 무대로 고전 미스터리의 장점을 고스란히 살린 작품이다. 자살을 암시하는 전화, 무대 위 철제 구조물에 목을 맨 시체의 발견, 한정된 용의자, 엇갈리는 증언과 타임라인, 교묘한 알리바이 조작과 트릭, 그리고 그것을 꿰뚫어보는 수사관. 하지만 무엇보다 뛰어난 점은 다면적인 인간성의 탐구다. 수사가 진행됨에 따라 제시되는 죽은 백영진에 대한 다양하고 상반된 진술은 반대로 가해자의 동기를 비추는 파편화된 거울이 된다. 범죄를 저지를 수밖에 없게 만드는 동기에 대한 천착이야말로 이 작품을 다른 작품보다 돋보이게 하는 요소가 되었고, 미스터리 장르가 단순한 오락물이 아니라 문학의 한자리를 차지하는 이유를 보여준다.

한새마의 〈마더 머더 쇼크〉는 산후우울증을 주제로 한 여성 작가들의 앤솔러지 《네메시스》에 실린 작품이다. 특히 작가의 말에서 고백한 것처럼 자기 경험을 녹여내 더욱더 현실감 넘치고 섬뜩하게 느껴진다. 생명을 잉태해 세상에 내보낸 '마더Mother'이면서 자신과 자식을 죽이려는 '머더Murder'인 화자의 분열된 정신을 집요하게 묘사함으로써, 모성과 자아의 갈등을 첨예하게 보여주고 있다. 여성만이 그려낼 수 있는 세계가 미스터리 장르 안에서 강대해지고 있는 것은 실로 타당하다.

현직 의사인 박상민은 "잘 아는 것을 쓰라"는 오래된 격언을 실천하는 작가로, 이미 병원을 무대로 한 《차가운 숨결》, 《위험한 장난감》이라는 장편 추리소설을 출간했다. 이번 〈무고한 표적〉은 시기를 좀 더 거슬러 올라가 의과대학에 다니는 인물을 주인공으로 삼고 있다. 추리소설이 디테일의 미학을 추구하는 장르라는 점을 생각하면, 출발선이 다른 셈이다. 현실적인 묘사와 함께 도메스틱 스릴러에서 흔히 사용되는 '믿을 수 없는 화자'를 효율적으로 사용해 독자들의 예상을 깨는 반전을 만들어냈다.

김유철의 〈산〉은 일종의 역사 미스터리로 볼 수 있지만, 수수께끼 풀이라는 장르적 전개에서 벗어나 원치 않는 전란에 휩쓸려 적으로 만난 두 사람의 짧은 동행을 그리고 있다. 위정자들의 욕심으로 빚어진 전쟁은 가족의 죽음으로 인해 개인적인 것으로 바뀌고, 산이라 불린 사내도, 그와 함께한 봉래도 결국 떳떳하게 죽을 곳을 찾아 헤맬 뿐이다. 역사서에 짧은 한 줄로도 남지 못할 백성들의 삶을 유려한 문장으로 직조해낸 솜씨가 탁월하다.

〈무구한 살의〉는 홍정기가 야심차게 집필하고 있는 '살의殺意 시리즈' 가운데 한 편으로, 얼핏 천진무구해 보이는 아이의 악의를 파헤치고 있다. 자칫하면 기괴한 살의를 동기로 내세워 독자를 주입식으로 설득하는 작품이 될 위험성이 있음에도, 치밀하게 계산된 사건과 플롯을 통해 자연스럽게 납득할 수밖에 없는 작품으로 빚어냈다. 《전래 미스터리》에서 보여준 발랄함, 〈마술사의 죽음〉, 〈망령의 살의〉에서 시도하고 있는 '특수 설정'의 기발함에 더해, 인간의 살의에 대한 깊은 통찰력으로 힘이 실린다면 어디에 내놓아도 부끄럽지 않은 독창적인 작품이 탄생할 것이란 기대감이 든다.

정혁용의 〈나쓰메 소세키를 읽는 소녀〉는 일상 미스터리가 줄 수 있는 쾌감이 무엇인지 명확하게 보여준다. 점심시간을 이용해 잠시의 일탈을 습관처럼 일삼는 남자는 버스에서 만난 나쓰메 소세키의 《그 후》를 읽는 소녀의 미스터리를 풀어나가면서 극적인 변화를 맞는다. 얼핏 소소해 보이는 수수께끼지만 그것은 남자의 인생 전체를 관통하는 비밀이었다. 프랙털은 작은 구조가 전체 구조와 닮은 형태로 끝없이 되풀이되는 것을 말한다. 지루한 일상의 단면을 미스터리란 칼로 단번에 자르면, 삶 전체와 다를 바 없다.

마지막으로 박소해의 〈겨울이 없는 나라〉는 '좌승주 형사' 연작 중 한 편이다. 제주도의 독특한 풍광과 관습, 방언을 적절하게 녹여내 이국적인 정서를 보여주고 있다. 조선시대 내내 출륙금지령出陸禁止令에 매여 뭍으로 나가지 못했던 제주 사람들에게 섬은 하나의 거대한 밀실이었을 것이다. 제주도만이 가진 특별한 점을 제대로 부각한다면, 트레블 미스터리의 거장 니시무라 교타로西村京太郎와 일본 각지의 전설을 미스터리 소재로 활용한 우치다 야스오內田康夫의 뒤를 잇는 멋진 작품이 탄생할 것이다.

존 르 카레의 자전적 소설로 알려진 《완벽한 스파이》의 주인공 영국 스파이 매그너스 핌은 조국을 배신했다는 죄목으로 쫓기는 와중에, 고즈넉한 해안 마을에 자리를 잡는다. 그리고 낡은 타자기로 자신에 대한 글을 쓴다. 비록 소설일지라도 스티븐 킹도, 존 르 카레도 본능적으로 알았을 것이다. 누군가에게는 글을 쓰는 일이 생사가 오가는 상황보다도 중요하다는 것을. 이야기에 목숨을 건 작가들이 있다. 그들이 써낸 선연한 작품들을 맘껏 즐기시길 바란다.

수록작 발표 지면

그날, 무대 위에서_김세화 (《계간 미스터리》75호, 나비클럽)

마더 머더 쇼크_한새마 (《네메시스》, 북오션)

무고한 표적_박상민 (《계간 미스터리》73호, 나비클럽)

산_김유철 (《계간 미스터리》72호, 나비클럽)

무구한 살의_홍정기 (《계간 미스터리》73호, 나비클럽)

나쓰메 소세키를 읽는 소녀_정혁용 (《계간 미스터리》74호, 나비클럽)

겨울이 없는 나라_박소해 (《계간 미스터리》73호, 나비클럽)

한국추리문학상 황금펜상 수상작품집 2022 제16회

초판 1쇄 펴냄 2022년 12월 26일

지은이 김세화 한새마 박상민 김유철 홍정기 정혁용 박소해
펴낸이 이영은
편집장 한이
교정 오효순
홍보마케팅 김소망
디자인 여상우
제작 제이오

펴낸곳 나비클럽
출판등록 2017. 7. 4. 제25100-2017-0000054호
주소 서울특별시 마포구 동교로22길 49 2층
전화 070-7722-3751 팩스 02-6008-3745
메일 nabiclub17@gmail.com
홈페이지 www.nabiclub.net
페이스북 @NabiClub
인스타그램 @nabiclub

ISBN 979-11-91029-62-8 03810